SEBASTIAN FITZEK

Die Einladung

PSYCHOTHRILLER

Besuchen Sie uns im Internet:
www.droemer.de

Aus Verantwortung für die Umwelt hat sich die Verlagsgruppe Droemer Knaur zu einer nachhaltigen Buchproduktion verpflichtet. Der bewusste Umgang mit unseren Ressourcen, der Schutz unseres Klimas und der Natur gehören zu unseren obersten Unternehmenszielen. Gemeinsam mit unseren Partnern und Lieferanten setzen wir uns für eine klimaneutrale Buchproduktion ein, die den Erwerb von Klimazertifikaten zur Kompensation des CO_2-Ausstoßes einschließt. Weitere Informationen finden Sie unter: www.klimaneutralerverlag.de

Originalausgabe Oktober 2023
Droemer HC
© 2023 Droemer Verlag
Ein Imprint der Verlagsgruppe
Droemer Knaur GmbH & Co. KG, München
Alle Rechte vorbehalten. Das Werk darf – auch teilweise – nur mit Genehmigung des Verlags wiedergegeben werden.
Ein Projekt der AVA International GmbH Autoren- und Verlagsagentur
www.ava-international.de
Redaktion: Regine Weisbrod
Covergestaltung: Zero Werbeagentur, München
Coverabbildung: Collage unter Verwendung von Motiven
von Shutterstock.com
Satz: Adobe InDesign im Verlag
Druck und Bindung: CPI books GmbH, Leck
ISBN 978-3-426-28158-1

2 4 5 3

DROEMER

Berge ruhn, von Sternen überprächtigt –
aber auch in ihnen flimmert Zeit.
Ach, in meinem wilden Herzen nächtigt
obdachlos die Unvergänglichkeit.

Rainer Maria Rilke

*Schlimmer als die Einsamkeit ist
die Gesellschaft von Menschen,
die dir das Gefühl geben, alleine zu sein.*

*Wer unter euch ohne Sünde ist,
der werfe den ersten Stein.*

Johannes 8,7

Für Christian

PROLOG

Wusstest du, dass es nur eine kurze Zeit auf Erden gab, in der es nicht tödlich war, sich zu vermehren?«, fragte der grauhaarige Mann und goss ihr einen Cognac ein, obwohl sie abgelehnt hatte.

Mit seinem Frack, dem weißen, knopflosen Hemd und den albernen Klavierlackschuhen erinnerte er an einen Pinguin. Sie versank in dem viel zu großen Bademantel, den er ihr nach dem Duschen rausgelegt hatte.

»Geschlechtskrankheiten wie Syphilis oder Tripper, dann die Gefahren der Geburt«, erklärte er ihr und leckte sich über die Oberlippe. »Ungeschützter Sex wurde und wird sehr häufig mit dem Tod bezahlt.«

Im Kamin knackte ein Holzscheit, und das Geräusch erinnerte sie an den Silvestermorgen. An dem die Welt noch in Ordnung, Mama noch nicht mit einem anderen Kerl durchgebrannt und ihr Vater nicht schon vor 18 Uhr betrunken gewesen war. Weswegen sie mit ihm gemeinsam Knallerbsen im Hof neben Eddys Autogarage werfen durfte.

Es war das letzte Mal, dass sie ihn gesehen hatte.

Ob Papa noch lebt? Hoffentlich nicht.

»Es gab nur eine Phase, in der wir es hemmungslos treiben konnten, ohne mit dem Schlimmsten rechnen zu müssen. Weißt du, welche ich meine?«

Sie nippte an dem bernsteinfarbenen Drink, spürte die angenehme, lang vermisste Wärme nun auch von innen und verfluchte sich. Sie hatte es geahnt. Bereits in dem Moment, als der alte Knacker das Seitenfenster heruntergelassen und sie zu sich ans Auto gewinkt hatte. *Mit dem Typen stimmt was nicht*. Er hatte falsche Augen in einem falschen Gesicht. Geliftet, gebotoxt oder was auch immer. Eine emotionslose, echsenhafte Maske.

Aber vermutlich wäre sie auch zu ihm eingestiegen, wenn er aus den Augen geblutet hätte. Alles war besser als eine weitere Nacht bei minus sieben Grad unter dem S-Bahn-Bogen am Stuttgarter Platz. Und auf den ersten Blick schien sie ja auch den Jackpot geholt zu haben: Mercedes S-Klasse, Doppelgarage vor der Villa, mindestens sechshundert Quadratmeter fußbodenbeheizter Luxus und ein Bademantel, der wärmer hielt als der Winterparka, den sie von der Stadtmission geschenkt bekommen hatte. Sein betrunkenes Gelaber hingegen war unerträglich und wohl ein Hinweis darauf, was er heute noch für Gegenleistungen von ihr erwartete.

»Es war die Phase, in der sowohl die Antibiotika als auch die Pille erfunden waren. Doch die währte nur kurz, bis Aids kam. Fünfzehn Jahre bloß, vom Ende der Sechziger bis zum Anfang der Achtziger. Ein Wimpernschlag in der Geschichte der Menschheit.«

Der Pinguin lachte und öffnete eine Holztruhe, die vor einem doppelflügeligen Fenster stand. Zum Hintergarten hin war es mit geschwungenen weißen Gitterstäben gesichert, wie alle Fenster im Erdgeschoss der Villa.

»Ist das nicht paradox? Der Akt, der Leben hervorbringt, war und ist stets mit der Gefahr des Todes verbunden.« Er entnahm der Truhe eine Segeltuchtasche. »Das ist für dich.«

Sie spähte in die Tasche, die der Pinguin aufs Sofa gelegt hatte, als wäre es eine Mülltüte.

»Komm, pack es aus.« Er nahm ihr den Cognacschwenker aus der Hand.

Nach und nach zog sie die Anziehsachen aus der Tasche

hervor: einen blassgrauen Rock, schlichte Mädchenunterwäsche, eine weiße Bluse mit Trompetenärmeln.

»Zieh es an!«

Er machte eine auffordernde Handbewegung, und sie gehorchte. Der Pinguin hatte ihr dreihundert Euro versprochen, hundert davon steckten schon unter den Einlegesohlen ihrer Stiefel.

Sie ließ den Bademantel zu Boden gleiten und schlüpfte zunächst in die Unterwäsche.

»Dreh dich mal!«, forderte er sie auf, als sie alles angezogen hatte. Die Kleider passten wie angegossen. Sie sahen unbenutzt aus, rochen aber frisch gewaschen.

»Perfekt«, urteilte der Pinguin. Er schob sie aus dem Wohnzimmer (das er Salon genannt hatte) zu einer geschwungenen Marmortreppe, die in den ersten Stock führte. Barfuß nahm sie Stufe um Stufe. Sie ging hinauf, hatte aber das eigenartige Gefühl, in einen eisigen Keller hinabzusteigen.

»Hier entlang!«

Sie folgte ihm in ein Badezimmer, das größer war als die Wohnung in der Neuköllner High-Deck-Siedlung, aus der ihr pegelsaufender Vater zuerst ihre Mutter und dann sie selbst vergrault hatte.

»Sieh doch nur, wie hübsch du bist«, jauchzte der Pinguin und stellte sein Cognacglas auf den Rand eines Whirlpools. Sie sah kurz in den goldgerahmten Spiegel über dem Doppelwaschbecken, senkte aber sofort wieder den Blick. An der Szenerie hier gab es nichts Natürliches. Ein bestimmt fünfundfünfzigjähriger betrunkener Mann im Frack neben einem vierzehnjährigen vor Furcht und Kälte zitternden Mädchen.

»Unglaublich. Darf ich dir die Haare schneiden?«

Sie zuckte mit den Achseln. Verglichen mit dem, was sie sich an Forderungen ausgemalt hatte, war diese Bitte noch harmlos.

»Haare kosten extra.«

»Kein Problem«, sagte er, und sie glaubte es ihm. Allein die Uhr an seinem Handgelenk stank nach Reichtum. Vermutlich würde er ihr für jedes Haar einen Tausender zahlen können und es auf seinem Konto nicht einmal bemerken.

»Warte, vielleicht reicht es auch, wenn du sie hochsteckst«, sagte er und näherte sich ihr mit konzentrierter Miene. Sie schloss die Augen und spürte, wie der Freak mehrere Klammern setzte, dann zurücktrat und lachend in die Hände klatschte. »So, jetzt noch etwas Lipgloss und Puder. Du bist zu blass.«

Sie fühlte, wie er ihr etwas auf die Lippen strich, dann einen Pinsel im Gesicht. Es roch angenehm und fühlte sich dennoch falsch an.

»Das ist so erstaunlich«, hörte sie ihn, und jetzt klang er traurig. »Wenn du nur wüsstest, was ich in dir sehe.«

Er atmete schnell. Gierig sog er die Luft durch seine spitzen Lippen ein. Sie roch den Cognac, aber auch noch etwas anderes, Bitteres in seinem Atem.

»Komm!«

Er nahm sie an die Hand, führte sie aus dem Badezimmer hinaus in den Flur, zwei Zimmer weiter. »Du siehst genauso aus wie sie.«

»Wie wer?«, traute sie sich zu fragen.

»Und sogar die Stimme ist ähnlich.«

»Von wem reden Sie?«

Vor einer angelehnten Zimmertür blieben sie stehen.

»Schhh.« Der Mann legte ihr den Zeigefinger auf die Lippen. »Du stellst zu viele Fragen. Sie ist eher schweigsam.«

Dann stieß er sie in das Zimmer hinein. Ein pastellfarbener Mädchentraum in Violett und Weiß. Schränke, ein kleines Sofa, die vielen Kissen auf der Tagesdecke – alles harmonisch Ton in Ton. Selbst die Torte vor dem kleinen Schminktisch hatte eine violette Füllung. Auf ihr brannte mindestens ein Dutzend Kerzen. Passend dazu hing eine Girlande über dem Bett. *Happy Birthday* stand darauf mit pinkfarbenen Lettern auf silberner Folie, in der sie sich selbst spiegelte und nicht wiedererkannte.

»Herzlichen Glückwunsch, mein Schatz«, sagte der Mann hinter ihr.

Sie drehte sich zu ihm um. »Was soll das hier?«

Er nickte ihr zu. Mit Tränen in den Augen. »Alles Gute zum Vierzehnten«, sagte er. Dann schloss er die Tür hinter sich. Drehte den Schlüssel zweimal um und zog ihn ab.

Hilfe!

Ihre Kehle schnürte sich zusammen, als hätte der Pinguin ihr eine unsichtbare Schlinge um den Hals gelegt.

Schwer atmend trat er näher, leckte sich wieder über die Lippe.

»Bitte, darf ich gehen?«, fragte sie. Ihre Stimme flatterte vor Angst.

Zu spät.

Der Alte kniff die Augen zusammen, als würde er geblendet.

»So perfekt war es noch nie, Marla«, befand er.

»Wer ist Marla?«

Beim Aufblitzen der Klinge fragte sie sich, wie das Messer so schnell in die Hand des Pinguins gekommen war.

»Wusstest du, dass Rot die einzige Farbe ist, die sowohl das Leben und die Liebe als auch den Tod symbolisiert?«, fragte er.

Dann stach er zu. Einmal. Zweimal. Das Eindringen der Klinge hörte sich an, als würde er eine geschälte Orange mit bloßen Händen zerquetschen. In ihrem Inneren schien etwas zu zerbrechen. Wie wenn ein schweres Glas auf einem harten Boden zerschellte. Sie spürte es mehr, als dass sie es hörte. Dabei schrie sie so laut wie niemals zuvor. Es war, als ob er sie mit einer Wasserpistole besprritzte. Sie blinzelte, drehte den Kopf zur Seite, wischte sich instinktiv über die Augen und sah alles durch einen roten Schleier. Gleich darauf wurde ihr schlecht.

Weil sie das Blut schmeckte, das ihr über die Brauen von der Stirn in den Mund lief, während sie gurgelnd aufschrie.

»Bitte nicht, nein!«, presste sie hervor, doch es war schon zu spät. Der Pinguin hatte die Halsschlagader durchtrennt. Sie hörte ihn nur noch röcheln: »Es tut mir leid, ich kann nicht anders, Marla.« Dann hörte sie nichts mehr. Denn es war vorbei.

Der alte Mann, der sich das Messer zuerst selbst in beide Augen und schließlich in den Hals gerammt hatte, war längst tot.

1. KAPITEL

Vier Jahre später
Fünf Jahre vor der Entscheidung

Statistisch gesehen sterben die meisten Menschen, die einem natürlichen Tod erliegen, zwischen zwei und fünf Uhr morgens. Über den durchschnittlichen Todeszeitpunkt infolge eines Mordes gibt es keine Erhebung.

Zumindest war sie Marla Lindberg nicht bekannt, dabei hätte ihr Tagebuch Statistikern einige Anhaltspunkte geben können. Ihre Seele zum Beispiel war an einem 23. April um halb neun Uhr morgens im Wohnzimmer ihres Dahlemer Elternhauses getötet worden. Endgültig sollte sie vier Jahre später an einem extrem heißen Frühsommerabend in einer ehemaligen Geburtsklinik in Berlin-Wannsee ums Leben kommen.

Um exakt 19:51 Uhr. In wenigen Minuten.

Marla stieg aus dem klapprigen Kleinstwagen, den ihr der Kurierdienst zur Verfügung gestellt hatte. Sie arbeitete aushilfsweise für Carry&Co, seitdem die mündlichen Abiprüfungen durch waren. Heute hätte sie lieber freimachen sollen. Die Hitze schlug ihr wie aus einem geöffneten Backofen entgegen. Sie wischte sich den Schweiß von der Stirn und sah noch einmal auf ihr Handy.

Hier?

Laut Google Maps stand sie vor dem richtigen Gebäude, auch wenn es sich nicht so anfühlte. Schon die Zufahrt auf das Gelände war merkwürdig gewesen. »Klinik Schilfhorn« hatte auf dem Klinker-Rundbogen gestanden, unter dem sie hindurchgefahren war, an einem leeren Pförtnerhäuschen vorbei. Aber ein Krankenhaus konnte hier unmöglich noch betrieben werden, so unkrautüberwuchert und aufgeplatzt, wie allein der Asphalt war, von den baufälligen Baracken am Wegesrand mal ganz abgesehen. Und doch war Marla nicht sofort wieder umgedreht, sondern weiter ihrem Navi gefolgt. Denn hin und wieder waren renovierte Blockhäuser aufgetaucht mit Schildern von Start-up-Firmen, die auf diesem morbiden Campusgelände offenbar die nötige kreative Umgebung für ihre Geschäftsmodelle zu finden glaubten.

Und so stand sie nun vor einem klobigen, sechsstöckigen Flachdachbau mit eingeschlagenen Scheiben. Die helleren Fassadenplatten waren mit unleserlichen Graffiti-Symbolen besprüht.

Marla ging um das Auto herum und öffnete den Kofferraum.

Normalerweise lieferte sie Lebensmitteleinkäufe oder Restaurantbestellungen aus. Dass sie heute als Postbotin fungieren sollte, war neu für sie. Der Auftrag war als Direktnachricht per WhatsApp von ihrem Schichtleiter Steve reingekommen, als sie schon das Auto abstellen und Feierabend hatte machen wollen.

Ganz vergessen: Letzte Lieferung für heute. Zum Schilfhorn 18–24, Gebäude Nr. 14, Raum 012. Paket habe ich schon in den Kofferraum gelegt. Wichtig: Exakt um 19:49 Uhr übergeben. Nicht davor, nicht danach.
Gruß, S.

Was für ein seltsamer Auftrag.

Ein solch enges Zeitfenster, auf die Minute genau, hatte es noch nie gegeben. Aber wenn Marla eines war, dann akkurat und pünktlich, und das wusste natürlich auch ihr Arbeitgeber.

Sie sah auf ihre Uhr.

19:34 Uhr. Der Sonnenuntergang ließ noch gut zwei Stunden auf sich warten, und sie fragte sich, wie trostlos das schuhkartonförmige Gebäude wohl im Dunkeln aussehen mochte. Selbst in der Sonne weckte es den unheimlichen Eindruck eines von allen Hoffnungen verlassenen Ortes.

So wie mein ehemaliges Elternhaus, dachte Marla, obwohl ihre Dahlemer Villa auf den ersten Blick nichts mit der Klinik hier gemein hatte. Unwissende, die damals einen Blick über die dichten, immergrünen Hecken zu dem säulenbewehrten Eingang der Villa Lindberg geworfen hatten, mochten bei dem Anblick der sorgfältig geharkten Kiesauffahrt und der warmen Lichter in den Flügelfenstern gedacht haben, was für ein Glück es sein musste, als Kind in solch einer Umgebung aufzuwachsen. Dass der Schein trog, war Nachbarn wie Passanten vor vier Jahren klar geworden, als in der Nacht zum 23. April, wenige Stunden vor ihrem vierzehnten Geburtstag, eine Armada an Einsatzfahrzeugen vor dem lindbergschen Anwesen in der Podbielskiallee mit wild flackernden Signallichtern parkte. Am nächsten Morgen, als Marla rechtzeitig zu ihrer geplanten Geburtstagsfeier von einer Chorfahrt aus dem Frankenwald zurückkehrte, war das Wohnzimmer noch immer voller Polizisten.

Die Beamtin war viel zu jung, als dass man sie mit einer solch traurigen Aufgabe hätte betrauen dürfen, hatte sie später in der Therapie zu Papier gebracht. Ihre Psychologin hatte ihr zu den Briefen geraten, die sie an sich selbst schreiben sollte, um das Geschehene besser zu verarbeiten.

Die Polizistin hatte die Tür geöffnet und Marla zu ihrer

Mutter Thea geführt, die mit ausdruckslosen Augen auf dem Sofa saß und in den kalten Kamin starrte.

»Leven?«, hatte Marla voller Panik den Namen ihres geliebten älteren Bruders gerufen. Der Gedanke, dass ihm etwas zugestoßen war, lag nahe, immerhin befand er sich mit seinen neunzehn Jahren nun schon das zweite Mal in einer Entzugsklinik. Aber die Polizistin stellte klar: »Es tut mir leid, Liebes. Dein Vater ist nicht mehr am Leben.«

Einbruchsmord im Nobelviertel titelte ein Boulevardblatt am nächsten Tag, obwohl es den Tatbestand im Strafgesetzbuch gar nicht gab. Auch sonst war die Sensationsmeldung falsch. Denn weder war in die Villa Lindberg eingebrochen worden, noch hatte es einen Mord gegeben.

Die Obduktion ergab einwandfrei, dass Edgar Lindberg Suizid begangen hatte. Sein Abschiedsbrief, den man im Tresor fand, offenbarte das Ausmaß des unvorstellbar tiefen Abgrunds, in den er am Ende absichtlich hineingesprungen war.

Liebste Marla,

ich liebe Dich so sehr, mein Kind, dass es ungesund ist. Ich begehre Dich auf eine Art und Weise, wie ein Vater niemals seine Tochter begehren darf. Mir ist klar, dass ich ein krankes Subjekt bin mit abscheulichen, widerwärtigen Gedanken. Um mich nicht an Dir zu vergehen, habe ich anderen wehgetan. Stets habe ich nach Mädchen gesucht, die mich an Dich erinnern, die Dir ähnlich sind. Habe sie so gekleidet, wie Du gekleidet bist. Es ist nie etwas passiert, das schwöre ich, auch wenn der Schwur menschlichen Abschaums wohl wenig wert ist.

So, wie ich nie Hand an Dich anlegte, so habe ich mich nie

an den anderen armen Mädchen vergangen, die ich überall suchte. Im Internet und auf der Straße. Keine war je so schön wie Du, keine kam an Dein wundervolles Antlitz auch nur annähernd heran. Meine Gedanken wurden immer morbider, immer tödlicher. Vielleicht hast Du es mitbekommen. Anfangs, wenn Du geschlafen hast, habe ich mich neben Dein Bett gesetzt. Später, als Du größer wurdest, habe ich mich daruntergelegt. Dir beim Atmen zugehört, während Du schliefst. Deine Finger berührt, wenn Dein Arm über das Bett baumelte und Deine Hand direkt neben meinem Kopf hängen blieb.
Ich war Dein Schatten, der Dich hinter der Hecke am Schulzaun auf dem Pausenhof beobachtete. Der auf dem U-Bahnsteig gegenüberstand, wenn Du vom Klavierunterricht kamst.
Manchmal hast Du Dich umgedreht, bist schneller gegangen, und ich wollte Dir zurufen, dass keine Gefahr besteht. Dass ich Dein Schutzengel und kein Verfolger bin.
Aber dann hast Du Mama von Deinem Schatten erzählt. Von dem dunklen Begleiter, den Du im Nacken spürst. Sie hat es als einen imaginären Freund abgetan, den viele Kinder haben. Aber wir beide wussten, dass das, was Dir Gänsehaut erzeugte, keine Einbildung war. Und Thea wusste es irgendwann auch. Sie entdeckte meine Schminksachen, die falschen Bärte und Augenbrauen, mit denen ich mich verkleidete, damit Du mich nicht sofort erkennst, wenn ich in der Fußgängerzone an Dir vorbeischlendere. Mama hat es nie angesprochen, aber sie ist aus dem gemeinsamen Schlafzimmer ausgezogen und hat Abstand von mir gehalten. Was es mir einerseits erleichterte, mehr Zeit damit zu verbringen, Dich zu beobachten. Andererseits wuchs meine Scham vor mir selbst ins Unermessliche.

Du bist jung, mein wundervoller Schatz. Irgendwann, wenn die Zeit reif ist, wird Mama Dir diesen Brief zu lesen geben. Dann habe ich euch hoffentlich schon eine Weile von der Last meiner Existenz befreit, indem ich wenigstens den Anstand besaß, Hand an mich und nicht an jemand anderes anzulegen. Vielleicht wirst Du es eines Tages schaffen, mich zu verstehen. Nicht, weshalb ich mich so nach Dir verzehre. Dafür gibt es kein Verständnis, kein Verzeihen. Aber wieso ich mich dafür selbst bestrafe, indem ich mich in dem Moment meiner größten Schwäche umgebracht habe.

Der Brief endete mit einer tieftraurigen letzten Liebesbekundung.

Gefolgt von einem PS.

Und das Postskriptum war das Schlimmste an Edgars letztem Schreiben.

2. KAPITEL

Marla wedelte eine Mücke fort, die sich auf ihrem Gesicht niederlassen wollte. Sie bemerkte, dass sie – wieder einmal von ihren Tagträumen paralysiert – schon eine geraume Weile in den geöffneten Kofferraum gestarrt haben musste. Vier Jahre war es nun her, und noch immer verging kaum ein Tag, an dem sie nicht an ihren Vater dachte.

Und ihn spürte. Seinen Schatten. Seinen Atem.

P.S.: Ich bin fort. Aber ich werde immer bei Dir sein.

Wie recht du doch damit hast, Edgar.

Selbst in Gedanken nannte sie ihn nur noch beim Vornamen in dem Versuch, innerlich Abstand zu ihm zu gewinnen. Vergeblich. Er hatte es ja selbst geschrieben: Er würde immer bei ihr sein.

In Bezug auf den Abschiedsbrief hatte er sich allerdings geirrt.

Die Mutter hielt ihn nicht zurück, um ihre Tochter zu schonen. Nachdem die Spurensicherung ihn freigegeben hatte, zögerte Thea keine Sekunde, ihn Marla auszuhändigen. Zuvor hatte sie ihr etliche Zeitungsausschnitte auf den Küchentisch gelegt, deren Schlagzeilen alle einen ähnlichen Tenor hatten:

> Sie sollten so aussehen wie sein kleines Mädchen!
> Neue Erkenntnisse im spektakulären Selbstmordfall des Edgar L.: Der perverse Luxusmakler kostümierte Straßenmädchen, damit sie wie seine eigene Tochter aussahen, bevor er sich aus Scham selbst richtete.

»Und das ist alles deine Schuld, Marla!«

Worte, die ihre Mutter nie sagte, und doch fühlte Marla sie, als wären sie laut ausgesprochen worden.

Sie sah sie in Theas vorwurfsvollem Blick, erlebte sie in der Nichtachtung, mit der sie sie strafte. Spürte sie als Schmerz an dem Tag, an dem sie ihr sagte, sie könne nicht länger bei ihr im Elternhaus wohnen und müsse zu Oma Margot ziehen.

Die Tochter hatte beim Vater eine unnatürliche, unstillbare Begierde geweckt, und daran wurde Thea Lindberg jeden Tag aufs Neue erinnert, wenn sie in Marlas Gesicht sah.

So jedenfalls die Theorie von Dr. Jamal Bayaz, der Jugendpsychologin, zu der Marla zur Traumatherapie ging, kurz nachdem ihre Mutter sie zur Großmutter abgeschoben hatte. Dr. Bayaz hatte die Idee mit der Schreibtherapie, und ihr vertraute sie auch ihre Paranoia an.

> *»Manchmal habe ich das Gefühl, dass Edgar noch immer bei mir ist. Dass er mich permanent beobachtet. Ich sehe ihn nicht, aber ich spüre seinen Schatten. Wenn ich mit dem Fahrrad vom Einkaufen nach Hause fahre oder mit der U-Bahn zur Klavierstunde. Nachts habe ich noch immer Angst, die Hand aus dem Bett baumeln zu lassen, weil ich befürchte, er könnte mich zu sich hinabziehen.«*

Ihre Psychologin hatte ihr Methoden gezeigt, um die Sinnestäuschungen loszuwerden – doch es hatte nicht geholfen. Und leider war Marla so dumm gewesen, diesen Eintrag auch ihrer besten Freundin vorzulesen. Cora Aichinger hatte das ihr anvertraute Geheimnis brühwarm in der Klasse weitererzählt. Kein Wunder, dass der Spitzname »Mad Marla« schnell die Runde in der Schule machte.

Alles nur deinetwegen, Edgar.
Marla wurde von ihren Mitschülern nicht offen gemobbt, aber gemieden. Als wäre das, was ihr passiert war, die Folge eines Unglücksvirus und sie hochgradig ansteckend. Die Isolation, ihr Außenseitertum in der zehnten Klasse, machte Marla depressiv, und wer weiß, vielleicht hätte sie es irgendwann ihrem Vater gleichgetan, wenn *er* nicht gewesen wäre.
Kilian.
Wie auf jeder Schule gab es auch auf dem Hohenstein-Gymnasium eine unauffällige Schüler-Mehrheit. Und daneben einige wenige bunte Paradiesvögel, die wie Popstars auf dem Schulhof aus der grauen Masse hervorstachen. Kilian war so ein Star. Im Unterschied zu Marla machte er sich absichtlich rar. Jeder wollte ihn auf seiner Party, aber er folgte nur selten einer Einladung. Sie hingegen wäre gerne gegangen, wurde aber nicht eingeladen. Selbst ihr Bruder Leven fand ihn cool, und der gab sich normalerweise nicht einmal mit Gleichaltrigen ab, es sei denn, sie verkauften ihm Dope oder bezahlten ihn für seine Auftritte als DJ. Im Grunde war es Leven gewesen, der Marla auf den »*einzigen vernünftigen Typen in deinem Jahrgang*« hinwies, nachdem er Kilian in einem Neuköllner Vinyl-Laden getroffen hatte. Verband die beiden Männer ihr gemeinsamer Musikgeschmack, so war es bei Marla und Kilian ein Streit, der sie einander näherbrachte. Es geschah in der Philosophie-AG. Jeder Teilnehmer sollte ein Motto vortragen, nach dem er oder sie das Leben ausrichtete. Kilian hatte die Sinnhaftigkeit dieser Aufgabe bezweifelt und gespöttelt: »*Das Leben ist zu kurz, um es mit Kalenderweisheiten zu verplempern.*«
Marla hatte ihm Paroli geboten und erklärt, dass eine Weisheit nicht deswegen an Bedeutung verliere, nur weil sie auch von Küchentischphilosophen zitiert wurde. Ihre De-

batte dominierte die AG-Stunde und endete erst am nächsten Tag. Mit einer Sensation. Kilian räumte nicht nur ein, dass Marla ihn überzeugt hatte. Sondern er war von ihrem Lebensmotto offenbar so beeindruckt, dass er es sich auf den Unterarm tätowiert hatte!

Jeder Mensch hat zwei Leben.
Das zweite beginnt in dem Moment,
in dem man erkennt, dass man nur ein Leben hat.

Mit diesem für alle sichtbaren Zeichen der Wertschätzung begann ihre platonische Freundschaft *(oder war es mehr?)*, in der der selbstbestimmte Einzelgänger und die unfreiwillige Außenseiterin sich über Lerninhalte und Privates austauschten, Schulhefter und Sorgen teilten und am Ende mehr übereinander wussten als so manche Jungvermählten. Ihr gegenseitiges Vertrauen war so weit gegangen, dass sie einander sogar ihre Tagebücher zu lesen gaben.

Ein Schwarm Vögel flatterte hoch über ihrem Kopf Richtung Wannsee und riss Marla aus ihren Gedanken.

Sie sah auf die Uhr. 19:37 Uhr. Genug Spielraum, um das Zeitfenster einzuhalten.

Sie nahm das schuhkartongroße Paket aus dem Kofferraum. So seltsam wie die Übergabeanweisung war auch der handschriftlich notierte Hinweis auf dem Paket.

Für Frau Hansen persönlich. Bitte in Gegenwart des Zustellers öffnen und quittieren. Aber nicht vor 19:49 Uhr öffnen.
Keine Sekunde zuvor.

3. KAPITEL

*H**ansen?*
Soweit sie wusste, kannte Marla niemanden mit diesem Nachnamen. Dennoch brachte er in Kombination mit den seltsamen Übergabeanweisungen im Resonanzkasten ihres Unterbewusstseins eine Saite zum Klingen. Allerdings eine nicht gestimmte, deren schräger Ton in Marla ein leichtes Unbehagen erzeugte.

»Komm, Marla, reiß dich zusammen!«, ermahnte sie sich selbst.

Das Paket hatte einen Tragegriff, was praktisch war, weil es etwa so viel wog wie ein Ziegelstein. Mit ihm in der Hand machte sie sich auf den Weg über den Mitarbeiterparkplatz zum Gebäude. Sie trug nur eine leichte Leinenbluse, Shorts und Sandaletten, dennoch schwitzte sie schon nach wenigen Metern. Der Rand des Parkplatzes war zu einer Seite von Bäumen gesäumt, deren Äste und Blätter sich nicht bewegten. Die Windstille verstärkte den Backofeneffekt.

In Barcelona ist es jetzt bestimmt noch heißer, versuchte sie sich das Wetter schönzureden. Dort, das wusste sie, würde sie es lieben. Marla freute sich wie wild, dass Kilian per E-Mail gefragt hatte, ob sie sich nicht doch der Abifahrt anschließen wolle.

»Bitte, lass mich da nicht allein mit dem ungebildeten Suff-Pack. Wir sind doch vom gleichen Schlag, Marla. Wenn die ihre Sangria durch den Strohhalm ziehen, wollen wir die Durchflussgeschwindigkeit in der Verengung nach Bernoulli berechnen. Wie soll ich das ohne deine Hilfe hinbekommen?«

Marla hatte gelacht und ihm geantwortet, sie werde es sich noch überlegen, aber in Wahrheit hatte sie sich schon entschieden. Nur deshalb nahm sie doch bei diesem Kurierjob jeden Auftrag mit! Damit sie die Kosten für den einwöchigen Trip finanzieren konnte. Ihre Mutter bezahlte ihr nur das Nötigste, Leven war mal wieder verschollen, und Oma war seit einem Monat im Heim und brauchte dort jeden Cent. Also fehlte Marla noch einiges für Flug, Hotel, Clubbesuche, Restaurants und Andenken.

Aber es bleiben mir ja noch fünfzehn Tage bis zum Abflug.

Mit dem Paket in der Hand kam sie an einem Hinweisschild vorbei, auf dem die im Gebäude untergebrachten Firmen aufgeführt waren. Einige Namen waren unleserlich, die Logos vergilbt, die Schrift abgeblättert.

Auf keinem erkannte sie HANSEN.

Sie nahm die erste der Granitstufen, die zum Eingang führten, als sich die Abendsonne am Himmel verdunkelte, ohne dass eine Wolke aufgezogen war.

Marla betrachtete ihren Unterarm, als wäre er ein nicht zu ihr gehörender Körperteil. Er war von Gänsehaut überzogen.

Was ist hier los?

Sie drehte sich um und bemerkte den schwarzen Kombi. Er stand am Rand des Parkplatzes in der Nähe einer Eiche.

Marla musterte das Auto, das an einen Leichenwagen erinnerte.

Und in dem Marla einen Schatten bemerkte.

Auf der Rückbank.

Nur kurz.

Dann war er verschwunden.

Sie erstarrte. Und zwang sich zur Ruhe.

Es ist 19:39 Uhr an einem wunderschönen Sommerabend. Was soll schon passieren?

Schön, der Schatten könnte die Tür des Kombi aufreißen und sie anspringen. Aber wenn Edgar das gewollt hätte, hätte er schon sehr viel bessere Möglichkeiten gehabt, ihr etwas anzutun. In der Dunkelheit ihres Schlafzimmers zum Beispiel. Doch das war natürlich Blödsinn.

Er lebt nicht mehr. Er ist tot. Edgar kann mir nichts anhaben.

Marla machte auf dem Absatz kehrt. Sie würde die Gelegenheit nutzen, sich davon zu überzeugen, dass da nichts war, was ihr gefährlich werden könnte. Im Gegensatz zu den verschwitzten Händen war ihre Kehle wie ausgedörrt. Sie schluckte, was zur Folge hatte, dass es in ihren Ohren knackte und sie die Umgebungsgeräusche sehr viel lauter hörte: das stetige Rauschen der nahen Stadtautobahn, Gelächter in einiger Entfernung aus einem Bürogebäude, das Zirpen der Grillen. Und das Schaben. Es kam aus dem Wagen. Von der Rückbank. Als kratzten lange Fingernägel auf einem Ledersofa.

Mit klopfendem Herzen beschattete sie ihre Augen und versuchte so einen Blick durch die Seitenscheibe zu erhaschen, in der sich das Sonnenlicht spiegelte. Und sah …

Keinen Edgar. Natürlich nicht. Keine Gefahr, sondern im Gegenteil ein hilfloses Lebewesen, das dem Tod näher schien als dem Leben.

4. KAPITEL

»Verdammt, wie lange bist du schon da drin?«, sprach Marla durch die Scheibe zu dem kleinen Hund, der apathisch auf dem Rücksitz lag. Hatte das grauschwarze Fellbündel (sie tippte auf einen Schnauzerwelpen) eben noch die Kraft gehabt, aufzustehen und sich hinter der Scheibe als Schatten zu zeigen, schien ihm jetzt sogar die Energie zu fehlen, um die Zunge zu kontrollieren. Sie hing ihm wie ein toter Luftballon schlaff aus dem Maul. Kein Wunder bei der sengenden Hitze. Hier draußen herrschten bestimmt fünfunddreißig Grad, wie unerträglich heiß mochte es erst im Inneren des schwarzen Wagens sein? Nicht einmal ein Fensterschlitz stand offen. Eine Sauna musste sich gegen das Wageninnere wie ein Kältebecken anfühlen.

»Hey …« Marla klopfte an die Scheibe, aber das arme Tier regte sich kaum.

Wer tut so etwas? An einem der heißesten Tage des Jahres?

Sie hob das Paket an seinem Tragegriff an. Nickte sich selbst zu und schmiss ohne Zögern damit die Scheibe ein.

Das Sicherheitsglas bröselte in den Fußraum des Fonds.

Marla zog den Stift der Türverriegelung hoch und öffnete den Wagen.

»Hey, Kleiner, alles gut. Alles wird gut«, sagte sie beruhigend.

Das Tier hatte sich nicht einmal bewegt. Kein Wunder.

Marla beugte sich vor und hatte das Gefühl, sie würde den Kopf in einen Ofen stecken. Als sie nach dem Köpfchen tastete, versuchte ihr der arme Hund über die Hand zu lecken.

Gut, es ist nicht zu spät. Hoffentlich.

Sachte hob sie ihn hoch. Ein kleines, schwaches Bündel mit wild pochendem Herzen. »Halte durch!«, raunte sie ihm zu.

In der Getränkeablage zwischen den Vordersitzen entdeckte sie eine angebrochene Sprudelflasche.

Zuerst musste das Tier in den Schatten. Sie trug den Hund unter die Eiche und legte ihn behutsam auf den ausgetrockneten Erdboden. Dann holte sie die Wasserflasche aus dem Kombi, öffnete sie und benetzte erst ihre Finger, dann die Zunge des Hundes. Seine Augen öffneten sich und schenkten ihr einen erschöpften, dankbaren Blick. Marla spürte, wie ihr Herz vor Freude wild zu klopfen begann.

»Gut, mein Kleiner. Sehr gut. Trink bitte.« Sie hielt ihm die Flasche hin. Der Mischlingshund leckte die Öffnung ab, und sie kippte ihm etwas Wasser direkt ins Maul.

»Gut so, ja.«

Die Lebensgeister des Hundes erwachten langsam, aber stetig. Das Tier versuchte, sich auf die Vorderbeine zu kämpfen, doch im nächsten Moment sackte der Schnauzer zurück in die Bauchlage.

Marla sah sich um. Niemand in der Nähe. Sie kniete sich vor den Welpen und kraulte ihm das Kinn, was er sichtlich genoss. Dann löste sie sein Halsband, damit es nicht scheuerte, und entdeckte ein kleines Geheimfach in der Innenseite.

In der Hoffnung, den Namen des Hundes und damit die Kontaktdaten des Halters zu bekommen, öffnete sie den Klettverschluss.

Na sieh mal einer an.

Im Inneren des Fachs steckte ein kleiner Zettel. Sie wählte

die Nummer, die darauf stand und die ihr eigenartig vertraut vorkam.

Es klingelte, und Marla verschluckte sich vor Schreck an ihrer eigenen Spucke. Denn sie hörte das Klingeln nicht nur in ihrem Telefon, sondern zeitgleich wenige Schritte von sich entfernt; was nichts anderes bedeutete, als dass das Handy, das sie anrief, direkt hinter ihr lag.

In dem schwarzen Kombi.

Sie ging zum Wagen zurück. Langsam, als müsste sie damit rechnen, jemanden im Kombi auf sich aufmerksam zu machen, der sie wie ein tollwütiges Tier ansprang, öffnete sie noch einmal die Beifahrertür. Wieder setzte sie sich auf die Rückbank und entdeckte das Mobiltelefon im Fußraum des Beifahrersitzes.

Es vibrierte wie eine Klapperschlange, das Display funkelte hell beleuchtet. Und zeigte etwas, das Marla an ihrem Verstand zweifeln ließ.

Was soll das?

Je länger sie den Bildschirm anstarrte, desto kälter wurde es ihr, obwohl der Wagen noch immer überhitzt war. Sie wollte wegrennen, konnte aber ihren Blick nicht lösen – von dem Foto einer jungen Frau mit einer etwas zu großen und leicht schiefen Nase in einem freundlichen Gesicht, das von lachenden Augen dominiert wurde. Darüber die Textzeile:

MARLA LINDBERG, DIENSTHANDY RUFT AN!

O Gott.

Sie hätte am liebsten geschrien.

Welchen Tierquäler auch immer sie gerade anrief, er hatte das Telefon, das sie in der Arbeit benutzte, als Kontakt abgespeichert.

5. KAPITEL

Im Inneren des alten Klinikgebäudes empfing Marla eine wohltuende Kühle. Das allerdings war das einzig Angenehme, das sich über die Umgebung sagen ließ.

»Hey, was soll das? Ist das ein vorgezogener Abischerz?«, rief sie in den leeren, offenbar fensterlosen Gang hinein. Nirgends drang Tageslicht ins Innere. Marla hatte beim Eingang einen Bewegungsmelder ausgelöst, der mehrere Deckenlampen im Flur aktivierte. Jetzt lief sie mit Mr Grill im Arm (so hatte sie den armen Hund getauft, der beinahe gegrillt worden wäre) an verschlossenen Türen vorbei, die sie an einen Gefängnisgang denken ließen.

Seltsam.

Wenn Marla etwas Positives aus all dem Schrecken ziehen konnte, den sie schon als Kind erlitten hatte, dann war es die Tatsache, dass Edgar Lindbergs krankhaftes Verhalten ihr zu einer unfassbar guten Auffassungs- und Beobachtungsgabe verholfen hatte. Damals hatte Marla das noch nicht realisiert. Erst in der Therapie waren ihr die frühen Anzeichen bewusst geworden, an denen sie schon in jungen Jahren hätte ablesen können, dass an dem Verhalten ihres Vaters etwas nicht stimmte. Etwa, wenn er sie einen Tick zu lange ansah, einen Moment zu lang die Hand auf ihrer Schulter liegen ließ. Leven hatte es auch gesehen, wie er ihr später gestand, und ihre Mutter darauf angesprochen. Thea war fuchsteufelswild geworden und hatte Leven obszöne, krankhafte Gedanken unterstellt. Das war der Moment des endgültigen Bruchs des siebzehnjährigen Leven mit seinen Eltern, den er noch am selben Abend mit zwei Flaschen Tequila besiegelte. Damals begann er aus Selbstmitleid zu trinken. Später, nach seinem Auszug, betrank er sich, um die Schuldgefühle zu verdrängen, weil er seine kleine Schwester in diesem Elternhaus im Stich gelassen hatte.

Da sie nicht hatte wahrhaben wollen, dass ihr dunkler, Furcht einflößender Begleiter aus dem engsten Familienkreis kam, hatte Marla sich mit aller Macht bemüht, eine andere Ursache für ihre Empfindungen zu finden.

Auch heute noch suchte sie jeden unbekannten Raum intuitiv nach Gefahrenquellen ab. Fragte sich: Wer hielt sich in ihm auf? Gab es Winkel oder Ecken, in denen man sich verstecken konnte? Welche Fluchtmöglichkeiten standen zur Verfügung? Sie hatte ein bestens geschultes Auge für ihre Umgebung. Auch jetzt fielen ihr Dinge auf, die anderen in dieser aufregenden Situation womöglich verborgen geblieben wären.

Der Krankenhausbau wirkte wie erwartet heruntergekommen und verfallen. Doch eher so, als habe sich ein Requisiteur die Mühe gemacht, ihn wie seit Jahren leer stehend aussehen zu lassen, obwohl in Wahrheit hier täglich Menschen ein und aus gingen.

Die Gegensprechanlage an der nur angelehnten Eingangstür war herausgerissen gewesen, das Schild »Geburtsklinik Schilfhorn« jedoch blank geputzt. Der teilweise aufgeplatzte Linoleumboden im Flur roch nach Reinigungsmitteln, auf dem Boden lagen Papiere, aber selbst die schienen dort absichtlich drapiert, ähnlich wie die zum Teil aufgeplatzten Müllsäcke, die vor fast jeder vom Gang abgehenden Tür standen, und das in einem verdächtig gleichmäßigen Abstand.

In einem von ihnen entdeckte Marla eine Schüssel, die sie an sich nahm.

»Frau Hansen?«, rief sie, obwohl sie längst davon überzeugt war, dass ihr irgendwer, vermutlich ihre Mitschüler, einen Streich spielte. Der Einzige, der darauf reagierte, war Mr Grill, der versuchte, ihr übers Kinn zu lecken.

Sie öffnete mit dem Fuß eine Tür mit dem Schild »Patienten-WC«. Die Leitungen funktionierten. Das Wasser lief kühl aus dem Hahn in die Schüssel. Gierig tauchte Mr Grill das Köpfchen hinein.

»Hier auf den Fliesen ist es angenehm, wartest du hier kurz? Ich bin gleich wieder da, Kleiner!«

Normalerweise war Marla eher scheu und hätte sich niemals auf eigene Faust in dieses verlassene Gebäude gewagt. Sie hätte kehrtgemacht und ihrem Chef gesagt, jemand anderes müsse das Paket übergeben. Kurzzeitig hatte die Wut über das, was Mr Grill angetan worden war, sie aufgebracht und übermütig werden lassen. Doch nun war die erste Erregung verraucht, und sie beschloss, nicht länger hier zu bleiben.

In dem Moment sah sie, vor welchem Raum sie stand.

Nummer 012.

Direkt unter der Nummer stand »Kreißsaal«. Die Tür war breit genug, um ein Krankenbett hindurchzuschieben.

Und sie stand einen Spalt offen.

Marla sah sich um, überlegte kurz, schaute unschlüssig auf das Paket in ihrer einen, auf das Telefon in der anderen Hand. Dann obsiegte die Neugier.

Sie steckte ihr Handy ein und klopfte an, obwohl sie sich sicher war, dass das überflüssig und nutzlos war.

Hier ist keiner.

Wie erwartet bekam sie keine Antwort.

»Hallo?«

Sie betrat den Raum. Gleichzeitig erlosch hinter ihr das Flurlicht.

6. KAPITEL

Ihre Augen brauchten eine Weile, um sich an die gespenstische Szenerie zu gewöhnen. Hatte Marla schon am Eingang der verlassenen Klinik den Eindruck gehabt, dass hier etwas ganz und gar nicht stimmte, war sie sich nun dessen sicher. Es sah aus, als hätte ein morbider Geist einem frisch vermählten Brautpaar das Schlafzimmer für die Hochzeitsnacht dekoriert. Die Fenster waren mit blickdichten, schwarzen Filzvorhängen komplett verdunkelt. Auf dem Fußboden brannten mindestens zwei Dutzend Teelichte. Rosenblüten markierten den Weg vom Eingang des ehemaligen Kreißsaals bis zu etwas, das wie eine Mischung aus Krankenbett, OP-Tisch und Zahnarztstuhl aussah.

Jetzt erst hörte Marla leise klassische Musik. Sie musste an Oma Margot denken, die das Air von Bach auch so liebte, doch ganz gewiss nicht in dieser entsetzlichen Umgebung.

Mit diesem verstörenden Anblick.

Denn auf dem, was vermutlich einst ein Entbindungsbett gewesen war, in dem junge Mütter in den Wehen gelegen hatten, lag nun ... *Es.*

Marla wollte im ersten Moment nicht wahrhaben, dass *Es* ein Mensch war. Und keine Puppe, deren Kopf man mit einer milchigen Plastikfolie umwickelt hatte. Die Geräusche, die *Es* auf einmal von sich gab, hätten alles sein können. Die eines gequälten Tieres. Oder eines sterbenden Menschen.

Doch dann gewöhnten sich ihre Augen an das flackernde Kerzenlicht, und sie sah die Beine, die in einer Anzughose steckten, wie ihr Vater sie getragen hatte. Sah die Lederschuhe, ähnlich jenen, mit denen er zur Arbeit gegangen war.

Edgar?

Nein, dafür war der Mann zu klein.

Und Edgar ist tot, oder etwa nicht?

Marla verspürte keine Angst. Sie stand unter Schock. Zitterte. Sehnte sich nach der Sonne und dem Tageslicht zurück, das die Kälte, die ihr Innerstes erfasst hatte, vertreiben mochte.

Sie sah sich um, entdeckte einen Schalter an der Wand, legte ihn um, und ein mattes Energiesparlicht verstärkte die unheimliche Atmosphäre. Sie beugte sich über *Es*. Und sah: Augen. Lippen. Aufgequollen. Durch die dicke Folie kaum sichtbar, aber ohne Zweifel menschlichen Ursprungs. Sie war nun sicher, dass da ein Mensch unter der Plane steckte, dem Erstickungstod so nahe wie Mr Grill dem Hitzschlag vor wenigen Minuten.

Unmöglich, dass man derart eingewickelt ausreichend Luft bekommen konnte, auch wenn der Unbekannte es versuchte.

Herr im Himmel, er stirbt …

Der Brustkorb des Opfers hob und senkte sich in einer hyperventilierenden Frequenz. Sie versuchte, die Plane von dem Kopf zu lösen, und merkte, dass es in Wahrheit ein Sack war, den das Opfer mit jedem krampfhaften Atemzug über sein Gesicht saugte. Der Planen-Sack war mit einem Zipper am Hals zugezogen. So fest, dass Marla ihn mit bloßen Händen nicht lösen konnte.

Marla drehte sich um und trat dabei mit dem Fuß einige Teelichte um. Sie entdeckte einen Instrumentenschrank und zwei Kommoden an der Wand. Riss alles auf, jede

Schranktür, jede Schublade, doch sie waren leer, wie Attrappen. Kein Skalpell, kein Messer, mit dem sie die Plane hätte aufstechen können.

Sie überlegte, ob sie mit einer Kerze die Folie vor dem Mund des Opfers aufschmelzen sollte, aber wenn das nicht zu grausamen Verbrennungen führte, dann vermutlich zu tödlichen Vergiftungen.

Nichts, hier gibt es nichts, dachte sie, *außer ...*

Das Paket!

Natürlich.

Der Psycho, der das eingefädelt hatte, musste sie ja aus einem Grund hierhergelotst haben. Marla rutschte auf den Rosenblättern aus, als sie zur Tür zurückhastete, dort, wo sie vor Schreck das Päckchen hatte fallen lassen.

Kurz hielt sie inne.

Wie spät war es?

19:47 Uhr.

Das Paket sollte nicht vor 19:49 Uhr geöffnet werden. Und dann auch nur von einer Frau Hansen.

Was, wenn etwas Schlimmes passierte, sollte sie sich nicht daran halten?

»Völlig egal!«, schrie sie sich selbst an.

Was gab es Schlimmeres als *das* hier?

Eilig riss sie die Pappe auf und schrie vor Verzweiflung, als sie tatsächlich nur einen nutzlosen Stein darin fand. Ansonsten war es leer, bis auf ...

Ein Brief?

Er war sehr lang, im Schummerlicht nur schlecht lesbar und ohnehin komplett nutzlos. Die handbeschriebenen Seiten würden das Leben dieses Menschen hier ebenso wenig retten können wie der Gegenstand, der klirrend auf den Boden gefallen war, als sie das Paket umgedreht und geschüttelt hatte in der Hoffnung, doch noch etwas übersehen zu haben.

Marla bückte sich und griff nach einem Bund mit zackenlosen Schlüsseln.

Was soll ich damit?

Hier gab es keine Türen, Schränke oder abgeschlossenen Tische. Nur einen kleinen Kasten an der Wand.

Es war ein Schockgeber. Auch als Defibrillator bekannt.

Ein blaues Gerät, so groß wie ein Kinderkassettenrekorder, mit Tragegriff und Display, das tatsächlich noch funktionierte, als sie panisch draufpatschte.

Folgen Sie den Anweisungen auf dem Bildschirm, leuchtete auf. An dem Defi hingen zwei handtellergroße Kellen, mit denen der Strom in den Brustkorb geleitet wurde. Marla starrte sie hilflos an.

Was mache ich jetzt nur?

Der Mann (in Gedanken ging sie von einem männlichen Opfer aus) *ist doch noch gar nicht tot. Ich muss ihn nicht wiederbeleben, ich muss ihn befreien, ich muss …*

Ihr kam eine Idee.

Sie riss den Kasten von der Wand und schmiss den Defibrillator auf den Boden. Einmal. Zweimal.

Nach dem dritten Wurf lagen seine Einzelteile auf dem Linoleum verstreut. Unter ihnen auch, wie erhofft, ein Metallstück, scharfkantig wie Schrapnell.

Marla bückte sich danach und spürte einen stechenden Schmerz. Sie hatte sich in den Zeigefinger geschnitten. Blut quoll hervor.

Gut, es würde also funktionieren.

Allerdings zitterte sie jetzt so sehr, dass sie den Mann kaum von der Plane würde befreien können, ohne ihm ins Fleisch zu schneiden.

Oder Schlimmeres.

Doch Marla hatte keine Wahl. Als sie mit dem improvisierten Messer im Bereich des Mundes in die Plane stach, fühlte es sich an, als würde sie eine straff gespannte Haut durchtrennen.

Sie wusste nicht, ob sie aus Versehen die Lippen oder gar die Zunge des Mannes erwischt hatte, denn das Blut aus ihrem Finger hatte die Plane über dem Gesicht vollgetropft.

Sie schob jeweils zwei Finger in die Öffnung und versuchte, die durchstochene Folie weiter aufzureißen. Die anstrengende Arbeit war erst nach mehreren Ansätzen von Erfolg gekrönt. Marla wischte sich den Schweiß von der Stirn. Roch ihren eigenen süßsauren Körpergeruch, ein Gemisch verschiedener Sorten Schweiß: Arbeit, Erschöpfung, Angst. Mit der blutigen Hand hatte sie sich einen Schleier über die Augen gezogen, durch den sie nicht mehr klar sehen konnte. Am wenigsten das Gesicht des Opfers. Dafür hörte sie ein gedämpftes Husten. Nicht keuchend oder erstickt, sondern eher melodisch pfeifend.

Wie die Trillerpfeife des Teufels, dachte Marla, irr vor Angst. Sie meinte, nie zuvor etwas so Furchteinflößendes gehört zu haben, und das Grauen wurde rasch von einem zweiten Laut übertroffen. Ein einziges Wort. Eine gestöhnte Frage:

»Warum?«

Die Stimme war ihr im Unterschied zu dem Pfeifen vertraut, ohne dass sie hätte sagen können, zu wem sie gehörte. Eigenartigerweise klang das Opfer keine Spur dankbar darüber, dem Tod in letzter Sekunde entkommen zu sein.

Es schien eher verwirrt. Verzweifelt. Und panisch.

Und das, obwohl der Mensch unter der Plane nicht nur

wieder ausreichend Luft bekam. Sondern zudem gar nicht mehr gefesselt war, auch wenn Marla sich das nicht erklären konnte.

Wie hat er das geschafft? Ich habe seine Hände doch noch gar nicht befreit, oder …

Waren sie gar nicht gefesselt gewesen? *Ich habe es nicht kontrolliert, ich bin einfach davon ausgegangen, dass …*

Sie brachte den Gedanken nicht zu Ende.

Die Gestalt bäumte sich auf, schlug um sich und rammte ihr dabei das Metallstück mit der eigenen Hand durch das Kinn bis in die Mundhöhle.

Marla taumelte zurück. Wartete auf den Schmerz, der mit kurzer Verzögerung kam, dafür aber umso heftiger.

Sie riss sich das Metall aus dem Kinn, was sich als Fehler erwies, weil sie jetzt Blut spuckte, so viel, dass sie die rettende Tür nicht mehr zu erreichen glaubte, da sie in einer Lache ausrutschte. Gerade als sie nach der Klinke greifen wollte, um sie aufzuziehen, spürte sie die Hand an ihrem Knöchel. Der Planen-Mensch musste sich von dem Gebärbett abgerollt haben und zu ihr gekrochen sein. Jetzt riss er sie an ihrem Bein nach hinten. Marla ruderte mit den Armen, verlor das Gleichgewicht und fiel der Tür entgegen, die auf einmal sehr viel näher war. So nahe, dass sie mit voller Wucht mit dem Kopf gegen die hervorstehende Klinke schlug.

Ihr Nasenbein zersplitterte. Es knirschte, als wäre es eine Nuss, die man unter dem Stiefelabsatz zertrat.

Noch mehr Schmerzen, noch mehr Blut.

Das Erstaunliche allerdings war: Obwohl der Schmerz die Grenze dessen überschritten hatte, was ein Mensch bei Bewusstsein ertragen konnte, sorgte er nicht dafür, dass Marla sämtlicher anderer Empfindungen beraubt war. Neben dem Ziehen und Pochen und Brüllen all ihrer Wunden schaffte es eine weitere, sehr viel subtilere Wahrnehmung in eine entlegene Kammer ihres Bewusstseins.

Etwas, was sie im Sturz für den Bruchteil einer Sekunde aus den Augenwinkeln heraus sah.

Ein Stativ. In der Zimmerecke.

Ich werde gefilmt, war ihr letzter Gedanke.

Mein Tod wird gefilmt!

7. KAPITEL

Drei Jahre danach
Zwei Jahre vor der Entscheidung

Es gab nur zwei Menschen in ihrer Verwandtschaft, die wussten, womit sie ihr Geld verdiente. Sonst erzählte sie keinem davon. Offiziell arbeitete sie an ihrer Bachelorarbeit im Bereich Verhaltensbiologie zum Thema »Angeborene und erlernte Aggressionsstrategien des Menschen in Extremsituationen«. Dieser sperrige Titel reichte flüchtigen Bekanntschaften aus (wenn sie denn welche machte), ihre Beschäftigung nicht weiter zu hinterfragen.

Wäre sie auf Partys gegangen, hätte sie eher ein Cocktailschirmchen heruntergeschluckt, als den Gästen von ihrem Arbeitstag zu erzählen. Niemand wollte das wissen. Keiner wollte wahrhaben, dass es so etwas Entsetzliches in der Welt überhaupt gab.

Leider gab es so etwas sogar so häufig, dass Menschen wie sie für diesen grauenhaften Job eingestellt wurden. Für den es nur einen fensterlosen, klimatisierten Raum, einen Notizblock mit Bleistift und natürlich einen Computer mit mehreren Monitoren brauchte. Vor diesem saß sie mit geräuschreduzierenden Kopfhörern, die die meisten ihrer in der Regel männlichen Kollegen ablehnten. Sie ertrugen die Schreie, das Weinen und vor allem das Flehen längst nicht mehr.

»*Bitte nicht, Papa. Hör bitte auf. Du tust mir weh.*«

Von den Abertausend Missbrauchs- und Misshandlungsvideos, die sie als Cyber-Analystin für das LKA Berlin bislang hatte sichten müssen, gab es eine Kategorie, die jede Grenze des Vorstellbaren sprengte. Und zwar die, in der die Opfer ihre Peiniger nicht einmal um Gnade anbetteln konnten, weil es sich bei ihnen um Säuglinge handelte.

Auf dem Video, das sie sich gerade ansah, war zum Glück niemand mehr zu sehen. Die abscheuliche Tat war vorbei, das Badezimmer, in dem sie begangen worden war, wieder leer. Seine Ansicht füllte als Standbild einen der drei Monitore auf dem Schreibtisch.

Weiße Eckbadewanne, Modell Sirion, Anfang 2017 aus dem Sortiment des Herstellers genommen, notierte sie auf dem Block. Nach langer Suche hatte sie das taxiweiße, bauchige Modell auf E-Bay gefunden. Am Ende des heutigen Arbeitstages würde sie es in die Cybercrime-Datenbank einspeisen. Wichtige Informationen für den Fall, dass Ermittler in anderen Fällen ebenfalls auf dieses Tatortobjekt stießen.

Sie spürte, wie hinter ihr die Tür aufging, und nahm den Kopfhörer ab.

Kristin Vogelsang, die Abteilungsleiterin, saß in ihrem Rollstuhl und nickte ihr vom Flur aus zu. Wie immer trug sie einen ordentlich hochgesteckten Dutt und ein Bleistiftrock-Kostüm, das so mausgrau war wie die Farbe ihrer wachen, hinter einer Goldrandbrille versteckten Augen. Und wie immer roch sie angenehm nach einem pudrigen Eau de Toilette, das im Laufe des fortgeschrittenen Tages allerdings nur noch dezent an ihr haftete.

Kristin lächelte und fragte mit der für sie typischen rauchigen Stimme: »Könnte ich dich bitte kurz sprechen, Marla?«

8. KAPITEL

Marla nickte, schaltete den Bildschirm schwarz und stand auf. Beim Rausgehen warf sie Mr Grill einen liebevollen Blick zu. Er gähnte schläfrig und blieb in seinem gemütlichen Hundebettchen vor der Heizung liegen.

»Bin gleich wieder da.« Sie bückte sich und tätschelte ihm vor dem Rausgehen den Kopf.

Wäre Mr Grill nicht gewesen, hätte sie vor drei Jahren komplett den Verstand verloren. Der Hund war der einzige Beweis dafür, dass sie sich die Vorkommnisse in der Geburtsklinik nicht eingebildet hatte. Sie hatte keine Ahnung, wie sie dem Wahnsinnigen aus dem Kreißsaal entkommen war. Wie sie erst stürzte, sich dann wieder aufrappeln und ins Freie rennen konnte.

Das Letzte, woran sie sich erinnerte, war, wie sie, den Atem des Planen-Menschen im Nacken spürend, auf die Zufahrt gelaufen war und sich einem Auto in den Weg gestellt hatte.

Leider war der Fahrer gerade mit seinem Handy beschäftigt. Sammy Kalla, ein siebenundzwanzigjähriger Schlagzeuger auf dem Weg zu seinem Proberaum, erfasste sie, ohne abzubremsen. Sie schlug mit dem Kopf auf dem Asphalt auf. Allein der Schädelbasisbruch hätte sie beinahe das Leben gekostet.

Die Beamten hatten das Gebäude untersucht, allerdings erst vier Tage später. Da war Marla nach der zweiten Operation zum ersten Mal wieder ansprechbar gewesen und hatte der Polizei erzählt, woran sie sich erinnerte. Dabei kam es ihr so vor, als wäre das meiste nicht ihr, sondern einer anderen Person zugestoßen. Sie erinnerte sich daran, als sähe sie einen Film über ihre Vergangenheit, wie in diesen modernen True-Crime-Dokus, in denen reale Personen durch Schauspieler ersetzt werden. Doch mit der Zeit gelang es ihrer Psyche nicht mehr, sich in die Rolle der unbeteiligten Beobachterin zu flüchten. Mit fortschreitender körperlicher Gesundung wuchs auch die mentale Klarheit. Dass sie all das selbst erlebt hatte: die Geburtsklinik, den Planen-Menschen, die Metallscherbe im Kinn, die Hand an ihrem Knöchel, ihr Nasenbein, das an der Türklinke zersplitterte.

Der Unfall.

Vor Ort hatten die Ermittler jedoch weder einen Kombi noch ein Gebärbett, noch irgendwelche Hinweise auf einen versuchten Mord in dem alten Kreißsaal gefunden. Kein Blut, keine Kampfspuren. Auch ihr Handy blieb spurlos verschwunden. Dafür sagte der Hausmeister der Polizei gegenüber aus, dass das Gebäude für Krankenhausserien oder Horrormovies an Filmproduktionen vermietet, dort im Moment aber nicht gedreht werde.

Marla versuchte die Beamten davon zu überzeugen, dass ein Krankenhaus-Filmset leicht zu reinigen sei und sie lange genug auf der Intensivstation gelegen habe, dass der Täter seine Spuren verwischen konnte. Aber da keinerlei Indizien für ein Verbrechen gefunden wurden, verzichtete die Polizei auf eine gründlichere Spurensicherung. Zumal Steve, der Chef des Kurierdiensts, bestritt, Marla ein Paket in den Kofferraum gestellt und sie zum Wannsee beordert zu haben. Tatsächlich fand sich keine entsprechende WhatsApp-Nachricht im Ausgang seines Handys.

Einzig ihr Bruder hatte nicht eine Sekunde an ihren Darstellungen gezweifelt und sogar heimlich an den Schwestern vorbei Mr Grill an ihr Klinikbett geschleust, den die Beamten in dem Krankenhausgebäude gefunden hatten.

Von Marlas Freunden war nur Kilian zu Besuch gekommen. Als die Stationsschwester ihn ankündigte, kurz nach ihrer letzten OP, hätte sie ihr am liebsten gesagt, sie solle ihn wegschicken. Doch dann hatte er in der Tür gestanden. Verlegen, mit einem Blumenstrauß in der Hand. Er trug ein langärmeliges T-Shirt, weswegen sie sein Tattoo nicht sehen konnte. Was sie sah, war der Schock in seinen Augen. Die Fassungslosigkeit, wie sehr sie sich durch den Unfall verändert hatte. War da sogar eine Spur Abscheu in seinem Blick? Wenn ja, dann hätte sie es verstanden. Sie selbst konnte ihren aufgequollenen, vernarbten Anblick ja kaum im Spiegel ertragen. Was immer der einzige Junge, der ihr auf der Schule je etwas bedeutet hatte, vor dem Vorfall in ihr gesehen haben mochte, der Planen-Mensch hatte es ihr genommen. Als Kilian das zweite Mal kam, ließ sie sich verleugnen. Sie sorgte dafür, dass er ihre neue Nummer nicht bekam, und zwei seiner Briefe ließ sie ungeöffnet im Nachttisch zurück, als sie die Klinik für die Reha verließ.

Einmal noch musste er da gewesen sein, heimlich, während sie schlief. Denn auf einmal lagen die Tagebücher, die sie ihm geborgt hatte, auf ihrem Nachttisch.

Seitdem hatte sie nie wieder etwas von ihm gehört. Außer in ihren Träumen, wenn er lächelnd ihre Entschuldigung annahm, wie dumm sie doch gewesen sei, aus falscher Scham und Selbstmitleid den Kontakt zu ihm abgebrochen zu haben.

»Wie lange bist du jetzt im Team?«, fragte Kristin, als sie einander in dem Besprechungsraum gegenübersaßen.

Er war wie ein Aquarium komplett verglast, dennoch waren sie von neugierigen Blicken aus dem Großraumbüro abgeschirmt, da die Abteilungsleiterin die elektrischen Jalousien heruntergefahren hatte. Marla wunderte sich, weshalb sie nicht in Kristins Büro gebeten worden war. Dort war es auf der Couch der Besprechungsecke weit weniger förmlich als hier an dem Ungetüm von Konferenztisch. Normalerweise achtete Kristin sehr auf einen ungezwungenen Umgang, duzte sie sogar, während Marla all die Jahre beim Sie geblieben war.

»Sie haben mich vor drei Jahren rekrutiert«, antwortete Marla. *Nur zwei Monate danach,* wie sie nicht umhinkam, still zu rechnen. Marlas Zeitrechnung begann im Grunde mit dem Tag ihrer Wiedergeburt. Als sie im Krankenhaus zu sich kam, mit den schweren Verletzungen, die von dem Autounfall herrührten.

Im Vergleich zu Kristin Vogelsang hatte sie noch Glück im Unglück gehabt. Die Dienststellenleiterin musste seit einem Unfall mit Fahrerflucht zwei Beinprothesen tragen, die sie oft so sehr schmerzten, dass sie wie heute den Rollstuhl bevorzugte.

»Wie lange willst du noch bleiben?«, fragte Kristin.

Eine berechtigte Frage. Ihre Karriere beim LKA war alles andere als vorherbestimmt. Marla hatte keinen Beamtenstatus. Sie war noch nicht einmal Polizistin. Kristin hatte mit Trick siebzehn für sie eine Sonderstelle organisiert, da ihr klar gewesen war, dass Marla mit ihrem traumatischen Hintergrund kaum den psychologischen Eignungstest beim LKA bestehen würde. Dennoch hatte sie nicht auf ihre besonderen Fähigkeiten verzichten wollen und ihr daher einen gut bezahlten Job bei Social-Control-Media besorgt. SCM hatte sich als private Firma darauf spezialisiert, legale

Tauschbörsen für pornografische Videos von illegalem Material zu säubern.

Während Facebook, Instagram, TikTok und Co. mithilfe von künstlicher Intelligenz Brustwarzen und Geschlechtsorgane erkennen konnten, versagten die dafür programmierten Hochleistungsrechner, wenn es darum ging, die schauspielerisch inszenierte von einer echten Vergewaltigung zu unterscheiden. Auch wenn beides pervers war, so war nur eines davon ein Fall für den Staatsanwalt. Unter den Millionen abartiger Videos, die private Nutzer täglich auf Porno-Plattformen hochluden, fand sich so häufig strafbares Material, dass SCM fast so etwas wie eine Standleitung zum LKA unterhielt. Und mit Marla gab es nun sogar eine eigene Außenstelle. Sie bekam keine Einsicht in die Akten laufender Prozesse und hatte selbstverständlich keinerlei Amtsbefugnisse. Ihre Tätigkeit beschränkte sich darauf, die abscheulichsten Filme und Fotos der Welt nach Auffälligkeiten zu analysieren: Merkmale wie das Logo auf dem T-Shirt der meist verpixelten, gesichtslosen Täter, die auf dem Stummel im Aschenbecher auf dem Nachttisch erkennbare Zigarettenmarke oder der Riss in der Tapete, der bereits in einem früheren Video aufgefallen war. Alles potenzielle Hinweise, die den Ermittlerinnen und Ermittlern, denen Marla zuarbeitete, bei ihrer Suche nach dem größten Abschaum in den hintersten Kloakenbecken des Internets behilflich sein könnten.

»Ich habe keine weiteren Pläne«, antwortete Marla ihrer Vorgesetzten.

Kristin nickte. »Du weißt, wie viel ich von dir halte. Und wie sehr wir dich, ähm, also ich meine SCM, hier brauchen. Aber ich mache mir Sorgen.«

Marla und Kristin hatten sich in der Reha kennengelernt,

wo der Beamtin Marlas außergewöhnliche Begabung aufgefallen war. Ihre erhöhte Sensibilität, die es ihr ermöglichte, sich in nur wenigen Momenten ungewöhnliche Details ihrer Umgebung und der darin lebenden Personen einzuprägen. Hatte Marla einmal einen Raum betreten, konnte sie noch Tage später aus der Erinnerung sagen, wo und wie viele Steckdosen in ihm angebracht waren, welche Farbe die Innenseite des Lampenschirms hatte und an welcher Stelle das Laminat nachgebessert werden musste.

Kurios war, dass sich Marlas Auffassungsgabe seit dem Unfall noch deutlich verbessert hatte. Es war nicht nur, dass ihr Besonderheiten in der Kleidung, Frisur, Körperhaltung oder im Verhalten von Menschen auffielen. Sie konnte aus ihren Beobachtungen auch Rückschlüsse auf das Wesen der Person selbst ziehen. Bei Kristin etwa hatte sie Dinge »gesehen«, die die Beamtin sogar vor ihren engsten Vertrauten hatte geheim halten wollen. Schon die erste Frage, die sie ihr beim Frühstück in der Rehaklinik gestellt hatte, war entlarvend gewesen: »Arbeiten Sie als Polizistin oder im Sicherheitsdienst?«

»Wie kommst du darauf?«

»Ich habe Ihnen doch gestern die Lesebrille aus Ihrem Zimmer geholt. Da sind mir die schwarzen Arbeitsschuhe im Regal aufgefallen. Größe neununddreißig, nicht wahr? Sie sehen so aus, als ob sie zu einer Uniform passen, die ich hinter der Schranktür vermute.«

Kristin hatte ertappt gelächelt. »Vielleicht arbeite ich ja auf einer Baustelle?«

»Möglich. Aber Sie haben im Gespräch mit Ihrer Psychotherapeutin gestern von einer *Vernehmung* gesprochen. Die meisten Menschen benutzen das Wort ›Verhör‹, das offiziell nicht mehr gebraucht und nur noch umgangssprachlich benutzt wird, so wie gestern in der Liebeskomödie, die wir im

Gemeinschaftsraum gesehen haben. Ich habe gesehen, wie Sie die Augen verdreht haben. Apropos Liebe, wann heiraten Sie sie?«

Kristin hatte ausgesehen, als hätte sie sich an ihrem Kaffee die Zunge verbrüht. »Wie bitte?«

»Alexandra. Ihre Freundin. Die gerade da war und Ihnen Blumen gebracht hat, dem Papier nach von dem Laden unten an der Ecke. Die Ikea-Vase hat sie sich aus dem Zimmer 1045 von Waldemar Ludwig geborgt, da stand sie jedenfalls gestern noch, als ich ihm mit den Krücken geholfen habe.«

»Ich weiß nicht, wovon du sprichst.«

»Blassgrüne Augen, Konfektionsgröße vierzig, Schuhgröße achtunddreißig, derselbe Cartier-Ring wie Sie am Finger. Linke Hand, die Seite des Herzens.«

Das einseitige Zucken ihrer Braue hatte Kristin verraten. Ihr anerkennendes Lachen den Beginn einer bis heute andauernden Schülerin-Mentorin-Beziehung eingeläutet, in der es so geblieben war, dass Marla geduzt wurde, während sie die Polizistin weiterhin siezte, so wie jetzt bei der Unterredung, die sich für Marla mehr und mehr wie eine Beschuldigtenbefragung anfühlte.

»Wie viele Videodokumente hast du diese Woche gesichtet?«, wollte Kristin von ihr wissen.

»Zehn?«

Ihre Vorgesetzte schüttelte den Kopf. »Es waren zweiundzwanzig. Und es ist erst Mittwoch.«

»Ich bin schnell.«

»Das ist es ja, was mich umtreibt. Diese Belastung hältst du auf Dauer nicht durch.« Kristin seufzte.

»Was wollen Sie von mir? Ich war doch schon bei dem Psychodoc, den Sie mir empfohlen haben.«

Es war Vorschrift, dass sich alle Videoanalysten einmal

im Jahr in eine Supervision begaben und über die seelischen Belastungen sprachen, die mit ihrer Arbeit einhergingen. Marla hatte es lange geschafft, sich davor zu drücken, doch Kristin hatte keine Ruhe gegeben, bis sie endlich zu Dr. Jungbluth gegangen war, dem zweiten Seelenklempner nach der Kinderpsychologin, der nun eine Akte Marla Lindberg mit Schauergeschichten füllte.

Sechs Sitzungen waren vergangen, aber das wusste die Abteilungsleiterin sicher ebenso, wie dass Marla die letzten beiden Termine geschwänzt hatte, denn sie hatte den renommierten Arzt Kristin gegenüber von seiner Schweigepflicht entbunden.

Erwartungsgemäß sagte Kristin daher: »Es ist ein großer Fehler, dass du die Behandlung abgebrochen hast.«

Marla zuckte mit den Achseln. »Ich respektiere, dass Sie sich Sorgen um mich machen. Aber wissen Sie, mir ist schon einmal der Kopf aufgeschnitten worden. Ich habe wenig Lust, mir ein weiteres Mal von einem Fremden da reinschauen zu lassen.«

Kristin zog die Augenbrauen zusammen. »Ich glaube vielmehr, du hast keine Lust auf die Wahrheit. Dr. Jungbluth und ich sind einer Meinung. Wir wissen, weswegen du hier so viele Überstunden machst. Weshalb du dich so verausgabst. Ich weiß genau, wonach du suchst.«

»Und das wäre?«, fragte Marla und verschränkte die Arme vor der Brust.

»Der Killer. In der Plane. Im Kreißsaalgebäude.«

»Was ist mit ihm?«

»Du willst wissen, wer dich damals fast umgebracht hat. Vor wem du panisch weggelaufen und deshalb in ein Auto gerannt bist. Dem du …« Kristin sah sie fragend an. »Wie viele Operationen waren es?«

»Sieben.«

»Dem du *sieben* Operationen, die Stahlplatte im Kopf und die Narben im Gesicht zu verdanken hast. Und vor allen Dingen deine Albträume.«

»Ich schlafe gut«, log Marla.

»Klar. Und ich gewinne nächstes Jahr den Ironman auf Hawaii. Mach mir … nein … mach *dir* nichts vor! Du hast mir von Edgar erzählt.«

Der Schatten.

»Verfolgt er dich noch immer?«

»Nein.« Sie log schon wieder. Erst tags zuvor hatte sie auf dem U-Bahnhof Potsdamer Platz das Gefühl gehabt, dass sie jemand über die Gleise hinweg vom anderen Bahnsteig aus beobachtete.

»Machen wir uns nichts vor«, sagte Kristin und schob sich vom Konferenztisch weg, um näher zu Marla rücken zu können. »Es ist doch klar, weshalb du als Erste kommst und als Letzte gehst: Du hast in diesem Kreißsaal ein Stativ gesehen mit einer blinkenden Kamera darauf. Also suchst du nach dem Video, auf dem du zu sehen bist. Und du trägst die Kopfhörer, weil du es nicht verpassen willst, wenn du noch einmal diesen pfeifenden Husten hörst.«

Marla spürte, wie sie knallrot wurde und die Narbe, die vom Haaransatz unter der Schläfe bis hinter die Ohren lief, zu jucken anfing. Ein sicheres Zeichen dafür, dass sie sehr bald Migräne bekommen würde. »Worauf läuft das hier hinaus? Wollen Sie mich feuern?«

»Nein, ich will dir etwas zeigen.« Kristin drehte sich mit ihrem Rollstuhl zum Ausgang und fuhr los.

Kurz darauf überlegte sich Marla, ob es nicht besser gewesen wäre, sie wäre damals im Kreißsaal dem Planen-Menschen nicht entkommen.

9. KAPITEL

Ein Dokument, du musst es mit eigenen Augen lesen. Ich habe es in meinem Büro vergessen.« Mit diesen Worten war Kristin aus dem Besprechungsraum gerollt. Nach zwei Minuten war sie wieder zurück, mit einem braunen Schnellhefter auf dem Schoß. Erstaunt roch Marla das pudrige Eau de Toilette, das ihre Chefin in der kurzen Zwischenzeit neu aufgetragen haben musste.

»Was ist das?«, fragte sie mit Blick auf das doppelseitig bedruckte Papier, das Kristin ihr reichte.

Die Polizistin erinnerte sie mit einer freundlichen, aber bestimmten Handbewegung daran, dass sie das Dokument lesen sollte.

Also gut.

Der Text, den Marla nur überflog, enthielt zahlreiche ihr unverständliche medizinische Fachbegriffe und war allem Anschein nach die Zusammenfassung eines Diagnoseberichts von Dr. Jungbluth.

Eine Stelle war rot markiert.

»Was soll das heißen?«, fragte Marla, ohne aufzusehen.

Sie las den entsprechenden Passus noch einmal.

Verdacht auf Prosopagnosie

»So heißt die Wahrnehmungsstörung, unter der du leidest.«

Irritiert sah sie zu Kristin, die jetzt zum ersten Mal, seitdem sie den Raum verlassen hatte, wieder mit ihr sprach, was zur Folge hatte, dass Marla schreiend das Blatt fallen ließ.

Sie zitterte. Und das lag nicht an den Worten Kristins, die sie nun mit einer stummen Geste bat, wieder Platz zu nehmen. Es war die Tatsache, dass die Stimme der Polizistin nicht aus dem Mund der Person kam, die sich direkt vor ihr befand. Sondern aus dem Mund einer Frau, die sich außerhalb des Konferenzraums befand.

»Ich denke, es ist an der Zeit, sich der Wahrheit zu stellen.«

Mit diesem Satz erschien die Sprecherin in der Tür. Sie trug ebenfalls einen Dutt, eine Goldrandbrille und ein mausgraues Kostüm. Und sie saß wie Kristin im Rollstuhl.

Ein Zwilling?

»Was ist hier los?«, keuchte Marla. »Was wird das hier?«

»Dr. Jungbluth hat womöglich die Ursache dafür gefunden, weswegen die Polizei damals keine Spuren in der Geburtsklinik ermitteln konnte. Denn der Überfall auf dich hat vermutlich so nie stattgefunden.«

Ihr Mund stand offen. Marla fühlte sich gedemütigt und überfordert. »Wieso tun Sie das? Was ist das für ein Psychospiel?«, fragte sie und fühlte sich, als hätte jemand einen Vorhang von ihren Augen gerissen und die Bühne für eine bizarre Sinnestäuschung frei gemacht. Zwei Frauen, beide im Rollstuhl. Nur eine davon konnte Kristin sein.

»Das ist kein Spiel«, widersprach die linke. »Sondern die Erklärung für viele deiner Probleme.«

»Hören Sie auf!«, rief Marla, mit jedem Wort lauter werdend. Sie merkte es nicht, aber sie hielt sich tatsächlich die Ohren zu, was jedoch nicht verhinderte, dass die folgenden Worte zu ihr durchdrangen:

»Du leidest an Prosopagnosie. Das ist Gesichtsblindheit, was bedeutet, dass du Menschen nicht an ihren Gesichtern unterscheiden kannst.«

Marlas gehetzter Blick wanderte zwischen den beiden für sie nahezu identisch aussehenden Frauen hin und her.

»Lasst mich in Ruhe!«, schrie sie, da stand die Rollstuhlfahrerin zu ihrer Rechten auf. »Ich glaube, ich gehe besser«, sagte sie mit heller Stimme.

»Wer war das?«, fragte Marla entsetzt, während die Frau ohne Schwierigkeiten mit federndem Gang aus dem Raum schritt.

»Meine Freundin Roxana. Sie hat mich bei dem Experiment unterstützt.« Kristin, wenn sie es denn war, hob beschwörend die Hand: »Marla, bitte hör mir zu. Ich weiß, wie verstörend das ist, aber ich will dir klarmachen, weshalb du unter gar keinen Umständen die Behandlung bei Dr. Jungbluth abbrechen darfst. Roxana hat eine ähnliche Frisur wie ich und trägt die gleichen Klamotten. Aber unsere Gesichter sind so unterschiedlich wie unsere Stimmen. Trotzdem hast du nicht bemerkt, dass nicht ich es war, die dir das Dokument gereicht hat.«

Marla schloss die Augen, schüttelte energisch den Kopf. »Ich bin nicht wahnsinnig«, sagte sie, obwohl sie das komplette Gegenteil fühlte.

»Nein, keineswegs. Prosopagnosie hat nichts mit Schizophrenie oder Ähnlichem zu tun. Diese Beeinträchtigung bleibt bei vielen Menschen unerkannt. Gerade wenn sie so intelligent und empathisch sind wie du. Denn du weißt deine Mitmenschen an zahlreichen anderen Dingen zu unterscheiden. An der Stimme, der Körperhaltung, dem Geruch oder Tätowierungen etwa. Das schaffst du nur dann nicht, wenn du abgelenkt bist und dich nicht konzentrierst. Wie eben, als dich unser Zwillingsspiel an deiner Wahrnehmung hat zweifeln lassen. Und natürlich, wenn du dich in einem seelischen Ausnahmezustand befindest. Wenn du panische Angst hast. Wie eben, als du nicht wusstest, wer von uns beiden wer ist. Oder damals in der verlassenen

Geburtsklinik, in der es bestimmt dunkel und Furcht einflößend war.«

Kristin rollte näher, aber Marla wich vor ihr zurück und stand jetzt mit dem Rücken an den Jalousien.

»Es ist wie bei Blinden, die besser hören können. Dein Gehirn kompensiert deine Gesichtsblindheit und macht dich feinfühliger. Und manchmal übertreibt es dabei, und die Sinne täuschen dich. Deshalb siehst du Schatten, die dich verfolgen. Und du hörst einen pfeifenden Husten.«

Edgar.

Kristin verschwamm vor Marlas Augen wie der Rest der seelenlosen, anonymen Büroumgebung. Sie wischte sich mit der flachen Hand über die Augen, aber die Tränen schossen immer wieder nach.

»Marla, bitte.« Sie spürte Kristins Hand an ihrer, als sie im Begriff war zu gehen, doch sie schüttelte sie ab.

»Lassen Sie mich.«

»Bitte. Verschwende nicht deine Lebenszeit mit der Jagd nach einem Phantom. Es gibt keinen Edgar. Keinen Schatten. Keinen pfeifenden Killer.«

Marla nickte ihrer Vorgesetzten zu. Traurig und zutiefst verletzt löste sie das Band mit der Keycard vom Hals, ihre Zugangsberechtigung, und legte sie auf den Tisch.

Möglicherweise hatte Kristin recht. Vielleicht litt sie wirklich an Wahrnehmungsstörungen. Und eventuell wollte ihre Chefin ihr wirklich helfen und sie vor sich selbst beschützen, denn natürlich machte ihre Arbeit sie über kurz oder lang zu einem seelischen Wrack. Aber die beste Absicht gab ihr nicht das Recht, sie zu manipulieren. Man riss niemandem die Kleider vom Leib, damit er seine Narben erkannte. Schon gar nicht vor Fremden. Marla fühlte sich entlarvt und zutiefst gedemütigt. In diesem Moment war zwischen ihr und Kristin ein Graben entstanden, der sich mit guten Worten und netten Gesten nicht wieder würde zuschütten lassen.

»Straabo«, sagte sie leise.

»Wie bitte?«

Sie zwang sich, ihrer Mentorin ein letztes Mal in die Augen zu sehen. »In dem Video, das ich gerade analysiert habe, spielt eine nicht mehr lieferbare Eckbadewanne eine Rolle. Die meisten wurden von einem Händler in der Nähe von Dallgow vertrieben und gewartet. Die Firma heißt Straabo und hat die ersten sieben Jahre die Wartung der Whirlpoolfunktion kostenlos angeboten. An Ihrer Stelle würde ich mir die Servicehefte der letzten Jahre geben lassen. Mit etwas Glück finden Sie einen Schreiner oder Tischler mit einem aktuell siebenjährigen Sohn im Register.«

Bitte hör auf, Papa. Es tut weh.

»Achten Sie bei der Durchsuchung auf versteckte Türen oder Einbauten. Der Mann ist handwerklich sehr begabt. Die Hängeschränke im Bad sind nicht rückverfolgbare Allerweltsware aus dem Baumarkt, aber von einem Profi veredelt worden. Und ja, der Täter im Video hatte Reste einer Handwerker-Reinigungspaste am Handballen, wie Bauarbeiter sie für schwerste Verunreinigungen benutzen.«

»Marla, bitte nicht«, rief ihr Kristin hinterher, doch da hatte sie schon auf dem Absatz kehrtgemacht, um Mr Grill zu holen.

Und nie wieder zurückzukommen.

10. KAPITEL

Zwei Jahre später
Neun Tage vor der Entscheidung

In diesem Raum war ein widerwärtiges Verbrechen geschehen. Oder die monströse Tat stand kurz bevor.

Marla spürte es.

Sie lag auf dem Bett, das für einen Einzelnen recht großzügig bemessen, für ein Paar aber etwas schmal war. Dabei versuchte sie sich einen Reim auf die verstörenden Eindrücke zu machen, die sie beim Betreten des Hotelzimmers nahezu überwältigt hatten.

Beim Öffnen der Tür des Zimmers 313 war sie noch abgelenkt gewesen. Sie hatte an die Einladung denken müssen, die seit Wochen zu Hause an ihrem Kühlschrank hing.

HOHENSTEIN-ABI – FÜNF JAHRE GESCHAFFT!

stand oben auf der Karte, darunter prangte eine wahrhaft scheußliche Ansicht des Backsteinschulbaus nahe der Potsdamer Chaussee.

WIR FEIERN DIE REVIVAL-ABIFAHRT.
VOM 15. BIS ZUM 18. DEZEMBER –
SEHEN WIR UNS AUF DER NEBELHÜTTE?

Es war die zweite Einladung, die sie bekommen hatte. Das dritte Treffen, das sie verpassen würde, seitdem sie kurz nach dem Abitur im Krankenhaus zusammengeflickt worden war, während ihre Mitschülerinnen und Mitschüler auf ihrer ersten Abifahrt die Bars und Clubs der Altstadt Barcelonas unsicher gemacht hatten. Über die Jahre war der Wunsch in ihr gekeimt, einmal das nachzuholen, was ihr zum Ende der Schulzeit verwehrt geblieben war.

Doch dafür den weiten Weg in die Berge in Kauf nehmen? Und dann ein ganzes Wochenende? Das traue ich mir nicht zu, hatte sie heute noch beim Frühstück gedacht. Einsam unter mittlerweile völlig Fremden, noch dazu von der Außenwelt abgeschnitten auf über zweitausend Metern Höhe in den Alpen nahe der deutsch-österreichischen Grenze.

Obwohl mir Dr. Jungbluth sicher dazu raten würde, die Reise in die Vergangenheit anzutreten.

Vor einem Jahr etwa hatte sie die Sitzungen bei ihm wieder aufgenommen, nachdem ihr Bruder wieder einmal abgetaucht war und sie ohne Kilian und ohne Kristin niemanden mehr hatte, dem sie sich anvertrauen konnte.

»Sie müssen die alte Marla wiederbeleben«, war das Mantra, mit dem der Psychiater fast jede seiner Therapiesitzungen beendete. »Und damit meine ich nicht die Marla vor dem, was Sie im Kreißsaal erlebt haben. Die Wahrscheinlichkeit ist nämlich sehr hoch, dass dort gar nichts passiert ist, außer dass Sie in dem morbiden Gebäude in Panik geraten sind. Ich spreche von der Marla vor dem Autounfall. Der markiert mehr als nur einen Wendepunkt in Ihrem Leben«, hatte er ihr bereits in den ersten Sitzungen erklärt, die sie damals noch Kristin zuliebe bei ihm absolviert hatte. »Er hat einen seelischen Urknall ausgelöst, der Ihr altes Ich hat explodieren lassen und gleichzeitig ein neues Ich entstehen ließ.«

Dafür spreche, dass Marla keine Scheu habe, über Gegenwärtiges zu reden, aber rigide abblocke, wann immer Jungbluth auf ihre Kindheit, das Mobbing in der Schule oder andere frühere Erfahrungen zu sprechen kam. »Es gab eine Marla vor dem Unfall. Und eine danach. Die Danach-Marla ist derart traumatisiert, dass sie nichts mehr mit der Davor-Marla zu tun haben will. Daher haben Sie auch diese distanzierten Erinnerungen. Und da müssen Sie ansetzen. Sie müssen sich der Davor-Marla stellen, sich mit ihr auseinandersetzen. Mit ihr ins Reine kommen. Sie müssen sich selbst finden!«

Marla schmunzelte in Gedanken.

Ohne dass er es hatte wissen können, hatte Jungbluth in einem Punkt ins Schwarze getroffen. Zwar hatte er ihr vor Augen geführt, dass ihr Trauma in der verlassenen Geburtsklinik im Wesentlichen ihrer Fantasie entsprungen war. Damit hatte sie mittlerweile abgeschlossen. Es gab keinen Planen-Menschen, keinen pfeifenden Husten. *Keine Trillerpfeife des Teufels.* Dank den Mechanismen, die ihr Dr. Jungbluth gezeigt hatte, konnte sie Panikattacken zuvorkommen, wann immer sie sich von diesen Trugbildern verfolgt fühlte. Sie halfen ihr jedoch nicht dabei, mit einem anderen unvollendeten Kapitel der Davor-Marla abzuschließen, das keine Einbildung war, sondern einen Namen trug: Kilian.

Er war der eigentliche Grund, weshalb Marla die Einladung zum Ehemaligentreffen nicht mit dem Altpapier entsorgt hatte. Denn der Organisator des Treffens (Hendrick Rohrbrecht; ein langweiliger, aber harmloser Streber, der schon in der Zehnten Sakkos mit Ärmelschonern trug) hatte handschriftlich eine kurze Nachricht für sie ergänzt:

Kilian kommt auch!

Drei Wörter, die in Marla zugleich Sehnsucht wie auch ein Gefühl der Vorahnung ausgelöst hatten. All die Jahre hatte sie ihn nicht aus dem Gedächtnis radieren können. Wieder und wieder hatte sie die wenigen Tagebucheinträge über ihn nachgelesen, in denen der harmlose Flirt zu einer leidenschaftlichen Romanze verklärt worden war. Oft hatte sie überlegt, was er damals wirklich empfunden hatte und was aus ihm wohl geworden war. Im Netz und in den sozialen Medien hatte sie ihn nicht gefunden. Aber Google hätte ihr auch nicht verraten, wie er heute auf sie reagieren würde, wenn die Narben nicht mehr so frisch, die Blutergüsse nicht mehr so violett waren, und ihr Körper nicht länger auf die Stütze eines Stahlkorsetts angewiesen war.

Vielleicht würde er ihre Entschuldigung annehmen, dass sie sich wegen ihrer Entstellungen damals nicht getraut hatte, ihm unter die Augen zu treten? Womöglich sah er sogar, dass die heutige Danach-Marla noch kaputter war als die, die seine Briefe ungelesen weggeschmissen hatte.

Ich bin so verkorkst, dass ich nicht mehr vor einem Rechner beim LKA sitze, sondern auf dem dreckigen Einzelbett eines Messehotels liege, um herauszufinden, ob sich hier wirklich ein abscheuliches Verbrechen ereignet hat.

Marla sah ein, dass der Versuch, ihre Gedanken zu ordnen, indem sie sich flach auf die Matratze legte und die Augen schloss, fehlgeschlagen war. Sechs Minuten hatte sie in ihrem gegenwärtigen Job als Zimmermädchen pro »Suite« zur Verfügung, sonst gab es eine Rüge von der Hausdame.

Dreizehn Minuten war es her, dass sie Zimmer 313 betreten hatte.

Sieben Minuten über der Zeit.

Also dann.

Marla öffnete die Augen, stand vom Bett auf und empfand noch immer das frostige Unbehagen, das sie beim Betreten überfallen hatte.

Hier stimmt etwas nicht, war ihr erster Gedanke gewesen. Und der Meinung war sie noch immer.

Zuerst war sie wegen der Ordnung stutzig geworden. Es war gar nicht so selten, dass Hotelgäste ihr Bett machten, bevor sie das Zimmer für die Reinigungskräfte verließen. Die Ordnung hier war jedoch widersprüchlich: Einerseits akribisch, nahezu zwanghaft, da die mitgebrachten Hygieneutensilien im Bad in exaktem Abstand zueinander auf der Ablage standen. Andererseits wirkte einiges willkürlich durcheinandergebracht, als wäre dem Gast aufgefallen, dass allzu viel Perfektion eine irritierende Wirkung auslösen könnte. Der achtlos hingeworfene Stapel Handtücher vor dem Bett etwa, auf dem ein scharfkantig gefalteter Jungenpyjama lag, wirkte so deplatziert wie der Pickel auf der Stirn eines Laufstegmodels.

Marla ging im Geist die Hypothesen durch, die sie bei ihrer ersten groben Begehung des Zimmers aufgestellt hatte. Es war mit einiger Wahrscheinlichkeit von einem Mann über fünfzig, vielleicht sogar über sechzig gebucht worden. Dafür sprach sowohl die Anti-Aging-Creme im Bad als auch die überdurchschnittlich laute Grundeinstellung der TV-Lautstärke (statistisch gesehen nahm die Hörfähigkeit ab dem fünfzigsten Lebensjahr schleichend ab).

Marla schwang die Beine vom Bett und schlüpfte in ihre Gesundheitssandalen, die sie ausgezogen hatte, bevor sie sich hinlegte, um besser nachdenken zu können.

Soll ich, oder lieber nicht?

Stöbern war den Reinigungskräften strengstens untersagt. Und noch hatte Marla nicht mehr als ein Bauchgefühl, aber das hatte sie damals, als sie noch als Analystin für Kristin beschäftigt gewesen war, mehr als ein Mal in die richtige Richtung gelenkt. Die Tatsache, dass sie jetzt zögerte, ihren

Instinkten zu folgen, lag weder daran, dass sie Angst hatte, ihren Job zu verlieren, denn Personal war gerade knapp, noch misstraute sie ihrer Intuition. Der Grund war, dass sie Dr. Jungbluth geschworen hatte, sich nicht länger mit den dunkelsten Abgründen fremder Menschen zu beschäftigen, bevor sie sich nicht den eigenen Dämonen gestellt hatte.

Ach, was soll's.

Zu Hause würde sie die ganze Nacht lang grübeln, wenn sie jetzt die Augen verschloss. Besser, sie gab dem Drang nach, als dass sie bis in die Morgenstunden wach lag und sich Vorwürfe machte, womöglich eine grausame Tat nicht verhindert zu haben.

Marla öffnete den Kleiderschrank. Das ungute Bauchgefühl wurde zur Gewissheit.

Etwas war nicht in Ordnung. Ganz und gar nicht.

Das Bett war nur das erste Fragezeichen gewesen.

Wieso?

Das Hotel war nicht ausgebucht. Die Zahnbürste und der Pyjama für den zweiten Gast gehörten der Farbe und Form nach sehr wahrscheinlich einem zehn- bis zwölfjährigen Jungen. Möglich, dass der Erwachsene sein Vater war und ihm nahe sein wollte. Aber das hier war ein Vertreterhotel. Die meisten Erwachsenen, die im Senator-Inn abstiegen, verlangten nach Twin-Betten, wenn sie ausnahmsweise mit minderjährigen Familienmitgliedern unterwegs waren. Und die wenigsten dürften eine solche Auswahl an Kinderkleidung mit sich führen wie die, auf die Marla gerade starrte.

Blusen, Jeans, Röcke, Latzhosen.

Alles neu gekauft und noch mit Etiketten ordentlich auf Bügeln aufgehängt. In verschiedenen Größen, sowohl für Jungen als auch für Mädchen.

Marlas Mund wurde trocken. Die Narbe an der Schläfe

begann wieder zu jucken. Mittlerweile hatte sie gelernt, dass es nicht immer ein Zeichen einer beginnenden Migräne war, sondern sich auch immer dann zeigte, wenn sie kurz vor einer wichtigen Erkenntnis stand.

Sie ging noch einmal ins Badezimmer und öffnete den Mülleimer. Er war geleert, wie sie an der fehlenden Mülltüte sah. Der Gast musste sie mit nach unten genommen oder anderswo versteckt haben.

Seltsam.

Als Nächstes öffnete sie die Kosmetiktasche, die der Gast in einer der Waschtischschubladen verstaut hatte.

Oha ...

Zwischen Ersatzrasierklingen, Zahnseide, einem Nageletui und Einweg-Kontaktlinsen fanden sich mehrere Medikamente, wie Ibuprofen, ein Schilddrüsenhormon und Hustenblocker. Und, *Bingo,* MPA. Ungeöffnet. Die Packung Medroxyprogesteronacetat nicht angebrochen, obwohl das Datum des Apothekenaufklebers (1x täglich morgens mit den Mahlzeiten) schon vier Wochen zurücklag.

Obwohl sie nahezu Gewissheit hatte, suchte sie nach dem endgültigen Beweis und fand ihn in der Waschtischschublade, in der sich Kondome verschiedener Sorten und eine Flasche mit Massagelotion befanden. Und die DVD.

Marla entnahm die Disc der unbeschrifteten Hülle, trug sie ins Schlafzimmer und schaltete den Fernseher ein.

In den TV-Schränken des Hotels befanden sich noch alte DVD-Player, die in Zeiten von Netflix, Prime Video & Co. von niemandem genutzt wurden, deren Entsorgung aber mehr Arbeit machte, als sie einfach stehen zu lassen.

Marla legte die Disc ein, drückte auf Play und setzte sich auf die Bettkante vor den Fernseher.

Zwanzig Sekunden später fing sie an zu weinen.

11. KAPITEL

Es hätte eine gefälschte Aufnahme sein können. Ein Video mit Schauspielern, in der Postproduktion so professionell bearbeitet, dass es täuschend echt aussah. Die Umstände aber, unter denen Marla es gefunden hatte, machten diese Hoffnung zunichte. Sie war sich sicher: Das war kein Schauspiel. Es war real. Hier wurde ein Mensch zu Tode gefoltert.

Marla wischte die Tränen aus den Augen. Ihr wurde speiübel, als sie die Tüte sah.

Sie bestand aus festem Kunststoff, ähnlich den mehrfach verwendbaren Einkaufsbeuteln aus dem Supermarkt, nur dass dieser Beutel keine Tragegriffe, sondern eine Zugkordel hatte, mit der er am unteren Ende verschlossen werden konnte. Direkt am Hals des Opfers.

Ob Mann oder Frau, war nicht zu erkennen. Dafür hätte Marla das Video anhalten und die cremefarbene Kleidung analysieren müssen, aber nichts lag ihr im Moment ferner.

Sie hielt sich an der Stange des Kleiderschranks fest und kämpfte so gegen das irrationale Gefühl an, von dem Video aus dem Zimmer hinaus in eine andere Zeit gezogen zu werden.

Fünf Jahre zurück, in den Kreißsaal des stillgelegten Krankenhauses.

Zum Planen-Menschen.

Anders als damals handelte es sich hier im Video eindeutig nicht um einen vermummten Täter, sondern um ein gequältes Opfer, das auch nicht auf einem Gebärbett, sondern in einer Badewanne lag. Betäubt, aber nicht bewusstlos. Die Hände waren vor dem Brustkorb gefesselt. Die milchige, halb durchsichtige Tüte haftete wie eine zweite Haut auf dem Gesicht. Dass das Opfer noch nicht erstickt war, lag an dem kleinen Luftloch in Lippenhöhe. In ihm steckte ein Pappstrohhalm. Der Anblick dessen, was dann geschah, war keinem Menschen zuzumuten. Auch Marla wollte im ersten Impuls wegschauen, obwohl sie ähnliche unvorstellbare Grausamkeiten bereits hundertfach beim LKA gesehen hatte.

Die Wanne wurde gefüllt. Hauptsächlich mit Wasser, aber auch mit einem Eimer mit dunklem Inhalt. Erde vielleicht, Dreck. Exkremente? Er mischte sich mit dem Wasser zu einer braunen, dickflüssigen Suppe, die nach einiger Zeit über den Kopf des zwar wachen, aber bewegungsunfähigen Menschen schwappte. Er erstickte langsam und qualvoll in dem Sud aus Dreck und Wasser, da sich der Pappstrohhalm nach einer gefühlten Ewigkeit auflöste.

Marla wartete den entsetzlichen Todeskampf nicht ab.

Sie stand auf, ging zum Telefon und drückte eine Schnellwahltaste.

»Die Rezeption, guten Tag?«

»Marla Lindberg, Personalnummer RE10711, aktuell in Zimmer 313. Bitte schickt den Sicherheitsdienst, aber möglichst unauffällig.«

»Aus welchem Grund?«

Sie schüttelte unwirsch den Kopf. »Das erzähle ich dem oder derjenigen dann gerne selbst. Achtet in der Zwischenzeit darauf, ob, wann und mit wem der Gast aus diesem Zimmer ins Hotel zurückkommt, und melden Sie sich umgehend bei mir auf dem …«

Marla fuhr zusammen, als es nur zwei Schritte neben ihr in der Wand knirschte. Im nächsten Moment öffnete sich die Zwischentür zum Nachbarzimmer, und eine Frau mit Dutt und Goldrandbrille fuhr mit dem Rollstuhl herein.

12. KAPITEL

»Bravo, Marla, du kannst es noch immer.«
Kristin wirkte älter. Ihr Haar war grauer, die Haut am Hals schlaffer und fleckiger, aber die Augen waren noch immer so wach und interessiert wie vor zwei Jahren, als sie sich das letzte Mal gesehen hatten.

Sie erkannte sie sofort, trotz der Fehlfunktion in ihrem Gehirn. Wobei Marla den Begriff »Gesichtsblindheit« ohnehin nicht leiden konnte. Denn selbstverständlich konnte sie Gesichter *sehen*. Sie erschienen ihr nicht als schwarze Flecken oder dunkle, konturenfreie Masken. Sie konnte sie nur nicht so unterscheiden, wie andere Menschen es taten. Genau genommen litt sie an einer Gesichtsamnesie, denn es war die Erinnerung, die ihr fehlte. Sollte ihr eine Person, die sie nicht oder nur flüchtig kannte, in kurzen Abständen wieder und wieder begegnen, könnte es durchaus sein, dass Marla sich ihr alle zehn Minuten aufs Neue vorstellte. Als ehemalige Außenseiterin, die mittlerweile gelernt hatte, die Einsamkeit zu lieben, war ihr das vor Dr. Jungbluths Diagnose tatsächlich nie aufgefallen. Ihre Empathie und ihre Fähigkeit, auf jede Kleinigkeit zu achten, hatten es ihr ermöglicht, die wenigen Menschen, die neu in ihr Leben traten, schnell anhand anderer Merkmale zu unterscheiden. Doch so wie andere sich keine Namen merken konnten, ständig ihr Computerpasswort vergaßen oder – wie ihre Oma – nie mehr als drei Dinge von der Einkaufsliste im Kopf behielten, speicherte ihr Gehirn keine Gesichter ab. Bei jeder Begegnung spielte sie Gesichtsmemory und scheiterte meistens, denn die Größe des Kinns, die Ohren- und

Nasenform oder der Augenabstand lieferten ihr keine Wiedererkennungsmerkmale. Auch nicht die Höhe der Stirn oder die Breite der Wangenknochen. Dennoch hatte sie keine Probleme, völlig Fremde und alte Bekannte auseinanderzuhalten. Die wenigen Menschen, mit denen sie oft von Angesicht zu Angesicht kommunizierte, unterschied sie blitzschnell anhand ihrer Haltung, Gestik, Mimik, Stimme, ihres Kleidungsstils, Schmucks und auch Geruchs. Dies misslang nur, wenn jemand es darauf anlegte, sie zu täuschen. Wie Kristin mit ihrer Freundin. Damals hatte Marla keinen Grund gehabt, misstrauisch zu sein, und war auf die Scharade hereingefallen. Und heute erkannte sie ihre ehemalige Mentorin an ihrer unverwechselbar rauchigen Stimme.

»Was tust du hier?«, fragte Marla. »Was geht hier vor?«

Die Zeiten, in denen sie ihre ehemalige Chefin gesiezt hatte, waren vorbei.

Kristins Rollstuhl hinterließ schmale Furchen auf dem Teppich, als sie sich Marla näherte. »Das hast du doch längst kombiniert. Die Jungen-Zahnbürste, die unterschiedlichen Kinderkleider, das MPA, das man Sexualstraftätern gibt, um ihren Trieb zu unterdrücken, und das unser Gast offenbar schon viel zu lange nicht eingenommen hat. Ja, ich gebe es zu. Ich habe das Zimmer präpariert. Auch mit dem Video!«

»Weshalb hast du das getan?«, fragte Marla fassungslos.

»Weil ich wissen wollte, ob du noch immer die Beste bist, wenn es darum geht, Räume zu lesen, und damit die Menschen, die sich in ihnen aufhalten.«

Marla schüttelte energisch den Kopf. »Die Antwort ist Nein.«

»Du kennst die Frage noch gar nicht.«

»Oh, doch. Du willst etwas von mir. Vermutlich soll ich etwas analysieren. Das Video, richtig? Es ist echt.« Sie wurde mit jedem Atemzug wütender. »Du hast gewusst, dass ich es mir niemals freiwillig anschauen würde, wenn du mich darum bittest. Du hast mich reingelegt.«

Kristin sagte: »Ja.« Ohne Umschweife, ohne Ausreden. Schlicht und einfach »Ja«, und diese Unverfrorenheit nahm Marla für einen Augenblick den Wind aus den Segeln.

»Bitte. Ich brauche deine Hilfe.«

Marla hob abwehrend die Hand. »Was glaubst du wohl, weshalb ich hier für einen Hungerlohn sechs Tage die Woche schufte? Weil ich es liebe, Klos zu putzen und Popel von den Nachttischen zu kratzen?«

»Du willst allein sein.«

Sie nickte. »Einsam. Ohne Menschenkontakt. Genau. Ich will niemanden um mich haben, mit niemandem reden müssen. Daher habe ich mir einen Job gesucht, in dem ich mich fast ausschließlich in leeren Zimmern aufhalte.«

»Und dennoch brauche ich dich.«

»Nicht mein Problem.«

»Vielleicht doch.« Kristin griff sich an die Wange. Eine Verlegenheitsgeste. Marla schloss daraus, dass sie mit sich haderte, wie viele Informationen sie zum jetzigen Zeitpunkt weitergeben durfte.

»Du hast das Video gesehen.«

»Und dafür werde ich dich bis an mein Lebensende hassen!«

»Das ist mir egal. Du weißt, dass ich auf nichts und niemanden Rücksicht nehme, wenn ich einen Fall lösen will.«

Marla nickte. Das war offensichtlich.

»Die Aufnahme ist vermutlich nur die Spitze des Eisbergs. Es geht um eine Bestie. Vielleicht einen Serientäter.«

»Ich will nichts davon wissen.«

»Hör mich doch erst einmal an. Um diesen Fall zu lösen,

braucht es Menschen, wie wir es sind. Konkreter gesagt: Es braucht dich.«

Marla nickte. Stundenlang die grausamsten Szenen zu sehen, das Weinen der Unschuldigsten zu hören, gepeinigt oftmals von Vertrauten, bei denen sie Schutz gesucht hatten und von denen sie zu Höllenqualen verdammt worden waren – was das mit einem machte, welche seelischen Narben es hinterließ, bis man zu einem bindungsgestörten Wrack wurde, das nicht einmal sich selbst mehr vertrauen wollte –, das konnte nur jemand verstehen, der das selbst hatte durchmachen müssen.

Menschen, wie wir es sind.

Aber das änderte nichts, weswegen Marla sagte: »Noch mal, Kristin: Das geht mich alles nichts mehr an.«

»Doch, mehr, als du denkst. Ganz abgesehen davon, dass der Killer weitermachen wird, wenn wir ihn nicht aufhalten.«

Marla schüttelte energisch den Kopf. »Ich werde mir keine weiteren Videos ansehen.«

»Das sollst du auch nicht. Das, worum ich dich bitte, ist eine Analyse in der realen Welt.«

Marla zog skeptisch die Augenbrauen hoch.

»Es ist dringend. Wir haben vor drei Tagen alle relevanten Informationen bekommen und können jetzt den Kreis der Verdächtigen auf eine überschaubare Anzahl eingrenzen. Wir wissen nicht, wer es ist, wohl aber, in welchem Hotel der Verdächtige demnächst absteigen wird. Es hat nur wenige Zimmer. Du musst dir nur jedes einzelne, das bezogen ist, ansehen und nach Hinweisen suchen, die wir dir im Briefing geben.«

Marla zeigte ihr den Vogel. »Ich bin Putzfrau und keine verdeckte Ermittlerin.«

»Du bist hochbegabt und wirfst hier dein Leben weg. Ich bitte dich nicht nur um einen Gefallen. Ich gebe dir eine Chance.«

Eine letzte, hing unausgesprochen in der Luft.

Marla blieb stumm, und so trat eine Stille zwischen die ungleichen Frauen, die Kristin nicht lange ertrug. »Bitte, unsere Fallanalysten haben ein gutes Täterprofil erstellt. Es wird ein Kinderspiel für dich. So wie eben.«

»Egal, was du sagst, die Antwort bleibt Nein. Du verschwendest deine Zeit, Kristin.«

»Komm, Marla, spring über deinen Schatten. Es wird dein Schaden nicht sein.«

Na klar. Ein weiterer Hase, der von der großen Zauberin aus dem Zylinder gezogen wurde.

»Nur aus akademischem Interesse, was sollte ich denn dafür bekommen, damit ich wieder nach deiner Pfeife tanze?«

»Ein Video«, antwortete Kristin.

Marlas Mund wurde trocken, ihre Handinnenflächen feucht.

»Habt ihr etwas gefunden?«, fragte sie.

Aus dem Kreißsaal? Vom Planen-Menschen?

Kristin zuckte mit den Achseln. »Das ist der Deal. Du hilfst uns. Und ich zeige dir das, wonach du all die Jahre gesucht hast.«

13. KAPITEL

Zwei Tage später
Sieben Tage vor der Entscheidung

Es war 8:06 Uhr morgens. Der ICE Richtung München hatte den Bahnhof Südkreuz noch nicht verlassen, da erkundigte sich Marla beim Schaffner schon nach dem nächsten Halt. Sie hatte es sich anders überlegt und wollte sofort wieder aussteigen. Doch sie verpasste die erste Gelegenheit. Denn kurz vor der Lutherstadt Wittenberg wurde sie während eines außerplanmäßigen Halts von einem Anruf abgelenkt.

»Bist du bald da, Liebes?«

Oh, nein.

Bei all den Vorbereitungen, wie Kauf von Winterklamotten, packen, Züge buchen, Bargeld abheben und schließlich Mr Grill bei der Nachbarin zum Hundesitten abgeben, hatte sie völlig vergessen, Oma Margot Bescheid zu geben. Es war Freitag, Marlas einziger freier Tag, und sie hatte vor Wochen schon eingewilligt, ihre Großmutter im Heim zu besuchen. Deren Demenz schritt schneller voran, als die Ärzte es befürchtet hatten. Heute war anscheinend ein guter Tag, sie konnte sogar telefonieren.

»Wir wollten doch Ansgar besuchen.«

Marla revidierte ihren spontanen Eindruck, dass heute ein guter Tag für Oma Margot war. Ihr Bruder hieß Leven und nicht Ansgar. Und auf gar keinen Fall hatten sie sich dazu verabredet, ihn zu besuchen.

Den verlorenen Sohn, wie ihr Vater ihn immer genannt hatte.

Ein Nichtsnutz, wie ihre Mutter ihn bezeichnete.

Das Wunderkind, das er für Marla war. Schon mit sechzehn legte er als DJ in den angesagtesten Berliner Clubs auf, deren Besitzer sich seinen gefälschten Ausweis nicht allzu genau ansahen, solange er die Masse auf der Tanzfläche in Ekstase trieb. In diesen Nächten jedoch wurde der ebenso sensible wie kreative Geist das Opfer einer inneren Leere, die am Ende einer euphorisierten Partynacht mit viel zu viel Geld übertüncht wurde. Denn Leven verdiente mehr als all seine Freunde, wusste es aber nicht sinnvoll auszugeben, außer für meist synthetische Mittel, die seine negativen Gefühle unterdrücken sollten.

Das Ende vom traurigen Lied war nun schon die vierte Entziehungskur, in der Besuche nicht gestattet waren.

»Es tut mir so leid, Omi, ich kann heute nicht kommen. Ich bin gar nicht in Berlin.«

»Oh«, sagte ihre Großmutter, hörbar enttäuscht. »Seit wann verreist du?«

Diese Nachfrage zeugte wiederum von einer lichten Erinnerung. Marla war in der Tat nicht der Typ für spontane Wochenendtrips. Sie war im Grunde nicht der Typ für irgendetwas Spontanes, schon gar nicht Reisen. Das letzte Mal hatte Marla vor vier Jahren Berlin verlassen, und das war, als sie nach einer Doppelschicht beim LKA in der Regionalbahn eingeschlafen und erst kurz vor Frankfurt/Oder wieder aufgewacht war.

»Wohin fährst du denn?«

»Zu einem Abitreffen.«

»Bitte, wie?« Jetzt lachte Margot. »Ein Treffen mit Fremden? Das ist doch gar nichts für dich!«

»Es sind ehemalige Mitschüler«, sagte sie, obwohl Margot natürlich recht hatte. Mit all denen, die auf der Berghütte erwartet wurden, hatte sie seit der Schulzeit nie wieder Kontakt gehabt. An ihre Gesichter konnte sie sich nicht mehr erinnern, und das lag nicht nur an ihrer Prosopagnosie.

»Ist bei dir alles in Ordnung, Liebes?«, wollte ihre Großmutter folgerichtig wissen, und Marla spürte, wie sehr sie der früheren Omi Margot hinterhertrauerte, die solch fürsorgliche Nachfragen fast täglich gestellt hatte, als sie noch bei ihr wohnte. Am liebsten hätte sie ihr gesagt:

»Nein, Omi. Nichts ist okay. Ich bin niedergeschlagen und ängstlich und mache vermutlich einen großen Fehler, indem ich Hals über Kopf einfach so abhaue.«

Denn abgesehen von dem Wunsch, Kilian wiederzusehen, war ihr überhasteter Aufbruch natürlich nichts anderes als der Versuch, Kristin und ihren Taschenspielertricks zu entkommen. Doch sie wusste nicht, wie lange Margots lichter Moment anhielt, und sie wollte ihre Großmutter mit ihren Problemen nicht überfordern.

Alt werden, was für eine teuflische Erfindung.

Früher hätte sie Margot sofort von der Begegnung mit Kristin erzählt. Ihr Zusammentreffen mit ihrer ehemaligen Mentorin hatte in einem Fiasko geendet.

»Ich soll für dich arbeiten?«, hatte Marla Kristin angeschrien. »Was fällt dir eigentlich ein, du anmaßendes Miststück? Erst reibst du mir vor zwei Jahren meine Gesichtsblindheit unter die Nase, was mich so dermaßen aus der Bahn wirft, dass ich bei dir kündigen und mich komplett neu orientieren muss. Und dann, nachdem ich jetzt schon lange wieder in Therapie bin und endlich begriffen habe, dass du recht hattest, dass meine Prosopagnosie mir wirklich Trugbilder in den Kopf pflanzt, da schleichst du dich zurück in mein einfaches, aber zufriedenes, einsames Leben, um es erneut aus den Angeln zu heben.«

Kristin hatte mit sehr viel leiserer Stimme geantwortet, vermutlich in der Hoffnung, das Gespräch wieder in eine ruhigere Bahn lenken zu können: »Es freut mich zu hören, dass du die Therapie fortgesetzt und offenbar Fortschritte gemacht hast.«

»Und mich freut es zu hören, wie du hier gleich rausrollst und die Tür wieder schließt. Hinter dir. Denn ich bin fertig. Mit dir. Mit der Arbeit, die mich krank macht. Endlich bin ich so weit, dass ich nicht mehr bei jedem Instagram-Video nach einem Gebärbett Ausschau halte. Und nicht bei jedem Husten Schweißausbrüche bekomme. Ich will und werde mir keine weiteren schrecklichen Videos mehr ansehen. Nicht mit erstickenden Frauen in der Badewanne. Ich will nur noch in Ruhe gelassen werden und mein Leben weiterleben dürfen.«

Und die Davor-Marla mit der Danach-Marla aussöhnen.

Am Ende war sie es, die zuerst ging. Marla war aus dem Zimmer gestürmt. Die Fahrstühle runter, durch die Lobby raus in ein Taxi, das sie zu ihrer Wohnung am Amtsgericht brachte, in der sie endlich in Tränen ausbrechen konnte. Um sofort danach den Plan zu fassen, die Stadt zu verlassen. Irgendwohin, wo Kristin ihr nicht wieder auflauern konnte. Wo am besten kein Handy funktionierte, das die Ermittlerin anrufen oder gar orten konnte. Ihr Blick war auf die Einladung zum Abitreffen am Kühlschrank gefallen. Sie hatte sich eingeredet, dass es nur eine Test-WhatsApp war, um herauszufinden, ob es überhaupt noch ein freies Zimmer in der ehemaligen Bergsteigerhütte gab, die jetzt unter dem Namen »Nebelhütte« als umgebautes, romantisches Boutique-Hotel in den Bergen um Touristen warb.

Es dauerte keine drei Minuten, bis ihr Smartphone wieder aufleuchtete und damit die Antwort des Organisators des Treffens ankündigte.

Du hast Glück!, schrieb Hendrick. *EIN EZ (Efeunest) ist noch frei!!!* Gefolgt von der Bitte, zweihundertfünfundsechzig Euro per PayPal für alle Nächte im Einzelzimmer auf das Organisationskonto zu überweisen. Angehängt war eine detaillierte Wegbeschreibung.

Marla hatte überlegt, ihm zu schreiben, dass sie – wenn überhaupt – erst am Freitag, also einen Tag später als alle anderen, anreisen würde. Aber wozu, wenn sie es sich auf den letzten Metern vielleicht grundsätzlich noch einmal anders überlegen würde?

Doch dann war sie gefahren. Und hatte ihre Oma vergessen, zu der die Verbindung abgerissen war, seitdem der Zug seinen außerplanmäßigen Halt offenbar beendet hatte.

Dennoch nahm sie das Handy nicht vom Ohr. Die Gedanken laut auszusprechen hatte, wie sie feststellte, eine beruhigende, fast reinigende Wirkung, und mit einem Telefon am Ohr wirkte das für Mitreisende weniger irritierend, als ein Selbstgespräch zu führen.

»Ich will mein Davor-Leben zurück, Omi«, sagte sie in das stumme Telefon. »Es war weit entfernt davon, perfekt zu sein. Mit all meinen Ängsten, den Schuldgefühlen wegen Papas Tod. Aber es gab auch Hoffnung, weißt du. Ich meine, ich hatte mein Abitur in der Tasche, wollte nach Barcelona fahren, hatte Vertrauen zu einem Freund gewonnen. Ich hatte eine Zukunft, und jetzt lebe ich nur noch in der Gegenwart, weil ich Angst habe, meine Vergangenheit an mich ranzulassen.«

Marla wuchs ein Kloß im Hals.

Ich will die Davor-Marla zurück, dachte sie wieder, dann hätte sie beinahe aufgeschrien, als ihr ein Räuspern in der

Leitung deutlich machte, dass sie sich geirrt hatte. Die Verbindung war doch nicht unterbrochen. Margot hatte alles mitgehört.

»Du hast recht, Liebes«, sagte sie. »Ich denke, das ist eine gute Entscheidung.«

»Wirklich?«

»Ja. Du musst dich deiner Vergangenheit stellen. Und wo geht das besser als auf einem Klassentreffen mit Menschen, mit denen du vor über fünf Jahren verbunden warst.«

Marla spürte, wie ein Gewicht von ihren Schultern fiel, als hätte sie einen schweren Rucksack abgesetzt. Die in mehrfacher Hinsicht unerwartet klaren Worte ihrer Oma rührten sie zutiefst.

Schade, dass ich nie eine solche Verbindung zu Mama hatte, dachte Marla. Thea war lediglich zu einem Pflichtbesuch ins Krankenhaus gekommen und nach wenigen Minuten wieder gegangen. Oma Margot hatte Nacht um Nacht Händchen haltend an ihrem Bett gesessen. Es gab so vieles, wofür sie ihr dankbar sein musste. Und kaum etwas bedauerte sie mehr als die Tatsache, dass ihre Großmutter zunehmend in eine Welt entglitt, zu der niemand anderes Zugang hatte, wie ihre Abschiedssätze an Marla deutlich machten:

»Ich nehme mir jetzt ein Taxi und werde Ansgar von dir grüßen.«

»Danke, Oma«, sagte Marla noch, wohl wissend, dass kein Taxi der Welt sie heute im Heim auflesen würde. Und trotz des traurigen Endes ließ das Telefonat sie mit einem positiven Gefühl zurück. Es hatte ihr das Gefühl gegeben, geliebt und respektiert zu werden. Mit jedem Kilometer, den sie den Moloch Berlin nun hinter sich ließ, wuchs ihre positive Stimmung. Und spätestens als mit dem Thüringer Wald eine weihnachtliche, von schneebedeckten Tannen gekrönte Hügellandschaft an ihr vorbeiglitt, begann sie die Fahrt regelrecht zu genießen.

Es war die richtige Entscheidung, wiederholte sie wie ein Mantra. Ihr Hochgefühl hielt an, selbst als Stunden später die Durchsage kam, dass ihr Zug wegen Gleisarbeiten schon jetzt eine Stunde Verspätung hatte und es schwirig werden würde, den Anschluss nach Garmisch-Partenkirchen zu erreichen.

All das konnte ihrer guten Laune nichts anhaben. Bis kurz vor dem Bahnhof Ingolstadt ein junger Mann an ihrem Platz vorbeilief, innehielt, sich umdrehte und fragte: »Marla? Marla Lindberg?«

14. KAPITEL

Sie sah zu ihm auf und fand keinen Anhaltspunkt dafür, dem schwarzhaarigen, groß gewachsenen Anzugträger jemals zuvor begegnet zu sein. Sie erkannte ihn nicht an der leichten Fehlstellung seines Halses. Nicht an seinen O-Beinen, die in den eleganten, aber eng geschnittenen Hosen etwas unvorteilhaft zur Geltung kamen. Und auch nicht an den unzähligen Sommersprossen auf Stirn und Wangenpartie, die seinem Grinsen etwas Lausbubenhaftes verliehen.

»Kennen wir uns?«, fragte sie unsicher.

»Ob wir uns kennen?« Er lachte und stellte seine Aktentasche ab. »Du bist gut. Ich bin's, Phil. Philip Kramm. Wir haben in der Schule nebeneinandergesessen.«

Der Name klang vertraut. Und irgendwo in einer dunklen Ecke in der hintersten Gedächtnisschublade ihres Verstands lag vielleicht auch ein Foto von einem fünf Jahre jüngeren, sommersprossigen Jungen. Dass der aber neben ihr gesessen haben sollte, wollte ihr partout nicht einfallen.

»Mathekurs bei Frau Hetzel«, versuchte er ihr auf die Sprünge zu helfen. »Letzte Reihe. Du hast sie in den Klausuren zu dir gerufen und so getan, als ob du eine Frage hättest. Wenn sie danach zurück zum Pult ging, haben wir hinter ihrem Rücken schnell die Blätter getauscht.«

»Oh, ja … natürlich«, sagte Marla und lächelte unsicher.

An den Trick mit den ausgetauschten Lösungszetteln konnte sie sich tatsächlich gut erinnern. Kilian hatte davon in ihren Tagebüchern gelesen und ihn für sich selbst adaptiert.

Aber Phil? Philip Kramm?

Wie ist das möglich, dass er mir so fremd vorkommt?

Gesichter mochten ihr wenig sagen, aber diese Gestalt war alles andere als ein unauffälliger Durchschnittstyp.

»Ich hab dich auch erst auf den zweiten Blick erkannt«, sagte er. »Du hast dich sehr …«

»… verändert«, wollte er unter Garantie sagen, brach aber mitten im Satz verlegen ab.

Marla griff sich an ihre Narbe. »Ein Unfall!«, sagte sie knapp.

Er nickte. »Hab davon gehört.« Amüsiert sah er sie an. »Und deinen Namen gelesen.«

»In der Presse?«

»Auf dem Ordner hier.« Er zeigte lächelnd auf den Schnellhefter, in dem sie alle Unterlagen aufbewahrte, die sie im Netz über das Ziel ihrer Reise gefunden hatte. MARLA LINDBERG stand tatsächlich ganz oben auf dem Deckel.

»Magst du dich setzen, Sherlock?«, fragte sie ihn höflichkeitshalber und räumte ein paar Zeitungen vom Nachbarsitz.

Er winkte ab. »Nein, ich steig gleich aus.«

»Ach ja?«

Seltsam.

Einerseits blieb ihr ein Small Talk über eine gemeinsame Vergangenheit erspart, an die sie sich nicht erinnern konnte. *Andererseits …*

»Dann kommst du nicht zum Abitreffen?«

»Welches Treffen?«, fragte er.

Der Zug schwankte leicht, und Phil musste sich am Kopfteil ihres Sitzes abstützen. Marla hätte sich am liebsten auch irgendwo festgehalten.

»Das Fünfjahresjubiläum? In einer Berghütte?«

Phil zuckte mit den Achseln. »Keine Ahnung, hab keine Einladung bekommen. Aber ich bin eh ständig unterwegs und in den letzten Jahren bestimmt viermal umgezogen. Wird auf dem Postweg verloren gegangen sein.«

»Ja, das wird's wohl sein«, sagte Marla tonlos und musterte ihren angeblichen Kurskameraden erneut. Doch es wollte sich nicht einmal der Hauch eines Déjà-vu einstellen.

»Na dann, war schön, dich mal wiedergesehen zu haben.«

Phil tippte sich wie ein Soldat an eine imaginäre Uniformmütze.

»Ja, fand ich auch«, log Marla.

Philip griff nach seiner Aktentasche, wandte sich zum Gehen, drehte sich dann noch einmal zu Marla um und sagte mit trauriger Miene: »Ach so, das mit Kilian tut mir übrigens sehr leid.«

Marla glaubte im ersten Moment, es wären seine Worte, die ihr das Gefühl vermittelten, als versuchte eine unsichtbare Macht, sie aus dem Sitz zu zerren. In Wahrheit hatte der Zug abrupt den Bremsvorgang eingeleitet. Sie fuhren in den Bahnhof ein. Menschen, Sitzbänke, Wartehäuschen und Aushängeschilder glitten an ihr vorbei.

»Was meinst du?«, fragte sie Phil.

Der biss sich auf die Unterlippe. »Äh, hast du es nicht gehört?«

Der Zug kam zum Stehen.

»Nein, was ist?«

Jetzt war er es, der unsicher lächelte. Er zeigte nach vorne zu den Zugtüren, die bereits mit einem Piepen aufschwangen.

»Pass auf, wir quatschen ein andermal. Ich muss meinen Anschlusszug bekommen, sorry.«

Und verschwand.

15. KAPITEL

Als Marla ihr Ziel im bayerischen Grenzgebiet nach fast siebeneinhalb Stunden Fahrt endlich erreicht hatte, ging die Sonne bereits unter. Sie verließ den Bahnhof durch den Haupteingang. Dicke Schneeflocken rieselten auf den Kragen ihrer Thermojacke. Das Werbe-Thermometer einer Uhrenmarke über dem Vordach eines Schmuckgeschäfts zeigte minus fünf Grad Celsius an. Sie zog sich ihre Handschuhe über und sah sich nach den Bushaltestellen um, auch wenn die seltsame Begegnung mit Philip Kramm sie so sehr verunsichert hatte, dass sie den Rest der Fahrt ernsthaft mit dem Gedanken gespielt hatte, sofort den erstbesten Zug zurück nach Hause zu nehmen.

Wieso nur hatte dieser Phil so herumgedruckst, als es um Kilian ging?

Eine Zeit lang waren vor Marlas geistigem Auge Schreckensbilder vorbeigezogen wie die Winterlandschaft vor ihrem Zugfenster. Kilian tot nach einem Autounfall; als Opfer eines Raubüberfalls; unheilbar erkrankt auf der Intensivstation. Erst mit einiger Zeitverzögerung war sie auf die naheliegende Idee gekommen, seinen Namen zu googeln.

Nichts.

Keine Horrormeldungen, keine Traueranzeigen. *Natürlich.* Hendrick hatte ja geschrieben, dass Kilian zur Nebelhütte kommen werde. Also konnte sie ihn bald selbst fragen, was dieser Phil gemeint haben mochte, wenn sie auf ihn traf.

Marla hatte auch keine Facebook- oder Insta-Profile von Kilian gefunden, was sie jedoch nicht verwunderte. Von ihr gab es ebenfalls nichts im Netz, außer dem, was die Presse damals über ihren Vater und später über den angeblichen Überfall in der Klinik und den Autounfall geschrieben hatte. Bei Philip Kramm hingegen hatte Marla sofort mehrere Social-Media-Treffer gehabt. Dutzende lachende, selbstverliebte Selfies. Er hatte ein Start-up gegründet, das E-Zapfsäulen im ganzen Land aufstellen wollte. Mit Sitz in Ingolstadt.

Von wegen Anschlusszug.

Immerhin. In einem Punkt hatte er nicht gelogen.

Er war tatsächlich auf das Hohenstein-Gymnasium gegangen. Marla hatte diese Information im Abi-Jahrbuch nachgeschlagen, das sie online auf der Schulhomepage hatte nachbestellen müssen, nachdem sie wegen ihrer Klinikaufenthalte nicht einmal mehr zur Zeugnisverleihung in die Schule gekommen war. Das Komitee der Schülerzeitschrift Hohenstein hatte sich damals die Mühe gemacht, alle abgehenden Schülerinnen und Schüler dem Namen nach alphabetisch geordnet mit einem passbildgroßen Foto abzulichten. Ihr Jahrbuch war noch wie neu. Kein Wunder, war es doch für Marla eine Ansammlung komplett belangloser Bilddateien, wieso also hätte sie das jemals durchblättern sollen? Selbst ihr eigenes Foto erschien ihr seltsam fremd, ohne die Narben, ohne die durch den Kieferbruch veränderte Mundpartie. Und Philip Kramm hätte sie jetzt allenfalls an den Sommersprossen von den anderen unterscheiden können. Wie bei allen anderen Schulabgängern standen unter seinem Bild einige Informationen:

Lieblingsessen: Leberwurst-Toast mit Maggi.
Lieblingsfach: Geschichte.
Lieblings-T-Shirt-Spruch: »*Es gibt keine Probleme, nur Herausforderungen.*«

Dieses abgegriffene Pseudo-Manager-Zitat hatte bei Marla den Ausschlag gegeben, Phil als Schaumschläger abzutun. Wer hatte damals nicht alles behauptet, eng mit ihr befreundet gewesen zu sein, als die Reporter nach Edgars Tod ausschwärmten und für einen »Insider-Bericht« von Vertrauten der Familie Lindberg sogar Geld zu zahlen bereit waren. Womöglich würde auch er heute bei Freunden und Kollegen damit prahlen: »*Wisst ihr, wen ich im Zug getroffen habe? Wir haben sie früher Mad Marla genannt, ich habe in der Schule neben ihr gesessen. Sie hat mich sofort wiedererkannt* ...«

Nun denn, er war in ihrem Jahrgang gewesen. Alles andere würde sich klären, sobald sie auf die anderen traf, die schon seit gestern auf der Hütte waren.

Ob sie sich freuen, mich zu sehen?

Mittlerweile hatte Marla den Reisebus gefunden, der sie die hoffentlich geräumten Serpentinenstraßen hoch nach Kaltenbrunn bringen sollte. Eines der höchstgelegenen Dörfer in den Alpen, nahe der Grenze zwischen Deutschland und Österreich, wie sie recherchiert hatte. Laut Einladung der Treffpunkt der Ehemaligen, die tags zuvor von hier aus zur Nebelhütte weiterziehen wollten. Da sie einen Tag später kam, würde sie sich alleine auf die Weiterreise zur Nebelhütte machen müssen.

Marla war gerade dabei, ihren Rucksack im Laderaum des Busses zu verstauen, als es passierte.

Sie stand in Reichweite eines Laternen-Lichtkegels, der ihr ins Gesicht schien, weswegen die Empfindung, die sie auf dem Busparkplatz überkam, im Grunde unmöglich war. Denn obwohl sie es war, die einen Schatten warf, spürte sie, wie sich ihr ein fremder Schatten von hinten näherte. Er fühlte sich körperlich an wie ein Tropfen Eiswasser, der ihr in den Nacken gefallen war und langsam die Wirbelsäule hinabglitt.

Marla drehte sich um und sah hinter den dampfenden Atemwolken vor ihrem Mund das Gesicht eines älteren Mannes. Sie glaubte, es noch nie zuvor in ihrem Leben gesehen zu haben, was sie aber natürlich nicht mit Sicherheit sagen konnte. Sie wusste nur, dass der Mann nicht der Busfahrer sein konnte, der noch kurz zuvor beim Beladen des Gepäcks mit angepackt hatte. Dafür war die Gestalt vor ihr viel zu dürr und groß und seine langen Zähne vom Rauchen (wie sie am Atem roch) viel zu gelb.

»Was wird das?«, zischte der Unbekannte sie unfreundlich an. Scharf, aber mit leiser, unterdrückter Stimme, obwohl es hier draußen niemanden mehr gab, der ihnen hätte zuhören können. Die wenigen Passagiere, die mit ihr nach Kaltenbrunn wollten, saßen bereits im warmen, gemütlich vor sich hin tuckernden Bus.

»Entschuldigung?«

»Haben Sie den Verstand verloren?«, fragte der seltsame Alte.

»Es tut mir leid, ich …« Marla sah verwirrt zur Ladeluke und fragte sich, ob sie beim Verstauen etwas falsch gemacht hatte.

»Ich wollte den Rucksack mit reinnehmen, aber der Fahrer hat mir gesagt, er will nicht, dass bei ihm alles durcheinanderfliegt, daher …«

»Hauen Sie ab!«

»Wie bitte?«

Marla war nicht nur wegen des Befehls irritiert. Sondern auch wegen des Ausdrucks in den grautrüben Augen des Alten.

In ihnen lag Entsetzen. Der Mann machte den Eindruck,

als fürchtete er sich vor ihr mehr als sie sich vor ihm, während er sagte: »Steigen Sie nicht ein, um Himmels willen. Kehren Sie um, bevor es zu spät ist.«

Dann trat er einen Schritt zurück, bekreuzigte sich und hastete davon.

16. KAPITEL

Die Nebelhütte sah aus wie eine überlebensgroße, in den Felsen gehauene Kuckucksuhr. Ein schneebedecktes Flügeldach lag wie ein umgedrehtes Buch auf einem nach vorne auskragenden Blockhaus. Es überragte eine gewaltige, zaunbewehrte Terrasse, von der aus man einen atemberaubenden Blick ins Tal haben musste. Heftiges Seitenstechen zwang Marla zu einer Pause bei ihrem beschwerlichen Aufstieg, für den sie höchst unvorteilhaft gekleidet war. Ihre Stiefel mochten zwar robust aussehen, hielten aber keine Nässe ab. Ihre mittlerweile durchfeuchteten Hüttensocken scheuerten zwischen Haut und Leder wie Sandpapier. Immerhin rutschte sie nicht aus und kullerte rücklings den zum Teil vereisten Abhang wieder hinunter. Und der Schneefall pausierte. Doch das war nur ein schwacher Trost. Sie war allein unterwegs. Niemand in Reichweite, der ihr im Falle des Falles helfen könnte. Nicht einmal ihr Handy, denn das funktionierte hier draußen nur an einem ganz bestimmten Punkt. So stand es zumindest auf der Homepage der Nebelhütte im »Hütten-Abc« unter M wie »Mobilfunk«:

Auch wenn wir der Meinung sind, dass es eine Schande wäre, während eines Aufenthalts bei uns seine Augen nicht auf die majestätische Landschaft, sondern auf ein Smartphone zu richten, verstehen wir, dass es nötig sein kann, hin und wieder ein Lebenszeichen zu den armen Schluckern zu senden, die nicht den Luxus des alltagssorgenfreien Lebens in der Nebelhütte genießen können. Daher gibt es etwa zehn Meter entfernt von der Terrasse einen Phone-Spot, der mit einem roten Kreis markiert ist. Dort, und nur dort habt ihr Empfang!

Nur die Hüttenbeleuchtung hundert Meter über ihr (die ihr aktuell die Taschenlampe ersetzte) zeugte von menschlichem Leben in unmittelbarer Nähe und wies ihr den Weg. *Hoffentlich haben die da oben nicht schon längst eine zusammengeschweißte Einheit gebildet und betrachten mich als Eindringling,* dachte Marla.

Sie schätzte, dass sie die Einzige war, die einen Tag später anreiste. Daher hatte sie sich auch nicht gewundert, weshalb sie niemanden getroffen hatte. Mit ihr hatten noch sieben weitere Passagiere im Bus gesessen. Drei Pärchen und ein Alleinreisender. Keiner hatte bei ihr irgendwelche Erinnerungen geweckt, und selbst wenn sie unterstellte, dass ihr so manches Gesicht durchrutschen würde, so hatte sich ihr gegenüber auch niemand zu erkennen gegeben. Allerdings hatte sie selbst kaum auf ihre Mitreisenden geachtet. Mit dem Erscheinen des befremdlichen Alten am Bus und seinen verstörenden Befehlen war jenes bedrückende Gefühl zurückgekommen, das Marla seit ihrer Kindheit mal mehr, mal weniger begleitete: das Gefühl, auf dieser Welt nicht dazuzugehören. Denn immer wenn man eine Richtung einschlug, gab es irgendwo einen Türsteher, der den Durchgang für den selbstbestimmten Lebensweg versperrte.

»*Kehren Sie um, bevor es zu spät ist.*«

Einen Moment hatte Marla dem verwirrten Dorfkauz hinterhergestarrt, aber dann hatte der Busfahrer gehupt, und sie war eingestiegen.

»Weiter geht's«, sagte Marla sich auch jetzt wieder und stakste der Unterkunft entgegen. Die Nebelhütte vor ihr wirkte größer als auf dem Internetfoto, das sie sich zusammen mit den wenigen Seiten ausgedruckt hatte, die auf der Website über das sogenannte Romantik-Chalet erhältlich waren.

1923 als Unterschlupf der Kategorie 1 errichtet, hatte es seine Zeiten als karge Berghütte lange hinter sich. Jahrzehntelang hatte sie Schutz Suchenden offengestanden. Doch mit dem Klimawandel waren die Zeiten, in denen Wanderer von starkem, plötzlich hereinbrechendem Schneefall überrascht wurden, seltener geworden. Irgendwann wurde der Unterhalt der Hütte vom Alpenverein als entbehrlich eingestuft, was schließlich zu einem Verkauf an einen Privatinvestor führte, der von dem schlichten Blockhausbau lediglich die Fassade erhielt. Im Inneren waren die Bewohner nicht länger gezwungen, sich in einem einzigen großen Saal auf ein Sammelmatratzenlager zu betten. Stattdessen standen den Gästen behagliche Doppelzimmer mit En-Suite-Duschbad zur Verfügung. Das Einzige, was sich seit über hundert Jahren nicht verändert hatte, war, dass man die Nebelhütte nicht mit dem Lift erreichen konnte und auch nicht mit dem eigenen Wagen. Die Zahnradbahn führte von Kaltenbrunn nur bis zur längst aufgegebenen Spinnerhütte in 1967 Meter Höhe, die noch immer ein beliebtes Ausflugsziel war, obwohl sie seit der Jahrtausendwende langsam vor sich hin rottete. Wer wie Marla von dort aus noch weiter wollte, musste zu Fuß gehen. Offenbar hielt der Investor ein wenig Bergsteiger-Abenteuerromantik für eine gute Marketingidee, die er seinen zahlungskräftigen Kunden vermutlich als unvergesslichen Adrenalinkick verkaufte. Wenn man Glück hatte, nahm einen Gottfried auf seinem Schneemobil mit. Der Wirt des Gipferlkönigs in Kaltenbrunn übernahm für den Eigentümer der Hütte die organisatorischen Aufgaben, wie etwa die Aushändigung der Schlüssel oder den Transport der Gästekoffer sowie von Öl, Kaminholz und der Lebensmittel, mit denen die Reisenden sich selbst versorgen mussten.

Marla hatte kein Glück gehabt. Für einen Abstecher zum Gasthof war ihr keine Zeit mehr geblieben, da sie die letzte Zahnradbahn noch hatte erwischen wollen. Und daher trug sie jetzt nicht nur ihr Eigengewicht den Berg hinauf, sondern auch einen mit jedem Schritt sich schwerer und schwerer anfühlenden Rucksack.

Die kalte, frische Luft, die anfangs eine Wohltat für ihre verstaubte Großstadtlunge gewesen war, schmerzte jetzt mit jedem Atemzug. Es fühlte sich an, als ob sich Eisblumen auf ihren Bronchien bildeten.

Als Marla endlich die Stufen zur Terrasse erreichte, schmeckte die Luft nicht mehr wie ein kristallklarer Gebirgsbach, sondern eher nach einem gemütlichen Kaminabend. Sie meinte bereits das Knistern des brennenden Birken- und Eichenholzfeuers zu hören, dessen Rauch über einen neu aussehenden Edelstahlschornstein in kleinen Wolken in die Dunkelheit zog.

Marla stampfte über die verschneiten Terrassenbohlen auf die Eingangstür zu. Die befand sich unter einem großen, lang gestreckten Balkon, der vermutlich zu den nach vorne gelegenen Zimmern mit Aussicht ins Tal gehörte.

Die Tür war massiv, aus dem gleichen Holz wie die Wände des Blockhauses, die so aussahen, als wären sie aus aufeinandergestapelten, nur grob behandelten Baumstämmen gefertigt. Rechts und links von der Tür befanden sich von Fensterläden umrahmte und mit Blumenkästen dekorierte Doppelfensterscheiben, in denen jeweils eine Tischlampe stand, die ein angenehm mattes Licht warf.

Marla trat sich ihre Sohlen auf einem steinernen Sims vor der Tür ab. Sie suchte nach einer Klingel oder einem Türklopfer, stellte aber fest, dass es wenig sinnvoll war, wenn sie ihre Ankunft ankündigte. Einerseits stand die Tür offen. Andererseits hätte es niemanden gegeben, der ihr Klopfen oder Klingeln hätte hören können.

Der gemütlich beleuchtete, wohlig warme Eingangsbereich der Hütte war menschenleer.

17. KAPITEL

»Hallooho?«, rief Marla. Anfangs noch nervös und gespannt, wer sich ihr wohl zuerst zeigen würde. Als das menschliche Schweigen im Haus jedoch immer lauter wurde, schlug ihre Nervosität erst in Irritation, dann in ein Gefühl um, das sie das letzte Mal auf ihrem Weg durch die verlassene Geburtsklinik in Wannsee gehabt hatte.

»Wo seid ihr denn?«

Außer dem Prasseln des Kaminfeuers bekam sie keine Antwort.

Seltsam.

Marla stellte den Rucksack ab und betrachtete die Pfützen, die sich um ihre Schuhe herum gebildet hatten. Bestimmt gab es noch einen anderen Eingang, vermutlich seitlich, zu dem ein Schuhraum oder wenigstens ein Windfang zählte.

Sie befreite die Hände von den Handschuhen, um die vereisten Schnürsenkel ihrer Stiefel zu lösen. Kurzerhand zog sie ihre durchweichten Socken gleich mit aus und legte sie zusammen mit der Thermojacke auf einen cognacfarbenen Ledersessel, der farblich perfekt mit dem Rest der Sitzlandschaft vor dem urigen Steinkamin harmonierte.

Das Erdgeschoss bestand im Wesentlichen aus einem großen, luftigen Zimmer, das an die Lobby eines Designerhotels erinnerte, in dem sich ein Innenarchitekt unter dem Motto »Wald & Berge« hatte austoben dürfen.

Die Baustoffe waren ausschließlich Naturmaterialien, sowohl bei der Wand- und Bodengestaltung als auch für die Möbel. Wobei es gelungen war, Ortstypisches mit modernen Elementen zu verbinden. Dunkles, unter den Füßen angenehm warmes Eichenholzparkett bestimmte den ersten Eindruck, passend zu einer Bogenlampe mit Korkschirm. Sie hing wie der Ast einer Trauerweide über dem ledernen Sofa vor dem Kamin.

Im Kontrast dazu stand die grafitfarbene Stahltreppe, die man eher in einem Kreuzberger Fabrikloft vermutet hätte. Sie führte an der dem Kamin gegenüberliegenden Wand hinter einem großen Esstisch zu einer Art Galerie, wie Marla sie von Saloons in alten Westernfilmen kannte. An den Wänden hingen wagenradgroße Bilder, die mit echtem Moos besetzt waren.

»Hey, jemand zu Hause?«, rief sie in Richtung der offenen Küche, deren Kochinsel sie von ihrem Standpunkt aus erkennen konnte. Über einem Gasherd hingen Messingtöpfe und Pfannen wie die Elemente eines modernen Glockenspiels.

Keine Antwort.

Einsam und verlassen, dachte Marla, nahm sich ein Paar Sportsocken aus ihrem Rucksack und zog sie an. Dabei wirkte die Hütte alles andere als unbelebt, wie ihr mit wachsender Irritation klar wurde.

Im Kamin hatten die Flammen noch genügend Holz, durch das sie sich fressen konnten. Die letzten Scheite konnten höchstens vor einer halben Stunde nachgelegt worden sein.

Benutzte Gläser, Becher mit Kaffee- und Milchrändern und kuchenverkrümelte Teller standen sowohl auf dem alten Reisekoffer, der vor dem Kamin als Couchtisch fungierte, wie auf dem massiven Baumstamm-Esstisch. In einem vollen Teebecher hing noch der Beutel.

Lauwarm, wie Marla prüfend mit der Hand feststellte.

Wobei der Inhalt eines danebenstehenden, gut gefüllten Kaffeepotts kalt war.

Eigentümlich.

Sie ging durch das kombinierte Wohn- und Esszimmer auf einen kleinen Durchgang zu, der wie erwartet rechter Hand zum Haupteingang führte. Davor befand sich eine großzügige Diele mit Windfang, dessen Boden mit dem Holz alter Eisenbahnschwellen ausgelegt war. Vier Paar Frauen- und zwei Paar Männer-Winterstiefel standen mehr oder weniger ordentlich auf einem Metallrost, die meisten hatten Wasserränder. Darüber hingen Daunen-, Ski- und gefütterte Multifunktionsjacken. Sechs Stück, wie Marla zählte.

Okay, das spricht auch dafür, dass ich nicht allein hier bin – und meine Mitbewohner so weit nicht sein können.

Um die im Vergleich zur Terrassentür wuchtige Haustür zu öffnen, musste sie sich mit der Schulter dagegenstemmen, so heftig versuchte der Wind, sie wieder zuzudrücken.

Vermutlich Fallwinde, dachte Marla, als sie nach rechts hoch zu dem Felsmassiv schaute, das sich von der Hütte aus fast senkrecht in die finstere Höhe schraubte.

Die Tür hatte sich zu einer ungleichmäßig vom Schnee befreiten geschotterten Zufahrt geöffnet, die eine Schlaufe direkt vor dem Eingang zog. Ihre Spur war zu klein für einen herkömmlichen Wagen, aber groß genug für ein Schneemobil. Aktuell stand nur ein Schlitten hochkant neben einem zugefrorenen Mülleimer.

»Hallo, hört mich jemand?«, rief Marla, jetzt schon mit sehr viel weniger Hoffnung, eine Antwort zu erhalten, auch wenn sie sich nicht erklären konnte, wie die Gäste ohne Jacken und Schuhe bei diesen Temperaturen die Hütte verlassen haben sollten. Vielleicht waren die auch alle in ihren Zimmern, oder es gab einen anderen Gemeinschaftsraum.

Sie schloss die Tür. Sofort reagierten ihre Wangen auf die Wärme und fühlten sich an, als würden sie sich dunkelrot färben.

Marla hielt inne, achtete auf Geräusche im Haus, aber da war nichts außer dem Wind hinter den Scheiben und ein Gluckern, ausgehend von einigen der verkleideten Rippenheizkörper unter den Fenstern.

Laut Website sollte aus Energiespargründen der Ölgenerator nur zugeschaltet werden, falls der Kamin nicht ausreiche.

Offenbar gibt es unter den abwesenden Anwesenden eine Frostbeule, die sich durchgesetzt hat, die Zusatzheizung anzuschmeißen.

In der Kombination mit den Flammen war es hier drinnen fast schon zu heiß, in jedem Falle zu trocken für Marlas Schleimhäute.

Nachdem sie sich überzeugt hatte, dass es keinen Keller gab, ging sie zurück ins Wohn- und Esszimmer. Hier scannte Marla die Räumlichkeiten, als wäre sie später gezwungen, aus dem Gedächtnis heraus einen Grundriss anzufertigen.

Dabei fiel ihr das Kartenspiel auf.

Ein Stapel lag ordentlich neben einer aufgedeckten Karte auf dem Koffertisch. Er stand auf einem Sofateppich, der wie ein cremefarbener, aufgeplatzter Winterpulli aussah, als wäre er aus einem einzigen gewaltigen Wollfaden gestrickt. Auf diesem Teppich lag der Rest der Spielkarten verstreut, als hätte ein schlechter Verlierer sein Blatt wütend auf den Boden geworfen.

Marla nickte unbewusst.

Einiges sprach also dafür, dass die Gäste, die sich bis vor Kurzem noch hier aufgehalten hatten, abrupt aufgebrochen waren.

Mitten im Gesellschaftsspiel.

Ohne Schuhe. Ohne Jacken. Wohin und warum auch immer.

Sie nahm die aufgedeckte Karte vom Couchtisch.

Unzählige schwarzschattige Fragezeichen rankten sich ineinander verschlungen auf der weinroten Rückseite.

Was wird hier gespielt?

Skat, Poker oder ein anderes klassisches Spiel war es nicht. Die Karte, die sie nun in der Hand hielt, war auf der Spielseite nicht mit Zahlen, Farben oder Symbolen, sondern nur mit Text beschriftet.

Ein Quiz?

Marla las die ersten beiden Zeilen, dann begann ihre Hand so sehr zu zittern, dass sie Schwierigkeiten hatte, den gesamten Text der Spielkarte zu lesen:

Sieben Kinder sitzen in einem Schrank und treffen eine Entscheidung. Jahre später verabreden sich sechs davon zu einer als Klassentreffen getarnten Gruppentherapie in den Bergen. Mindestens einer der Gruppe wird für das Vergangene mit seinem Leben bezahlen. Was ist damals passiert? Und wer ist schuld?

18. KAPITEL

»Also, wenn das ein Scherz sein soll, dann kenn ich lustigere«, rief Marla, während sie die Treppe hochstieg.

Ihr anfänglicher Schrecken war Ärger gewichen. Die Anreise war anstrengend genug, da stand ihr nicht der Sinn nach dem postpubertären Humor eines oder mehrerer Teilnehmer. Offenbar hatte jemand vorgeschlagen, sich den Nachmittag mit einer Art Krimi-Dinner-Quiz zu vertreiben, und dann eine extra für das Treffen manipulierte Scherzkarte gezogen. Das Niveau eines Schülerstreichs am Lagerfeuer.

»Was passiert als Nächstes? Werfen wir mit Sonnenmilch gefüllte Kondome vom Balkon?«, rief sie auf ihrem Weg die Stahltreppe hinauf.

Keine Reaktion. Von dem Rütteln einer Bö an den Fensterläden mal abgesehen.

Vielleicht haben sie ja Ersatzkleidung und sind noch einmal ins Dorf, Vorräte holen?, dachte Marla. Aber die waren doch schon längst von Gottfried gebracht worden, sonst hätten sie ja seit gestern nichts essen oder trinken können und kein Brennholz gehabt. Und das Gepäck war natürlich auch längst da, wie Marla sah, als sie nacheinander in jedes Zimmer schaute.

Wie erwartet befanden sich im oberen Bereich die Schlafräume. Die Herberge verfolgte offenbar ein kommunikatives, vertrauensseliges Konzept, denn es gab keine Möglichkeit, die Türen abzuschließen. Nirgendwo steckte ein Schlüssel im Schloss.

In der ersten Etage öffneten sich drei Zimmer zur Galerie, die Aussicht nach hinten war Richtung Berg. Um zu den Zimmern mit Talblick zu gelangen, musste man die Stahltreppe weiter hoch in die zweite Etage steigen.

Die meisten Räume waren wie die Hütte selbst: leer, aber nicht unbewohnt. Kleinere Trolleys und größere Rucksäcke lagen auf oder neben den Betten, zum Teil geöffnet, zum Teil komplett ausgepackt. Wie in der Falkensuite zum Beispiel, die sich mit Jeremy und Paulina zwei Ehemalige aus Marlas Biologieleistungskurs teilten. Um das herauszufinden, brauchte Marla nicht ihren detektivischen Spürsinn zu bemühen. Es genügte ein Blick auf die Kreidetafel, die neben jeder Zimmertür an der Wand hing. Jede von ihnen war etwas naiv, aber liebevoll mit den Namen der jeweiligen Bewohner bemalt:

Simon, Grete, Amadeus, Rebekka ...

Keine Cora, das Plappermaul, *Gott sei Dank.* Dafür aber fand sie im zweiten Stock endlich den Namen, nach dem sie insgeheim die ganze Zeit gesucht hatte.

Kilian.

Zimmer Nummer 6. Das Himmelreich.

Marla klopfte und ging hinein, nachdem ihr niemand geantwortet hatte. »Hallo, Kilian?«, rief sie trotzdem, aber es war keiner da.

Ein angenehmer Duft füllte das Zimmer. Kilian hatte früher selbst komponierte Parfums getragen, daran konnte Marla sich noch gut erinnern. Eau de Toilette, das es in keinem Geschäft zu kaufen gab, weil er es zu Hause in seinem Hobbykeller selbst destillierte.

»Eines Tages werde ich ein Parfum entwickeln, das den schönsten Duft imitiert, den es in der Natur überhaupt gibt: den von Büchern.«

Marla schloss die Augen. Es schien ihm gelungen zu sein,

dachte sie wehmütig. Im gesamten »Himmelreich« duftete es wunderbar hölzern nach kostbarem, edel bedrucktem Papier.

Kilians Zimmer ging zur Terrasse. Hätte er vor einer Stunde auf dem Balkon gestanden, hätte er sie von der Spinnerhütte aus hochkommen sehen können.

Marla schloss die Augen und versuchte, sich sein Gesicht in Erinnerung zu rufen. Vergeblich. Dennoch war sie sich sicher, dass sie ihn erkennen würde, wenn er vor ihr stand. An seinem Lächeln, es sei denn, er hatte seinen rechten Eckzahn mittlerweile korrigieren lassen. Den schiefen Vampirzahn, den man auch im Jahrbuch gut erkennen konnte.

Ihr Herz machte einen kleinen Satz, als sie das ledergebundene Buch auf seinem Nachttisch sah.

Thomas von Aquin
Erörterungen der Fragen nach der Wahrheit

Marla lächelte zufrieden.

Allem Anschein war Kilian seinem philosophischen Interesse treu geblieben.

Sie schlug das Buch auf, blätterte bis zum Lesezeichen, und ihr Lächeln verschwand. Das Herz schlug auch nicht mehr schneller. Jetzt fühlte es sich im Gegenteil so an, als bliebe es stehen.

Das Lesezeichen war ein Foto.

Ein Polaroid.

Von zwei sich küssenden, offenbar sehr verliebten Menschen.

Eine junge, dunkelhaarige Frau. Und unzweifelhaft Kilian, wie sie an seinem Tattoo erkannte.

jeder Mensch hat zwei Leben ...

Beschämt schloss sie die Augen.

Was hast du denn erwartet, du dumme Kuh?

Dass jemand, den du ohne Begründung aus deinem Leben verbannt hast, fünf Jahre im Zölibat lebt, um sich für dich aufzusparen?

»Nein«, sagte sie laut und erschrak vor ihrer eigenen energischen Stimme. So blöd war sie nicht, dass sie hier einer Liebelei nachweinte, die es nie gegeben hatte. Der Stich, den sie im Herzen fühlte, rührte nicht von dem Kuss, sondern davon her, was er symbolisierte. Er war der bildgewordene Beweis, dass das Leben für alle weitergegangen war, während Marla seit Jahren im Stillstand-Modus verharrte. Im Grunde lag sie noch immer auf der Straße, angefahren von dem Auto nach der Flucht vor dem Planen-Menschen.

Sie wollte das Foto zurücklegen, aber etwas hielt sie davon ab. Ihre Finger vibrierten. Sie kniff die Augen zusammen, legte den Kopf schief, blinzelte. Doch der Eindruck blieb.

Ja!

Die Frau kam ihr bekannt vor.

Nur weshalb? Mehr als das Profil und die Hände gab es nicht zu sehen, und selbst das vollständige Gesicht hätte bei ihr keine Erinnerungen ausgelöst, daher …

Weshalb also bin ich mir sicher, sie schon einmal gesehen zu haben?

Marla drehte das Polaroid, und im selben Moment gab es eine atmosphärische Störung. Das Deckenlicht flackerte kurz auf, was den Effekt hatte, dass sie für einen Augenblick meinte, eine Spiegelung in dem Fotopapier gesehen zu haben.

Ein Gesicht.

Direkt hinter ihr.

Das ihr über die Schulter schaute.

Edgar?

Mit einem spitzen Schrei ließ sie das Polaroid fallen und schnellte herum.

Nichts.

Natürlich nicht.

Marla brauchte eine Weile, bis sie realisierte, dass sie wieder einmal ein Opfer ihrer hochsensiblen, überspannten Sinne geworden war. Doch als sie sich bückte, um nach dem Foto zu schauen, das unter das Bett gesegelt war, legte sich ihre angstgetriebene Nervosität nicht. Im Gegenteil.

Sie wuchs mit jedem weiteren Moment, in dem sie das Bild nicht entdecken konnte.

Weder unter dem Gestell noch in der Nähe der Nachttische oder gar weiter im Zimmer hinein.

Wo auch immer Marla nachsah, es tauchte nicht mehr auf.

Das Polaroid blieb verschwunden.

So, als wäre es niemals da gewesen.

19. KAPITEL

Marla fand ihre eigene Stube, das Efeunest, ebenfalls im zweiten Stock am Ende des Nordflügels, zur Seite heraus. Auch hier gab es keinen Schlüssel.

Sie trat ein und nickte anerkennend. Die Mixtur aus Tradition und Moderne schuf eine geschmackvolle Wohlfühlatmosphäre. Sie öffnete die etwas schwergängige Balkontür. Sofort drängte kalte Zugluft ins Zimmer, als wäre sie ein von der Leine gelassener Hund, der nur darauf gewartet hatte, von seinem Zwinger ins Warme zu stürmen. Der Blick über den Balkon führte auf eine Gruppierung von zwei kleineren Holzbaracken im Seitenhof.

Ein einziges Paar Fußstapfen führte von ihm ins dunkle Nichts des dahinterliegenden Bergmassivs.

Marla schloss die Tür wieder und setzte sich auf das mit dicken Daunendecken bezogene Landhausbett.

In Gedanken ging sie noch einmal alle Hausflure auf und ab, rief sich die Kreidetafeln an den Türen ins Gedächtnis.

Es dauerte eine Weile, bis ihr klar wurde, was nicht stimmte.

Sind das nicht alles Schülerinnen und Schüler, mit denen ich einmal in einer Klasse oder einem Kurs war?

Wenn Marla sich nicht täuschte, würde das bedeuten, dass diese Fahrt hier entgegen der Einladung kein kursübergreifendes Jahrgangstreffen war. Denn es wäre ein höchst seltsamer Zufall, dass nur Ehemalige zugesagt hatten, mit denen sie auf der Hohenstein-Schule wenigstens ein Fach gemeinsam gehabt hatte.

Marla merkte, wie ihre Narbe an der Schläfe zu puckern

begann, als wäre in ihr ein Insekt erwacht. Wenn sie nach den Strapazen des Aufstiegs nicht langsam etwas innere Ruhe fand, würden ihre Nackenschmerzen sehr bald einmal über den Hinterkopf bis in die Augen ausstrahlen. Außerdem knurrte ihr Magen.

Sie wollte nach unten gehen, um die Küche zu inspizieren, als sie ein Handy klingeln hörte. Dumpf, als läge es unter einer Bettdecke.

Aber dennoch laut genug, dass Marla die Richtung orten konnte.

Irgendwo in einem Zimmer.

Eine Etage unter ihr.

20. KAPITEL

Es war der gleiche Klingelton wie bei ihrem Handy, was Marla zusätzlich zu dem Umstand irritierte, dass es technisch doch unmöglich sein sollte, ihn überhaupt zu hören. Auf der Nebelhütte sollte es laut Website außerhalb des Phone-Spots nirgendwo Empfang geben. Das Display ihres Telefons hatte bislang in keinem der Zimmer ein Mobilfunknetz oder einen WLAN-Hotspot angezeigt.

Und dennoch ...

Marla eilte die Treppe nach unten. Das Handyklingeln kam aus dem Biberbau. Zimmer Nummer 3.

Habe ich eben die Tür offen gelassen?, fragte sich Marla beim Eintreten. Sie konnte sich nicht erinnern. Und sie konnte das Telefon nicht sofort finden. Der Raum war zwar nicht groß, und dennoch hatte sie Mühe, den Bereich zu orten, in dem es summte, vibrierte und läutete. Sie vermutete, dass das Telefon im Bett unter der Decke lag, und begann die Kleidungsstücke, die darauf lagen, einzeln hochzuheben. Nichts. Auch nicht unter den schweren Daunendecken und Kissen.

Verdammt, beeil dich, Marla.

Es läutete schon verdammt lange. Wenn der Anrufer die Geduld verlor und auflegte, war das Telefon sicher wieder gesperrt, und sie hatte keine Möglichkeit des Rückrufs.

Moment ...

Mit einem Mal war sie sich nicht mehr sicher, ob das Klingeln wirklich vom Bett kam.

Sie ging Richtung Bad, und es schien erst lauter zu werden, doch dann war es auf einmal ganz leise. So leise, dass sie schon dachte, es hätte aufgehört, doch nach zwei Schritten Richtung Nachttisch war es wieder da.

Mist. *Offenbar ist mir nicht nur die Gesichtserkennung, sondern nun auch mein räumliches Hörvermögen abhandengekommen.*

Sie wurde hektisch. Drehte sich im Kreis und kam nicht umhin, anhand dessen, was sie in dem Zimmer sah, seine Bewohner zu analysieren.

Jeremy und Paulina waren schon zu Schulzeiten ein Paar gewesen, wenn auch ein ungleiches. Paulina, das Steampunk-Mädchen, das immer so aussah, als wäre sie mit ihren extravaganten Kleidern auf dem Weg zu einem viktorianischen Maskenball. Und Jeremy, der vermutlich sein Basketball-Outfit auch als Schlafanzug getragen hätte.

Offenbar hatte ihre Gegensätzlichkeit, die sich in ihrem Zimmer spiegelte, sie nicht davon abgehalten, auch nach der Schule zusammenzubleiben. Vielleicht aber teilten sie sich nur der guten alten Zeiten halber wieder das Bett.

Jeremy hatte bereits ausgepackt, und Marla bezweifelte, dass das Handy ihm gehörte.

Jemand, der so ordentlich ist, vergisst sein Telefon nicht beim Rausgehen.

Seine wenigen Sachen (lange Unterhosen, Feinripp-Unterhemden, Sportsocken, Schneehose und Jeans) lagen für die einzelnen Tage im Voraus gebündelt in dem offenen Kleiderschrank neben dem Eingang.

Im Bad, das sie vom Bett aus einsehen konnte, warteten Zahnbürste und Zahnpasta in einem mitgebrachten Becher auf ihren pedantischen Besitzer. Adiletten standen sorgsam nebeneinander ausgerichtet vor dem Duscheinstieg.

Selbst beim Durchwühlen des Bettes hatte Marla erkannt, auf welcher Seite wer schlief. Jeremys Bett war gemacht gewesen auf eine akribische Art, wie er es sicher nicht erst beim Bund gelernt hatte. Auf Paulinas zerknautschter Seite hingegen hatten die Dinge gelegen, die Marla bei ihrer Suche nach dem Handy zu Boden befördert hatte: ein Winterpulli, ein Handtuch, zwei Strumpfhosen und ein rotweinfarbener Spitzen-BH, sogar ein aufgerissenes Snickers.

Im Gegensatz zu Jeremy hatte Paulina ihre Sachen noch nicht ausgepackt und das anscheinend auch nicht vor. Ihr Rollkoffer neben dem Sofa sah aus wie aufgeplatzt, offenbar hatte sie ihn als Schublade benutzt und wahllos das benötigte Kleidungsstück herausgezogen oder wieder zurückgeworfen.

Der Trolley!, durchzuckte es Marla.

Sie neigte den Kopf. Tatsächlich konnte ihr Gehör ihr einen Streich gespielt haben. Er stand nah genug beim Bett, und ja, es wurde lauter, je mehr sie in ihm wühlte.

Grundgütiger, wieso klingelt es eigentlich so lange?

Wer Paulina sprechen wollte, musste eine sehr hartnäckige Person sein, oder …

Oder es war gar kein Mensch, wie Marla klar wurde, als sie das Telefon endlich zwischen den Socken im Koffer gefunden hatte.

Sondern nur ein automatischer Weckruf.

Scheiße!

Enttäuscht drückte Marla das Alarmzeichen auf dem Display weg. Paulina hatte ihrem Wecker den Standard-Klingelton ihres Handys zugewiesen.

Seufzend setzte sich Marla neben den Trolley. Kein wundersamer Empfang, kein Anrufer, der Licht in das Geheimnisdunkel brachte: Was war hier los? Wo waren all die anderen abgeblieben? Mitten in der frostigen Dunkelheit, ohne Transportmöglichkeiten, ohne irgendwo eine Nachricht für Nachzügler wie sie zu hinterlassen.

Wie befürchtet konnte Marla dem Telefon keine Geheimnisse entlocken. Es ließ sich nur mit PIN oder Gesichtserkennung entsperren. Marla hätte allenfalls die Foto-App öffnen und eine Aufnahme von dem Zimmer machen können, dem Koffer oder …

Moment mal.

Ihr Blick fiel auf eine Postkarte, die sie bei ihrer Suche aus dem Trolley gezogen haben musste und die jetzt auf dem Boden lag.

Die Einladung. Zu der Abifahrt.

HOHENSTEIN-ABI – FÜNF JAHRE GESCHAFFT! WIR FEIERN DIE REVIVAL-ABIFAHRT. VOM 15. BIS ZUM 18. DEZEMBER – SEHEN WIR UNS AUF DER NEBELHÜTTE?

Sie sah so ähnlich aus wie die, die bei ihr am Kühlschrank hing. Aber eben nur so ähnlich. Bereits die Farbe war anders. Ihre war in einem blassen Rot gehalten, die von Paulina dunkelgrün. Und es gab noch einen gravierenderen Unterschied. Der Text auf der Rückseite. Bei ihr hatte »Kilian kommt auch« gestanden. Und das in einer anderen Handschrift verfasst als der längere Zusatz auf dieser Karte hier:

> Diese Einladung geht an die gesamte Schrankgruppe. Ich bitte jeden Einzelnen von euch inständig zu kommen. Ich kann mit dem, was wir damals getan haben, nicht länger leben. Ich kann es nicht mit meinem Gewissen vereinbaren. Wenn ihr mich damit alleine lasst, werde ich unser Video weiterleiten. Ihr wisst, an wen.

21. KAPITEL

Marla blieb wie betäubt mit der Karte in der Hand vor Paulinas Trolley hocken. Einzelne Wörter bohrten sich wie Pfeile in ihren Verstand.

Schrankgruppe. Gewissen. Video.

Sie merkte, dass ihre Beine einzuschlafen drohten, also stand sie auf. Marla folgte ihrem Drang, die Unordnung, die sie bei der Suche nach dem Handy verursacht hatte, zu beseitigen. Als könnte sie dadurch auch etwas Ordnung in ihr Gedankenchaos bringen.

Was ist mit damals *gemeint?*

Um welches Video *geht es? Was ist darauf zu sehen?*

Und an wen *soll es geschickt werden?*

Nachdenklich nahm sie Paulinas Sachen wieder vom Boden und legte sie ordentlicher zurück auf das Bett, als sie sie vorgefunden hatte. Auch Jeremys Bettdecke faltete sie akkurat und schüttelte das Kopfkissen auf. Dabei fiel ihr Blick auf den Krimi, den er offenbar las. Ein Thriller mit einem Bergmassiv als Cover und einem Namen, den sie nicht erwartet hatte.

EINSAM, von Paulina Rogall
Psychothriller

Sieh mal einer an. Sogar bei einem renommierten Verlag veröffentlicht.

Vorsichtig nahm Marla das Buch in die Hand, als wäre es ein zerbrechlicher Gegenstand. Dann zog sie eine Visitenkarte heraus, die Jeremy als Lesezeichen zwischen die Seiten gesteckt hatte. Seine eigene.

Sie wies ihn als Jeremy Pfahl aus. Architektur-Werkstudent von Global Engineering mit Sitz in Frankfurt, Sydney und Dubai. Marla hielt die aufwendig geprägte Karte gegen das Licht. Sie zeigte eine stilisierte Skyline von Wolkenkratzern als Wasserzeichen. Vermutlich Großbauprojekte des Weltunternehmens.

Nicht schlecht.

Sie legte das Buch zurück, da sah sie, dass Jeremy seine Einladung ordentlich auf eine kleine Schlüsselablage direkt am Eingang gelegt hatte. Auch sie hatte eine andere Farbe, und es fand sich der mysteriöse Zusatz, der auf ihrer Karte gefehlt hatte.

Aber wieso?

Marla kam ein Gedanke, wie sie das Fragezeichen-Dickicht entzerren konnte, in dem sich ihre Gedanken immer mehr zu verheddern drohten.

Dass ich da nicht gleich draufgekommen bin!, ärgerte sie sich.

Eilig ging sie nach unten, zog wieder Thermojacke und Stiefel an und trat hinaus in die eisig dunkle Kälte vor die Hütte.

22. KAPITEL

Wäre Marla stehen geblieben und hätte innegehalten, wäre sie mit einem atemberaubenden Panoramablick von der Terrasse belohnt worden. Blaues Mondlicht beleuchtete die teils kargen, teils bewaldeten, ineinander verschobenen Gebirgszüge.

Einer von ihnen, weiter unten liegend, sah aus wie ein schlafender Igel mit wattierten Stachelspitzen, die in Wahrheit schneebedeckte Tannenbäume waren. Hinter ihm stiegen die Lichter Kaltenbrunns auf. Die Täler davor schienen im Atemdunst eines Riesen versunken, so tief hing eine löchrige Wolkenschicht. Marlas Augen hätten die Tränen wegen des Windes, der hier von allen Seiten zu wehen schien, nicht lange zurückhalten können. Gefährliche Böen, wie sie gelesen hatte, die bei einem Notfall einen Hubschraubereinsatz unmöglich machen konnten.

Aber Marla stand weder der Sinn nach Alpenromantik noch nach einer Gefahrenanalyse.

Sie hatte nur ein Ziel. Und das war definitiv nicht geeignet, im Halbdunkel aufgesucht zu werden, wie sie gerade feststellen musste. Und definitiv nichts für Menschen mit Höhenangst.

Um es zu finden, hatte Marla sich an die Kartenskizze erinnern müssen, die auf der Website abgebildet war und den Weg mithilfe von Pfeilzeichnungen beschrieb.

Über die Terrasse, die Hütte im Rücken nach links, einen schmalen Pfad Richtung Abhang bis zum Felsvorsprung.

Auf dem Bild hatte der Phone-Spot wie der Ausguck am Mast eines Schiffes ausgesehen. In der Realität wirkte er sehr viel wackeliger und unsicherer, trotz des hölzernen Zauns, der das Halbrund umfasste, zumal der Wind ungehindert an allem ziehen und zerren konnte, was sich ihm in den Weg stellte.

Marla wagte es nicht, die Stäbe anzufassen, geschweige denn, sich an die einzige Barriere zu lehnen, die sich zwischen ihr und der Kante befand, hinter der es Hunderte Meter in den Abgrund ging.

Der Granitboden des einzigen Platzes, auf dem es nahe der Nebelhütte Telefonempfang geben sollte, war weder verschneit noch vereist, was nur daran liegen konnte, dass hier jemand (vermutlich Gottfried) für die Gäste Salz gestreut hatte. Dank Handytaschenlampe konnte Marla tatsächlich den im Internet beschriebenen roten Kreis erkennen, in dessen Mitte man sich zum Telefonieren stellen sollte. Mit dieser Markierung wirkte der Phone-Spot wie ein Miniaturlandeplatz für Modellbauhubschrauber.

Marla trat von dem Schotterweg auf den Ausstieg, so vorsichtig, als beträte sie eine unbekannte Eisfläche. Erleichtert stellte sie fest, dass ihr Smartphone tatsächlich zwei Balken zeigte. Immerhin.

Sie suchte nach der Nummer.

»Hallo?«, fragte der Teilnehmer, dessen Kontakt sie aus ihren WhatsApps kopiert und angerufen hatte.

»Hey, ich bin's!«

»Wer, bitte?«, fragte der Mann mit erkälteter Stimme.

»Sorry, es rauscht ziemlich in der Leitung.«

Marla schirmte ihr Telefon mit der Hand gegen den Wind ab, als wollte sie sich im Sturm eine Zigarette anzünden.

»Marla, hier ist Marla.«

»Marla, oh, hey, das ist ja … wow. Schön, deine Stimme zu hören.«

Der Mitschüler von einst klang überrascht, verwirrt und erfreut zugleich. So, als redete er mit einer Berühmtheit, von der er nie gedacht hätte, sie tatsächlich einmal in der Leitung zu haben.

»Ich freue mich auch«, gab Marla das Kompliment zurück. Dann stellte sie dem Organisator des Jahrgangstreffens die Frage, deretwegen sie sich hier rausgewagt hatte: »Hey, sag mal. Wo seid ihr alle?«

Hendrick Rohrbrecht räusperte sich. »Was meinst du?«

Seine Stimme flatterte jetzt, was allerdings an der schlechten Verbindung lag. Immerhin riss sie nicht ab, und sie konnte ihm berichten: »Ich bin gerade angekommen, aber hier ist niemand.«

»Tut mir leid, aber ich fürchte, ich stehe gerade auf dem Schlauch.«

»Seid ihr zurück ins Dorf in die Kneipe? Habt ihr hier alle schon was getrunken?« Marla lachte.

»Dasselbe wollte ich dich fragen.«

Sie rollte unwillkürlich mit den Augen. Langsam war es nicht mehr lustig. »Okay, Hendrick, du hattest deinen Spaß. Aber ich friere mir hier draußen gerade den Arsch ab. Also noch mal: Wo sind die anderen?«

Er antwortete nur mit zwei Wörtern. Und die reichten aus, dass Marla sich fühlte, als hätte ihr jemand den festen Boden unter den Füßen weggerissen und durch einen Sumpf ersetzt, in dem sie versank.

»Welche anderen?«, fragte er.

Marla schluckte, dann antwortete sie wie ferngesteuert, monoton und unbetont: »Na, die anderen vom Abitreffen. Zu dem du mich eingeladen hast.«

In dieser Sekunde musste sie an die Kreidetafel denken, und erst hier, in der dunklen, klaren Kälte, fiel es ihr auf. Es waren zu wenige. Mindestens eine fehlte.

Sag es nicht!, flehte sie trotzdem in Gedanken. *Bitte! Sag jetzt nicht das, von dem ich denke, dass du es gleich aussprichst.*

Ihr Flehen wurde nicht erhört. Denn es gab, wie ihr gerade bewusst geworden war, keine Tafel mit Hendricks Namen, weswegen es kein Wunder war, dass er antwortete:

»Sorry, Marla. Ich weiß wirklich nicht, wovon du sprichst. Ich hasse Klassentreffen oder Ähnliches. Nie im Leben würde mir einfallen, an so etwas teilzunehmen. Geschweige denn, diese Zeitverschwendung zu organisieren.«

23. KAPITEL

Erstaunlicherweise spürte sie die Kälte, fror aber nicht. Es war, als wäre sie schon sehr viel länger als nur ein paar Stunden in dieser Bergwelt und das Wetter seit frühester Kindheit gewohnt.

Als wäre ich abgehärtet.

Die Windböen ruckelten an ihr wie ein wütender Hund an der Leine seines Besitzers. Innerlich jedoch war sie ruhig, wie betäubt. Trotz oder gerade wegen der Ungeheuerlichkeit, die Hendrick gerade ausgesprochen hatte.

»*Sorry, Marla. Ich weiß wirklich nicht, wovon du sprichst.*«

Er sprach weiter, aber sie hatte zunehmend Mühe, ihn zu verstehen. Ein Pfeifton in ihrem Ohr überlagerte die Verabschiedungsfloskeln, die sie austauschten.

Er hat niemanden eingeladen? Aber wer dann?

Und die anderen hatten ja ebenfalls eine Karte bekommen, wenn auch mit einem anderen Zusatz.

Was hat das alles zu bedeuten?

Die unerklärlichen Vorkommnisse schienen ihr aufs Hörvermögen zu schlagen. Die Welt um sie herum, in der noch eben der Wind getost hatte, klang mit einem Mal gedämpft, als hätte sie sich eine Kapuze über den Kopf gezogen, dabei presste sie das Handy direkt ans Ohr.

Wobei, Kapuze!

Ihr kam eine Idee, und die probierte sie sofort für ihren nächsten Anruf aus. Und tatsächlich war die Frau, die nun am Apparat war, sehr viel besser zu verstehen, nachdem Marla sich den Kopfschutz ihrer Thermojacke übergezogen und damit die Nebengeräusche abgeschirmt hatte.

»Der Gipferlkönig. Hallo?«

Die Frau am anderen Ende schrie beinahe, so wie die meisten Menschen am Telefon, wenn es um sie herum laut war. Marla hörte Bluesmusik, Stimmengewirr, Gläserklirren und Gelächter im Hintergrund.

»Ist Gottfried zu sprechen?«

»Wer?«

»GOTTFRIED!« Der Eigentümer der Dorfkneipe, die am Wochenende sicher aus allen Nähten platzte. Dort hätten sie sich treffen und das Gepäck abgeben sollen. Als Marla die Wegbeschreibung gegoogelt hatte, hatte sie noch über das Wortspiel »Gipf-Erl-König« mit dem Bezug zur Goethe-Ballade schmunzeln müssen.

Wer reitet so spät durch Nacht und Wind …?

Jetzt weckte der Kneipenname eher unheilvolle Assoziationen.

»Tut mir leid, Gottfried ist nicht da. Kann ich dir helfen?«

Die Hintergrundgeräusche wurden leiser. Wahrscheinlich war die Barkeeperin oder Kellnerin nach draußen vor die Tür gegangen. Marla erinnerte sich an das kitschige Bild auf der Homepage. Ein einzeln stehendes Holzhaus im Jodel-Stil, behaglich beleuchtet zu nächtlicher Stunde, mit schneebedecktem Dach und dampfendem Schornstein. Im Hintergrund die Kirchturmspitze. Auch im Inneren war der Gipferlkönig alles andere als eine trostlose Bergdorf-Kaschemme, in der sich die perspektivlose Dorfjugend Streit suchend mit Jägermeister volllaufen ließ. Die Bilder der Website hatten eine gutbürgerliche, romantische Gaststube gezeigt, mit grau karierten Tischdecken und weißen Servietten auf den wenigen Tischen. Im Hintergrund ein stattlicher Holztresen. In einem Nebenzimmer die obligatorischen Billardtische und Dartscheiben an den Wänden.

»Ich wollte fragen, ob Gottfried mich von der Nebelhütte abholen kann.«

»Wer bist du denn?«

Marla nannte ihren Namen.

»Lindberg? Marla Lindberg?«, wiederholte die Frau.

»Ja.«

»Du rufst mich hoffentlich nicht von der Nebelhütte aus an?«

»Doch«, sagte Marla verunsichert.

»Verdammt. Mein Mann hat dich doch gewarnt, oder nicht? Am Busbahnhof!«

Hauen Sie ab!

Das war Ihr Mann?«, fragte Marla verblüfft. Die Frau am Telefon klang viel sympathischer als der komische, dürre Kauz mit den gelben Zähnen.

»So, wie du das sagst, hat er sich mal wieder von seiner besten Seite gezeigt.«

Kann man wohl sagen.

Die Frau seufzte. »Ich weiß, er ist manchmal etwas grantig. Er ist maulfaul. Aber das wenige, was er sagt, hat Hand und Fuß. Du hättest auf ihn hören sollen.«

»Wissen Sie, woher er mich kennt? Ich meine, wieso hat er mich denn gewarnt?«

Und wovor?

»Tja, weißt du. Ich fürchte, ich hab schon zu viel gesagt. Gottfried hat Anweisungen, darüber mit keinem zu reden. Das gilt ja dann wohl auch für mich.«

Marla drehte sich unbewusst im Kreis, weswegen sie wieder den Wind im Gesicht spürte. »Okay, dann gerne persönlich. Wann kann Gottfried hier sein?«

»Tut mir leid, Schatzi. Am Teufelsgipfel ist eine Lawine abgegangen. Eine Wandertruppe wird vermisst. Alle Helfer sind vor Ort. Gottfried ist mit seinem Schneemobil dort. Das kann noch die ganze Nacht dauern.«

Marla sah zurück zu dem hell erleuchteten, aber menschenleeren Chalet.

»Wie viele sind denn verschüttet?«, fragte sie bang.

»Keine Ahnung.«

»Ich frage nur, weil … Also, hier ist keiner. Ich bin ganz allein in der Hütte.«

»Na, dann kann dir ja niemand etwas antun, oder?«, entgegnete Gottfrieds Frau.

»Hat er mich deswegen gewarnt? Weil mir jemand etwas antun will?«

»Am besten, du gehst wieder rein, riegelst alles ab und wartest, bis Gottfried morgen zu dir rauskommen kann. Ich meine, das war ja mal eine Schutzhütte. Du bist da sicher. Ich sag ihm morgen Bescheid, okay?«

Nein, das ist gar nicht okay.

»Könnten *Sie* nicht kommen und …?«

»Tut mir leid, hier brennt die Hütte. Alles voller Touris. Ich muss Schluss machen. Aber versprich mir eins: Das ist lebensgefährlich allein da draußen für jemanden, der sich nicht hundertprozentig auskennt. Keine Ausflüge auf eigene Faust! Das Wechselwetter hier hat für verschiedene Schnee- und Eisschichten gesorgt. Ein falscher Tritt, und auch du könntest eine Lawine auslösen. Also bleib in der Nebelhütte!«

Marla starrte auf das Handy, das keine Verbindung mehr anzeigte. Wässrige Schneeflocken benetzten das Display, doch sie wischte sie nicht weg. Sie stand einfach nur auf dem Phone-Spot, als wäre ihr Körper fest- und ihre Gedanken eingefroren.

Nach dem Gespräch mit Hendrick hatte sie ein Pfeifen im

Ohr gehabt. Jetzt hörte sie ein Brummen. Es klang wie ein Schwarm wütender Insekten. Nur, dass der Schwarm in gleichmäßigen, rhythmischen Intervallen lauter und leiser wurde. Wie ein stampfendes Metronom, das sich dem stetigen Rauschen des Windes entgegenstellte.

Marla brauchte eine Weile, bis sie erkannte, dass das Brummen nicht nur in ihrem Kopf existierte, sondern real war.

Sie merkte es daran, dass es lauter wurde, je weiter sie sich von dem Phone-Spot entfernte. Den Steilhang im Rücken, ging sie in Richtung der Holzbaracken, die sie von ihrem Balkon aus gesehen hatte. Der Wind drückte ihr die Kapuze noch fester an den Hinterkopf, dennoch hörte sie es immer deutlicher.

Den Schwarm.

In dem grauen Flachdachschuppen, der ihr bislang nicht aufgefallen war. Weder von ihrem Balkon aus noch hier draußen beim Telefonieren. Und auch jetzt sah sie ihn nur, weil sich bei den letzten Worten von Gottfrieds Frau eine Tür geöffnet hatte und ein schmales Licht aus dem Schuppen nach draußen gefallen war.

24. KAPITEL

Marla wusste, wie irrational ihre Hoffnung war. Doch sie wünschte sich, dass sich der Schuppen als ein architektonisches Wunder entpuppte: ein von außen viel kleiner wirkender, in Wahrheit aber turnhallengroßer Mehrzweckraum, in dem Kilian, Paulina, Jeremy, Amadeus, Grete, Simon und Rebekka beim Bowlingspielen vor lauter Vergnügen die Zeit vergessen hatten und sich das alles hier in Wohlgefallen auflöste.

So unangenehm es war, im Dunkeln durch die Kälte zu marschieren, so froh war sie über die Erkenntnis, dass sie die Außenanlagen des Chalets noch gar nicht inspiziert hatte.

Die Hoffnung treibt dich an und stirbt zuletzt!, dachte Marla. Der Schnee knirschte laut unter ihren Stiefeln. Jeder Schritt, den sie sich in Richtung Schuppen bewegte, klang so, als würde sich ein Riese durch ein Knäckebrot beißen.

Aber sie stirbt eben doch, kam sie nicht umhin zu denken, als sie vor der geöffneten Aluminiumtür stand. Sie hatte kein Schloss (vermutlich, damit man immer hineinkam, auch wenn es mal vereist war), sondern wurde mit einem einfachen Querriegel von außen gesichert. Die Winde, die an dieser Stelle etwas weniger stark zu spüren waren als direkt am Steilhang, mochten den Riegel angehoben und die Tür nach innen aufgedrückt haben. Marla sah im Schein ihrer Handytaschenlampe keine Fußspuren, allerdings war hier der Schnee vereist.

Sie machte ihr Handy aus und schob mit dem Fuß die Tür noch weiter auf.

Das Licht im Inneren kam von einem metallenen Koloss,

der im Halbdunkel wie eine Mischung aus altertümlicher Dampfmaschine und modernem Schiffsmotor wirkte. Ein himmelblau lackiertes Ungetüm aus Röhren, Filtern, Schläuchen, Zylindern und mit jenem für die Beleuchtung verantwortlichen, hell strahlenden Bildschirmmonitor.

Das Gerät, das eine halbe Tonne wiegen mochte und nahezu den gesamten Schuppen einnahm, stand auf einem schwarzen Sockel. Auf ihm war ein Firmenlogo und die Kennzeichnung Super-Flüster-Diesel zu lesen.

Das mit dem Flüstern war offenkundig gelogen, immerhin brummte das Aggregat spielend leicht hundert Meter gegen den Wind an. Aber nun hatte Marla wenigstens die Information, dass es sich nicht um etwas Gefährliches handelte.

Sondern um den Generator.

Marla äugte von der Schwelle in den quadratischen Raum hinein. Sie sah nichts, was unheimlich war, dennoch traute sie sich nicht hinein, und das aus einem einzigen Grund: der Riegel. Wenn er nur von außen bedient werden konnte, wollte sie nicht im Inneren stehen, falls hier jemand sein Unwesen trieb und es doch keine harmlose Erklärung für all die seltsamen Vorkommnisse gab. Beginnend mit der Warnung von Gottfried über die verlassene Hütte und den Fund der Spielkarte bis hin zu Hendrick, dessen Name auf allen Einladungen stand, die sie bislang gesehen hatte, der aber angeblich keine einzige davon verschickt hatte.

Marla zog die Tür wieder zu, verriegelte den Schuppen und machte sich, da sie nun schon einmal damit angefangen hatte, auf den Weg zu den Baracken, die sich als Holzschuppen erwiesen.

Der Himmel über ihr hatte sich zugezogen. Der Mond erhellte die Umgebung nicht mehr, sodass Marla erneut ihre Handytaschenlampe benutzte.

Die Bilder in ihrem Kopf waren hässlicher geworden: Als sie jetzt die erste der ebenfalls nicht abgeschlossenen Türen aufzog, rechnete sie schon halb damit, dass sie der Gestank überwältigen würde. Der Duftmix aus verschimmelter Milch und süßlich ranziger Leberwurst, wie sie ihn hatte riechen müssen, als Kristin sie mit in den Sektionssaal der Rechtsmedizin nahm, um eine Akte zu holen.

Als Nächstes rechnete Marla damit, in einem der Holzschuppen auf die Ursache des Leichenfäulnisgeruchs zu stoßen: einen Leichenberg. Ihre ehemaligen Mitschüler nackt und leblos ineinander verknotet, wie die Fragezeichen auf der Spielkarte. Vor ihrem inneren Auge sah sie eine Ratte, die mit rauer, pelziger Zunge über einen toten Augapfel leckte, bevor sie grimmig quiekend in ihn hineinbiss.

Kein angenehmes Bild, aber nichts im Vergleich zu dem, was sie sich jahrelang beim LKA an menschlichen Abartigkeiten hatte anschauen müssen. Und natürlich spielte ihr die Fantasie auch hier einen Streich.

Die Schuppen, die sie von ihrem Balkon aus gesehen hatte, waren nur mit Schneeschaufel, Streusalzeimern, Abdeckplanen und bei dieser Witterung unbrauchbaren Fahrrädern gefüllt. Nicht mit Lebendigem. Nicht mit Leichen.

Auch hier schloss Marla wieder die Türen von außen.

Erst den ersten, dann den zweiten Schuppen.

Danach drehte sie sich zum Chalet um. Und schrie.

Und zwar so laut, als hätte ihr jemand unvermittelt einen Eimer Eiswasser in den Nacken gekippt. Nur lauter. Denn das, was sie sah – oder vielmehr *nicht* sah –, war noch sehr viel unangenehmer.

Sie begann zu frieren. Ihre Zähne klapperten in einem schüttelfrostartigen Rhythmus.

Weder das Telefonat mit Hendrick noch das wütende Insektenschwarmbrummen des Generators hatten es geschafft, und schon gar nicht die windige Kälte.

Das, was das Gefühl, erfrieren zu müssen, bei ihr ausgelöst hatte, war kein Etwas. Sondern ein Nichts.

Das Chalet.

Marla blinzelte, klapperte mit den Zähnen. Schlug sich gegen den Kopf. Einmal, zweimal. Vergeblich.

Die Nebelhütte blieb verschwunden.

25. KAPITEL

Die Befragung
Gegenwart
Zwei Wochen nach der Entscheidung

Ich wäre dann wieder so weit«, sagte die Frau, deren Stimme nach ihrem Heulkrampf einen Halbton tiefer klang. Der Mann, der vom Ende des Konferenztischs aus die Befragung leitete, löste sich von dem faszinierenden Anblick des Schneetreibens vor den Fenstern in Zimmer 2209.

Dr. Carsten Stresinger hatte sich bewusst abgewendet, um ihr Zeit zu geben, die Tränen zu trocknen und sich die Nase zu putzen, nachdem ihre emotionalen Schilderungen sie aus der Fassung gebracht hatten. »Wir können auch eine Pause machen«, sagte er. »Immerhin steht für Sie sehr viel auf dem Spiel. Ich gebe Ihnen nur diese eine Chance und treffe sofort danach meine Entscheidung.«

»Das sagten Sie bereits.«

»Gut, ich will nur nicht, dass Sie später sagen, ich hätte Sie zu irgendetwas gedrängt.«

Stresinger überlegte, ob er die Fenster öffnen sollte, um frische Luft hereinzulassen. Es war Anfang Januar und so kalt, dass sich Eiskristalle an den Scheiben bildeten. Gemütlich anzusehen für Menschen, die im Warmen hockten, vielleicht sogar vor einem Kamin, mit einer Tasse Tee oder Glühwein in der Hand. Eine tödliche Warnung für die Obdachlosen unter den S-Bahn-Brücken, nur fünf Minuten entfernt.

»Nein, danke. Keine Pause. Machen wir weiter. Tut mir

leid für die Unterbrechung!«, sagte die schüchterne junge Frau.

Wenn das wahr war, was sie hier schilderte, war es fraglich, ob sie sich je wieder von diesem Albtraum erholen würde.

»Wo war ich stehen geblieben?«, fragte sie.

»Bei dem verschwundenen Chalet«, gab er ihr Hilfestellung.

»Ach ja, richtig. Die Erklärung ist simpel.« Sie räusperte sich. »Als der Strom ausgefallen ist, gab es im Inneren der Nebelhütte keine Beleuchtung mehr. Vor dem dunklen Berg war die schwarze Hütte wie von Zauberhand verschwunden. Bis die Konturen dann nach und nach wieder auftauchten.«

»Moment«, unterbrach Stresinger sie verwirrt. »Haben Sie nicht gesagt, der Generator brummte?«

»Ja. Es war kein Problem des Diesels. Die Hauptsicherung war rausgeflogen.«

»Verstehe«, stellte Stresinger fest. »Dennoch …«

»Was?«

»War damit nicht langsam ein Punkt erreicht, an dem Sie versuchen wollten, die Hütte auf eigene Faust zu verlassen?«

»Klar. Der Wunsch war natürlich da. Die Parallele war ja offensichtlich.«

»Parallele?«

»Wieder hat es eine gefälschte Nachricht gegeben. Wieder eine Reise ins Ungewisse. Das erste Mal hat sie in diesem grauenhaften Kreißsaal geendet. Das zweite Mal in der Nebelhütte. Es war doch höchst wahrscheinlich, dass der Killer hier in den Bergen sein Werk vollenden wollte!«

Stresinger dachte nach. »Aber ein Abstieg war zu diesem Zeitpunkt nicht möglich?«

»Wie denn? Es war dunkel. Die Zahnradbahn von der Nebelhütte ist um diese Zeit nicht mehr nach Kaltenbrunn gefahren.«

»Und zu Fuß?«, fragte Stresinger.

»Mit schlechtem Schuhwerk, ohne Ausrüstung? Bei der Lawinengefahr, wie Gottfrieds Frau sie schilderte? Nein, nein. Draußen war es gefährlicher als in der Hütte. Dachten wir.«

»Wir?«

»Dazu komme ich gleich.«

Sie machte eine Pause.

Stresinger vermied es, die Stille mit einer Nachfrage zu füllen, um sie nicht aus dem Konzept zu bringen.

»Außerdem, es war im Grunde ja noch nichts passiert, was die Gefahren eines Aufbruchs gerechtfertigt hätte.«

»Sie meinen …?«

»Nun ja. Es gab ja noch keine Leiche.«

Dr. Stresinger musste schlucken, als er die einzige Überlebende dieser Tragödie sagen hörte: »Aber das sollte sich sehr schnell ändern.«

26. KAPITEL

Nebelhütte
Sieben Tage vor der Entscheidung

Ein Scheit glomm mit rot glühenden Kanten noch müde vor sich hin, die prasselnden Flammen jedoch waren erloschen. Dennoch starrte Marla in den offenen Kamin, als wäre sie vom Feuerspiel hypnotisiert.

»Was geht hier vor?«, sprach sie ihren Gedanken laut aus.

Sie hatte den Sicherungskasten im Vorratsraum der Küche gefunden und den herausgesprungenen Hauptschalter umgelegt. Danach hatte sie die Tür zur Terrasse und den seitlichen Haupteingang gesichert. Sie hatten Riegel, die man – anders als im Generatorhaus – von innen vorlegen konnte. Auch alle Fenster waren von Marla überprüft worden. In einigen sammelte sich Feuchtigkeit in den Zwischenräumen der Doppelfenster, aber außer einem leichten Zug kam nichts mehr hindurch. Dennoch fühlte Marla sich nach ihrem zweiten Rundgang alles andere als sicher.

»Was soll ich jetzt tun?«

Sie lebte nun schon seit so langer Zeit alleine, dass sie ihre Angewohnheit, Selbstgespräche zu führen, kein bisschen befremdlich fand. Im Gegensatz zu der Vorstellung, nachts in der schneeverwehten, dunklen Kälte einen halsbrecherischen Abhang hinunterzusteigen.

»Und wieso überhaupt? Um zu fliehen? Vor wem denn?«

Ein beunruhigender Gedanke kam ihr: Wenn sie hier oben tatsächlich in Gefahr war, dann würde der, der dafür verantwortlich war, es doch sehen, wenn sie jetzt vor ihm wegzurennen versuchte!

Sie sah zum Fenster rechts von ihr, hinter dem die Außenwelt in einem dunklen Loch verschwand, und dachte an die Worte ihrer Oma Margot: *»Die größte Angst macht uns immer das Unbekannte.«*

Wie recht sie doch hatte!

»Auf die bekannten Gefahren können wir uns einstellen und vorbereiten. Dem, was im Dunkeln lauert, sind wir ausgeliefert.«

»Deswegen haben die meisten Menschen solche Angst vor dem Tod«, hatte Margot ihr erklärt. »Nicht vor dem *Davor* oder *Dabei*. Darauf kann man sich einstellen, mit Medikamenten Vorsorge treffen, es vielleicht sogar selbst einleiten und beschleunigen. Aber das *Danach*, das liegt im Dunkeln. Und was macht uns größere Angst als die Ungewissheit?«

Marla musste an die Zeit zurückdenken, als sie noch intensiveren Kontakt zu ihrer Oma gehabt hatte. Nach der Reha und mit Beginn ihrer Arbeit für das LKA hatte sie sich eine eigene Wohnung gesucht und kaum noch bei ihr blicken lassen. Auch später nicht während ihrer Tätigkeit im Hotel. Eine Schande, wie sie rückblickend eingestehen musste, hatte sie doch aus kaum etwas so viel Kraft und Zuversicht ziehen können wie aus den Begegnungen und Gesprächen mit ihrer Oma. Margot war ihr immer eine verlässliche Stütze gewesen und schon lange vor Kristin eine Mentorin, die sie mit Sätzen prägte wie: *»Wenn um dich herum etwas Schlechtes passiert, musst du das tun, was du am besten kannst.«*

Also dann.

Was kann ich am besten?

Marla stand auf und rieb sich die Finger, die wie das Feuer erkaltet waren.

Sie entschloss sich, auf Oma Margot zu hören und das vielleicht Einzige zu tun, wofür sie ein Talent hatte: in der Abwesenheit von Menschen in Räumen zu lesen, die diese bewohnten.

27. KAPITEL

Marla ging zu ihrem Rucksack am Terrasseneingang und entnahm ihm das Fotobuch ihres Abiturjahrgangs sowie den Ordner mit den Informationen über die Nebelhütte. Die Rückseiten der Ausdrucke konnte sie für Notizen benutzen. Ärgerlicherweise fand sie ihren Stift nicht, vermutlich hatte sie ihn im Zug liegen lassen. Sie machte sich auf die Suche nach einem Schreibutensil.

Ihr Gang führte sie zunächst wieder in die Küche, in der noch Reste eines späten Frühstücks oder einer frühen Brotzeit herumstanden: zwei benutzte Teller, auf einem lag eine angebissene Salamistulle. Daneben ein leerer Eierkarton auf der Kochinsel und benutztes Geschirr in der Spüle.

Gänsehaut überzog Marlas Unterarme so plötzlich wie Blitzeis. *Wo seid ihr alle?*, fragte sie sich erneut.

Ihr Magen knurrte. Er hörte sich an wie Mr Grill, wenn er sich über die Nachbarskatze ärgerte. Das Grummeln lag nicht allein daran, dass sie hungrig war. Sondern weil ihr die gesamte Situation mehr und mehr auf den Verdauungstrakt schlug.

Was ist mit euch passiert?

Sie hielt inne, weil sie meinte, ein Knacken über sich zu hören, dann rüttelte heftiger Wind draußen an den Fensterläden, und es war klar, wer für die Wettergeräusche im Gebälk dieses zwar renovierten, aber alten Gebäudes verantwortlich war.

Als sich ihr Puls etwas beruhigt hatte, stellte Marla einen Teller mit Schnittkäse und eine angebrochene Milchpackung zurück in den Kühlschrank, der prall mit Joghurt, Wurst, Obst, Gemüse und Mineralwasser gefüllt war.

Sie bediente sich auf die Schnelle an einem kalten Wiener Würstchen. Kauend stöberte sie in den Schränken und wurde in einer mit Batterien, Schnipsgummis, Zahnstochern und anderem Krimskrams gefüllten Schublade fündig.

Ein Bleistift. Soll mir recht sein.

Wieder im Wohnzimmer, setzte sie sich aufs Sofa, zog die Beine an und nutzte das Abi-Fotoalbum als Schreibunterlage auf ihren angewinkelten Knien.

Legen wir los!

Bislang hatte sie die Falkensuite von Paulina und Jeremy am genauesten in Augenschein genommen. Doch auch in die anderen Zimmer hatte sie mehr als nur einen flüchtigen Blick geworfen. Schon jetzt konnte sie sagen, dass sich die Bewohner allesamt durch ihre Zimmer charakterisieren ließen.

Bei ihrer Arbeit im Hotel hatte Marla sich angewöhnt, die Gäste nach Tierarten zu kategorisieren. Hier in der Nebelhütte waren sowohl Bären, Füchse, Hasen als auch Löwen abgestiegen.

Simon, in Zimmer 1, erste Galerieebene (dritte Reihe Biologieleistungskurs), zum Beispiel war ein Bär. Im Grunde freundlich und gutmütig, aber auch etwas einfältig. Er hatte ein gerahmtes Foto seines Hundes auf den Nachttisch gestellt. Auf dem Kopfkissen lag ein Buch mit Lebensweisheiten à la »Fremde sind Freunde, die man nur noch nicht kennengelernt hat«.

Nun ja, auf die meisten Menschen kann ich gut verzichten, dachte Marla, während sie sich zu Simon Notizen machte.

Auf den, der für dieses Rätselspiel hier verantwortlich ist, wohl am allermeisten.

Zimmer 2 wurde mit Grete aller Wahrscheinlichkeit nach von einem Hasen bewohnt. Hasen waren schlaue, aber auch ängstliche Wesen. Anscheinend mochte sie morgens nicht vom Sonnenlicht geweckt werden, die Vorhänge ließen sich aber nicht komplett zuziehen, weswegen Grete auf die Idee gekommen war, einen Anzughosenbügel aus dem Schrank zu nehmen. Ein Lifehack von Geschäftsreisenden: Die Klemmen an der Hosenstange des Bügels, mit denen normalerweise die Hosenbeine befestigt wurden, dienten jetzt dazu, die Vorhänge aneinanderzuklammern. Als ängstlich, vielleicht auch nur vorsichtig, wurde Grete dadurch entlarvt, dass sie die Einzige war, die den im Schrank eingelassenen Tresor programmiert hatte.

Vielleicht fiel sie damit auch in die Kategorie Fuchs, wie Rebekka in Zimmer 9: schlau und listig, dabei stets auf den eigenen Vorteil bedacht. Rebekka hatte keine Romane oder pseudophilosophischen Sachbücher, sondern Kopien von Strafrechtsurteilen und die aktuelle Ausgabe der *Neuen Juristischen Wochenschrift* auf ihrem Nachttisch liegen.

Gleichzeitig hatte sie sämtliche Duschgelproben, das Seifenstückchen auf dem Waschbecken sowie die kleinen Pappschachteln mit Kosmetikutensilien bereits aus dem Badezimmer geräumt. Marla hatte sie in den ausgebeulten Außentaschen von Rebekkas Rucksack gefunden.

Knack!

Marla hätte beinahe aufgeschrien, so sehr hatte sie sich erschreckt. Offenbar hatten die Vorratsscheite in dem Ständer neben dem Kamin nicht richtig übereinandergelegen, und einer war mit lautem Knacksen im Stapel nach unten gerutscht.

Puh. Sie atmete tief durch.

Wenigstens hier gibt es eine logische Erklärung.

Wenn schon nicht dafür, weshalb Paulina so überhastet aufgebrochen war, dass sie noch nicht einmal an ihr Handy gedacht hatte.

Jeremy und Paulina waren von außen betrachtet völlig unterschiedlich, im inneren Kern aber fielen sie in denselben »Tierkreis«. Und das waren Ameisen.

Auf den ersten Blick eine chaotische, wuselige Kombination, in der beide aber planungsrelevante Großbauprojekte umsetzten. Er strebte als Architekt Hochhausneubauten an. Sie hatte es geschafft, ein Buch zu schreiben und es bei einem renommierten Verlag zu veröffentlichen.

Bleibt noch das Alphatier.

Der Siebente im Bunde.

Amadeus! (Jahrgangsschlechtester, Abi nur knapp bestanden, Hauptrolleninhaber sämtlicher Schultheateraufführungen.)

Allein das arrogante Grinsen auf seinem Foto im Jahrgangsheft sagte Marla alles: selbstverliebtes Wohlstandskind, über das die aufgetakelten Schultussis morgens hinter seinem Rücken lästerten, um dann abends dennoch mit ihm in die Kiste zu steigen. Einfach, weil er ein gefeierter Sportler, muskulös, auf eine verschlagene Art gut aussehend war und mit Papis Benz in die Schule kam.

Amadeus wohnte in Nummer 10 und war eindeutig der Löwe. Sein Zimmer hatte den majestätischsten Ausblick, was Zufall sein mochte. Nicht aber, dass er auf dem Beistelltisch eine gut bestückte Geldklammer, einen Schlüsselbund mit Porsche-Anhänger, diverse Münzen und eine Rolex Yachtmaster wie zum Haufen aufgeschüttete Diebesbeute hatte liegen lassen. Nach dem Motto: »Seht her, was ich habe. Es bedeutet mir nichts, denn ich kann es mir immer und immer wieder holen.«

Marla sah von ihren Notizen hoch zu den Eisblumen am Fenster. Sie fröstelte und nahm sich vor, gleich etwas Holz im Kamin nachzulegen.

Einem Impuls folgend, malte sie eine Zehn auf ein neues Blatt.

Sieben Einzel-, ein Doppel- und zwei nicht belegte Schlafzimmer = zehn Zimmer

Sie stellte gerade fest, dass sie Kilian vergessen hatte zu charakterisieren (vermutlich, weil sie ihn schon immer als liebenswerten, sympathischen Delfin gesehen hatte), als sie ein Geräusch hörte. Sie erstarrte.

Ein Rauschen.

Über ihr.

In der zweiten Etage.

Jemand hatte die Toilettenspülung benutzt.

28. KAPITEL

Sie sprang hoch.

»Hallo? Ist da jemand?«

Erst hatte sie überlegt, sich still zu verhalten, aber wozu?

Sie war jetzt seit über drei Stunden im Chalet und hatte sich keinerlei Mühe gegeben, unbemerkt zu bleiben, wieso sollte sie jetzt damit anfangen?

»Hallo … ich bin hier unten, Marla, ich bin … Scheiße!«

Auf dem Weg zur Treppe hatte sie sich den Fuß an einem Stuhlbein gestoßen.

Vermutlich ein Vorgeschmack auf das, was mir noch bevorsteht, dachte sie, als der Schmerz sie zunächst davon abhielt, zur Treppe zu laufen. Dem Schweigen entgegen, denn von oben kam keine Antwort.

Und jetzt?

Sie wusste nicht, was sie tun sollte. Hier unten ausharren, oben nach dem Urheber der Geräusche suchen *oder* …

Sie entschied sich für das Oder und machte sich auf den Weg in Richtung Küche.

Um sich zu bewaffnen.

Nachdem sie ein gezacktes Brotmesser aus dem Block neben der Spüle gezogen hatte, fühlte sie sich keinen Deut sicherer.

Sie hatte noch nie einen Menschen absichtlich verletzt und war sich auch nicht sicher, ob sie das in einer Notwehrsituation fertigbrächte.

Sicher war sie sich nur, dass sie aller Wahrscheinlichkeit nach sehr bald in eine solche kommen würde.

Seitdem ich angekommen bin, habe ich alle Zimmer und

Räume begangen, sämtliche Türen und Fenster kontrolliert, den Phone-Spot ausprobiert und in der Küche hantiert.

Es war möglich, dass sie dabei eine Person übersehen hatte, aber nur, wenn diese sich aktiv vor ihr versteckte. Es war unmöglich, dass diese Person Marlas Anwesenheit nicht bemerkt hatte. Wenn also jemand, statt sich offen zu erkennen zu geben, eine Toilettenspülung betätigte, konnte es dafür nur einen Grund geben.

Er will mir Angst machen.

So, wie alles hier darauf angelegt schien, Marla das Fürchten zu lehren:

die einsame Hütte, leer, aber nicht unbewohnt,

eine unsichtbare Abigruppe, angereist, aber von wem eigentlich eingeladen?

Marla packte Ordner, Album und Stift in ihren Rucksack. Mit ihm auf der Schulter und dem Messer in der Hand schlich sie auf Socken die Stahltreppe hinauf und betete, dass sie nicht in eine Falle lief. Ihr Ziel war es nicht, den unheimlichen Gast zu enttarnen. Sie wollte nur so schnell wie möglich in ihr Zimmer. In die kleine Kammer, die wie jede andere nicht abschließbar war, dafür aber als einzige einen Bauernschrank statt eines Einbaumöbels aufwies.

Den man vor die Tür schieben konnte, um sich ein- und die unsichtbare Gefahr auszusperren, bis …

… bis ich wieder einen klaren Kopf und einen Plan habe, redete Marla sich ein.

Im ersten Stock mussten sich ihre Augen an das Halbdunkel gewöhnen. Sie verfluchte sich, dass sie alle Zimmertüren zum Galeriegang zugezogen hatte. Weil das Kaminfeuer unten mittlerweile gänzlich erloschen war, leuchtete jetzt nur noch die Stehlampe am Sofa zu ihr herauf. Die wenigen Strahlen, die ihren Weg in die Galerie fanden, sorgten für eine nachtlichtgleiche Stimmung. Zu hell, um mit der Handytaschenlampe eine bessere Sicht zu erzeugen. Zu dunkel, um sicherzugehen, dass die Schatten im Flur nur von unbelebten Gegenständen ausgingen, wie der Kommode an der Galerie oder dem kleinen Sessel, der nur aus Dekorationsgründen beim Treppenaufgang stand.

Und nicht von einem Menschen.

Der sich über ihr bewegte.

Schlurfend. *Nein ... kratzend.*

Was ist das?

Es kam von weiter weg, über ihr.

Marla legte den Kopf an die Wand von Simons Zimmer, das der Treppe und damit ihrem Standort am nächsten war. Es war eine sich hohl anfühlende Trockenbauwand. Perfekt geeignet, um den Schall zu übertragen.

Sie presste das Ohr dagegen. Erst hörte Marla nur ihren eigenen schnellen Herzschlag. Dann kam es wieder. Das Kratzen. Es klang so, als zöge eine Katze ihre Krallen über Rinde.

Unvermittelt hörte es auf.

Als wäre es nie da gewesen.

Vielleicht nur ein Tier? Eine Maus oder ein Marder, der sich im Gebälk versteckt hielt?

Möglich. Aber Marder und Mäuse betätigen keine Klospülungen.

Marla wartete einen Moment, dann betete sie, dass das Ausbleiben weiterer Geräusche ein Hinweis darauf war, dass ihr Urheber nicht länger in Reichweite war. Dass er (oder sie?) sie nicht aus dem Hinterhalt anfallen, sondern ungehindert passieren lassen würde – den Gang entlang bis zum Efeunest.

Sie eilte weiter nach oben. Spürte, wie die kalten Metallstufen unter ihren Schritten vibrierten.

Nichts.

Kurz harrte sie auf dem obersten Treppenabsatz aus, versuchte, etwas zu erkennen, doch hier oben war das Licht noch spärlicher als in der Galerie. Auch jetzt wagte sie es nicht, ihr Handy als Taschenlampe zu nutzen, um nicht wie ein Leuchtturm in der Dunkelheit auf sich aufmerksam zu machen.

Langsam schlich sie über den mit einem dicken, samtweichen Läufer ausgelegten Boden. Er roch frisch und schien noch nahezu unbenutzt. Marla wäre das in der Aufregung nicht aufgefallen, hätte sich nicht eine Stelle deutlich vom Rest unterschieden; und zwar dort, wo sich der Flur für wenige Quadratmeter verbreiterte, etwa auf halbem Weg zu ihrem Zimmer.

Was ist das?

Wäre der Teppich die Haut des Fußbodens, dann war sie in diesem Bereich wie wund gescheuert. Aufgekratzt.

Marla betrachtete die ausgefransten und platt getretenen Fasern, bückte sich, um sie zu berühren.

Wie ein Kornkreis in einem Maisfeld.

Sie sah nach oben.

Und traute ihren Augen nicht.

Direkt über ihrem Kopf befand sich eine in der Flurdecke eingelassene Tür. Sie sah aus wie die Zimmertüren, die zu den Schlafräumen führten. Nur, dass diese nicht senkrecht in der Wand, sondern waagerecht in die Decke eingelassen war. Und auch neben ihr hing eine Kreidetafel.

Auf der von Hand geschrieben ein Name stand.

29. KAPITEL

Fünf Buchstaben. Beginnend mit einem V.
Marla tippte auf *Viola,* war sich aber nicht sicher. Es war zu dunkel, um den Namen zweifelsfrei ablesen zu können, und sie wagte es nicht, das Flurlicht einzuschalten.

Wozu auch?

Es musste sich um einen Scherz handeln. Zugegeben, die Luke zum Dachboden war originell gestaltet. Aber ein reguläres Zimmer konnte es mangels einer vernünftigen Treppe da oben wohl kaum geben.

Marla erkannte eine Messingöse in der Mitte der Tür und vermutete in ihr den Ansatzpunkt für einen Zugstock, mit dem man die Luke aufziehen und eine Falttreppe aufklappen konnte. Nur war ein solcher Stab mit dem dafür erforderlichen Haken nirgends zu sehen.

Nachdenklich stand sie wieder auf und legte noch einmal den Kopf in den Nacken.

Ob es da oben eine Toilette gab?

Unbewusst hatte Marla die Luft angehalten, als könnte sie weitere Lebenszeichen überhören, wenn sie zu laut atmete.

Da es still blieb, schlich sie den Gang hinunter bis zu dem für sie reservierten Zimmer, schloss die Tür des Efeunests von innen und legte den Rucksack und das Brotmesser ab. Dann versuchte sie den Bauernschrank, der gegenüber von ihrem Bett stand, vor den Eingang zu wuchten. Vergeblich. Er war wohl aus Stabilitätsgründen mit dem Rückenteil an der Wand festgeschraubt. Anders als das hölzerne Einzelbett, das zwar auch von beeindruckendem Gewicht war, aber auf bodenschonenden Filzgleitern stand. Es war schweißtreibend, doch schließlich gelang es Marla, das Bett mit seinem Kopfteil voran bis direkt unter die Klinke zu schieben.

So. Nicht gut, aber besser als nichts.

Abschließend kroch sie unter das Bett, stemmte mit dem Rücken nacheinander Ecke um Ecke hoch und entfernte mit einiger Mühe die Parkettschoner von den Standbeinen.

Und jetzt?

Sie wischte sich den Schweiß von der Stirn und kontrollierte erneut die Balkontür. Wenn sich jemand Zutritt verschaffen wollte, würde es ihm sicher irgendwie gelingen, aber nicht ohne Gewaltanwendung und Lärm. Solange also nur von einer Seite ein Eindringling kam, konnte sie versuchen, über den ihr verbleibenden Ausgang zu fliehen.

Herr im Himmel, wo bin ich hier nur reingeraten?

Marla suchte in ihrem Rucksack nach ihrer Medikamententasche, in der sie die von Dr. Jungbluth verschriebenen Tabletten aufbewahrte. Citalopram, 10 mg. Ein Antidepressivum, das sie morgens einnehmen sollte, was sie heute jedoch in der Aufregung vor der Abfahrt vergessen hatte.

Wann, wenn nicht jetzt, konnte sie die »happy pill« gebrauchen?

Sie war so klein, dass sie sie ohne Flüssigkeit schlucken konnte.

Erschöpft legte sich Marla aufs Bett, betrachtete das Brotmesser in ihrer Rechten, das sie wieder an sich genommen hatte, und musste gegen ihren Willen lachen.

Zu was für absurden Handlungen die Angst einen doch treiben konnte …

Wobei sie es drehen und wenden konnte, wie sie wollte. Sie empfand sich als einen Menschen mit Fantasie, aber die reichte nicht aus, um für alle Absonderlichkeiten, die sie in nur wenigen Stunden in der Nebelhütte erlebt hatte, eine harmlose Erklärung zu finden.

Wieso ist keiner meiner ehemaligen Mitschüler mehr da? Weshalb hat jemand in Hendricks Namen Einladungen verschickt? Warum unterscheidet sich meine Einladung von den anderen? Und wer hält sich hier versteckt?

Nur einige von vielen Fragen, auf die sich Marla keinen Reim machen konnte. Sie würde ohnehin kein Auge zubekommen, also konnte sie auch wieder ihre Notizen hervorholen.

Nachdem sie sich ein Kissen in den Rücken gepresst hatte, nutzte sie erneut das Abi-Fotoalbum als Unterlage und überflog ihre letzten Anmerkungen. Unter einer großen Zehn hatte sie festgehalten:

sieben Einzel-, ein Doppel- und zwei nicht belegte Schlafzimmer = zehn Zimmer

Sie überlegte kurz, dann ergänzte sie mit dem Bleistift:

acht Teilnehmer
Simon, Kilian, Rebekka, Paulina, Jeremy, Grete, Amadeus
und ich ...

Marla stutzte und begann nachdenklich auf dem Radiergummiende des Bleistifts herumzukauen.

Sie schüttelte nachdenklich den Kopf und fragte sich, weshalb ihr nicht schon bei ihrem ersten Rundgang aufgefallen war, wie lächerlich wenige Gäste das für ein Treffen eines Abiturjahrgangs waren, der seinerzeit über achtzig Schülerinnen und Schüler gezählt hatte. Bei Vollauslastung aller Zimmer bot die Nebelhütte Platz für mindestens zwanzig Personen, so versprach es zumindest die Website, und das war doch eine erwartbare Größenordnung.

Andererseits ... Sie nahm den Stift aus dem Mund ... *zehn Prozent sind vielleicht doch realistisch, wenn man die Anreise und den damit verbundenen Zeit- und Kostenaufwand berücksichtigt?*

Als Nächstes schrieb Marla:

Teilnehmer nicht von dem Organisator ausgewählt, der auf der Einladung steht
Teilnehmer bekamen unterschiedliche Einladungstexte

Diese unheimlichen Fakten warfen gleich mehrere Fragen auf, die Marla auf einer neuen Seite auflistete:

Wurden die Teilnehmer bewusst ausgesucht?
Wer, wenn nicht Hendrick, hat das hier organisiert?
Und wieso ...

Sie schaffte es nicht mehr, den letzten Punkt zu vollenden. Niemals hätte sie damit gerechnet, unter diesen Umständen zur Ruhe kommen zu können. Doch gegen alle Wahrscheinlichkeit schlief sie ein. Nicht sehr tief. In einer Art Wachtraum schwebte sie knapp unter der Bewusstseinsoberfläche, immer bereit, sofort aufzutauchen, wenn sich eine Gefahr ankündigte.

In ihrem Zimmer blieb es jedoch ruhig, ganz anders als in ihren Traumwelten, in denen sich die Stimmen von Kristin und dem unheimlichen Kauz am Busbahnhof überschnitten.

»*Es geht um eine Bestie. Vielleicht ein Serientäter.*«
»*Kehren Sie um, bevor es zu spät ist.*«

Wie so oft, wenn sie aus einem überdrehten, seelisch belastenden Tag in den Schlaf glitt, dauerte es nicht lange, bis sie an der Quelle angelangt war, von der sich der Strom der schlechten Träume speiste.

»*Dein Gehirn kompensiert deine Gesichtsblindheit und macht dich feinfühliger. Und manchmal übertreibt es dabei, und die Sinne täuschen dich.*«

In der alten Geburtsklinik.

In dem morbide geschmückten Kreißsaal.

Sie träumte von Mr Grill und dem Stativ auf der Kamera, dem Gebärbett und natürlich von dem Planen-Menschen. Der ihr hinterherlief, während sie auf der Flucht das letzte Blatt ihrer Notizen aus ihrem offenen Rucksack verlor.

Sieben Einzel-, ein Doppel- und zwei nicht belegte Schlafzimmer = zehn Zimmer

Marla lief und lief, ohne dass das Auto kam und der Aufprall, bei dem sie sonst immer erwachte. Doch diesmal rannte sie weiter, hörte Kristin sagen: »*Bitte. Verschwende nicht deine Lebenszeit mit der Jagd nach einem Phantom. Es gibt keinen Edgar. Keinen Schatten. Keinen pfeifenden Killer.*«

Sie rannte weiter und weiter bis …

»UM HIMMELS WILLEN! NEEEEIN!«

Marla richtete sich schreiend im Bett auf und meinte, noch immer zu träumen, doch dann spürte sie, wie ihr die Tränen über die Wangen liefen, schmeckte das Salz auf ihren viel zu trockenen Lippen. Und sah es wieder … *O Gott, nein, das kann nicht sein*: ein Schatten im Zimmer, vor der Balkontür.

Sie schaltete das Licht an. Nichts. Nur der Vorhang vor dem Fenster. Kein Schatten. Sie war nicht im Kreißsaal. Sondern weit, weit weg. Und allein.

Nur schlecht geträumt, beruhigte sie sich.

Ihr Herzschlag wurde langsamer, dann setzte er für eine Sekunde aus.

O Gott ...

Angsterfüllt starrte Marla auf die Wand neben dem Bett, die an einer Stelle vorsprang wie bei einem verkleideten Kaminschacht.

Sie stand auf. Legte das rechte Ohr auf den Vorsprung. Und hörte es wieder.

Ein Geräusch, das sie sich definitiv nicht einbildete, so wie sie es sich damals in der Geburtsklinik nicht eingebildet hatte: das gedämpfte Husten. Nicht keuchend oder erstickt, sondern eher melodisch pfeifend.

Wie die Trillerpfeife des Teufels.

30. KAPITEL

All die verlorenen Jahre.
Die Jahre der Ungewissheit, des Suchens, der Selbstzweifel.

Von den Operationen nach dem Unfall bis zu den Sitzungen mit Dr. Jungbluth, in denen ihr klar geworden war, dass sie an Prosopagnosie litt und dass diese visuelle Wahrnehmungsstörung womöglich die Ursache für nicht reale Trugbilder gewesen war.

Und jetzt doch!

Sie hatte es gehört, laut und deutlich. Das pfeifende Husten, wie damals in der Geburtsklinik.

Marla ging zur Balkontür. Ihre Neugierde war größer als ihre Furcht. Sie brauchte endlich einen Beweis, dass es den Planen-Menschen gegeben hatte. Dass sie nicht grundlos vor einem Phantom davongerannt und von einem Auto erfasst worden war.

Sie formte die Hände zu einem Rund vor ihrem Gesicht, wie Kinder, wenn sie ein Fernglas imitieren, legte sie mit den Kanten an die Scheibe und rechnete jeden Moment damit, dass sich eine Fratze von außen dagegenpressen würde, aber es geschah nichts dergleichen.

Da war niemand.

Dicke Schneeflocken wehten vom Massiv her auf den Balkon.

Sie wirbelten über die Balustrade, legten sich auf den Boden und füllten hier ... *Fußstapfen?*

Marla presste sich eine Hand aufs Herz, als könnte sie den galoppierenden Schlag dadurch ausbremsen.

Sie wusste, beim ersten Mal war sie nicht auf den Balkon gegangen, aber hatte sie ihn beim Kontrollieren der Fenster betreten? Sie erinnerte sich nicht mehr.

Nun, wer auch immer möglicherweise die Spuren verursacht hatte, er war nicht mehr da.

Und das Husten auch nicht.

Nur noch in meiner Erinnerung.

Marla setzte sich aufs Bett und sah ratlos auf den Ordner, der ihr beim Einschlafen aus der Hand geglitten war.

Ihr Blick fiel auf eine ihrer letzten Notizen.

Sieben Einzel-, ein Doppel- und zwei nicht belegte Schlafzimmer = zehn Zimmer

Sie kratzte sich im Nacken, hatte Mühe, ihre Atmung zu kontrollieren, und ihre Handinnenflächen wurden schweißnass.

Sichere Anzeichen dafür, dass sie vor einer Panikattacke stand. Und die im Rhythmus ihres stampfenden Herzens puckernde Schläfennarbe kündigte höllische Kopfschmerzen an.

Verdammt, ich habe solche Angst!

»Weißt du, wie ich meine Angst vorm Sterben überwunden habe?«, hörte sie Oma Margot in Gedanken sagen. Nach Edgars Suizid hatten sie viel über den Tod geredet und versucht, mit dem Unabänderlichen umzugehen.

»Alle Ratgeber lassen sich in einer Formel zusammenfassen, Liebes«, hatte Margot milde lächelnd gesagt. »*Wenn du Angst hast, dass etwas Schlimmes passiert, stell dir nur eine einzige Frage. Und die lautet: Kannst du etwas dagegen tun? Antwortest du mit Ja, dann höre auf, dich zu sorgen, und tu es. Antwortest du aber mit Nein, dann hör erst recht auf, dich zu sorgen, und verschwende deine Lebenszeit nicht darauf, gegen das Unvermeidliche anzukämpfen.«*

»Habe ich Angst, dass etwas Schlimmes passiert?«, murmelte Marla und schlang sich fröstelnd die Arme um den Oberkörper.

Ja, habe ich. Ich weiß zwar nicht, wieso das hier alles geschieht. Aber ich fürchte, der Planen-Mensch ist zurück, um das zu vollenden, was er im Kreißsaal unterbrechen musste.

»Kann ich etwas dagegen tun?«

Sie gab einen hysterischen Kiekser von sich.

Tja, Omi, das hast du wohl nicht bedacht. Die dritte Antwortmöglichkeit. Die, die im Leben wohl am häufigsten gegeben wird: Vielleicht!

»Ich weiß es nicht!«

Wie sollte sie etwas als unvermeidlich akzeptieren, wenn die Gefahr im Dunkeln lauerte? Wenn sie weder wusste, gegen wen sie ankämpfte, noch, was dessen Motiv war?

So skurril die Ereignisse der letzten Stunden auch waren, es könnte auch gar keine Gefahr bestehen. Vielleicht war das alles nur ein geschmackloser Streich ihrer ehemaligen Mitschüler? Oder war sie tatsächlich den psychotischen Spielchen eines Täters ausgesetzt, der vor fünf Jahren schon einmal zugeschlagen hatte?

Moment mal.

Sie sprang vom Bett auf. Sah auf ihren Ordner.

Zehn Zimmer. So wenige!

Ihr wurde kalt. So kalt, als stünde sie nicht mehr im warmen Efeunest, sondern draußen auf der Terrasse, den schneedurchsetzten Eiswind im Gesicht, der ihr die Tränen auf den Wangen gefrieren ließ.

Nur zwei Minuten, nachdem diese Empfindungen ihr einen Schauer durch den Körper gejagt hatten, hatte sie das

Bett von der Tür gewuchtet und befand sich kurz darauf tatsächlich wieder in der Kälte.

Draußen. Im Freien.

Aber nicht in Freiheit.

Auf dem Weg, in einem Punkt Gewissheit zu erlangen und ihren entsetzlichen Verdacht zu überprüfen.

31. KAPITEL

Der Phone-Spot war mittlerweile trotz Salz schneebedeckt, der rote Kreis nicht mehr zu sehen.

Geh ran! Geh ran!

Marlas Finger verkrampften sich um ihr Telefon.

In der Eile hatte sie keine Handschuhe angezogen, was im Grunde vernünftig war, denn das Handy-Display reagierte nicht auf Berührungen, wenn die Finger mit Stoff oder Leder bedeckt waren. Andererseits herrschten hier draußen gefühlte minus fünfzehn Grad, und sie hatte Mühe, den Kontakt aufzurufen, so sehr zitterten ihre tauben Finger.

Noch länger dauerte es, bis jemand ranging. Kein Wunder, war es doch bereits zwei Uhr morgens.

»Hallo?«, hörte sie die vertraute, jetzt schläfrige Stimme, mit der sie einst täglich kommuniziert hatte.

»Wohin wolltet ihr mich schicken?«

»Marla?«, fragte Kristin, obwohl sie ihre Nummer im Display erkannt haben musste. »Du weißt, das darf ich dir nicht sagen, solange ...«

»WOHIN???«, schrie Marla.

Die Polizistin schwieg, dann schien sie sich einen Ruck gegeben zu haben. »In die Einöde.«

»*Wir wissen nicht, wer es ist, wohl aber, in welchem Hotel der Verdächtige absteigen wird. Es hat nur wenige Zimmer.*«

»SAG ES! JETZT!«

»Okay, es ist eine alpine Berghütte im deutsch-österreichischen Grenzgebiet. Der nächste Ort heißt ...«

»*Kaltenbrunn*«, dachte Marla.

Und Kristin sprach es zeitgleich aus.

32. KAPITEL

Berlin

»Wieso willst du das wissen?«, fragte Kristin. Ihre Frau neben ihr drehte sich unter der gemeinsamen Bettdecke unruhig zur Seite und presste sich ein Kissen aufs freie Ohr.

Verdammt, Marla hatte bestimmt zwei und zwei zusammengezählt und war von allein darauf gekommen, was Kristin mit einem kleinen Hotel und einem überschaubaren Kreis von Verdächtigen meinte, für den ausgerechnet sie als verdeckte Ermittlerin angefragt wurde.

»Hör mal, ich wollte dich ohnehin anrufen und mich entschuldigen.« Kristin stand auf und ging ins Bad, um Alexandra nicht zu wecken. »Es war nicht richtig von mir. Und es war gut, dass du abgesagt hast«, sagte sie, nachdem sie die Tür zugezogen und sich auf den Toilettendeckel gesetzt hatte.

»Außerdem habe ich dir nicht die ganze Wahrheit gesagt.«

»Was?«

»Ich arbeite nicht mehr beim LKA.«

»Du wurdest gefeuert!« Keine Frage, sondern eine nüchterne Feststellung.

»Suspendiert«, stellte Kristin klar. Als Beamtin war sie nicht so leicht zu entlassen, aber die Untersuchungen gegen sie dauerten noch an. Ihr Anwalt machte ihr zwar Hoffnungen, doch der wusste nicht, wie viele Vorschriften sie verletzt hatte, um an ihre Ziele zu gelangen.

»Du weißt am besten, welche unkonventionellen Wege

ich gehe, wenn ich einen Fall lösen will«, rechtfertigte sie sich. »Sonst hätten wir nie zusammenarbeiten können. Aber alles, was ich tue, tue ich, weil ich Menschenleben retten will. Und das geht eben manchmal nicht, wenn man sich an die Spielregeln hält.«

»Du ermittelst also gerade auf eigene Faust? Trotz deiner Suspendierung?«, fragte Marla.

»Ja. Ich konnte nicht anders. Ich musste meinem Verdacht nachgehen.«

»Welchem Verdacht?«

»Du hast das Video von dem Mord gesehen.«

»Du hast es mir im Hotel untergejubelt«, fauchte Marla sie an.

Ja, weil du es sonst nicht angeschaut hättest. So wie du dich deiner Gesichtsblindheit nie gestellt hättest, hätte ich dich nicht überrumpelt.

»Ich habe eine extrem begabte Mitarbeiterin«, fuhr Kristin fort. »Pia. Sie ist fast so gut wie du. Pia hat in einem verborgenen Datensatz den Zeitpunkt der Aufnahme gefunden. Der Badewannenmord ist vor etwa fünf Jahren geschehen.«

»Und?«, fragte Marla erneut. Noch ungeduldiger. Noch unfreundlicher.

»Man sieht es nur in Großaufnahme. Der Strohhalm, den das Opfer im Mund hatte, trägt eine Werbeaufschrift.«

»Welche?«

»Sie ist schwer zu erkennen. Mit etwas Fantasie liest es sich wie Erlkönig. Wir haben recherchiert und sind auf eine Gaststätte in den Bergen gestoßen, die so ähnlich heißt und in der vor Jahren diese Strohhalme benutzt wurden.«

Kristin rieb sich müde die Augen. »Es hat nicht für einen Durchsuchungsbeschluss genügt, also habe ich mich selbst auf den Weg gemacht. Das war übrigens der Grund für meine Suspendierung. Weil ich während der Dienstzeit dort auf eigene Faust ungenehmigt und ohne Absprache rumgeschnüffelt habe.«

Sie machte eine Pause und hörte nichts als Rauschen am anderen Ende, so als stünde Marla am Meer und ließe sich eine frische Brise ins Gesicht wehen. Und dann war da noch etwas.

»Marla, weinst du?«

Mein Gott, was habe ich mir nur dabei gedacht, sie zu kontaktieren?

In erster Linie war es wohl der Wunsch gewesen, Marla wieder öfter um sich zu haben. Sie mochte dieses stille, in sich gekehrte Mädchen. Und sie hatte ihre ruhige Art vermisst, die ein so wunderbarer Gegenpol in ihrem oft so hektischen Alltag war. Natürlich konnte sie auch ihre fast schon übersinnlichen Analysefähigkeiten gut gebrauchen, die schon so manches Kind aus den Fängen seiner Peiniger gerettet hatten.

Doch Marla hatte recht. Wie damals mit dem Verwechslungsspiel mit Roxana hatte sie sie auch diesmal wieder mit einem Taschenspielertrick zu überrumpeln versucht, und jetzt lag das arme Ding nachts wach und haderte vermutlich mit sich selbst, weil Kristin ihr eingeredet hatte, sie gefährde das Leben Unschuldiger, wenn sie nicht mitmache.

Kristin gab sich einen Ruck und beschloss, Marla reinen Wein einzuschenken, jetzt, da die Chance, sie dort einzuschleusen, ohnehin verpasst war und sie mit dem Ortsnamen die Katze aus dem Sack gelassen hatte. »Ich hätte dir gleich alles sagen sollen. Aber ich dachte, wenn ich dir verrate, wohin ich dich schicken will, machst du sofort zu. Denn der Verdächtige kommt möglicherweise von deiner

Schule, nimmt vielleicht an der Ehemaligenfahrt deines Jahrgangs teil.«

Möglicherweise. Vielleicht. Kein Wunder, dass von offizieller Seite aus keine Kapazitäten für eine Untersuchung freigeschaufelt worden waren.

»Und ich war eingeladen«, sagte Marla.

Okay, gut. Sie redet wieder mit mir. Wenngleich ihre Stimme tonlos klang. Wie unter Schock.

»So ist es. Denn es geht um euer Abitreffen ganz in der Nähe des Gipferlkönigs. In einer Hütte, die von diesem Gasthof mitbetreut wird. In ihr herrscht Selbstverpflegung. Das Reinigungspersonal kommt erst nach der Abreise, es hätte also keine Möglichkeit gegeben, dort jemand Fremdes einzuschleusen. Du wärst die Idealbesetzung für eine verdeckte Ermittlerin gewesen. Aber wie gesagt, das ist Schnee von gestern.«

»Wieso habt ihr gedacht, der Mörder kommt zum Ehemaligentreffen?«, wollte Marla wissen.

»Du weißt doch, es ist kein Klischee: Den Täter zieht es immer wieder zum Tatort zurück. Vor fünf Jahren gab es eine Abifahrt zu dieser Hütte. Exakt zur gleichen Zeit. Und kurz darauf ist eine Mitschülerin von dir verschwunden.«

33. KAPITEL

Lügnerin!
Marla biss sich auf die Zunge.

Zu Beginn des Gesprächs hatte sie Kristin noch sagen wollen, dass sie sie umgehend hier rausholen möge. Doch jetzt hatte ihre ehemalige Mentorin sich verraten, und sie war froh, dass sie ihr nichts von ihrem Aufenthaltsort erzählt hatte.

»Das stimmt nicht«, sagte Marla und machte das, was ihre Gedanken schon die ganze Zeit taten: Sie drehte sich auf dem Phone-Spot im Kreis.

Sie misstraute Kristin, seit diese ihr so schonungslos Dr. Jungbluths Ergebnisse unterbreitet hatte. Wenn sie etwas wollte, dann scheute die ehrgeizige Polizistin auch vor einer Inszenierung nicht zurück, das hatte sie schon mehrfach bewiesen.

»Die erste Jahrgangsfahrt war im Sommer und nicht im Winter. Und es ging nach Barcelona ...«

»Ja, das war der Plan. Aber die Fahrt wurde kurz nach deinem Unfall abgesagt.«

»Wieso?«

»Die Airline ging pleite. Alle Flüge wurden storniert. Einige wenige deines Jahrgangs haben dann die Nebelhütte im Winter als Ersatz gebucht.«

Marla hielt in ihrer Drehung inne.

Sprach Kristin doch die Wahrheit? Es klang plausibel und ließ sich leicht nachprüfen.

»Was ist damals in der Hütte passiert?«, wollte Marla wissen. Die erste mehrerer Fragen, die sie im Stakkato-Rhythmus abfeuerte.

»Das wissen wir nicht genau.«

»Wo ist der Tatort?« *Hier?* »In der Nebelhütte?«

»Das nehme ich an. Deswegen habe ich mich vor Ort umgesehen. Erst im Gipfelkönig, wo ich von der Nebelhütte und dem bevorstehenden Klassentreffen erfahren habe. Ich habe alles vor Ort inspiziert, aber nichts gefunden.«

»Wer ist das Opfer?«

Welche Mitschülerin meint sie?

Sie hörte Kristin seufzen. »Lass uns das bitte persönlich besprechen. Du hörst dich nicht gut an. Ich komme zu dir, und wir reden weiter, okay?«

Na klar, sie denkt, ich wäre in Berlin.

Natürlich konnte Kristin nicht davon ausgehen, dass Marla sich auf eigene Faust auf den Weg in die Nebelhütte gemacht hatte. Wie ihre Oma Margot wäre sie nicht im Traum auf die Idee gekommen, dass sich ihre introvertierte, in sich gekehrte einstige Ziehtochter freiwillig in einer abgeschlossenen Umgebung unter Menschen begeben hatte.

»Wo habt ihr die Leiche gefunden?«, versuchte Marla es noch einmal. Die Antwort verblüffte sie.

»Noch gar nicht.«

»Wie bitte?«

»Wir haben bislang nur das Video.«

Marla fühlte sich, als hätte sie ein Loch im Kopf, durch das der Eiswind hindurchströmte und ihre Gedanken in ihrem Kopf herumwirbelte. Sie hatte schon mehrfach im Leben die Orientierung verloren. Manchmal bis zu einem Punkt, an dem sie daran verzweifelte, sich selbst zu finden. Doch noch nie zuvor, nicht einmal in der ehemaligen Geburtsklinik, hatte sie so sehr das Gefühl gehabt, so komplett in die Irre gegangen zu sein.

Was ist wahr? Was ist Lüge?

Oder Einbildung?

Gerade noch hatte sie sich wie eine Marionette an Kristins Fäden gefühlt, doch nun klang alles, was die suspendierte LKA-Beamtin sagte, wieder plausibel. »Schau mal, ich verstehe, dass du wütend bist. Aber ich wäre kein Risiko eingegangen, Marla. Wir haben eine Vermisste, keine Leiche. Gut möglich, dass das, was wir hier analysiert haben, nur ein gut gemachter Film mit Schauspielern ist. Zudem hätte ich dir einen Vor-Ort-Notfall-Kontakt besorgt und dich natürlich mit einem Satellitentelefon ausgestattet, damit du immer Hilfe holen kannst.«

Tja, zu spät. Dumm gelaufen.

Verdammt, was sollte sie jetzt tun? Marla haderte mit sich, musste aber eine Entscheidung treffen. Seufzend sagte sie: »Okay, du musst mir helfen.«

»Soll ich zu dir kommen?«

»Nein, das geht nicht. Ich bin …«

Marla fuhr herum. Ließ ihr Handy fallen, um beide Hände zur Verfügung zu haben. Doch es war zu kalt. Ihre Bewegungen zu langsam, wie eingefroren.

Dem Schatten, der sie ansprang, hatte sie nichts entgegenzusetzen als einen schrillen Schrei, der erst erstarb, als ihr blutgefüllter Mund im Schnee aufschlug.

Was blieb, bevor alles Licht wie in einem schwarzen Loch verschwand, war die Gewissheit, dass der Schatten gehustet hatte. Pfeifend.

34. KAPITEL

Berlin
Sieben Stunden später
Sechs Tage vor der Entscheidung

»Leven Lindberg?«

Kristin Vogelsang unterbrach ihre Suche nach einem Schlüssel zu Marlas Wohnung im Charlottenburger Leonhardt-Kiez. Sie hatte wenig Hoffnung, in den üblichen Verstecken fündig zu werden, aber sie wollte nichts unversucht lassen, um herauszufinden, wo Marla gerade steckte. Im Blumentopf und unter der Fußmatte vor dem Zweiteingang zum Hof des Erdgeschossappartements war schon mal nichts gewesen.

»Ich danke Ihnen sehr für Ihren Rückruf.«

Es war kurz nach neun Uhr morgens. Nach Marlas verstörendem Anruf mitten in der Nacht hatte Kristin nicht mehr schlafen können. Unzählige Male hatte sie ihr auf die Mailbox gesprochen, nachdem das Gespräch so unvermittelt mit einem Schrei abgerissen war. Seit halb sieben hatte sie es auch bei ihren Angehörigen versucht.

»Keine Ursache«, antwortete Marlas Bruder. »Sie haben Glück, dass heute mein Lieblingsmensch Dienst hat. Kevin hat mich informiert und lässt mich telefonieren.«

Kevin? Lieblingsmensch? Dienst? Wovon sprach er?

Die Eingangstür des Mietshauses hing schief in den Angeln und schloss nicht mehr richtig, weswegen Kristin ungehindert ins Treppenhaus humpeln konnte.

Es war Samstag. Ihr Alles-Ohne-Tag. Ohne Rollstuhl.

Ohne Krücken. Nur mit Gehstock. Ihr Physiotherapeut wäre stolz auf ihr Übungsprogramm. Ihre Knie fanden es weniger gut. Zum Glück musste sie wenigstens keine Treppen steigen.

»Nun, hin und wieder lassen die Drachen mich hier auch mal ans Telefon«, sagte Leven und lachte. Im Hintergrund hörte sie ein Stimmengewirr wie in dem Gang einer Schule vor den Klassenzimmern.

»Drachen?«, wiederholte sie ratlos.

Kristin hatte sich die Nummer von Marlas Bruder über die LKA-Mitarbeiterdatenbank besorgt. Sie war zwar suspendiert, ihr Account aber nicht stillgelegt. Damit hatte sie Zugriff auf die von Marla damals hinterlegten Notfallnummern, die man in dringenden Fällen abtelefonieren sollte. Bei Leven war die Mailbox angesprungen. Jetzt rief er mit unterdrückter Nummer zurück.

»Ich bin hier an einem Münztelefon, kennen Sie das noch? Es steht auf dem Flur einer, tja, wie soll ich das nennen ... Klapse? Entzugsanstalt? Drogenklinik?«

Er klang humorvoll und traurig zugleich. Kristin konnte sich nicht helfen, aber sie hatte plötzlich das Bild des Schauspielers Robin Williams im Kopf, der Millionen von Menschen abwechselnd zum Lachen brachte oder mit lebensklugen Beobachtungen zu Tränen rührte.

Bevor er sich an der Tür seines Kleiderschranks mit einem Gürtel erhängte.

»Mein Vater, wäre er noch am Leben, würde sagen, es ist der Ort, an dem ich dank seines Geldes meine letzte Chance bekomme, wieder zu dem geregelten Leben zurückzufinden, das ich nie hatte.«

»Oh, das wusste ich nicht«, sagte Kristin und entschuldigte sich, ohne zu wissen, wofür eigentlich.

Leven lachte wieder. »Auf dem Gebäude steht ›Klinik für

Innere Medizin‹, ist das zu fassen? Ich glaube, das liegt an der vornehmen Gegend hier. Würden die hier ›Entzugsklinik Bad Saarow‹ dranschreiben, wäre das nicht vorteilhaft für den Kurort.«

Kristin nickte. Sie kannte die Einrichtung. Die privaten Träger führten ein strenges Regiment. Die Anstalt war kein abgeschlossenes Gefängnis, wies aber Ähnlichkeiten mit einem offenen Vollzug auf. Handys mussten bei der Leitung abgegeben werden, die alle eingehenden Anrufe entgegennahm und die Mailbox checkte. Rückrufe durften nur nach Genehmigung der Therapeuten getätigt werden. Tagsüber gab es Freigang im Park am See für die, die dazu in der Lage waren. Nachts wurden die Türen verschlossen. Wer abhauen wollte, wurde nicht aufgehalten, durfte aber nie wieder zurückkehren.

»Ich störe Sie nur ungern in der Behandlung«, begann Kristin.

»Ja, Sie haben Glück, dass ich Ihretwegen die Gruppentherapie ausfallen lasse. Heute hätten wir nämlich Wutkörbchen geflochten.« Er lachte wieder. »Worum geht es?«

»Um Ihre Schwester. Ich kann sie nicht erreichen. Vielleicht wissen Sie, wo sie ist?«

Leven zögerte. Verunsichert fragte er: »Sie suchen Marla?«

»Ja.«

Sie hörte Leven nachdenklich ausatmen. »Ich habe lange nichts mehr von ihr gehört, sie ist …«

Leven wurde von einer freundlichen, aber energisch klingenden Frauenstimme im Hintergrund unterbrochen.

»Leven Lindberg! Ihr Kurs fängt an!«

»Ja, danke. Ich komm gleich, Frau Bartscheck. Klär nur noch kurz was mit meinem Dealer«, witzelte er. Kristin konnte ihn nur mit Mühe verstehen, da er den Hörer von sich weghielt. Dann fragte er sie laut und deutlich: »Weshalb wollen Sie Marla erreichen? Sie arbeitet doch nicht mehr für Sie.«

»Ich darf nicht darüber reden.«

Eigentlich noch nicht einmal mit Marla. Und auf gar keinen Fall mit Ihnen.

»Hm. Aber Ihnen ist schon klar, dass ich mir jetzt Sorgen mache.«

Klar.

»Ich weiß von Marla, wie nahe Sie einander stehen, Leven. Deswegen rufe ich ja an.«

»Ist sie in Gefahr?«

»Nein, kein Grund zur Sorge«, log Kristin. Wieso sollte sie Leven noch mehr beunruhigen? Schlimmstenfalls würde er alles stehen und liegen lassen und sich auf die Suche nach seiner kleinen Schwester machen, und dann wäre sie schuld an einem Hausverbot, das eventuell einem Todesurteil gleichkam, sollte er draußen rückfällig werden.

Sie verabredeten, sich jeweils zu melden, sofern sie etwas erfuhren und – in Levens Fall – es ihm gestattet wurde.

»Okay, ich melde mich, sobald ich was weiß.« Kristin legte auf und erschrak, weil ein dunkler Schatten auf sie zuflog. Eine Schrecksekunde später erkannte sie, dass es sich lediglich um einen stürmischen Hund handelte.

»Tut mir leid, tut mir leid, ich hätte ihn anleinen sollen!«, entschuldigte sich eine rothaarige, etwa gleichaltrige Frau mit einer Papiereinkaufstüte unter dem Arm.

Kristin wollte abwinken und erstarrte in der Bewegung.

Moment mal, das ist doch ...

»Das ist Mr Grill, richtig?«

Die Rothaarige lachte. »Furchtbarer Name für so ein liebes Tier, oder?«

»Sie sind die Hundesitterin?«

»Die Nachbarin.« Sie bückte sich und zog den Schnauzer von Kristin weg.

»Wissen Sie, wohin Marla gefahren ist?«

»Nein.« Marlas Nachbarin schüttelte den Kopf, sagte aber dann etwas, was Kristin regelrecht die Luft aus den Lungen drückte.

»Sie hat mir nichts Genaues über das Abitreffen gesagt.«

»Wie bitte?«

Unbewusst tastete sie an der Hauswand nach ihrer Krücke, die dort aber nicht stand.

Nein, nicht Marla. Nicht freiwillig. Das kann nicht sein.

»Irgendwo in den Bergen, glaube ich. Hey, was ist denn los. Sagen Sie mal …«

Kristin ließ die Nachbarin ohne ein Wort des Abschieds stehen, humpelte über den Hof zur Friedbergstraße und zückte ihr Handy, um sich sofort ein Taxi zu bestellen, das sie zum Bahnhof fuhr.

Oder zum Flughafen.

Je nachdem, welche Verbindung sie schneller dort hinbrachte, wo Marla im schlimmsten Fall – falls sie mit ihrer Theorie richtiglag – ohne ihre Hilfe kaum eine Chance haben würde, die nächsten Stunden zu überleben.

35. KAPITEL

Nebelhütte

Wohlig warm. Den hölzern-rauchigen Duft eines Kaminfeuers in der Nase, das beruhigende Knistern des Feuers im Ohr. Das waren die angenehmen Empfindungen, mit denen Marla erwachte. Sie spürte sie kaum. Die negativen Sinnesreize, unter denen sie litt, verdrängten jedes positive Gefühl.

Allen voran der Schmerz. Es war, als schösse eine brennende Flipperkugel in ihrem Kopf herum, und jedes Mal, wenn sie an den Banden der Schädelknochen abprallte, brachte sie ihre Augen aufs Neue zum Tränen.

Ihr war schlecht. Und sie fühlte einen scheuernden Druck an den Handgelenken; es fühlte sich an, als wäre sie mit einem groben Strick an den Stuhl gefesselt. Sie versuchte, nicht hinunterzukippen, weil sie sich dann vielleicht die Handgelenke oder sogar die Schultern ausgerenkt hätte.

Was ist passiert? Was geschah ... nein, was geschieht mit mir?

Jeder Atemzug durch die Nase verschlimmerte Marlas Übelkeit.

Das Zimmer mochte gemütlich hölzern duften, sie selbst stank nach billigem Rotwein, als hätte sie in einem Tetra Pak Tankstellenfusel gebadet.

Und dann waren da die Stimmen.

»Das ist alles deine Schuld. Deine bescheuerte Idee.« Ein Mann.

»Leute, Ruhe, das haben wir gestern schon diskutiert.« Eine Frau.

»Wir hätten uns niemals darauf einlassen sollen.« Derselbe Mann.

Danach eine andere Frau: »Vorsicht, sie wird wach.«

»Okay, kein Wort zu viel, haben wir uns verstanden?« Ein zweiter Mann.

Dann wieder der erste: »Okay, Leute. Es geht los.«

Marla hatte einige Mühe, ihre verklebten Augenlider voneinander zu lösen, dann blendete sie ein grelles Licht. Als die dadurch ausgelöste neue Schmerzwelle halbwegs verebbt war, blickte sie in sechs Gesichter, die ihr alle nichts sagten, natürlich. Drei Frauen und zwei Männer hatten sich in der Mitte des Wohnzimmers zwischen Esstisch und Sofa vor ihrem Stuhl aufgebaut wie eine Touristengruppe, die für ein Foto posiert. Ein Mann mit quadratischem Schädel und absichtlich vorgestreckter Brust (der Körperhaltung nach also das Alphatier in der Runde) zog sich einen Stuhl heran und setzte sich ihr gegenüber. Seine Brusthaare quollen büschelweise über die Ränder eines knallgelben V-Ausschnitt-Pullis, den er anscheinend ohne Unterhemd trug. Ein hinter ihm stehender Mann mit Tunnelohrringen und Oberlippenpiercing entlarvte ihn dem Namen nach als ehemaligen Mitschüler. »Was hast du denn überhaupt vor, Amadeus?«, fragte er, während er sich nervös durch seine zerzausten blonden Haare fuhr. »Ich meine, war es wirklich notwendig, sie zu fesseln?«

Statt zu antworten, fuhr sich der einstige Frauenheld des Hohenstein-Gymnasiums durch seine strähnigen schwarzen Haare, die ihm in leichten Locken über die Stirn fielen. Er wirkte unrasiert und ungeduscht, und seine dunklen Augen waren leicht glasig. Marla blickte in die Runde.

Alle wirkten müde, mit schmalen, zum Teil rot geäderten Augen. Die meisten blass, mit angestrengtem Blick.

»Marla, bist du's?«, wollte Amadeus von ihr wissen.

»Ja«, keuchte sie. »Wer denn sonst?«

Ein Raunen ging durch die Umstehenden. Einer aus der Gruppe, der Kleinste von allen, dessen Geheimratsecken das Deckenlicht heller spiegelten als sein Ballonseide-Trainingsanzug, fuchtelte mit dem Zeigefinger. »Seht ihr, ich hab's euch gesagt. Sie hatte doch den Unfall, daher die Narbe und so.«

»Ja, Jeremy. Du hast es uns gesagt«, seufzte die Frau neben ihm, die etwas zu viel Kajal aufgetragen und viel zu wenig Sonne abbekommen hatte. Marla war sich sicher, mit den beiden die Bewohner der Falkensuite ausgemacht zu haben: Jeremy, der Architekturstudent, und Paulina, die Autorin.

»Okay, Marla. Wir haben uns lange nicht gesehen. Was ist hier los?«, fragte Amadeus weiter. »Wo kommst du auf einmal her?«

Ich? »Das ... das wollte ich euch fragen«, sagte sie, doch der selbst ernannte Gruppensprecher ging nicht darauf ein.

»Raus mit der Sprache. Was hast du gemacht?«

Sie blinzelte verwirrt. Ihre letzte Erinnerung war das Telefonat, das sie mit Kristin geführt hatte. Draußen, auf dem Phone-Spot. Dann war der Schmerz gekommen und mit ihm die Dunkelheit. Der pfeifende Husten. *Das war jetzt vor ...?* Sie scheiterte bei dem Versuch, auf ihre Uhr zu schauen, an den Stricken um ihre Hände, die – wie sie jetzt erkannte – Bademantelgürtel waren.

»Wie spät ist es?«, fragte sie.

»Halb zehn.«

Die Antwort kam von dem Mann mit dem Oberlippenpiercing und der »Ich bin gerade aufgewacht«-Frisur. Er trug einen weißen Hoodie, auf dem eine Weltkugel zu sehen war, darunter der Spruch: »Lebe einfach, damit andere einfach leben können.«

Simon, dachte Marla und erinnerte sich an den Sprüchekalender auf dem Nachttisch des etwas einfältigen, aber gutmütigen »Bären«.

»Morgens oder abends?«, wollte sie wissen.

»Wonach sieht es denn aus?«, schnauzte Amadeus sie an.

Sie sah zum Fenster. Heftige Winde rüttelten an den Fensterläden, die Scheiben waren mit einer gefrorenen Wasserschicht überzogen. Resultat des heftigen Schneefalls. Es herrschte eine trübe, graue Unwetterstimmung, es war düster, aber nicht nachtdunkel. Eindeutig Tag.

Ich muss lange bewusstlos gewesen sein.

»Ich bin gestern nachgekommen«, erklärte Marla.

»Gestern?«, fragte die einzige Frau, die eine Brille trug. Ihre Frisur – im Nacken ausrasierte, dunkelbraune Haare – erinnerte Marla an Kristin. Sie hatte unregelmäßige helle Flecken auf Stirn, Wange und Schläfen, litt also offenbar an der Pigmentstörung Vitiligo, der sogenannten Weißfleckenkrankheit.

»Ich bin übrigens Rebekka, falls du mich nach über fünf Jahren nicht mehr wiedererkennst«, sagte sie beinahe freundlich. »Was machst du hier?«

»Ich hab mich erst in letzter Minute entschlossen«, antwortete Marla. »Aber können wir den Quatsch hier bitte jetzt mal lassen, und ihr sagt mir, was los ist? Wieso bin ich gefesselt?«

Sie rüttelte mit den Armen an den Gürteln, die sich rau in die Handgelenke schnürten. »Macht mich los!«

Amadeus tippte ihr unsanft mit dem Zeigefinger gegen

die Stirn. »Du behauptest also, du warst es nicht?« Er zog argwöhnisch die Augenbrauen zusammen.

»War *was* nicht?«

Waren die kollektiv verrückt geworden?

Der Anführer drehte sich zu der Gruppe und zuckte mit den Achseln, als wollte er sagen: »*Ich komm nicht weiter, was soll ich jetzt tun?*«

Bevor er auf noch gewalttätigere Ideen kommen konnte, als sie hier an den Stuhl zu fixieren, versuchte Marla, an die Vernunft der Ehemaligen zu appellieren. »Hört mal bitte her. Ich bin gestern hier angekommen, und es war keine Menschenseele da. Ich habe telefoniert und Hendrick gefragt, wo ihr alle steckt, aber der hat mir erklärt, er habe dieses Treffen gar nicht organisiert.«

»Natürlich nicht!«, sagte Amadeus mit spöttischem Unterton.

»Und dann habe ich weiter nach euch gesucht und wurde überfallen.« Sie räusperte sich. »Niedergeschlagen, rücklings.«

»Sie könnte die Wahrheit sagen.«

Der erste Satz einer Frau, die sich bislang zurückgehalten hatte. Sie trat aus dem Schatten der Stehlampe näher an Marla heran. Wenn sie neben Rebekka auch Paulina korrekt identifiziert hatte, dann stand hier mit Grete die dritte Frau in der Runde vor ihr. Rein optisch die älteste von allen, mit ihren dunklen Tränensäcken und ersten Lachfalten an den Augenrändern, die sie als eine lebenslustige Person auswiesen, von der im Moment aber nicht viel zu spüren war.

Marla wünschte sich, sie hätte sich für die Analyse der Zimmer mehr Zeit genommen. So wusste sie nur, dass Grete mit einiger Wahrscheinlichkeit eine Häsin war, schlau, aber auch ängstlich. Woran sich Marla aus der Schulzeit erinnerte, war auch nicht gerade abendfüllend. Wenn sie sich nicht täuschte, war Grete eine durchschnittliche Schülerin gewesen mit einer strengen alleinerziehenden Mutter, deren Standpauken sie gerne auf dem Pausenhof nachäffte: »*Mit diesen Noten wirst du nie meine Praxis übernehmen können, Kind!*« Gretes Mama war Psychotherapeutin, und in der Tat hatte man, zumindest in Berlin, ohne ein Einser-Abitur mit elend langen Wartezeiten fürs Studium zu kämpfen. Marla fragte sich, ob Grete überhaupt den Wunsch gehabt hatte, in die Fußstapfen ihrer Mutter zu treten, und wenn ja, ob es ihr trotz eines nur befriedigenden Abiturs dennoch gelungen war.

»Ich sage wirklich die Wahrheit«, sprach Marla sie direkt an. »Mach mich los!«, bat sie Grete und fragte erneut: »Wieso bin ich überhaupt gefesselt? Und wo …?« Sie sah sich um. »Wo ist Kilian?«

»Ha! Braucht ihr noch einen Beweis dafür, dass sie nicht ganz rundläuft?«, fragte Amadeus in die Runde.

»Möglich. Aber das beweist nicht, dass sie gefährlich ist«, antwortete Grete ihm.

Marlas Narbe begann zu puckern. Vielleicht hatte sie das schon die ganze Zeit getan, jetzt aber war es so intensiv, dass sie sie trotz ihrer Kopfschmerzen spürte. Sie schüttelte energisch den Kopf, was angesichts der Flipperkugel in ihm ein Fehler war, für den sie sogleich die Schmerzquittung bekam.

»Ich hab doch gesagt, ich bin überfallen worden«, presste sie mühsam hervor. »Da draußen. Am Phone-Spot.« Sie nickte in die entsprechende Richtung hinter den Fenstern.

»Wir haben dich hier drinnen gefunden«, sagte Simon.

»Dann muss mich jemand reingeschleppt haben.«

»Wer sollte das gewesen sein?«, fragte Jeremy ungläubig.

»Ich weiß es nicht.«

»Seltsam ahnungslos, nicht wahr?«, spottete Amadeus.

»Aber das sind wir doch auch«, sagte Rebekka.

Ihre besonnene Art brachte Ruhe in die Gruppe.

Sie setzte sich auf die Armlehne des Sofasessels und massierte sich den Nacken, während sie fragte: »Was wissen wir denn mit Sicherheit über unsere Lage? Wir sind vorgestern Nachmittag hier angekommen. Haben es uns gemütlich gemacht. Lange gequatscht, die erste Nacht ausgeschlafen. Beim späten Brunch den Champagner geköpft, der für uns im Sektkübel im Kühlschrank bereitstand. Dann haben wir das Spiel …«

Ein wütender Blick von Amadeus brachte sie kurz zum Schweigen.

»*Kein Wort zu viel!*«

»… ähm, ich meine, dann sind wir gemeinsam in die Sauna.«

Sauna? Marla hatte bei ihren Rundgängen im Haus keine gefunden. Sie musste also außerhalb stehen, doch das war ihr gestern verborgen geblieben. Und im Netz hatte nichts von einem Wellnessbereich gestanden.

»Jeremy meinte noch, dass der Aufguss komisch riechen würde. Und dann …« Sie rieb sich die Augen. »Filmriss.«

»So war es. Als Nächstes – ich erinnere mich nur noch, wie es gezischt hat und wir zu husten anfingen – wachen wir alle wieder auf. Nach und nach in unseren Betten.«

»Mit Brummschädel«, bestätigte Jeremy.

»Und Marla war die Einzige, die nicht dabei war«, ergänzte Amadeus. »Gib's zu.« Er tippte ihr wieder gegen die Stirn, diesmal noch gröber. »Du warst es. Du hast uns da was in den Aufguss getan.«

Marla schloss die Augen und atmete tief in den Bauch. Die Dunkelheit war eine Wohltat für ihren Kopf.

Also deshalb. Langsam zeigt sich mir ein Bild.

Eigentlich konnte sie Amadeus den Argwohn nicht übel nehmen. Wenn es stimmte, dann war die gesamte Gruppe gestern mit einer Art K.-o.-Tropfen ausgeknockt geworden, was zwei Hauptfragen aufwarf: Wer steckte dahinter? Und was war sein oder ihr Motiv?

Für die Gruppe schien die erste Frage entschieden.

Großer Gott, sie halten mich für gefährlich!

Wäre die absurde Situation, in der sie sich befand, nicht so ernst, wäre es zum Lachen gewesen.

Ich, die sich kaum aus dem Haus traut, weil ich fremde Menschen scheue, werde nun selbst gefürchtet. So sehr, dass sie meinen, mich fesseln zu müssen.

»Ihr seid zu sechst. Ich bin allein. Wie kommt ihr auf die abwegige Idee, ich könnte euch etwas antun?«, fragte Marla.

»Weil es so in deinem Brief steht«, antwortete ausnahmsweise nicht Amadeus, sondern Grete.

Marla sah zu ihr. »Welcher Brief?«

»Dein Drohbrief an uns. Wir haben ihn auf dem Esstisch gefunden.«

»Wovon redet ihr jetzt schon wieder?«

»Lies selbst!«, forderte Amadeus und hielt ihr ein abgegriffenes, cremefarbenes Blatt Papier vor die Nase.

Die kalten Worte darauf standen im krassen Gegensatz zu der lieblich geschwungenen Schönschrift, mit der sie verfasst worden waren:

Ehemalige,
danke, dass ihr gekommen seid. Vor Jahren habt ihr mehrere Leben auf einmal zerstört. Nicht nur meins. Bis heute leiden alle Opfer an den Folgen, sofern sie nicht bereits daran gestorben sind. Ihr seid hier, um euch eurer Schuld zu stellen. Das ist gut, kommt aber zu spät.

Es ist längst nicht mehr die Zeit der Beichte. Es ist die Zeit der Sühne. Habt keine Sorge. Ich werde euch nicht mehr antun als das, was ihr mir angetan habt. Was bedeutet: Mindestens einer von euch wird das Wochenende nicht überleben.

Marla

36. KAPITEL

Sie schüttelte den Kopf. Eigenartigerweise tat es nicht mehr so weh wie kurz nach dem Erwachen. Diese verrückte Situation war eine komplette Reizüberflutung, die von ihren Schmerzen eher abzulenken schien, als sie zu verstärken.

»Das war nicht ich. Ich habe das nicht geschrieben.«

»Da steht dein Name!«, sagte Amadeus und nahm den Zettel wieder an sich.

Marla presste energisch die Augen zu und öffnete sie wieder. »Das sind nicht meine Worte. Und meine Handschrift ist es auch nicht. Das kann jeder geschrieben haben.«

»Sicher?« Rebekka legte den Kopf schief und starrte sie aus zusammengekniffenen Augen an. »Ich studiere Jura, falls du es nicht weißt. Zufälligerweise – für dich eher dummerweise – promoviere ich gerade über die Bedeutung der Schriftanalyse im Strafverfahren. Der Standardfall ist, dass man ein Erpresserschreiben mit einem anderen handschriftlich verfassten Dokument vergleicht, bei dem man mit Sicherheit sagen kann, dass es wirklich vom Verdächtigen stammt. Dankenswerterweise hast du uns ein solches Vergleichsdokument selbst mitgebracht.«

Sie ging zum Couchtisch, kam zurück und hielt Marla ihr eigenes Abi-Fotoalbum vor die Nase.

»Wir haben es in deinem Rucksack gefunden. Und nun, schau mal hier auf Seite 34. Der Lieblings-T-Shirt-Spruch, den du unter das Bild geschrieben hast.«

Nimm das, was du tust, ernst. Aber dich selbst nicht so wichtig.

»Das L und das T sind exakt so geschwungen wie in dem Brief«, erklärte Rebekka. »Der Strich über dem i statt eines Punktes. Identisch.«

Marla blinzelte und wollte widersprechen. *Aber wie?*

Sie erkannte selbst die auffälligen Gemeinsamkeiten. *Und dennoch …*

»Das ergibt alles keinen Sinn. Wieso sollte ich das tun?«, fragte sie und hatte Angst, eine plausible Antwort zu bekommen.

»Wieso sollte jemand deine Handschrift fälschen?«

Und sich für mich ausgeben?

»Begreifst du jetzt, weswegen wir dir nicht trauen können?«, fragte Amadeus. Er spielte an dem Verschluss seiner Rolex, die er von dem Protz-Stapel in seinem Zimmer wieder an sich genommen haben musste.

Marla nickte unwillkürlich, dann traf sie einen Entschluss. Alles war besser, als abwartend und ausgeliefert einfach nur herumzusitzen. Sie musste die Initiative ergreifen.

»Also gut, wie lange muss ich hier noch gefesselt bleiben, bis sie kommen?«

»Bis wer kommt?«

»Na, ihr werdet ja wohl Hilfe gerufen haben?«

Jeremy klatschte wütend in die Hände. »Das würden wir gerne. Sobald du uns verrätst, wo du unsere Handys versteckt hast.«

Ich habe was …?

»Und bei der Gelegenheit könntest du uns auch sagen, wohin unsere Jacken und Schuhe verschwunden sind.«

»Wieso verschwunden? Ihr habt sie am Eingang gelassen.«

»Da liegen sie nicht mehr!«, schnaubte Amadeus.

Marla sah zu Boden und stellte fest, dass tatsächlich alle nur Socken trugen. Sie selbst eingeschlossen.

Sie lachte ungläubig. »Moment mal, ich habe euch also nicht nur heimlich Betäubungsmittel verabreicht und einen Drohbrief geschrieben? Ich habe auch noch eure Klamotten geklaut?«

Amadeus nickte. »Ja. Einfach, aber simpel. Dein Plan geht auf, Marla. Schon jetzt herrschen da draußen gefühlt minus zehn Grad. Tendenz fallend. Wir sitzen hier fest, das aufziehende Unwetter braucht es gar nicht.« Er rieb sich die Augen. Wenn ihm auch der Schädel dröhnte, war es kein Wunder, sollte er tatsächlich K.-o.-Tropfen bekommen haben.

»Ich sage dir, wie es abgelaufen ist«, sagte er nach einer Weile. »Du hast dich hier irgendwo versteckt, in einem geheimen Keller oder draußen in den Schuppen, was weiß ich. Du kennst dich ja aus.«

»Hä? Wieso sollte ich mich hier auskennen?«

Amadeus legte den Kopf schräg und sah sie an, als sei er sich unsicher, ob er veralbert wurde oder es mit einer Schwachsinnigen zu tun hatte. »Wer hat uns denn damals dieses Chalet vorgeschlagen?«

Marla biss sich vor Schreck auf die Zunge. Ihr trockener Mund füllte sich mit Spucke, die so zäh war, dass sie sie nicht herunterschlucken konnte. »Ich habe *was*?«

»Vor fünf Jahren. Das war doch Marla, oder?« Amadeus sah sich Zustimmung heischend in der Gruppe um.

»Ich glaube, ja.« Rebekka nickte. »Soweit ich weiß, hat Kilian dich überredet, nach Barcelona mitzukommen. Als einige über die hohen Hotelpreise gejammert haben, hast du ihm gesagt, wir könnten auch in die Hütte deines Vaters.«

»Meines ...?«

Nun wollte Marla die Spucke nicht mehr schlucken. Sie fühlte sich an wie Quecksilber. Kalt und giftig.

»Was zur Hölle fantasierst du da für einen Mist zusammen?«, fauchte sie Amadeus an.

Die Nebelhütte hat einmal Edgar gehört?

Schön, bei der Regelung der Erbschaftsangelegenheiten war sie vierzehn gewesen, und Mama hatte das alles gemanagt. Gut möglich, dass sie ihr das verschwiegen hatte, weshalb auch immer. Aber wie hätte sie dann die Hütte den anderen empfehlen sollen?

»Ich bin hier noch nie zuvor in meinem Leben gewesen. Ich kenne diesen Ort hier nicht«, sagte sie, ohne jemanden anzuschauen.

»Ach, das ist dir also auch entfallen?«, höhnte Amadeus. »Gut, dann lass mich dir beim Ablauf der gestrigen Tat auf die Sprünge helfen.« Er leckte sich über die Lippen. »Zunächst hast du dir Mut angetrunken, um uns alle zu vergiften. Danach wolltest du Selbstmord begehen. Aber du warst zu besoffen und hast die Dosis falsch berechnet, auch bei dir selbst. Deswegen sind wir alle wieder aufgewacht.«

»Aber ich war nicht zu betrunken, um zuvor einen sauber lesbaren Brief in Schönschrift zu verfassen?« Sie rüttelte wütend an den Fesseln. »Ach ja, und dann erleuchtet mich doch gleich mal: Wer von euch sollte meinen Brief denn lesen, wenn ich doch davon ausgegangen bin, euch getötet zu haben?«

»Wo sie recht hat!«, warf Grete ein. Sie hielt eine Flasche Wasser in der Hand, ohne dass Marla gesehen hatte, woher sie die geholt hatte. Da hier aber mit Ausnahme von Amadeus, der stur auf seinem Stuhl vor ihr sitzen blieb, alle im Wohnzimmer auf und ab gingen, war es Marla gar nicht möglich, alle im Blick zu behalten.

»Merkt ihr das denn nicht?«, fragte sie, ohne jemanden

konkret anzuschauen. »Hier spielt uns jemand gegeneinander aus.«

»Wer soll das sein?«, fragte Simon.

»Der, der uns eingeladen hat.«

»Leute, das bringt nichts«, sagte Jeremy. »Sie ist zu schlau. Wenn Marla wirklich einen Plan hat, wird sie ihn uns Pappnasen nicht auf die Nase binden, nur weil wir sie mit einem Bademantelgürtel gefesselt haben.« Er kratzte sich seine Geheimratsecken. »Das hier fühlt sich nicht gut an. Ich meine, wie viele Zeichen brauchen wir noch? Erst die Spielkarte gestern. Dann die vergiftete Sauna. Jetzt taucht Marla auf, die gar nicht eingeladen wurde.«

Wie war das?

Marla rief: »Moment mal. Ich wurde nicht eingeladen? Ihr aber schon? Von wem?«

Simon wollte gerade den Mund öffnen, da hob Jeremy schon die Hand und wies ihn zurecht. »Nein! Du sagst es ihr nicht!«

Er stellte sich neben Amadeus, der nun doch von seinem Stuhl aufgestanden war, und sah mit ihm auf Marla hinab. In seinem glänzenden Ballonseide-Anzug sah er aus wie der sportliche Junge der Boyband, der sich neben den flegelhaften Mädchenschwarm platziert hatte.

»Die Frage ist nämlich nicht, wer uns eingeladen hat«, sagte er zu Marla. »Sondern, wie du es mitbekommen hast, dass wir uns treffen!«

»Ich habe eine Karte bekommen. So wie ihr. Nur …«

»Nur was?«

»Nur, dass auf meiner dieser Satz auf der Rückseite fehlt, der bei euch drauf ist.«

»Woher kennst du *unsere* Einladungen?«, rief Rebekka aus dem Hintergrund.

»Ich hab doch gestern nach euch gesucht.«

»Du hast in unseren Zimmern herumgeschnüffelt!«, empörte sich Amadeus.

Himmel!

»Nein, nein und nochmals nein. Ich bin hierhergekommen, ihr wart nicht da. Ich habe mir Sorgen gemacht.«

»Bullshit. Wir wissen, dass es so nicht war«, fauchte wieder einmal Amadeus.

Sie sah ihm direkt in die Augen. »Und wie war es denn dann? Klärt mich auf. Sagt es mir!«

Einen Moment herrschte betretenes Schweigen. Das Knistern der Flammen im Kamin mischte sich mit dem Geräusch des gegen die Scheiben wehenden Schnees.

Simon meldete sich als Erstes zu Wort. »Ich find es albern, länger um den heißen Brei herumzureden«, sagte er und zitierte danach allen Ernstes einen Kalenderspruch: »Buddha sagt, drei Dinge können nicht lange verborgen werden: das Licht, der Mond und die Wahrheit.«

»Buddha wird sich gleich auf dein Gesicht setzen, Pippi«, fauchte Amadeus zurück.

»Nenn mich nicht Pippi. Niemand nennt mich mehr so.«

»Ach nein? Dann schaffst du es mittlerweile, ein Seil hochzuklettern, ohne dich einzunässen?«

»Das war in der achten Klasse, und ich hatte eine fiebrige Erkältung, ich …«

»Sagt mal, habt ihr sie noch alle?«, unterbrach Grete die beiden Streithähne. »Noch mehr Konflikt ist jetzt absolut kontraproduktiv. Das, was wir jetzt am dringendsten brauchen, ist eine gewaltfreie Kommunikationsbasis.«

»Was fürn Scheiß«, murmelte Amadeus.

»Halt die Fresse«, fuhr Grete ihn an. *So viel zum Thema gewaltfreie Kommunikation.* Marla vermutete, dass die Häsin und der Löwe schon zuvor aneinandergeraten waren, und tatsächlich sagte Grete nun: »Die ganze Zeit schon machst du mich an, du wandelnder Minderwertigkeitskomplex.«

»Oh, Madame Psychologiestudentin hat mich durchschaut«, höhnte Amadeus. »Wie viel stellen Sie mir dafür in Rechnung, Frau Doktor?«

»Keine Ahnung, was hat unser Nichtsnutz-im-Hauptberuf-Sohn denn im Knast so zur Seite legen können?«

Nach diesem Konter, der Marla genauso viel über Amadeus' Vergangenheit verriet, wie er Fragen aufwarf, kniete Grete sich vor ihr hin. Vorsichtig berührte sie ihre Narbe an der Schläfe. Die Berührung war sanft und unangenehm zugleich.

»Magst du einen Schluck?«

Dankbar trank sie aus der Flasche, die Grete ihr hinhielt.

»Ich denke, sie hat sie nicht mehr alle seit dem Scheiß in der Fabrik«, erklärte Amadeus.

»Es war eine Geburtsklinik«, korrigierte Jeremy von hinten.

Marla sah über Gretes Schulter zu ihm auf.

»Weiß ich aus dem Internet«, glaubte er sich anscheinend rechtfertigen zu müssen.

Wieder lachte Marla fassungslos auf. »Ist *das* eure Theorie? Ich gebe euch die Schuld an meinem Unfall und habe hier in den Bergen einen Rachefeldzug gegen euch gestartet?«

Alle nickten.

O Gott. Das glaubten sie wirklich.

Grete stand auf. »Wie sollen wir es denn anders deuten? In dem Brief steht, wir hätten vor Jahren dein Leben zerstört, und jetzt zahlst du es uns heim.«

Das durfte nicht wahr sein. Wenn Kristin recht hatte,

trieb ein mutmaßlicher Serienkiller hier sein Unwesen, und sie verplemperte lebenswichtige Zeit damit, sich einem sinnlosen Verhör zu stellen. »Noch mal: Ich habe das nicht geschrieben. Und nein, ich mache euch nicht im Geringsten dafür verantwortlich, was mir vor fünf Jahren passiert ist. Ich bin nur hier, weil ...«

»Ja, weil?«

Sie seufzte. »Na ja, es klingt komisch. Ich wollte zu mir selbst finden. Seit dem Unfall meide ich jeden Kontakt mit meiner Vergangenheit. Ich bin es, die Angst hat, sich ihr zu stellen.«

»Wieso?«

»Weil die Davor-Marla, wie ich sie nenne, zwar ein beschissenes Leben hatte. Mit einem gestörten Vater, der unsere gesamte Familie vernichtet hat. Aber ich hatte etwas, was die Danach-Marla nie wieder finden konnte. Und das ist Hoffnung – auf eine bessere Zukunft.«

Sie schluckte schwer.

»Ich hatte Angst vor dem Schmerz, das hier mit euch noch einmal vor Augen geführt zu bekommen. Ich meine, ihr habt alle in die Zukunft leben können, ich aber bin aus der Bahn geworfen.«

»Wofür du dich an uns rächen willst.«

»Aber wieso denn? Was habt ihr damit zu tun?«

Oder, Moment mal ...

»Habt ihr das etwa?«

Sie hatte das Gefühl, als legte sich ein dunkler Schatten auf ihre Seele. Gab es da einen Zusammenhang zwischen ihnen und ihr? Zwischen dem Treffen hier und dem, was sie vor fünf Jahren in dem Kreißsaal erlebt hatte? Hatte etwa jemand von denen das Paket in den Kofferraum gelegt? Die WhatsApp geschickt?

Jeremy, Rebekka, Paulina, Grete, Simon und Amadeus. Damals noch Schüler. Heute Architekturstudent, angehende Strafrechtlerin, Autorin, Psychologiestudentin und Ex-Sträfling?

Wobei nein, das ergab keinen Sinn.

Von Jeremy wusste sie, dass er am Schicksalstag bei einem Basketballturnier gewesen war. Kilian war mit ihm gefahren. Es hatte einen lokalen Zeitungsartikel gegeben, den er später in ihrem Tagebuch abgeheftet hatte. Die beiden konnten schon mal nicht die Kerzen angezündet und sich unter einer Plane versteckt haben. *Was ja ohnehin laut Dr. Jungbluth alles nur in meiner Fantasie stattfand.* Nein, nein. Das alles war eine noch irrsinnigere Vorstellung als das, was hier gerade ablief.

Okay, gut. Konzentrier dich.

Nun, da Marla ihren Gedankenwirbelsturm im Kopf ausgebremst hatte, musste ihr das auch bei den anderen gelingen. Sie versuchte, an die Vernunft derer, die sie gefangen genommen hatten, zu appellieren, und wandte sich an die Person, die in der Theorie darin geschult sein musste, emotionslos an komplizierte Sachverhalte heranzugehen.

»Du studierst Jura, Rebekka? Dann ist dir analytisches, vorurteilsfreies Denken ja nicht fremd. Nehmen wir also mal an, du hast recht. Das ist meine Handschrift. Mein Brief. Auch wenn er komplett sinnbefreit ist, aber egal. Mein Spiel ist dann ja wohl aus, wenn ich hier gefesselt weiter hocken bleibe, richtig?«

Rebekka nickte nachdenklich.

»Was aber, wenn ihr euch irrt? Wenn ich nichts, aber auch rein gar nichts mit dem zu tun habe, was hier abläuft. Wenn der Puppenspieler, an dessen Fäden wir hängen, mit seiner Vorstellung noch gar nicht richtig begonnen hat?

Wäre es nicht sehr viel besser, sich mit dieser Hypothese zu beschäftigen? Ich meine, mich habt ihr ja schon in eurer Gewalt.«

Sie merkte, dass ihre Argumentation auch bei Simon und Jeremy verfing, und ließ ihren Blick zwischen ihnen und Rebekka hin- und herwandern.

»Im schlimmsten Fall ist es Zeitverschwendung, schön. Aber Zeit scheinen wir im Moment mehr als genug zu haben.« Sie überlegte, ob sie es wagen konnte, der Gruppe von ihrem verstörenden Gespräch mit Kristin zu erzählen und sie damit gegeneinander aufzuhetzen. Immerhin hatte die ihr erklärt, dass sie einen bestialischen Mörder unter den Zimmergästen vermutete. Was bedeuten würde, dass der Täter (oder die Täterin) bereits gestern mit in der Sauna gesessen und sich nur zum Schein selbst betäubt hätte.

Marla entschied, dieses Wissen vorerst noch für sich zu behalten, und sagte nur: »Ich denke, ihr solltet euch darauf vorbereiten, was passieren könnte, wenn ihr nicht von mir, sondern von jemand ganz anderem in der Sauna ausgeknockt worden seid.«

»Gut gebrüllt, Löwin!« Amadeus klatschte langsam und kräftig in die Hände. »Fast hätte ich dir geglaubt.« Er beendete seinen spöttischen Applaus. »Aber du hast es vorhin mit deinem ›Wo ist Kilian?‹ leider übertrieben.«

»Was meinst du?«, fragte Marla.

»Hör endlich auf, uns zu verarschen. Kilian ist tot! Und wer sollte das besser wissen als du?«

37. KAPITEL

Berlin

Verlieren Sie keine Zeit. Fahren Sie zur Nebelhütte! Ich komme, so schnell ich kann, nach!«, sagte Kristin und legte auf. Auch bei ihrem Vor-Ort-Kontakt in Kaltenbrunn hatte sie nur die Mailbox erreicht, was bedeutete, dass sowohl Marla als auch sie im Moment auf sich allein gestellt waren.

»Mist! Mist! Mist!«

Bei jedem Ausruf schlug sie gegen die Kopfstütze ihres Vordersitzes, was den Taxifahrer dazu brachte, seinen Rückspiegel so zu verstellen, dass er sie im Blick hatte.

»Alles in Ordnung?«

Nein. Gar nichts ist in Ordnung. Mir ist es gelungen, eine Zivilistin in Lebensgefahr zu bringen, und jetzt kann ich offiziell niemanden um Hilfe bitten, da die Himmelfahrtsaktion nie genehmigt wurde.

»Hab was zu Hause liegen lassen«, sagte sie und schob gleich nach, dass ihr aber die Zeit fehle, umzukehren, obwohl auch das eine Lüge war. Sie hatte noch fünfzig Minuten bis zur Abfahrt des Zuges, und sie waren schon an der Siegessäule, also in Reichweite des Hauptbahnhofs.

Ohne große Hoffnung versuchte sie es noch einmal unter Marlas Nummer. Diesmal hinterließ sie ihr eine Nachricht auf der sofort anspringenden Mailbox: »Bitte ruf mich an, ich kann dir helfen!«

Das provozierte eine gelassenere Reaktion des Taxifahrers als ihr Fluchen. Er gähnte, offenbar beruhigt, dass die

Furie hinter ihm doch nicht vorhatte, die Rückbank auseinanderzunehmen.

Sie schafften es auf wundersame Weise unbeschadet aus dem Kreisverkehr hinaus, in dem an diesem Morgen wieder jeder ohne Blinken die Spuren wechselte.

Kristin öffnete auf ihrem Handy den Zugang zu den Arbeitsstationen ihrer Cybercrime-Abteilung.

Als Erstes checkte sie Marlas ehemaligen Account. Der war seit zwei Jahren inaktiv, aber Kristin würde es sehen, wenn Marla versucht hätte, Zugriff auf ihre Daten zu erlangen. Etwa, um auf eigene Faust weiter nach dem Kreißsaal-Video zu suchen, mit dem sie sie im Hotel hatte ködern wollen. Fehlanzeige. Obwohl Marla nun wusste, dass es ein Video gab, das sie betraf, hatte sie keinen Versuch unternommen, sich Zugang zu ihrer ehemaligen Dienststelle zu verschaffen.

»Wieso bist du dann nur auf diese Klassenfahrt gefahren?«, murmelte Kristin.

Ihr Handy vibrierte. Ein weiterer Rückruf, auf den sie dringend gewartet hatte. »Pia?«

»Ich glaube, ich habe etwas entdeckt!«, sagte die hochbegabte Computerspezialistin.

»Wichtig?«

»Es könnte alles verändern. Du musst sofort vorbeikommen, Kristin!«

38. KAPITEL

Nebelhütte

»Ihr spinnt. Ihr lügt. Kilian lebt.«
Marla bäumte sich auf ihrem Stuhl auf, ruckelte an den Fesseln und wirkte vermutlich wie eine zum Tode verurteilte Delinquentin auf dem elektrischen Stuhl, während die Strafe vollstreckt wurde. Und genauso fühlte sie sich auch.

»Die Show kannst du dir sparen!«, herrschte Amadeus sie an. »Wir wissen es, du weißt es. Kilian lebt schon lange nicht mehr.«

»Seit über einem halben Jahr«, ergänzte Simon.

»Aber …«, begann Marla.

»Aber was?«, äffte Amadeus sie nach.

Marla bekam keine Luft mehr. Sämtlicher Sauerstoff im Raum schien verbraucht zu sein.

»Sein Zimmer. Nummer 6.«

Das Himmelreich. Geschockt fiel ihr die doppelte Bedeutung auf.

»Was ist damit?«, fragte Jeremy.

Sie sah zu ihm. Versuchte, die Tränen zurückzuhalten. Die Atemnot sorgte dafür, dass sie in immer kürzeren Sätzen sprach.

»Sein Name steht an der Tür. Seine Sachen sind drin.«

»Was für Sachen?«

»Sein Rucksack. Ein Philosophie-Buch.«

Thomas von Aquin
Erörterungen der Fragen nach der Wahrheit

»Es liegt auf dem Nachttisch.«

»Ich geh mal nachsehen, was sie meint«, sagte Jeremy. Sein Trainingsanzug raschelte, als er zur Treppe ging.

Amadeus quittierte mit einem Augenrollen, was er von dieser Zeitverschwendung hielt.

»Bitte, lasst mich mitgehen«, rief Marla in die Runde, während Jeremy hinter ihr die Stufen nach oben nahm.

Niemand regte sich, außer Paulina, die gedankenverloren um das frei stehende Sofa lief und an ein eingesperrtes Tier erinnerte.

Als sich keiner anschickte, ihren Wunsch zu erfüllen, versuchte Marla, das Gespräch wieder aufzunehmen, auch wenn der Kloß in ihrem Hals es ihr fast unmöglich machte zu sprechen. »Wie soll er denn, ich meine …« Sie räusperte sich, bevor sie das Unaussprechliche sagte: »Wie soll Kilian denn ums Leben gekommen sein?«

»Das war etwa eine Woche, nachdem ihm die Karte zugegangen ist.«

Also war er eingeladen gewesen.

»Er hat sich betrunken einen E-Roller gegriffen und ist Höhe Hackescher Markt vor eine S-Bahn gefahren.«

Marla schüttelte verzweifelt den Kopf. Ihre Haare, die ihr an der Stirn klebten, bewegten sich keinen Millimeter an ihrer klatschnass geschwitzten Stirn.

»Und wieso sollte ich davon wissen?«, fragte sie und blickte nach und nach jedem in die Augen, soweit das möglich war. Paulina hatte sich beim Gehen von ihr abgewandt, und Amadeus starrte aus dem Fenster.

»Ich habe seit Jahren keinen Kontakt mehr zu ihm gehabt.«

Marla hörte ein Knurren und dachte erst, irgendwer hätte ein Tier, vielleicht seinen Hund, mitgebracht, dann aber wurde das Knurren menschlicher und wütender und ging in einen Wutschrei über. Grete, die eben noch so ruhig und vermittelnd gewirkt hatte, war jetzt noch aufgebrachter als Amadeus. »Was bezweckst du mit all deinen Lügen, Marla?«

»Lügen? Ich lüge nicht!«

Mit weit aufgerissenen Augen und ausgestrecktem Zeigefinger kam die »Häsin« auf sie zu. »Ich war auf seiner Beerdigung. Im Gegensatz zu dir.«

»ICH WUSSTE VON KEINER BEERDIGUNG!«

»Ach ja?«

»Nein.«

Gretes Speichel traf sie im Gesicht, so laut und so nah war sie jetzt. »Schön, dann erklär mir doch mal: Wie konnte ich dann einen extra von dir für diesen Tag geschriebenen Kondolenzbrief in der Kirche vorlesen?«

39. KAPITEL

Gretes Blick war stechend wie Nadeln, und sie trafen ihr Ziel. Sie punktierten Marlas Pupillen, bohrten sich tief in sie hinein. Der Schmerz war nur innerlich, aber sie hatte das Gefühl, als ertränken ihre Augäpfel nicht in Tränen, sondern in Blut.

»Hört auf!«, schrie sie. »HÖRT BITTE ALLE AUF!« Sie schluchzte. »Ich habe keinen Drohbrief an euch geschrieben. Und ganz sicher auch keinen Trauerbrief für Kilian.«

Immer mehr Tränen rannen ihr die Wangen hinab.

Vor Wut wegen der Falschbeschuldigungen.

Vor Ohnmacht, weil sie nicht wusste, was sie diesem gebündelten Wahnsinn entgegensetzen konnte.

Und vor Trauer.

Vor allem wegen meiner unfassbaren Trauer.

Denn so bizarr das alles hier auch war, Grete hatte aufrichtig gewirkt. Sie schien ihren eigenen Worten zu glauben. Und sie passten mit erschreckender Logik zu dem, was Phil in der Bahn zu ihr gesagt hatte. Und weshalb ihr angeblicher Mathe-Sitznachbar plötzlich so herumgedruckst hatte, bevor er in Ingolstadt ausstieg.

»Ach so, das mit Kilian tut mir übrigens sehr leid.«

Marla zog die Nase hoch. »Irgendjemand benutzt meine Identität. Schreibt Briefe in meinem Namen.«

»Diesen Blödsinn höre ich mir nicht länger an!« Grete war offenbar ebenfalls den Tränen nah. Sie schien gehen zu wollen, wandte sich dann aber noch einmal an Marla. »Weißt du, Marla, deine Trauerworte an Kilian waren sehr schön. Man hat gemerkt, wie nah ihr euch standet, obwohl ihr euch aus den Augen verloren habt. Ich hatte immer mal wieder Kontakt zu ihm. Manchmal haben wir uns zum Kaffee verabredet. Und ja, ich hab ihn auch sehr gemocht. Doch obwohl ich ihm das gezeigt habe, verging keines unserer Treffen, ohne dass er über dich gesprochen hat. Er war sich sicher, du würdest ihn im Auge behalten. Manchmal dachte er, du wärst ganz in seiner Nähe, wolltest dich nur nicht zeigen. Er spürte dich ganz bei sich. Dann hat er mir stolz sein Tattoo gezeigt.«

Wenn das wahr ist, wieso hat er dann all die Jahre nie wieder versucht, Kontakt mit mir aufzunehmen?, fragte sich Marla, während die Trauer sich wie ein Blutgerinnsel ihren Weg durch die Kapillaren ihres Bewusstseins bahnte.

»Diese Nähe habe ich in deinem Kondolenzbrief gespürt«, sagte Grete weiter. »Deswegen bin ich über meinen Schatten gesprungen und habe seinen Eltern den Wunsch erfüllt, deinen Brief vorzulesen. Du hast ihn offenbar verschickt, nachdem du von seinem Tod gehört hast. Aber nun denke ich, was bin ich nur für eine dumme Kuh gewesen. Du hattest ihn nicht verdient. Und zum Glück hast du Kilian auch nie bekommen.«

Sie wandte sich um und verschwand aus dem Wohnzimmer.

Marla war so niedergeschlagen, verzweifelt, ratlos und traurig, dass sie am liebsten hysterisch geschrien hätte.

»Bitte, ich weiß doch genauso wenig wie ihr, was hier vor sich geht«, sagte sie leise. Dann lauter: »Wir sitzen alle in einem Boot.« Das laut Kristin eventuell von einem Killer gelenkt wurde.

»Na ja, es gibt schon etwas, was uns von dir unterscheidet«, bemerkte Rebekka.

Marla sah zu ihr auf.

»Du bist die Einzige von uns, die ein schweres Trauma erlitten hat.«

Marla nickte erschöpft. Und vermutlich war es noch nicht einmal real. »Ich war Jahre in Therapie. Ich habe es überwunden.«

»Ach ja?«

Sie hörte hinter sich, wie Jeremy die Treppe herunterkam. Er hielt etwas in der Hand. Es war jedoch so klein, dass Marla es mit verdrehtem Hals aus den Augenwinkeln auf die Entfernung nicht erkennen konnte.

»Und?«, fragte Amadeus.

»Nichts«, hörte sie Jeremy sagen, und ihr Herz wurde tonnenschwer. »Zimmer 6 ist leer. An der Tür steht kein Name. Und es liegt natürlich auch nichts auf dem Nachttisch.«

Er trat in Marlas Blickfeld. Seine Wangen waren rot, als hätte er sich körperlich angestrengt. »Dafür habe ich das gefunden. Im Efeunest.«

»Mein Zimmer.«

»Dann gibst du es zu. Das sind deine, ja?«

Er zeigte ihr den Blister mit den Tabletten, von denen sie gestern (oder war es schon heute Nacht gewesen?) eine genommen hatte.

»Citalopram, ja.« Sie zuckte mit den Achseln. »Ein gängiges Antidepressivum.«

»Ich dachte, du hast das Trauma überwunden?«, argwöhnte Amadeus.

»Unter anderem mithilfe dieser Tabletten. Himmel, die nehmen Hunderttausende. Fragt Grete.«

»Aber nur eine, die die nimmt, ist hier uneingeladen auf einer Hütte in den Bergen und bedroht uns«, sagte Jeremy und stapfte davon.

Paulina sah auf. »Wo willst du hin, Jeremy?«

»Nach draußen«, sagte er, ohne sich umzudrehen.

»Das ist aber der Weg in die Küche!«, rief ihm Amadeus hinterher. Jeremy winkte unwirsch ab. Marla hörte es aus dem Nachbarzimmer rumoren, Schubladen wurden aufgezogen und wieder geschlossen, nach nicht einmal einer Minute war er zurück. Mehrere leere Müllbeutel in der Hand.

»Was wird das jetzt?«, fragte Rebekka.

Jeremys Antwort bestand darin, dass er sich aufs Sofa setzte und die Füße in die Beutel steckte. Den Gummizug der Plastiktüten wickelte er sich um die Knöchel und band einen festen Knoten.

»Nicht dein Ernst?«, fragte ihn Amadeus. »Sag mir nicht, dass du damit ins Tal wandern willst. Dir ist schon klar, dass die Zahnradbahn bei diesem Mistwetter nicht fährt?«

»Keine Sorge. Ich bin nicht durchgeknallt. Ich werde auch keinen Wettertanz aufführen oder sonst was.«

Er öffnete die Tür. Die Kaminflammen loderten auf. Das Rauschen des Windes, der sich zum Sturm aufbaute, wurde lauter. Sofort sank die Temperatur im Chalet. »Ich muss nur kurz raus, eine rauchen, um einen klaren Kopf zu bekommen.«

»Ich komm mit«, entschied Paulina und schloss zu ihm auf.

Anscheinend hatte Jeremy damit gerechnet, denn er hatte für sie ebenfalls zwei Beutel aufs Sofa gelegt.

Nachdem auch sie sich präpariert hatte, traten beide nach draußen und schlossen die Tür.

»Da sieht man mal, wie süchtig man sein kann«, spottete Rebekka. »Lieber auf Plastikstrümpfen erfrieren als auf eine Fluppe verzichten.«

Ihr gekünsteltes Lachen wurde von einem Aufschrei links von Marla unterbrochen.

»Leute, schaut mal, was ich in der Garderobe gefunden habe!«

Grete war zurück. In der Hand hielt sie etwas, das wie ein Spiegel aussah. Und wie ein Messer funkelte.

»Es ist unfassbar. Ihr werdet es nicht glauben!«

40. KAPITEL

Berlin

»Du bist gleichzeitig zu spät und zu früh.«
Wie üblich verzichtete Pia Zedenick auf Begrüßungsfloskeln und Handschlag, als sie Kristin das Tor zu ihrer Werkstatt öffnete. Sie hatte nur noch eine halbe Stunde Zeit, bis ihr Zug ging. Von daher war es ihr recht, wenn sie das Treffen hier nicht durch Small Talk in die Länge zogen.

Von außen sah es aus, als stünde die Gewerbeeinheit in den Bogen unter den S-Bahn-Gleisen in der Nähe der Straße des 17. Juni leer. Rechts von ihr hatte ein Obst- und Gemüsehandel mit seinen Auslagen den halben Bürgersteig belegt. Links schloss sich ein Club an, in dem an den Wochenenden bis sieben Uhr früh die Bässe wummerten. Bei Pia gab es weder Werbeschilder oder Klingel noch einen Briefkasten. Die Computerspezialistin wollte nicht, dass irgendjemand ahnte, welch hochwertige Technik sich hinter der wettergegerbten Holztür befand, die eher wie der Zugang zu einer Scheune wirkte.

»Zu spät, weil ich gleich zur Ernährungsberatung muss«, sagte Pia, während sie das nachträglich eingebaute Gitter hinter ihnen schloss. »Zu früh, weil ich es lieber noch ein bisschen länger bearbeitet hätte, aber ich glaube, du siehst es auch.«

Der gewölbekellerartige Raum, der früher von der Bahn als Kabellager genutzt worden war, war angenehm temperiert dank einer Klimaanlage, die gleichzeitig die Luft von die Rechner gefährdenden Staubpartikeln befreite.

Kristin folgte ihr humpelnd, wobei sie aufpassen musste, dass sie sich mit ihrem Gehstock nicht in einem der vielen Kabelstränge verhedderte, die sich über den Steinfußboden zogen. Sie bogen um einen Metallspind, wie man ihn in der Sportumkleide oder in Bauwagen fand.

»Setz dich!«, sagte Pia, ohne auf irgendetwas zu zeigen, was in dem kreativen Chaos auch nur annähernd als Sitzgelegenheit taugen könnte. Das einzige offiziell dafür gefertigte Möbel war ein ergonomisch geformter Drehsessel, und den hatte Pia sich schon gegriffen. Mit einem Zahnstocher im Mund rollte sie hinter ihren Arbeitsplatz, der wie das Cockpit einer futuristischen Raumstation aussah. Auf zahlreichen Bildschirmen unterschiedlicher Größe blinkte und rotierte es. Es gab Hebel zum Ziehen, Tasten zum Drücken, und zwei Tastaturen erinnerten entfernt an das, was Kristin vor ihrem Büromonitor stehen hatte.

»Was hast du für mich?«, fragte Kristin und beschloss, stehen zu bleiben.

»Warte, ich muss es laden.«

Sie sah Pia zu, wie ihre Finger in atemberaubender Geschwindigkeit über die Tastatur hetzten. Hätte sie so schalten und walten können, wie sie es wollte, hätte Kristin dafür gesorgt, dass dieses Ausnahmetalent nicht hier unter den Gleisen hockte, sondern direkt im LKA säße. Am besten auf Marlas Platz, das wäre angemessen gewesen. Pia kam zwar nicht an Marlas außergewöhnliche Kombinationsgabe heran, dafür war ihr technisches Verständnis unschlagbar.

Sie hatten sich vor einigen Jahren in der S-Bahn kennengelernt. Kristin hatte während ihrer Fahrt zur Arbeit auf ihr Handy geschaut, weswegen sie die Mädchengruppe nicht bemerkt hatte, die sich drohend vor Pia, eine Sitzreihe weiter vorne, aufbaute.

»Hey, mach mal Platz, du fette Sau. Du blockierst hier alles«, hatte die Größte und Dünnste der Vierertruppe zu ihr gesagt, ein Mädchen, das man auf den ersten Blick nicht als asoziale Schlägerin einordnen würde. Sie trug unauffällige Kleidung, einen Rollkragenpulli zu Jeans und Turnschuhen. Ihre Haare waren zum Zopf gebunden, an der Schulter baumelte eine ebenso kleine wie teure Markenhandtasche.

Pia hatte versucht, sich auf ihrem Sitz etwas schmaler zu machen, aber es war ihr nicht gelungen. Allein ihre Oberschenkel waren so dick wie die Hüften des Mädchens, das sie beleidigte.

»Scheiße, so was wie du müsste zwei Tickets kaufen, du Schwabbel.« Die Teenagerin spuckte aus.

»Laufender Fleischklops.« Eine ihrer Freundinnen lachte.

Kristin, die damals auf Krücken unterwegs gewesen war, hatte wütend überlegt, ob es jetzt schon gerechtfertigt wäre, sie als Schlagwaffe einzusetzen, da war Pia plötzlich aufgestanden – völlig furchtlos, zumindest nach außen hin – und hatte der Rädelsführerin tief in die Augen geblickt, während sie sagte:

»Hey, ich habe eine Nachricht für euch. Adipositas ist keine Charakterschwäche, so wie ihr sie habt. Es ist eine Krankheit. Ich könnte euch jetzt auch eine Krankheit verpassen. Einfach, indem ich euch mit einem Handkantenschlag das Nasenbein ins Gehirn zimmere. Das ist nicht tödlich, aber eure Lieblingsbeschäftigung danach ist Sabbern und Windeln vollmachen. Vorschlag: Ich mach das jetzt bei einer von euch. Dauert nur eine Sekunde. Die anderen können dann den Rest des Lebens über sie lachen, wenn ich mal nicht als Opfer in der Nähe bin. Wie wär das?«

»Was hat die gesagt?«, wollte eine der Mitläuferinnen wissen.

»Ich sagte, ich hab mir meine Stoffwechselstörung nicht ausgesucht. Aber ich kann mir aussuchen, wen von euch ich jetzt zum Krüppel boxe.«

In dieser Sekunde konnte Kristin nicht an sich halten und klatschte. Es dauerte nicht lange, und der ganze Waggon stieg in den Applaus ein, und damit war der Kampf entschieden.

»Nur ein Kampf, nicht die Schlacht«, klärte Pia sie zehn Minuten später auf. »Morgen kommt ein anderer Arsch um die Ecke und demütigt mich.«

Sie hatte sich bei Kristin für die moralische Unterstützung mit einem Kaffee beim Stehimbiss auf dem Bahnhof bedankt. So waren sie ins Gespräch gekommen, und Kristin hatte erfahren, dass Pia Softwareprogrammiererin war, spezialisiert auf Videoerkennung. Natürlich hatte sie versucht, ihr einen Vertrag zu besorgen, aber Pia wollte keinen festen Job, hatte kein Abi, kein Studium, und seit den Kosteneinsparungen gab es ohnehin keinen Etat mehr für freie, autodidaktische Mitarbeiter. Dass Kristin sie dennoch privat mit Analyseaufgaben betraut hatte, war höchst illegal. Auch etwas, was die interne Ermittlung vermutlich irgendwann herausfinden und gegen Kristin verwenden würde, weswegen sie jetzt nach ihrer Suspendierung erst recht keine Veranlassung sah, Pia von der Arbeit an den Marla-Videos zurückzupfeifen.

»Ich hab eine neue Routine programmiert, die ich gerade drüberlaufen lasse.«

»Über das Krissel-Video?«

Insgesamt gab es drei Aufnahmen, die Pia in letzter Zeit für sie bearbeitet hatte. Die erste war ihrer Abteilung vor einem Dreivierteljahr ins Netz gegangen. Es zeigte exakt die Szenerie, die Marla beschrieben hatte: ein alter, von flackernden Teelichten ausgeleuchteter Raum mit einem Entbindungsbett in der Mitte.

Zuerst sah man verschiedene Schwenks, jemand richtete wohl das Bild ein und befestigte die Kamera auf dem Stativ. Dann gab es einen Schnitt, und eine Gestalt wurde sichtbar. Eher klein, in einem dunklen Anzug. Auf dem Entbindungsbett liegend. Das Gesicht unter einer Plane. Von da ab war die Aufnahme nur noch ein unbewegtes Stativbild, auf dem man die Gestalt atmen sah, sonst nichts. Erst später waren sie auf das Band gestoßen, auf dem nun all ihre Hoffnungen lagen. Die Fortsetzung der Standaufnahme.

»Das Krissel-Video, wie du es nennst, sieht leider noch immer so aus wie die hundertste VHS-Kopie eines Super-8-Films.«

Pia nahm einen Schluck aus einer Cola-light-Flasche.

Sie hatte das Video mithilfe eines Crawler-Programms entdeckt, das sie selbst geschrieben und mit Kristins Unterstützung in die gängigen illegalen Portale für Videoperversitäten eingeschleust hatte, wo es sich virengleich verbreitete. Kristin hatte bis heute nicht hundertprozentig begriffen, was dann passierte, auch wenn Pia es ihr so idiotensicher wie möglich an einem Beispiel versucht hatte zu erklären.

»Stell dir vor, du willst anonym im Netz surfen. Du richtest dir also einen Proxy-Server ein, der deine IP-Adresse verschleiert, wenn du, sagen wir bei Google, eine Suchanfrage startest.«

»Das ist dann nicht zurückzuverfolgen, oder?«

»Schwer. Allerdings nicht unmöglich. Denn die Art und Weise, wie du tippst, verrät dich.«

»Du meinst den Rhythmus?«

»Wie schnell du anschlägst, mit wie vielen Fingern du schreibst, welche Pausen du machst. All das ist wie ein Finger-

abdruck. Google weiß, wer vor dem Rechner sitzt, selbst wenn man nirgends eingeloggt ist.«

So viel zum Thema Datenschutz, hatte Kristin gedacht und sich wieder einmal geärgert, dass sie als Hüterin des Gesetzes so viele Regeln einzuhalten hatte. Während sie sich wund prozessieren musste, bevor eine Social-Media-Plattform die Daten eines Perversen rausrückte, der sich im Netz nach »Sexvideos mit kleinen Mädchen« erkundigte, verkaufte dieselbe Plattform dessen Daten gewinnbringend an Hersteller von Kinderbademoden. Digitale Dreckswelt.

»Ähnlich ist es bei Videoaufnahmen. Wir haben auch einen Rhythmus, wenn wir Dinge filmen. Bevorzugen bestimmte Winkel, Einstellungen und Filter, die ein wiedererkennbares Muster ergeben.«

Und nach denen hatte Pias Programm gesucht, indem es die Bewegtbildsequenzen des Planen-Menschen-Videos mit anderen Aufzeichnungen verglich. Nach anderthalb Monate langer Rechenleistung war es in einer Darknet-Tauschbörse für Snuff-Videos fündig geworden – das schreckliche Badewannen-Foltermord-Video, das sie Marla in den Hoteltresor gelegt hatte. Ein Beweis dafür, dass der versuchte Mord an Marla mit einem vollendeten Mord zusammenhing, man es also mit einem Serientäter zu tun haben könnte.

Das dritte Video, das sie mit Pias Hilfe gefunden hatten, war die Fortsetzung des Stativbildes, auf dem man nur den Planen-Menschen atmen sah. Das war es, was Kristin das »Krissel-Video« nannte und auf dem sich sehr viel mehr als nur der Planen-Mensch bewegte.

»Hier, kannst du es sehen?« Pia zeigte auf den mittleren Monitor vor ihr, und Kristin humpelte zur Seite, damit sie einen besseren Blick über ihre Schulter hatte.

In der Aufnahme öffnete sich eine Tür. Marla trat ein.

Im Flur hinter ihr erlosch das Licht, die Szenerie wurde nur noch von einem Meer an Teelichten auf dem Fußboden des Kreißsaals ausgeleuchtet.

Alles war genau so, wie Marla es zu Protokoll gegeben hatte.

Sie öffnete das Paket, ließ den Stein, der offenbar zur Beschwerung hineingepackt gewesen war, fallen. Dann zog sie einen Brief und ein Schlüsselbund hervor, beides wanderte zu Boden. Marla sah sich hektisch um und rannte aus dem Bild, erschien kurz darauf wieder mit einem Defibrillator, den sie dreimal auf den Fußboden warf. Mit einem so erzeugten Splitterstück machte sie sich an der Plane zu schaffen. Kurz danach richtete sich die Gestalt auf dem Gebärstuhl auf, wie ein Besessener in einem Exorzismus-Film. Die Auflösung war zu schlecht. Weder konnte Kristin erkennen, wer sich unter der Plane befand, noch, wie es der Gestalt gelungen war, Marla zu verletzen, die sich plötzlich den Hals hielt und aus dem Bildausschnitt taumelte. Der Planen-Mensch rollte sich hinter ihr vom Tisch und war ebenfalls nicht mehr zu sehen. Dann stoppte die Aufzeichnung. »Ich hab jetzt eine Woche meine Software drüberlaufen lassen.«

Marla war in der Tat eindeutig zu identifizieren. Das Video bewies, dass sie die ganze Zeit die Wahrheit gesprochen und Dr. Jungbluth sich geirrt hatte. Marla war zwar gesichtsblind. Aber sie litt nicht unter Wahrnehmungsstörungen.

»Gute Arbeit. Es sieht alles sehr viel besser aus als vorher, dennoch ...«

Doch Kristin war enttäuscht. Sie hatte sich erhofft, mehr vom Planen-Menschen sehen und dessen Identität entlarven zu können. Denn auch das zeigte das Video trotz aller Unschärfen unzweifelhaft: Die Person war nicht gefesselt gewesen. Alles sprach dafür, dass Marla recht hatte, wenn sie meinte, in eine Falle gelockt worden zu sein. Sie sollte denken, der Planen-Mensch wäre ein Opfer, dabei hatte er sich nur als Sterbender getarnt und mit einer Klinge in der Hand auf Marla gewartet. Und das bedeutete, dass der Täter mit aller Wahrscheinlichkeit auch hinter dem Badewannenmord steckte.

»Hast du nicht gesagt, du hättest etwas Wichtiges entdeckt, das alles verändert?«

Pia nickte. »Ich hab mir noch mal das Ausgangsvideo vorgenommen, das mit den Schwenks, wo die Kamera eingestellt wird.«

»Und?«

»Schau mal.«

»Ist das ein Weißabgleich?«

Pia nickte.

Professionelle Kameraleute und Fotografen begannen ihre Arbeit oft damit, dass sie ein weißes Blatt Papier vor die Linse ihrer Kamera hielten. Während das menschliche Auge automatisch zwischen dem Weiß eines Taxis am Abend und dem Weiß einer Schneepiste im morgendlichen Sonnenschein unterscheiden konnte, brauchten die meisten Kameras in diesem Punkt Nachhilfe. Mit dem Blatt Papier vor der »Nase« lernten sie, den Weißanteil im Umgebungslicht zu bestimmen, und das verhinderte, dass die Aufnahmen farbstichig wurden.

»Wozu die Mühe?«, fragte Kristin, als ihr Pia noch einmal die Stelle zeigte, wo der unsichtbare Kameramann in der ersten Einstellung einen derartigen manuellen Weißabgleich durchführte. »Später gibt es keine Beleuchtung mehr außer den Kerzen. Der Videoinhalt ist ohne deine Software ohnehin kaum zu erkennen, was soll das jetzt mit dem weißen Papier?«

»Hier kann ich nur raten«, sagte Pia. »Ich denke, wir haben mit dem Krissel-Video noch immer nicht die gesamte Kreißsaal-Aufnahme.«

Kristin zog die Augenbrauen hoch, was Pia zu Recht als Aufforderung wertete, ihre These zu begründen.

»Es wird eine Aufnahme im Hellen geben – bevor das Licht aus- und die Kerzen auf dem Boden angemacht werden. Vielleicht eine Bekenneransprache oder ein Gruß für die perversen Freunde in der Videotauschbörse. Womöglich auch ein gut ausgeleuchteter, sadistischer Vorspann, bevor der Planen-Mensch auf das Geburtsbett steigt.«

»Diesen Teil haben wir aber nicht?«

»Nein. Dafür etwas anderes. Etwas sehr viel Besseres!«

»Was?« Kristin wurde ungeduldig. Wenn sie ihren Zug noch erreichen wollte, musste sie jetzt los.

Pia öffnete mit einem Mausklick eine Datei. Der Bildschirm wurde weiß. »Hier!«

»Was ist das?«

»Das Standbild des Weißabgleichs. Auch hier habe ich meine Software drüberlaufen lassen, und siehe da.«

Sie klickte zweimal, dann sah Kristin es auch.

»Ist das …?«

»Kugelschreiber. Ja. Das weiße Blatt stammt von einem Block. Auf dem wurde geschrieben, und das hat sich durchgedrückt.«

»Ich fasse es nicht!«

Es war kaum zu sehen, aber Pia hatte es entdeckt. Den womöglich ersten handfesten Hinweis auf den Menschen, der Marla zu töten versucht hatte – oder wenigstens Zeuge ihres Überlebenskampfes geworden war. Denn der Kameramann hatte bei seinem Weißabgleich eine handschriftlich notierte Adresse abgefilmt.

41. KAPITEL

Nebelhütte

»Eine Hausordnung?«
Rebekka hatte Grete den Bilderrahmen abgenommen und studierte das hinter Glas steckende Dokument.

»Sie hing direkt bei der Garderobe«, sagte Grete. »Und gestern war sie noch nicht da. Das wär mir aufgefallen. Außerdem hat Gottfried uns nicht auf sie hingewiesen.«

»Was ist an ihr so außergewöhnlich, dass du wie ein aufgescheuchtes Huhn hier reingeflattert kommst?«, fragte Amadeus.

»Hört selbst«, sagte Grete und las vor. »Erstens: Hier in den Bergen kann von einer funktionierenden Gemeinschaft das Überleben abhängen. Schon aus Eigeninteresse sollte sich niemand von der Gruppe isolieren und auf eigene Faust handeln.«

»Klingt logisch«, sagte Rebekka.

»Abwarten.« Grete hob den Zeigefinger. »Zweitens: Alle vom Gastgeber gestellten Aufgaben müssen gemeinschaftlich erledigt werden. Niemand darf sich entziehen.«

»Damit könnte doch Abwasch oder Müllrausbringen gemeint sein?«, fragte Simon.

Grete ging nicht darauf ein. »Drittens: Bevor nicht alle Aufgaben erledigt sind, darf niemand die Hütte verlassen.«

Simon nickte. »Betten abziehen und so etwas. Ich find das normal.«

»Viertens: Zuwiderhandlungen werden mit dem Tode bestraft.«

Grete drehte sich zu Simon: »Klingt das für dich auch *normal*?«

Er schüttelte den Kopf und spielte nervös an seinem Lippenpiercing.

»Das steht da wirklich?«, wollte Rebekka wissen.

»Ja. Und es ist noch nicht alles.«

»Was denn noch?«, stöhnte Amadeus.

»Ich kapier's nicht. Aber vielleicht versteht ihr es ja.« Grete hielt den Rahmen so, dass alle die Urkunde darin sehen konnten, und tippte auf die rechte untere Ecke. »Hier ist wieder ein Zusatz. So wie auf unseren Einladungen. Rebekka, sieh nur. Es müsste dieselbe Handschrift wie auf den Karten sein, oder?«

»Sieht so aus«, stimmte sie der angehenden Psychologin zu.

»Was steht denn da?«, fragte Amadeus ungeduldig und riss Grete den Rahmen aus der Hand.

»Eure erste, leichte Aufgabe«, las er mit monotoner Stimme vor. »Öffnet die Geige!« Er drehte sich zu Marla. »Was hat das nun wieder zu bedeuten?«

Rebekka, Simon, Grete, Amadeus.

Vier Augenpaare. Alle auf sie gerichtet.

Marla hatte damit gerechnet, war dennoch wütend, dass das Verhörspiel jetzt wieder von vorne beginnen sollte.

»Seh ich aus wie eine Hellseherin?«

Amadeus trat einen Schritt näher. Er erinnerte an einen Boxer, der auf das Signal des Ringrichters wartete, den ersten Schlag landen zu dürfen. »Dann bestreitest du, das hier aufgehängt zu haben?«

»Ja. Und mir reicht es. Ich muss auf die Toilette, meine Arme werden taub, und es ist wirklich nicht mehr lustig. Überhaupt wäre es an der Zeit, dass zur Abwechslung ihr mir mal ein paar Fragen beantwortet: Wer von euch hat die Einladungen verschickt? Was ist eine Schrankgruppe? Und von welchem Video ist die Rede?«

Alle bis auf Simon schüttelten den Kopf.

»Es gibt nur zwei Möglichkeiten«, sagte Amadeus. »Entweder du kennst die Antworten und spielst die Ahnungslose. Oder du weißt es tatsächlich nicht. In dem Fall geht es dich nichts an.«

Marla seufzte. »Okay, okay. Dann ist es eben so. Ihr sagt nichts. Und ich gebe euch keinen Tipp.«

»Was für einen Tipp?«

»Wie ihr das Rätsel lösen könnt. Das mit der Geige.«

Eure erste, leichte Aufgabe: Öffnet die Geige!

»Ha!« Amadeus grinste siegessicher. »Du weißt natürlich, was damit gemeint ist, weil du es selbst auf diese Hausordnung geschrieben hast.«

»Nein. Ich weiß es, weil ich gestern zufällig etwas gefunden habe, was ich mir bis eben nicht erklären konnte.«

Marla rüttelte zum bestimmt hundertsten Mal an ihren Fesseln, und diesmal scheuerte sie sich die Handgelenkshaut bis aufs Blut auf.

»Bindet mich los!«, forderte sie wütend. »Dann zeige ich es euch.«

42. KAPITEL

Es war jetzt schon düster, und da braute sich viel mehr zusammen. Jeremy konnte es fühlen, auch wenn es noch nicht zu sehen war. Es war wie letzten Sommer in Dubai, als er als Werkstudent von Global Engineering auf der Großbaustelle eines Luxuswolkenkratzers mitarbeiten durfte. Nur mit umgekehrten Vorzeichen. Dort hatten fünfzig Grad im Schatten geherrscht, und der drohende Sandsturm war lediglich als Farbveränderung am Horizont spürbar gewesen. Hier lagen die Temperaturen weit unter dem Gefrierpunkt, und der Horizont schimmerte nicht rötlich, sondern dunkelgrau.

Jeremy ließ seinen Blick schweifen. Tags zuvor hatte er noch in die Ferne sehen können. Jetzt hingen die tiefen Wolken wie eine Schneedecke über dem Hochtal. Einige Kuppen jener Bergrücken, die bei ihrer Ankunft noch vollständig zu sehen gewesen waren, ragten wie kleine Inseln aus einem Wolkenmeer.

Er überlegte, dass es vielleicht einen Versuch wert wäre, mit einem Schlitten durch diese Suppe hinab zur Spinnerhütte zu kommen, bevor es noch schlimmer wurde. Sie hatten zwar gestern keinen in den Schuppen entdeckt, aber einen Schlitten konnte man sich aus einem Koffer bauen. Zur Not tat es eine Tüte.

Vorausgesetzt, man sah etwas mehr als nur die Hand vor den Augen. Sonst lief beziehungsweise rutschte man Gefahr, vom Weg abzukommen und die schroffen Felswände hinabzustürzen, die sich schon unter dem Phone-Spot auftaten. Zudem hatte Amadeus recht: Gottfried hatte sie beim

Herbringen des Gepäcks ermahnt, bei schlechtem Wetter auf gar keinen Fall einen zu großen Radius um die Nebelhütte zu ziehen. »Die Zahnradbahn ist ein Gutwetter-Zug. Weht bei uns im Tal die rote Fahne, dürfen keine Touris hoch. Und dann fährt sie nicht allein euretwegen. Aber keine Sorge. Wenn's ganz schlimm wird, bin ich ja noch da.«

Von wegen. Es war ganz schlimm. Und ohne ihre Handys konnten sie den Gastwirt nicht erreichen.

»Glaubst du ihr?«, riss ihn Paulina aus den Gedanken.

Sie hatten unter den Balkonen der oberen Etage einen Platz vor dem Chalet gefunden, wo es weniger windete. Das änderte nichts daran, dass die Kälte ungehindert von den Füßen die Beine hinaufkroch und Jeremy das Gefühl hatte, als dränge die Feuchtigkeit der Terrassensteine auch durch die übergezogenen Tüten.

»Ich kann Marla einfach überhaupt nicht einschätzen«, sagte er.

»Ich meinte eigentlich Grete.« Paulina hielt ihm ihre Zigarette hin, damit er sie mit seiner anzündete. »Vielleicht sind die Einladungen ja wirklich nicht von ihr?«

Der Streit über diese Frage hatte Wellen geschlagen. So hoch, dass sie tags zuvor Simons vermittelndem Vorschlag gefolgt waren und gemeinsam zum »Runterkommen« in das Saunahaus gingen. Rebekka, die akribische Jurastudentin, hatte es bei einem sorgfältigen Erkundungsgang entdeckt.

Es lag abseits vom Haupthaus und wirkte nagelneu. Von außen nicht als Sauna zu erkennen. Ein moderner, luxuriöser Wellnessbereich mit einem Vorraum zum Umziehen, wo sie sich bis auf die Unterwäsche ausgezogen hatten; nur Grete und Rebekka hatten sich auch derer entledigt und die anderen als Spießer betitelt. Es gab Innenduschen (hier hatten sie Handtücher und den Aufgusszusatz gefunden) sowie das geräumige Herzstück aus Zedernholz mit einer getönten Panoramascheibe zum Tal. Durch die hatte man gestern Mittag noch einen ungetrübten Ausblick über den Steilhang gehabt. Doch auch die Ehrfurcht erregende Aussicht hatte nicht verhindern können, dass der Streit mit den steigenden Saunatemperaturen schnell wieder hochgekocht war.

Amadeus, das Ekel, hatte nach allen Seiten ausgeteilt. Zuerst hatte er es sich natürlich nicht nehmen lassen, Simon zu verhöhnen, indem er ihn bat, möglichst nicht in seine Richtung zu urinieren, wenn ihm zu heiß würde. Dass Simon sich während des Turnunterrichts für die gesamte Klasse sichtbar beim Seilklettern einnässte, hatte den ohnehin schon etwas trotteligen Eigenbrötler zum perfekten Mobbingopfer der Schule gemacht. Zu allem Übel hieß er auch noch Stumpf mit Nachnamen. Vermutlich hatte er recht, und ihn nannte wirklich niemand mehr Simon-Pippi-Langstumpf. In Gedanken hieß er bei allen Anwesenden auf der Hütte aber noch immer so.

Als Nächstes hatte Amadeus sich dann Grete vorgenommen. »Nun gib es doch endlich zu: Die Einladungen kamen von dir!«

»Wie oft denn noch?«, hatte Grete ihm geantwortet. »Ich habe nichts verschickt und auch die Nebelhütte nicht gebucht. Ich bin nur hier, um zu verhindern, dass irgendjemand von uns überreagiert und schlafende Hunde weckt.«

Amadeus hatte ihr nicht geglaubt und das ausgesprochen, was auch Jeremy gedacht hatte: »Wer hat denn beim letzten Ehemaligentreffen damit angefangen, dass wir Tabula rasa machen und unsere Vergangenheit aufarbeiten sollten! Und jetzt willst du uns mit reinziehen, nur weil dir ein Furz quersitzt und dir nach Jahren einfällt, dass du mit unserer ach so verwerflichen Tat nicht mehr leben willst?«

Aber Grete hatte nur stoisch wieder und wieder alles abgestritten. So lange, bis Simon mit dem Aufguss gekommen war.

Jeremy reichte Paulina die glimmende Zigarette. Ihr Lidstrich war verwaschen, sodass ihre obere Wangenpartie aussah wie ein Rorschachtest.

»Es war ihr Schrank damals«, stellte er fest. »Ihr Video, ich bitte dich. Natürlich hat Grete uns eingeladen. Und wir sind ihr wie die Lemminge in die Abgeschiedenheit gefolgt.«

»Hast du denn keine Gewissensbisse wegen der Dinge, die wir damals getan haben?«, wollte Paulina wissen.

Nicht so viele wie meiner Verlobten gegenüber, dass ich hier mit dir wieder in die Kiste gesprungen bin.

»Doch, schon«, sagte er. »Aber was ändert es, wenn wir jetzt nach all der Zeit den Mund aufmachen? Wir können die Uhr nicht zurückdrehen. Können niemanden wieder lebendig machen.«

Paulina schlug fröstelnd die Arme um sich. Ihr schwarzer Strickpulli war ebenso wenig ein ausreichender Schutz wie sein gefütterter Hoodie. Immerhin hatten sie beide eine Kapuze. Paulinas erinnerte an eine Mönchskutte.

»Ich denke, Grete ist mit unserer Feindseligkeit nicht klargekommen«, sagte sie leise. »Amadeus ist ja schon gleich nach der Ankunft auf sie los. Da hat sie begriffen, dass sie uns nicht überzeugen können wird, alles zu beichten.«

Jeremy überlegte. »Meinst du, sie hat auch Marla eingeladen?«

Paulina trat von einem Fuß auf den anderen. »Das würde doch Sinn ergeben, oder? Sie hat uns alle zu einem Geständnis vor Marla bewegen wollen.«

»Tja, aber was sollte dann der Aufguss?«

Jeremy kam nicht mehr dazu, Paulinas berechtigte Frage zu beantworten. Ein leises Geräusch sorgte dafür, dass er die Kapuze herunterzog. Dann neigte er den Kopf in die Richtung, aus der er es zu hören glaubte.

»Ist es das, was ich denke?«, fragte er.

Paulina nickte aufgeregt. Auch sie hatte ihre Mönchskappe abgesetzt. »Das ist dein Handy. Dein Klingelton.«

Ghosts Again. Depeche Mode.

»Warte, was wird das?«, rief sie ihm hinterher.

Jeremy stakste bereits über die Terrasse. Er musste höllisch aufpassen, auf dem glitschigen Neuschnee nicht auszurutschen.

»Ich gehe zum Phone-Spot«, rief er, obwohl Paulina sich das natürlich denken konnte. Denn nur von dort aus konnte der Wind das Klingeln eines eingehenden Anrufs hinüberwehen.

Und tatsächlich. Als er den Austritt am Boden erreicht hatte, lag dort sein vibrierendes iPhone und zeigte den eingehenden Anruf eines unbekannten Teilnehmers an.

Jeremy bückte sich. »Hallo?«

Er presste sich das kalte Telefon ans Ohr und hatte die irrationale Angst, es könne an seinem Kopf festfrieren wie eine Zunge an einer eisigen Metallstange.

»HALLO?«, rief er wieder und wieder, während er sich im Kreis drehte in der Hoffnung, eine windgeschütztere Position zu finden. Als immer noch keiner antwortete, warf Jeremy einen Blick auf sein Telefon, doch da war nur noch der Sperrbildschirm.

»Wie kann das denn da hingekommen sein?«, fragte ihn Paulina, die ihm gefolgt war.

Jeremy zuckte mit den Schultern. »Keine Ahnung. Mir auch egal.« Er nahm das Handy wieder ans Ohr.

»Was machst du?«

»Was denkst du wohl? Ich rufe die Polizei.«

Paulina trat zu ihm auf den Phone-Spot. Streckte die Hand nach ihm aus. »Nein, Jeremy. Leg auf, bitte.«

Verunsichert ließ er sein Smartphone tatsächlich sinken. »Weshalb?«

»Ich war es.«

»Was?« Angst überkam ihn, dass sie genau das meinte, was er dachte.

»Ich hab die Einladungen verschickt. Nicht Grete.«

43. KAPITEL

Marla ging voran. Ihr folgte Amadeus, der sich einen Schürhaken aus dem Kaminbesteck gegriffen hatte. Genau, wie Marla es ihm geraten hatte.

»Gute Idee, kann ich dir gleich den Schädel einschlagen, solltest du etwas im Schilde führen«, hatte er geantwortet, während er ihre Fesseln löste.

»Wo soll es denn hier eine Geige geben?«, fragte Simon, der Letzte auf der Treppe. Vor ihm gingen Grete und Rebekka, dicht an dicht, als wollten sie eine Polonaise in die zweite Etage aufführen.

»Was jetzt?«, fragte Amadeus ungeduldig, als sie oben angekommen waren.

Marla zeigte nach oben. »Die habe ich gestern zufällig entdeckt.«

»Was ist *das* denn?« Grete legte wie alle anderen den Kopf in den Nacken.

»Sieht aus wie eine Tür in der Decke. Zugegeben eine etwas seltsame«, räumte Amadeus ein.

»Ich war mal mit meinen Eltern in Wertheim, wo so ein verdrehtes Haus steht. Da stand alles auf dem Kopf«, sagte Simon. »Die Dachspitze hat in den Boden geragt, das Fundament war hoch in der Luft. Da hat es auch eine Tür in der Decke gegeben.«

»Wir sind aber nicht in Wertheim, sondern am Arsch der Welt.«

Amadeus zeigte mit dem Schürhaken auf Marla. »Schön, dass du uns diese Kuriosität gezeigt hast. Aber ich sehe hier keine Geige.«

»Dann setz deine Brille auf!« Marla sah die anderen an. »Was für ein Name steht da oben?«

Anders als tags zuvor war der Flur hell erleuchtet und die Kreidetafel neben der Tür sehr viel besser zu erkennen.

»Viola«, lasen Grete und Rebekka fast gleichzeitig ab.

»Und eine Viola ist ein anderer Name für …?«

»Eine Violine«, sagte Simon und schüttelte bass erstaunt den Kopf.

»Genauer gesagt für eine Bratsche«, korrigierte Amadeus. Er sah Marla spöttisch an. »Was guckst du so verblüfft? Denkst wohl, ich bin ein ungebildeter Prolet, was?« Er legte sich den Schürhaken wie einen Geigenkörper auf die Schulter und machte eine Fiedel-Bewegung. »Eine Bratsche, auch Viola genannt, sieht zwar aus wie eine größere Geige, ist aber etwas tiefer gestimmt und klingt dunkler.«

»Er hat mit gefälschten Musikinstrumenten gedealt«, klärte Grete Marla auf. »Die Kanzlei, in der Rebekka ihre Referendariatsstation absolviert, hat ihn verteidigt. Nicht sehr erfolgreich, wenn ich das anmerken darf.«

»Ich konnte ihn nicht vertreten, ich hab ja noch nicht mal mein zweites Examen!«, begann die Jurastudentin sich zu rechtfertigen, wurde aber von Simon unterbrochen.

»Öffnet die Geige!«, sagte er entschlossen.

Rebekka nickte und zeigte zur Decke. »Uns ist wohl allen klar, was das hier bedeutet?«

Amadeus schenkte ihr einen »Na was wohl«-Blick. »Wir sollen die Tür aufmachen und nachsehen, was da oben drin ist.«

Die Jurastudentin schüttelte den Kopf. »Darauf wollte ich nicht hinaus. Sondern auf das Ganze hier.« Rebekka drehte sich im Kreis. »Ihr wisst, was das hier ist? Ein Escape-Game!«

»Ein Spiel?«

»Das boomt doch wie irre. Gerade diese Live-Escape-Räume«, stimmte Grete ihr zu.

»Eine Gruppe von Leuten muss Rätsel lösen, um sich aus einem Zimmer zu befreien. Oder wie hier aus einem Haus.«

»Wir sind in einem Live-Rollenspiel gefangen?«, fragte Simon.

»Erst die mysteriöse Einladung, die keiner abgeschickt haben will.« Rebekka hörte sich an, als erhärtete sich ihr Verdacht beim Reden auch für sie selbst. Sie sah Grete an, die störrisch ihrem Blick standhielt. »Dann die abgeschiedene Umgebung. Die Spielkarten, die wir gestern im Schrank gefunden haben. Marla, die plötzlich auftaucht. Briefe, eine rätselhafte Hausordnung. Das passt doch zusammen, oder?«

Marla schluckte schwer. Sie konnte nicht anders, als die Parallelen zu sehen: zu der WhatsApp, die niemand versendet haben wollte und die sie in eine verlassene Geburtsklinik führte, wo sie vor einem Raum stand, in dem der Tod auf sie lauerte.

Amadeus seufzte. »Tja, Leute. Das mag eine Erklärung sein. Doch sie jagt mir eine Heidenangst ein. Denn es gibt da ja wohl einige entscheidende Unterschiede zu herkömmlichen Escape-Spielen.« Bei jedem Punkt seiner Aufzählung stieß er mit dem Schürhaken auf den Boden. »Erstens: Normalerweise weiß man vorher, worauf man sich einlässt. Zweitens: Die Gefahr ist immer gespielt, nie real. Wir aber sind in der Sauna fast getötet worden. Und drittens: Man kann jederzeit abbrechen.«

»Okay, aber was machen wir jetzt?«, fragte Rebekka.

»Na was wohl? Wir öffnen die Tür«, sagte Grete. »Was haben wir denn für eine Wahl?«

Amadeus warf Marla einen finsteren Blick zu. »Schön. Ich denke ja immer noch, dass du hinter alledem steckst, also gehst du wieder voran.«

Marla lachte ihm ins Gesicht. »Gerne. Gib mir den Schürhaken.«

Er tippte sich an die Stirn. »Wozu?«

Sie zeigte nach oben. »Das wird eine Falltür sein. Dahinter steckt mit Sicherheit eine Klappleiter. Siehst du den Haken? An dem muss ich ansetzen. Am besten, du nimmst mich huckepack.«

Amadeus spitzte verärgert die Lippen. »Schön, überredet. Ich mache das. Bin eh größer.«

»Länger«, korrigierte sie ihn.

Amadeus ging ins nächstbeste Zimmer, holte einen Stuhl heraus und stellte ihn unter die Tür. Dann stieg er auf die Sitzfläche, und schob den Haken des Kaminbestecks in die Öse neben der Kreidetafel und öffnete die geheimnisvolle Tür in der Decke.

44. KAPITEL

Du?« Jeremy starrte Paulina an. »Du hast die Einladungen verschickt?«

Sie nickte. Ihre Miene war so ausdruckslos, als wären ihre Gesichtsmuskeln durch den Eiswind starr gefroren.

Jeremy hingegen spürte die Kälte nicht mehr. Nur noch ein sengendes Brennen in der Brust.

Die Flammen des Verrats.

Ein ähnliches Gefühl wie zwei Tage zuvor, als er seiner Verlobten eine Sprachnachricht vom Phone-Spot aus geschickt hatte, wie sehr er sie vermisse, nachdem er in Wahrheit gerade mit Paulina geschlafen hatte.

»Aber, aber wieso denn nur …?«

Er trat einen Schritt auf sie zu, da ging erneut ein Anruf ein. Das klingelnde Handy fiel Jeremy vor die Füße, er zuckte vor Schreck zusammen. Mitten in seiner Vorwärtsbewegung. Und er rutschte aus.

»Halt«, schrie er, doch es war sinnlos.

Er hob die Arme, aber mit den Müllbeuteln an den Füßen gelang es ihm nicht, den Schwerpunkt wieder nach vorne zu verlagern. Stattdessen drehte er sich ruckartig zur Seite, was alles noch schlimmer machte. Er stürzte, erwischte einen Ärmel von Paulina, die den Arm aber zurückzog, und das gab das entscheidende Momentum.

Jeremy fiel rücklings in Richtung des Geländers.

»Was zum …?«, schrie er noch einmal und konnte in den letzten Sekunden selbst kaum glauben, was da gerade mit ihm geschah. Als er schließlich in einer halben Drehung mit dem Oberkörper auf dem Geländer aufprallte, knackte es, als bräche ein gewaltiger Zahn aus dem Kiefer eines Riesen.

Das Holz zersplitterte unter seinem Gewicht, die morschen Bodenstreben lösten sich aus dem Beton. Dann war der Kipppunkt erreicht.

Jeremy ruderte ein letztes Mal mit den Armen. *Sie muss denken, ich winke ihr zum Abschied,* schoss es ihm noch durch den Kopf. Dann fiel er rücklings mitsamt dem Gitter den Steilhang hinunter. Hunderte Meter tief in die Gebirgsschlucht hinein. Bis er hörte, wie eine Bowlingkugel in tausend Stücke zerplatzte. Er war nicht mehr lange genug am Leben, um zu begreifen, dass es sein eigener Kopf gewesen war.

45. KAPITEL

Die Leiter klappte sich zu einer erstaunlich komfortablen Länge auf, sogar mit einem Geländer, an dem sich Marla durch die Luke zunächst in einen kleinen Vorraum ziehen konnte. Amadeus blieb hinter ihr, den Schürhaken ließ er an der Öse hängen, an der er die Tür aufgezogen hatte.

Sie fand einen Lichtschalter, drückte ihn und musste mehrfach niesen, da ihr Staub in die Nase geraten war.

Herr im Himmel, wenn es dich gibt. Hilf mir!

Marla schloss die Augen. Biss sich in ihre geschlossene Faust und schaffte es trotzdem nicht, einen gutturalen Aufschrei zu unterdrücken. Dann öffnete sie wieder ihre Lider. Und als ihre Augen nicht mehr tränten, hing vor ihr ein junges Mädchen, vielleicht vierzehn Jahre alt, mit Kniestrümpfen und Zahnspange.

Ihr Magen drehte sich um, ihr wurde speiübel, und sie begann zu zittern. Ihre körperlichen Reaktionen hätten kaum heftiger ausfallen können, wenn das Kind in Fleisch und Blut vor ihr gehangen hätte. Dabei war es nur ein Foto. Eines von vielen, die alle dieselbe Person zeigten: ein Mädchen oder eine junge Frau, mal während einer Chorprobe auf einer Theaterbühne, mal auf dem Fahrrad ohne Helm, dafür korrekt die Hand ausstreckend, um das Abbiegen zu signalisieren.

Die auf einer Wäscheleine mit Klammern befestigten Fotos schienen in ihrer Reihenfolge keinem bestimmten Zeitstrahl zu folgen. Auf einem lag das Mädchen bäuchlings auf dem Bett in ein Buch vertieft, da war es vielleicht fünfzehn. Dann folgte eines am Tage ihrer Fahrprüfung, dazwischen eines, auf dem sie mit vielleicht vierzehn auf den Bus zum Tennis zu warten schien.

Allen Bildern war die Perspektive gemein: Wer auch immer sie geschossen hatte, tat es offenbar heimlich. Teils hinter Vorhängen, Bäumen oder Autos versteckt, deren Stoffe, Äste oder Dächer störend in das Foto ragten. Manchmal aus weiter Entfernung aus einer Gruppe heraus.

»Bist du das?«, hörte sie Amadeus neben sich.

»Ja«, flüsterte Marla. Ihr eigenes Gesicht war ihr fremd, nach all den Jahren und dem Unfall sowieso. Aber sie erkannte die Bilder.

»Wer hat die gemacht?«, wollte Grete wissen, die jetzt mit Simon und Rebekka nachgerückt waren. Amadeus hatte in dem Vorraum des Dachbodens eine weitere Tür gefunden und aufgemacht.

Marla wischte sich neue Tränen aus den Augen.

Jemand, der sehr, sehr gestört sein muss.

»Das war bestimmt ihr Vater«, hörte sie Simon sagen. Sie stöhnte erstickt auf und war versucht, die Fotos herunterzureißen. Eine Bemerkung von Amadeus hielt sie davon ab.

»Hier hängt wieder ein Brief!«

Er war mit einem Nagel an der Tür befestigt gewesen, die Amadeus geöffnet hatte.

Jetzt lag er in seiner Hand, und er las ihn laut vor:

Ehemalige,
eine Freundin, die mir nahestand, bevor sie getötet werden musste, gab mir den Tipp, alles, was mich quält, aufzuschreiben. Besonders, wenn die Gedanken im Kopf so laut rotieren wie eine Gürtelschnalle in einer Waschmaschine.

»Schreiben verleiht den Problemen Struktur«, hat sie gesagt. »Und es macht müde.« Anscheinend empfiehlt man zwanghaften Grüblern daher eine Tagebuchtherapie, wenn Sorgen und Zweifel sie nachts wach halten.
Ob das bei derart kaputten Seelen wie mir auch funktioniert, wage ich zu bezweifeln. Aber Probieren geht über Philosophieren, wie meine Mutter immer sagte.
Und, voilà, hier ist er nun, mein erster Brief an mich selbst. In dem ich mir über meine nächsten Schritte klar werden will.
Tatsächlich habe ich nach langen Phasen der abwartenden Lethargie endlich einen Plan gefasst und ihn zum Teil auch schon in die Tat umgesetzt, um mein Ziel zu erreichen. Ein Ziel, das sich mit vier Worten zusammenfassen lässt: Ich will ihr Leben. Weil es mein Leben ist.
Ich will sie. Sie gehört mir.
Es heißt, indigene Urvölker haben die Herzen ihrer Feinde gegessen, damit ihr Leben in sie überging.
Ich will nicht nur ihr Herz.
Ich will alles von ihr.
Ihre Wünsche, ihre Hoffnungen, ihre Ängste, ihre Zweifel. Ihre Familie, ihre Liebe, ihr Leben.
Mein Leben!
All das werde ich mir holen. Ich glaube, sie weiß das. Sie spürt das, wenn ich als Schatten hinter ihr bin.
Auf dem Bürgersteig. Im Supermarkt ein Regal weiter. In der U-Bahn auf dem Bahnsteig gegenüber.
Noch weiß sie nicht, wer sie auf Schritt und Tritt verfolgt, auch wenn sie mich schon einmal in einer Menschenmenge gesehen, ja, sogar mit mir gesprochen hat.
Das ist wie bei einem Gemälde: Es zu sehen bedeutet nicht, seine Bedeutung zu erkennen. Bald wird sie mich erken-

nen – und die Bedeutung meines Anblicks begreifen, auch ohne dass sie sich an mein Gesicht erinnert.
Ich habe viel zu lange gewartet.
Die Zeiten der Entbehrung sind vorbei. Jetzt hole ich mir, was mir zusteht. Und dabei werde ich herausfinden, wer von euch schuld daran ist, dass ich mein Leben verlor.

Eine Weile herrschte atemlose Stille unter dem Dach.

Amadeus reichte Rebekka den Brief.

»Es ist wieder deine Handschrift, Marla«, sagte die Jurastudentin.

»Und wieder habe ich es nicht geschrieben«, stöhnte sie und schlug den Zettel weg, als Rebekka ihn ihr offenbar zur eigenen Begutachtung reichen wollte.

»Ihr habt sie doch nicht mehr alle!« Marla musste an sich halten, nicht schreiend aus der Haut zu fahren und um sich zu schlagen. »Wenn ihr vorhabt, mich für jeden Mist, der hier passiert, verantwortlich zu machen, dann …«

»Alter, was ist *das* denn?«, unterbrach sie Amadeus, der die Tür, an der der Brief gehangen hatte, gerade so weit geöffnet hatte, dass er in den dahinterliegenden Raum sehen konnte.

Auf dem Weg zu ihm löste Marla versehentlich ein Foto von der Wäscheleine, das eine höchstens sechzehnjährige Marla in der Sportumkleide der Schule zeigte, halb nackt mit nassen Haaren vom Duschen.

Unwillkürlich drehte sie sich um, als müsste sie nach einem Verfolger Ausschau halten.

Doch da waren nur Simon, Rebekka und Amadeus. Und niemand hustete pfeifend.

Unwillentlich schlug Marla fröstelnd beide Arme um sich und fragte sich, wer ihre Intimsphäre so ungehindert hatte verletzen können. Wer war ihr so nah gewesen, um dieses Bild zu schießen.

Welcher Schatten?

Edgar konnte es nicht gewesen sein, denn der war ja zu diesem Zeitpunkt längst unter der Erde. *Oder etwa nicht?*

Nur eine Sekunde später, als sie Amadeus in die nächste Furcht einflößende Kulisse gefolgt war, stand sie vor einem noch größeren Rätsel.

46. KAPITEL

Berlin, zur selben Zeit

Der Taxifahrer, der vor Pias »Werkstatt« gewartet hatte, freute sich über die Planänderung.
Statt zum Hauptbahnhof war Kristin nach Köpenick gefahren, in den Slevogtweg 43, was einen Zuschlag von siebzig Euro bedeutete.

Das Geld bereitete Kristin keine Bauchschmerzen. Sie hoffte nur, dass die knapp fünfzig Minuten Umweg sich auszahlen würden. Immerhin verpasste sie deswegen ihren Zug Richtung Bayern und damit Richtung Marla, die vermutlich ähnlich eingeschneit war wie der Großraum Berlin in diesem Moment. Die Wolken, aus denen feiner Pulverschnee rieselte, hingen zum Greifen nah über der Siedlung am Stadtrand.

Idyllisch. *Aber lauert das Grauen nicht immer hinter einer schönen Fassade?*

Kristins Hand verkrampfte sich.

Auf dem Stadtring hatte es die ersten Unfälle gegeben, und die Bahn war bei dieser Wetterlage auch nicht der verlässlichste Transportkandidat. Als leidgeprüfter Hauptstädter wusste man, dass bei den ersten Flocken nicht nur die Autofahrer verrücktspielten, sondern auch die Tafeln mit den Verspätungsanzeigen auf den Bahnhöfen. Aus diesem Grund hatte sich Kristin dazu entschlossen, einen Mittagsflug nach München zu nehmen und von dort aus mit dem Mietwagen weiterzufahren. Das war genauso schnell und ermöglichte ihr, zuvor noch die Adresse aufzusuchen, auf die Pia dank ihrer Software in dem Kreißsaal-Video gestoßen war.

Slevogtweg 43, 12557 Berlin.

Kristin stapfte auf ihrem Gehstock über den rutschigen Bürgersteig.

Bislang schien es absurd, dass diese charmante Wohngegend, nur einen Steinwurf von der Dahme entfernt, etwas mit den verstörenden Ereignissen in der ehemaligen Geburtsklinik zu tun haben sollte.

Nummer 43, vor der Kristin jetzt stand, war ein in die Jahre gekommenes Gebäude mit pockennarbigem Putz und einem Dach, dessen Ziegel längst nicht mehr rot, sondern nur noch schmutzig erschienen. Trotzdem wirkte das renovierungsbedürftige Haus zwischen all den Gründerzeit- und Bauhausvillen nicht fehl am Platz. Ein Makler wie Marlas Vater hätte wohl gesagt, es habe eine familiäre Patina, und damit nicht einmal gelogen. Die Abnutzungen der Zeit, die andere Häuser hässlich machten, waren hier nur der Beweis, dass Nummer 43 ein echtes Zuhause gewesen war, in dem eine oder mehrere Familien lange gelebt hatten.

Einst.

Denn nun waren die Fenster dunkel, und der Schornstein rauchte nicht mehr.

Kristin betrachtete das Haus über einen windschiefen Jägerzaun hinweg, an dem ein mit Draht befestigter Briefkasten hing. Das Namensschild war ausgekratzt.

Sie griff über den Zaun, löste den Riegel der Vorgartenpforte und machte sich auf den Weg zur Haustür. In dem frischen Schnee gab es keine Spuren außer den ihren. Je näher sie dem Eingang kam, umso verlassener fühlte sich das Haus an.

Kristin blieb vor einer schmalen, dreistufigen Backsteintreppe stehen, die zur Haustür führte, und wunderte sich über die Stille. Normalerweise lärmte in Berlin immer irgendwo eine Verkehrslawine, ratterte ein Zug über nahe Gleise oder bohrten Straßenarbeiter den Asphalt auf. Hier aber hörte sie nichts außer dem Rauschen des Windes, der ihre Ohren auskühlte, den Schrei eines Vogels hoch am Himmel und die knorrige Stimme, die Kristin herumfahren ließ.

»Wo wollen Sie denn hin?«

Hölzern und staubig. Die Worte lösten sich aus dem Mund des betagten Mannes wie trockene Rinde von einem Baum. In der Rechten hielt er eine Hundeleine. Von einem dazu passenden Haustier war weit und breit nichts zu sehen. Er war um die achtzig Jahre alt, sprach mit breitem Berliner Dialekt, und wenn seine Kleidung Ausdruck seiner Psyche war, dann litt er unter einer Persönlichkeitsspaltung. Obenrum hielt ihn eine glänzende Daunenjacke mit Kapuze und Schal warm. Unten trug er eine dünne Sommerhose und Badelatschen, immerhin mit dicken Sportsocken.

»Ich habe einen Termin bei Frau Dr. Erlang«, versuchte es Kristin mit einem alten Informationsbeschaffungstrick. Das Gegenüber verwirren und dann in eine Lage bringen, in der es zu plappern beginnt.

»Bei wem?«, fragte der Mann.

»Eine Kardiologin, ich habe einen Termin für ein Langzeit-EKG. Wissen Sie, wo ich klingeln muss?«

Es mochte in Berlin geborene Bürger geben, die eine sachliche Frage mit Ja oder Nein beantworten, aber sie waren Kristin noch nie begegnet. Auch der Rentner mit dem unsichtbaren Hund war da keine Ausnahme.

»Schätzchen«, sagte er, »ich wüsste schon, wo Sie klingeln müssten. Beim Roten Rathaus, und zwar Sturm, einfach, um festzustellen, ob da irgendjemand zu Hause ist, den Eindruck hab ich nämlich nicht, bei dem Unsinn, den die da drin verzapfen. Ich meine, bei denen ist es wie bei meinem Neffen Ulf im Kopp. Von außen brennt Licht, aber drinnen ist niemand zu Hause, wenn Sie verstehen, was ich meine.«

Kristin nickte ihm zustimmend zu und lächelte, ohne etwas zu sagen, was Teil zwei der Strategie war. Kaum ein Mensch hielt Schweigen aus. Die meisten meinten in einer Unterhaltung, irgendetwas sagen zu müssen, so auch der Alte.

»Jedenfalls, hier können Sie sich das Klingeln sparen. Meine liebe Nachbarin konnte Herzen erwärmen, aber nicht untersuchen. Na ja, jetzt wurde sie von den Verwandten ins Rosenbrecht-Heim abgeschoben, was für ein Jammer. Mich kriegen da keine zehn Pferde rein, hab schon Muffe, Margot da zu besuchen.«

Ein Regentropfen traf Kristin im Nacken, doch sie spürte ihn kaum, so sehr hatte sie der letzte Satz des Mannes elektrisiert.

Margot ...

»Die Frau, von der Sie gerade geredet haben, heißt die zufällig Margot Lindberg?«

Der Alte kniff die Augen zusammen und wechselte die Leine von einer Hand in die andere. »Woher kennen Sie denn Frau Lindberg?«, fragte er misstrauisch und hatte damit Kristin das verraten, was sie wissen wollte.

»Hey, alles klar bei Ihnen? Sie sehen auf einmal aus, als hätten Sie einen Geist gesehen?«, rief der Mann ihr hinterher.

»Bitte entschuldigen Sie mich«, murmelte Kristin und hörte ihm schon gar nicht mehr zu. Wie in Trance humpelte sie an ihm vorbei zur Straße zurück. Erst eine Ecke weiter griff sie nach ihrem Handy, um sich per App ein Taxi zu bestellen.

Was zum Teufel hat das zu bedeuten?

Das Blatt Papier, das der Täter im Kreißsaal-Video für den Weißabgleich benutzte, hatte sie zu Marlas Großmutter geführt. An jenen Ort, an dem Marla nach dem Tod ihres Vaters bis zu dem Mordversuch im Kreißsaal gelebt hatte.

Verdammt!

Pia hatte recht. Die Adresse, die sie im Video gefunden hatte, veränderte alles.

Kristin wusste nur noch nicht, ob zum Schlechten.

Oder zu noch Schlimmerem.

47. KAPITEL

Nebelhütte

Es war nicht das weiße Holzbett mit den Schmetterlingsstickern am Rahmen.

Nicht der gelbe Kunstfellteppich in dem Dachgeschossraum, in den Marla Amadeus gefolgt war. Nicht die Legosteine und Plastikpferdefiguren, die auf ihm verstreut lagen. Noch nicht einmal die verstaubte Luftballonlampe, die am höchsten Punkt des Spitzbodens baumelte.

Es war der Geruch, der Marla Jahrzehnte zurück in eine andere Zeitrechnung katapultierte, als sie das regenbogenfarbene Kissen vom Bett nahm und es sich vors Gesicht presste.

Unglaublich.

Es roch wie damals. Nach Vanille, Kaugummi und Staub.

Ich kenne es, dachte sie und konnte nicht an sich halten. Sie musste sich hinknien. Unter das Bett sehen.

O Gott.

Er lag tatsächlich darunter.

Pfote. Ihr kleiner, einäugiger Waschbär, der sich dort versteckt hatte an jenem Abend, als der Schatten in ihr Zimmer gekommen war und die Bettdecke weggeschlagen hatte.

Damals dachte ich, er hätte sich aus Angst dorthin verkrochen. Hier unters Bett. Als der Schatten wieder weg war, habe ich ihn gesucht. Mir war so schlecht vor Furcht, der Schatten könnte ihn mitgenommen haben. Mama hat mich weinen gehört, aber nicht geholfen. Ich habe geweint, geweint, bis ich ihn fand. Direkt hier, unter …

»Was hat sie denn?«, hörte sie Simon wie aus weiter Ferne fragen.

»Einen Knall«, antwortete ihm Amadeus.

»Sie erinnert sich!«, sagte Grete, ganz dicht bei ihr.

Marla öffnete die Augen und war glücklich, dass das Mädchenzimmer noch da war und sie keine Halluzinationen gehabt hatte.

»Alles in Ordnung?« Grete kniete wieder vor ihr, mit einfühlsamem Blick, den sie vermutlich in späteren Therapiestunden als Psychologin gut gebrauchen konnte.

Marla nickte verlegen.

»Du kennst diesen Ort?«

»Nur die Einrichtung. Es sieht aus wie mein erstes Kinderzimmer.«

»Etwas schäbig«, meinte Amadeus.

»Ich habe es geliebt«, antwortete sie leise.

Bis zu dieser Nacht.

Marla stand auf und sah sich weiter um. Sie hatte nie ein Zimmer unter dem Dach gehabt, doch abgesehen von den Schrägen war die Anordnung der Möbel fast identisch.

Unter dem Fenster stand eine kleine Spielküche. Direkt neben einer kleinen Seeräuberkiste, so ähnlich wie die, die Papa auf dem Rummel für sie geschossen hatte.

Oder war sie es vielleicht sogar wirklich?

Auf der Kiste stand ein Kindercomputer mit Sternen und Tiersymbolen statt Ziffern und Zahlen auf einer Hartplastiktastatur.

»Nichts anfassen«, sagte Amadeus – vermutlich nur, weil er meinte, seine selbst ernannte Stellung als Anführer erfordere es, hin und wieder Befehle zu geben. Marla ignorierte ihn und öffnete die Kiste, nachdem sie das Computerspielzeug auf den Boden gestellt hatte.

Im Inneren befand sich ein angebissener Apfel.

Ansonsten war sie leer, zumindest auf den ersten Blick. Ein zweiter war nicht möglich, da Marla den Deckel sofort wieder fallen ließ. Etwas war ihr ins Auge geflogen.

Hektisch blinzelnd wischte sie sich mit der flachen Hand über das Gesicht und hörte auch die anderen fluchen.

»Verdammt, was ist denn jetzt los?«

Marla sah auf ihre Hand, auf der sich zwei der winzigen Insekten zwischen den Fingern verfangen hatten.

Fruchtfliegen.

»Wo kommen die Viecher auf einmal her?«, fragte Simon. »Gibt es die nicht nur im Sommer?«

Marla schüttelte langsam den Kopf. »Die Frage ist nicht, woher sie kommen. Die Frage ist: Wohin fliegen sie?«

Sie ging auf den Spalt in der Wand zu, auf dem sich mehrere der winzigen Fliegen gesammelt hatten wie Ameisen um eine Zuckerspur. Sie stoben auf, als sie gegen das Holz drückte. Marla spürte, wie etwas unter ihren Fingern nachgab, und drückte fester. Dann löste sich eine Feder, und die geheime Tür in der Wand sprang auf.

Der Geruch frischer Fäulnis wehte in die Kammer hinein.

»Herr im Himmel …«, stöhnte Amadeus, dabei hatte er noch gar nicht gesehen, was sich Marla gerade zeigte.

In der Wanne. In dem Badezimmer des Grauens.

Sie drehte sich um. Würgte, wusste nicht, wie sie es schaffen sollte, sich nicht zu übergeben. Gleichzeitig drang ein metallischer Lärm aus dem Erdgeschoss bis unters Dach.

Es klang, als hätte jemand in der Küche einen Topf fallen gelassen.

Kurz darauf ein Schrei. Schmerzerfüllt. Eindeutig ein Mann.

»Jeremy?«, rief Rebekka durch die Luke nach unten, bekam aber keine Antwort.

»Was ist denn hier nur los?«, rief Simon mit weinerlicher Stimme.

»Keine Ahnung«, brüllte Amadeus ihn an, ganz offensichtlich überfordert. Marla konnte es ihm nicht verübeln. Einerseits wollte sie fliehen, weit weg von dem, was da in dem Badezimmer war. Andererseits hatte sie auch kein Interesse, in Erfahrung zu bringen, wer dort unten so jämmerlich geschrien hatte.

»Ich sehe nach«, entschied sich Grete für das aus ihrer Sicht vermutlich kleinere Übel.

»Gut, wir bleiben hier und …« Amadeus hörte mitten im Satz auf zu sprechen, während Marla sich wieder umdrehte. Dem süßlich widerlichen Gestank entgegen.

Sie öffnete den Mund, atmete nicht länger durch die Nase und trat ein. Zwei Sekunden später stand sie wieder vor dem Planen-Menschen aus dem ehemaligen Kreißsaal der Geburtsklinik Schilfhorn in Berlin-Wannsee.

48. KAPITEL

Er trug den gleichen Sack über dem Kopf. Aus der gleichen, milchigen Plane gefertigt, mit dem gleichen reißverschlussartigen Zipper, der um den Hals zugezogen worden war. Es gab ein kleines Atemloch in der Plastiktüte, das allerdings funktionslos war. Anders als damals im Kreißsaal saugten keine Lippen die Folie an, atmete niemand mehr durch den Mund, und es weiteten sich keine Augen im Todeskampf. Denn Mund, Lippen und Augen waren nicht mehr vorhanden. Unter der Plane lag nur noch der nackte Schädelknochen.

Auch der Rest der Leiche schien komplett skelettiert zu sein.

Bitte nicht.

Marla konnte schon lange nicht mehr zählen, wie viele Zimmer sie bereits gesehen hatte, denen man nicht anmerkte, welch unsägliches Grauen sich in ihnen ereignet hatte. Mit den Tränen und dem Blut waren nach einer gründlichen Reinigung auch die Schmerzen und die Schreie der Gequälten in Müllsäcken oder dem Abfluss verschwunden.

Normalerweise gaben nur noch die Videoaufnahmen der Täter, die diese abscheulichen »Trophäen« für die Tauschbörsen im Darknet anfertigten, darüber Auskunft, was die Opfer hatten durchleiden müssen.

Hier allerdings bestand kein Zweifel, durch welches Martyrium der Mensch hatte gehen müssen, der einst gefühlt, gelebt und geliebt haben mochte – jetzt jedoch als verwesender Leichnam im eigenen Sud schwamm. Denn Marla hatte dem Menschen schon einmal beim Sterben zugeschaut.

49. KAPITEL

Es gab keinen Zweifel. Vor ihr lagen die sterblichen Überreste jener zu Tode gequälten Person, deren letzte Sekunden sie vor drei Tagen auf Video gesehen hatte. In dem Hotel, wo Kristin die Aufnahme für sie im Tresor hinterlegt hatte.

Auch für einen rechtsmedizinischen Laien war das Geschlecht nicht immer ohne Weiteres bestimmbar. Hier wurde der Brustkorb teilweise von Textilfetzen verhüllt, die zu einer Bluse, einem Hemd, einem Pulli oder nur einem Tuch gehört haben mochten. Jetzt waren sie zerfallen und zerfasert und hatten sich mit dem Wasser und der Leichenflüssigkeit vollgesaugt, in der der Rest des Körpers versank. Da die Hüfte im Leichenwasser versunken lag, gab auch das keinen Hinweis.

Das passt nicht, war Marlas erster klarer Gedanke, als es ihr endlich gelungen war, ihren Fluchtimpuls zu kontrollieren.

Der Fäulnisgeruch, der die Fliegen angezogen hatte, war zu frisch. Die Flüssigkeit in der Wanne zu viel. Und die Leiche zu alt.

»Ist das diese Viola?«, fragte Rebekka mit der Hand vor Mund und Nase.

»Woher soll ich denn das wissen?«, herrschte Amadeus sie an. »Ich kenne überhaupt keine Viola. Hatten wir eine auf der Schule?«

»Ich kann mich nicht erinnern«, sprach Rebekka Marlas Gedanken aus.

»Sollten wir diesen Tatort besser nicht verunreinigen?«,

fragte Simon von draußen. Er hatte nur einen kurzen Blick ins Badezimmer gewagt und sofort wieder kehrtgemacht. Marla konnte es ihm nicht verdenken.

»Das wird nicht der Tatort sein«, antwortete sie ihm.

»Woran machst du das fest?«

»Auch wenn es so riecht, das ist kein verwesender Leichnam. Hier liegt ein Skelett. Wäre das hier der Tatort, hätte der Körper mindestens zwei, eher vier Jahre rumliegen müssen. Den Gestank hätte niemand in der Hütte ertragen. An der frischen Luft und bei Wärme könnte der Zersetzungsprozess natürlich schneller stattgefunden haben.«

»Was sagt uns das?«, fragte Amadeus.

»Zunächst, dass derjenige, der mit uns dieses Escape-Game spielt, nicht nur das Kinderzimmer arrangiert hat. Der Psychopath hat auch die Leiche hier für uns präpariert.«

»Und das weißt du, weil …?«

»… ich beim LKA gearbeitet habe«, gab Marla Amadeus Antwort.

»Klar, du bist ein Bulle.« Er lachte höhnisch.

»Ich habe die Polizei beraten …«, begann sie sich zu erklären.

Rebekka, der Marlas beruflicher Werdegang momentan verständlicherweise nicht sonderlich wichtig war, unterbrach sie und hakte nach: »Was hat der Täter deiner Meinung nach hier getan?«

»Er hat Wasser aufgefüllt und es mit irgendetwas Zersetzbarem – Wurst, Fleisch, Abfällen – gefüllt.«

»Wieso?«

»Um den Fäulnisgeruch entstehen zu lassen. Wer immer das war, er oder sie wollte diese Spielrunde besonders eklig gestalten.«

Marla sah noch einmal zurück, und ihr Blick blieb an der Skeletthand hängen, die über dem Wannenrand baumelte.

Am Handgelenk befand sich eine ultraflache, quadratische Herrenuhr mit schwarzem Gehäuse und mintgrünem Zifferblatt.

»Was ist das denn da?«, murmelte sie.

Amadeus sah sie genervt an. »Was denn jetzt schon wieder?«

Marla betrachtete den dünnen Faden auf dem Wannenrand.

Hauchdünn und kaum sichtbar. Er sah aus wie ein Bindfaden und fühlte sich an wie Zahnseide. Sie hob ihn an, und die Hand des Skeletts wackelte.

»Der Faden wurde der Leiche um die Finger gewickelt«, stellte sie fest. Marla zog ihn in die andere Richtung und bemerkte einen Widerstand des Fadens, der wie eine Angelschnur in dem Leichenwasser verschwand.

»Hat das was zu bedeuten?«, fragte Amadeus.

»Keine Ahnung. Für mich sieht das so aus, als ob hier alles etwas zu bedeuten hat. Ein Hinweis führt uns zum nächsten. Wir spielen hier eine Art geisteskranke Schnitzeljagd, oder?«

Wie bei einem Escape-Game üblich.

Marla ruckelte erneut an dem Faden, jetzt mit etwas mehr Kraft. Er ließ sich nicht aus der Wanne ziehen. Wenn etwas an ihm befestigt war, war es entweder etwas sehr Schweres, oder es hatte sich zwischen den Knochen verkeilt.

Also gut ...

Sie drehte sich zur Seite und versenkte, ohne in die Wanne zu schauen, die Hand im Leichenwasser.

Marla schloss die Augen, und eine Erinnerung an einen

Tag am See stieg in ihr auf. Ihr Vater hatte einen Sonnenbrand gehabt und nach der Berliner Weiße von der Bar des Strandbads gerochen. Bis zu den Knöcheln war er mit ins Wasser gekommen, der Schwimmmuffel. Barfuß, die Hosen bis über die haarigen Waden hochgekrempelt. Er hatte gelacht, bis er bemerkte, dass er seinen Autoschlüssel verloren hatte. Sie war sich sicher, dass es bereits am Strand passiert war, aber er hatte darauf bestanden, dass sie ihm im Wasser beim Suchen half. »Da im Schlick. Grab im Schlick«, hatte er ihr befohlen und war immer unwirscher geworden. Und sie hatte im seichten, gelbgrünen Wasser zwischen dem Schilf und den Seerosen im Seeboden gewühlt. Dreck und Blätter, kleine Steine und Schlamm mit den Fingern durchsiebt.

Kein Wunder, dass sie sich jetzt an ein Erlebnis erinnerte, das stattfand, als sie vielleicht sieben gewesen war.

Die Leiche in der Wanne schien auch auf einem modrigen Uferboden zu liegen, durch den sie sich kämpfen musste, bis sie endlich, direkt unter dem Wadenbein des Skeletts, das Ende der Zahnseidenschnur gefunden hatte.

Sie spürte etwas Eckiges, Kantiges. Eine Plastikbox. Sie zog sie heraus. Der braunschwarze Sud, an dessen Geruch sich ihre Nase nicht gewöhnen wollte, tropfte mit der Konsistenz von Eiter von dem Behältnis. Der Deckel löste sich mit einem Schmatzen. Wieder rechnete Marla mit einem Schwarm Fliegen, doch diesmal stieß sie auf einen daumengroßen, zylindrischen Gegenstand.

Das gibt es nicht!

»Was ist das?«, fragte Amadeus von der Tür her. Er hielt Abstand und hatte sich seinen V-Pulli über die Nase gezogen.

Marla wusste sehr genau, was sie da gefunden hatte, kam

aber nicht mehr dazu, es zu erklären. Wieder wurden sie von Geschrei unterbrochen, diesmal war es Simon.

»Hey, ihr müsst sofort kommen«, rief er mit Panik in der Stimme vom Fuß der Klapptreppe eine Etage unter ihnen.

»Kommt mit. Das müsst ihr mit eigenen Augen sehen!«

50. KAPITEL

Diesmal war Marla die Letzte, die die Treppe hinunterstieg. In der allgemeinen Aufregung schien sie ihren Status als Staatsfeind Nummer eins verloren zu haben, wenigstens für den Moment. So konnte sie unbeobachtet den Spielzeugcomputer an sich nehmen und unter ihren Pullover klemmen.

Auch unten, als sie im Wohnzimmer zu den anderen gestoßen war, nahm niemand Notiz von ihr. Alle hatten nur Augen und Ohren für Simon, der mit hochrotem Kopf viel zu laut viel zu wirre Sätze von sich gab.

»Stiefel!«, schrie er, die Hände ringend. Dabei tigerte er vor dem Kamin auf und ab. »Er hatte Stiefel!«

»Wer denn?«, fragte Rebekka.

»Weiß ich doch nicht.«

»Wieso sagst du es dann?« Amadeus ging auf Simon zu. Er sah aus, als wollte er ihn am liebsten schütteln.

Der griff sich an seinen Nasenring und zog an ihm, während er stammelte: »Da, da muss jemand in der Küche gewesen sein. Er hat einen Topf fallen lassen. Mit heißem Wasser. Sich verbrannt.«

Daher der Lärm und der Schrei.

»Dann muss er rausgerannt sein.«

»Vielleicht Jeremy?«, schlug Rebekka vor.

»Das kann nicht sein. Seht her.«

Simon ging hastig zur Terrassentür, kniete sich hin und deutete auf das Parkett vor ihm. Die Abdrücke schmutziger Profilsohlen waren nicht zu übersehen. »Er hat Stiefel getragen. Wir haben keine. Jeremy hat keine.«

Rebekka nickte.

»Und wer soll das dann gewesen sein?«, fragte Amadeus. »Und wo ist Grete?«

Simon nickte aufgeregt und deutete auf die Terrassentür. »Sie ist hinterher, um den Typen zu suchen.«

»Einfach so?« Amadeus sah zum Fenster. Der Schneesturm hatte noch einmal an Intensität gewonnen. Es sah aus, als hätte jemand eine Windmaschine in die Bergschluchten gestellt, die dicke Daunenfedern vom Tal über die Hütte blies.

»Ich war auch kurz draußen.« Simon zeigte auf seine durchfeuchteten Socken. »Aber es ist zu kalt, und es schneit viel zu heftig. Ich hab Grete nicht mehr gesehen.«

Plötzlich loderte das Feuer auf, ein sicheres Zeichen für einen Windstoß. Marla hatte auch einen Zug im Nacken bemerkt, und der kam nicht von der Terrasse, sondern vom Haupteingang. Dort fiel eine Tür ins Schloss.

»Wartet mal«, sagte Rebekka. »Da kommt wer!«

»Grete?«, rief Simon bang.

Alle drehten sich zu den schlurfenden Schritten, die sich von der Diele näherten.

»Paulina!«, rief Marla, als sie endlich im Flur auftauchte. Noch vor einer halben Stunde hatte es an ihrem Körper kein Kleidungsstück gegeben, das heller als schwarz gewesen war. Jetzt war sie komplett weiß. Alles vom Schnee überzogen.

»Hilfe!«, krächzte sie, doch Marla kam nicht rechtzeitig. Ihre ehemalige Bio-Grundkurs-Kameradin brach zitternd vor ihren Füßen zusammen.

»Sie muss zum Feuer«, sagte Marla. »Sie ist unterkühlt.«

Die Plastiktüten an ihren Füßen waren aufgerissen, ihr Hoodie durchweicht. Die verlaufene Schminke verteilte sich wie eine Kriegsbemalung übers ganze Gesicht.

Marla fand in einer Truhe auf halbem Weg zur Küche eine Decke und breitete sie vor dem Kamin aus.

Derweil hatten Amadeus und Rebekka die halb erfrorene Paulina bereits in Richtung Feuerstelle getragen.

»Was ist passiert?«, fragte Amadeus, nachdem sie sie auf der Decke abgelegt hatten. »Wo wart ihr? Wo ist Jeremy?«

Marla befreite die halb Erfrorene von den Socken samt Mülltüten und begann ihre Füße zu kneten, während Rebekka ihr aus dem durchgeweichten Hoodie half.

Amadeus schleppte zwei Handtücher an. Eines davon nutzte Rebekka, um Paulina die Haare trocken zu rubbeln, das andere legte sie ihr um den Oberkörper. Während Marla es schon jetzt nicht mehr so nah am Kamin auszuhalten glaubte, verharrten Paulinas Lebensgeister noch in Schockfroststarre. Es dauerte, bis ihre Zähne nicht mehr klapperten und sie »Er ist weg« keuchen konnte. Dann machte das Schluchzen wieder alles schwer verständlich, denn sie hatte zu weinen begonnen, als sie sagte: »Wie vom Erdboden verschluckt. Ich kann Jeremy da draußen nirgends finden.«

51. KAPITEL

Sie gaben ihr Zeit. Simon kochte derweil in der Küche einen Ingwertee auf. Paulina nahm jedoch keinen Schluck aus der bauchigen Tasse, die er ihr brachte. Sie hielt sie nur wie einen wärmenden Stein und starrte mit leeren Augen auf ihre Füße, die mittlerweile in frischen Skisocken steckten. Rebekka hatte ihr welche aus ihrem Zimmer gebracht. Immerhin lag sie nicht mehr, sondern saß an das Seitenteil des Sofas gelehnt mit angezogenen Beinen auf dem Boden.

»Wir waren gerade am Quatschen, als sein Handy klingelte«, sagte sie plötzlich. Ihre Stimme war tonlos, vermutlich stand sie unter Schock.

»Woher hatte er ein Handy?«, fragte Amadeus.

Marla runzelte die Stirn. Er klang viel zu herrisch, als würde er mit einer Verdächtigen ein Verhör führen und keiner Freundin besorgte Fragen stellen.

»Hatte er nicht. Es hat am Phone-Spot geklingelt. Er ist los, um es sich zu holen.«

»Das war eine Falle«, entschied Amadeus mit finsterer Miene. Marla stimmte ihm insgeheim zu. Erst Schuhe, Jacken und Handys klauen, um eines davon ausgerechnet am einzigen Punkt zu verlieren, an dem es Empfang gab? Das war absichtlich dort platziert worden. Alles andere ergab keinen Sinn.

»Jeremy war auch misstrauisch. Er wollte nicht, dass ich mit ihm komme. Er hat gemeint, ich soll euch Bescheid sagen. Aber ihr wart alle oben und habt mich nicht rufen hören. Da bin ich wieder raus, und er war nicht mehr da.«

Paulina atmete und sprach immer schneller. »Ich bin ums Haus rum. Zur Sauna, in die Schuppen. Hab überall nachgeschaut. Aber Jeremy ist weg. Spurlos.«

Sie schluchzte auf.

»Hast du irgendjemand anderen gesehen?«, wollte Simon wissen.

Sie sah erstaunt zu ihm hoch. »Wen?«

»Einen Typen mit Stiefeln«, beschrieb er ihr den mysteriösen Eindringling, der in der Küche gewesen war und geschrien hatte, als sie alle oben bei »Viola« gewesen waren.

In der Dachkammer des Grauens.

Paulina blinzelte langsam. »Wer soll das sein?«

»Und Grete? Ist sie dir begegnet?«, fragte Rebekka.

»Ist sie etwa auch draußen?«

Ihre Gegenfragen waren Antwort genug. Sie hatte offenbar nichts und niemanden gesehen.

Amadeus verschränkte die Hände hinter dem Kopf, atmete schwer aus und meinte offenbar, seiner Rolle als Anführer gerecht werden müssen, denn er erklärte mit bedeutungsschwangerer Miene: »Ich kann niemanden da draußen auf sich allein gestellt lassen. Ich geh die beiden suchen.«

Paulina schüttelte panisch den Kopf. »Mach das nicht. Der Neuschnee hat aus allem eine Rutschbahn gemacht, und jetzt im Schneesturm wirst du sie niemals finden.«

»Sie hat recht«, sagte Marla, auch wenn ihr die Abwesenheit dieses Machos nicht unangenehm gewesen wäre. »Die Temperaturen sind zwar kritisch, aber nicht tödlich. Sie werden nicht sofort erfrieren. Vielleicht hat Grete einen Unterschlupf gefunden. Womöglich ist sie bei Jeremy.«

»Und wenn sie in Gefahr sind?«, fragte Simon ängstlich, wobei Marla nicht hätte sagen können, wovor er sich mehr fürchtete: davor, dass seine ehemaligen Mitschüler dem

Tode nahe waren oder dass Amadeus entschied, ihn in seinen Suchtrupp aufzunehmen.

»Dann sollten wir nicht auch noch blind in die Gefahr hineinstolpern.« Marla zeigte zum Fenster. »Die Lichter des Chalets sind für sie eine Orientierung. Und wir wissen nicht einmal, in welcher Richtung wir sie suchen müssen.«

Wie um ihre Aussage zu unterstreichen, gab es eine Schwankung in der Stromversorgung, und die Lichter der Nebelhütte begannen sanft zu flackern.

»Wir sollten uns Taschenlampen und Kerzen bereitlegen …«, setzte Amadeus an, da fiel sein Blick auf den Kindercomputer, den Marla auf den Boden gelegt hatte, um Paulina zu helfen.

Mit misstrauischem Blick drehte er sich zu Marla herum. »Warum hast du den eigentlich aus dem Kinderzimmer geschleppt?«

»Was für ein Kinderzimmer?«, wollte Paulina wissen, aber niemand klärte sie auf.

»Ich denke, wir brauchen ihn.«

»Wozu?« Auch Marla gegenüber war Amadeus wieder in einen Verhörmodus verfallen.

»Um uns etwas anzusehen.«

»Was?«

»Das, was an der Schnur vom Skelett hing«, erklärte sie ihm kurz und knapp. »Da war tatsächlich was unter der Leiche. Ich habe es rausgeholt.«

»Moment mal. Leiche? Skelett?« Paulina rappelte sich am Sofa hoch. Ihre Stimme wurde mit jedem Wort schriller. »Wovon bitte redet ihr?«

Marla überlegte, wie sie erklären konnte, was sie auf dem Dachboden gefunden hatten, fand aber keine Möglichkeit, es schonend auszudrücken. Also fasste sie es ohne Ausflüchte zusammen: »Es ist ein Mörder bei uns. Er spielt ein perverses Spiel. Wir sind seine Spielfiguren. Er stellt uns vor Rätsel und gibt uns morbide, grauenhafte Hinweise. Der bislang entsetzlichste Hinweis ist eine skelettierte Leiche oben in einer geheimen Kammer auf dem Dachboden, das wie ein Mädchenschlafzimmer eingerichtet ist.«

Simon starrte sie mit offenem Mund an. Marla hatte vergessen, dass auch er nur die Hälfte mitbekommen hatte, weil er mit Grete nach unten gegangen war.

Paulina schnappte nach Luft. Sie schien etwas sagen zu wollen, aber nur ihre Lippen bewegten sich.

»Ich weiß, das ist unheimlich, und ich habe auch große Angst. Aber wir dürfen jetzt nicht panisch werden und den Kopf verlieren«, sagte Marla und wusste, dass sie sich in Allgemeinplätzen verlor. Doch was sollte sie sonst sagen?

Ich habe keine Ahnung, was hier vor sich geht. Ich glaube, wir müssen die Spielkarte, die ich gestern als Erstes hier gefunden habe, ernst nehmen. Am Ende unseres Treffens wird nur noch einer am Leben sein, und keiner weiß, wer.

»Bullshit«, feuerte Amadeus wieder eine verbale Breitseite gegen sie ab. Er kam näher, und zum ersten Mal roch Marla Schweiß an ihm. Als er den Arm hob, um mit dem Zeigefinger vor ihrer Nase herumzufuchteln, sah sie dunkle Flecken unter seinen Achseln.

»Du redest von ihm in der dritten Person, Marla. Aber *du* hast uns unters Dach geführt. Es waren *deine* Fotos da oben. *Du* hast das Schlafzimmer wiedererkannt. Du bist die Spielleiterin bei diesem Exitus-Game!«

Marla rollte mit den Augen. Seltsam, wozu eine psychische Ausnahmesituation einen bringen konnte. Vor fünf Jahren war sie eine introvertierte Schülerin gewesen, die sich nicht im Traum mit dem Mädchenschwarm der Schule angelegt hätte. Hier bereitete es ihr sogar eine gewisse Genugtuung, diesen geistigen Dullmann auffliegen zu lassen.

»Du hast ja so recht, Amadeus. Ich bin nicht nur die Strippenzieherin hier. Ich hab auch gelernt, mich zu vervielfältigen. Damit ich gleichzeitig mit euch da oben im Badewasser an einer Leiche herumgrabbeln kann, während ich hier unten vor Simon und Grete aus der Hütte renne.«

»Vielleicht hast du ja Komplizen!«

»Die einfach mal so zulassen, dass ich bewusstlos werde, damit ihr mich fesseln könnt?«

Amadeus biss sich auf die Unterlippe. Marla meinte förmlich zu sehen, wie er sein Gehirn nach einer klugen Erwiderung durchforstete. Als er keine fand, wechselte er das Thema.

»Du hast uns immer noch nicht erklärt, was du mit dem Computer willst.«

Sie griff in ihre Hosentasche. »Das hier lag im Leichenwasser.«

Marla präsentierte erst Rebekka, dann Simon und zuletzt Amadeus jenen daumengroßen Gegenstand in der Form eines Zylinders.

»Er war wasserdicht verpackt in einer Tupperbox, die sich zwischen den Knochen verklemmt hatte.«

»Ich kotze gleich«, stöhnte Paulina.

»Und was ist das? Ein Lippenstift?«, fragte Simon.

»Eine Art USB-Stick. Nur primitiver. Er passt in diesen Kindercomputer. Der übrigens seltsamerweise noch Akku hat.«

Marla trug ihn zum Esstisch, klappte den Bildschirm auf und schob den Datenträger in die Öffnung an der Seite.

»Und das mit dem Stick und dem Computer weißt du alles, weil …«

»Weil ich als Kind auch so einen hatte.« Sie sah Amadeus direkt in die Augen. »Ja.« Langsam konnte sie verstehen, weshalb das Misstrauen in seinen Augen wuchs und wuchs. Es konnte keinen Zweifel geben, dass alles, was hier an Mysteriösem und Schrecklichem passierte, einen Bezug zu ihr hatte: der Drohbrief, die Fotos, das nachgebaute Kinderzimmer. Jetzt der Computer.

»Hast du gesehen, was auf dem Stick drauf ist?«, fragte Rebekka.

»Nein, noch nicht.« Am liebsten hätte sie es sich alleine angesehen, aber jetzt hatte sie keine andere Wahl, als es vor den anderen zu tun. »Ich glaube, darauf finden wir das nächste Rätsel. Dessen Lösung wird uns den Antworten auf die Fragen näherbringen, warum wir hier sind. Was wir tun müssen, um nicht so zu enden wie die Leiche da oben. Und mit wem wir es zu tun haben.«

Marla drückte auf einen großen blauen Pfeil der Plastiktastatur und startete das auf dem USB-Stick gespeicherte Video.

52. KAPITEL

»Das ist hier«, stellte Simon als Erstes fest. »In der Nebelhütte.«

Das Sofa war anders. Aus Stoff und nicht wie jetzt aus Leder, aber in einer identischen Anordnung mit einer langen Récamière und genügend Platz für vier Erwachsene auf dem Hauptteil. Die Wände waren dunkler gestrichen, doch der Kamin brannte ebenfalls, und selbst das Wetter vor den Fenstern schien ähnlich trübe. Allerdings sah man wegen der Einstellung nicht, ob es schneite oder nur neblig war.

»Sind wir das etwa?«, fragte Rebekka. Sie stand direkt hinter Marla, die sich eingestehen musste, dass sie die jungen Männer und Frauen wegen ihrer Gesichtsblindheit nicht erkannt hätte.

»Das Video ist fünf Jahre alt.« Marla deutete auf den Time- und Datumscode am rechten oberen Bildschirmrand. »Vorausgesetzt, die Anzeige stimmt.«

»Tut sie«, bestätigte Amadeus. »Damals sind wir zum ersten Mal hier gewesen.«

Die Aufnahme zeigte die L-förmige Sofalandschaft vor dem Kamin. Auf den Polstern hatten es sich drei Frauen und ein Mann bequem gemacht, auf dem Flokati davor saßen zwei weitere Frauen und ein Mann. Marla konnte jetzt einige an ihrer Körperhaltung und den Gesten identifizieren: Amadeus, Simon, Rebekka, Grete und Jeremy. Paulina schien nicht dabei zu sein. Dafür eine andere Schwarzhaarige, die ihr bekannt vorkam, deren Name ihr aber nicht einfallen wollte. Sie trug einen grauen, langärmeligen Hosenanzug aus dicker Baumwolle. Ein schwarzer Designergürtel betonte ihre schmale Taille. Ihr Füße steckten in weißen Hotelschlappen. Sie saß isoliert auf einem Sessel und hielt ein Glas Sekt oder Schampus in der Hand. Auch die anderen hatten sich offensichtlich an einer der Flaschen bedient, die geöffnet auf dem Couchtisch standen.

Die meisten hielten ein Glas, einige schienen zu lachen, es herrschte eine ausgelassene, alkoholgeschwängerte Stimmung.

»Lasst mich auch was sehen«, sagte Paulina und drängte sich an den Tisch. So wie sie mit Amadeus, Rebekka und Simon auf den Monitor starrte, so starrten die Ehemaligen im Video gebannt auf die Schwarzhaarige im Sessel – wie Kinder, die einer Märchentante an den Lippen hingen. Plötzlich knackte es in dem eingebauten Lautsprecher des Kindercomputers, und alle zuckten zusammen. Bislang war die Datei ohne Ton abgelaufen, jetzt aber hörte man die Frau laut und mit deutlich angetrunkener Stimme sagen: »Soll ich euch mal ein krasses Geheimnis verraten?«

Sie lachte dreckig. »Es geht um Marla und ihren Vater.«

53. KAPITEL

Die Schwarzhaarige wedelte mit der Hand und tat so, als hätte sie sich gerade verbrannt. Dann lachte sie wieder.

»Ich hatte was mit ihm.«

»Mit wem?«

»Edgar Lindberg.«

Marla schloss die Augen. Den Ton des Videos blendete sie damit leider nicht aus.

»Wann?«, fragte eine Frau, der Stimme nach vermutlich Rebekka.

»Jahre her.«

»Wann, wie, wo, was?«

Alle riefen wild durcheinander. Jede und jeder schien nach schmutzigen Details zu gieren.

Und die Schwarzhaarige geizte nicht mit ihnen. »Es war an Marlas Dreizehntem. In Dahlem. Wir hatten Colaflaschen mit Mentos aufgefüllt, ihr wisst schon, damit es eine geile Fontäne im Garten gibt, und ich war danach über und über besudelt.«

Marla machte die Augen wieder auf.

Die Erzählerin lächelte mit diebischer Vorfreude. »Marla hatte mir trockene Klamotten von sich rausgelegt. Ich war gerade dabei, mich in ihrem Zimmer umzuziehen, da ist er reingekommen und hat mich oben ohne gesehen.«

Eine Frau auf dem Sofa, vermutlich Grete, schlug sich die Hand vor den Mund.

»Habt ihr?«, fragte ein Mann, eindeutig Amadeus. Er trug dieselbe Rolex Yachtmaster wie heute.

»Nein, nicht so.« Die Frau im Sessel schlug die Beine übereinander und zog die Wangen ein, vermutlich dachte sie, dass sie mit diesem Entengesicht irgendwie erotisch aussah.

»Aber ich hab ihn echt heißgemacht. Das war nicht zu übersehen.« Sie lachte erneut.

»Was ist passiert?«, fragte Simon auf der Aufnahme. Schon damals hatte er die Tunnelohrringe, aber noch kein Piercing.

»Marlas Vater hat mich angestarrt. Konnte seine Augen nicht von mir lassen.« Die junge Frau grinste. »Okay, ich gebe es zu, ich hab auch erst keine Anstalten gemacht, meine Tittchen zu verdecken. Hab mich gaaaanz langsam angezogen.«

»Du warst schon mit dreizehn ein Luder«, stellte jemand fest, den Marla nicht erkannte.

»Ich war vierzehneinhalb. Du vergisst, dass ich die Älteste von euch bin.«

»Und dann?«, fragte derselbe von seinem Flokati-Teppich vor dem Sofa aus.

»Dann hat er sich entschuldigt. Hat gesagt, dass die Ähnlichkeit so krass wäre.«

»Zu wem?«, wollte Grete wissen.

»Zu Marla natürlich.«

»Häh? Du siehst doch gar nicht aus wie sie?«, fragte Amadeus.

»Na ja, ich stand da in den Klamotten seiner Tochter, und damals hatten wir dieselbe Frisur und dieselbe Haarfarbe.«

»Und?«

»Ich hab zu ihm gesagt, wenn er wolle, könne er mich gerne mal anfassen.«

»Hast du nicht!«, schrie eine Frau amüsiert von außerhalb des Blickfelds. Es gab also noch mehr Publikum. Noch mehr Zeugen der Demütigung.

»Doch. Da ist er raus. Mit einer riesigen Beule.«

Die Erzählerin grinste lüstern, während sie sich in den Schritt fasste.

»Das ist echt nicht lustig«, sagte Simon.

Danke. Wenigstens einer mit Anstand.

Marla wusste nicht, wieso sie sich so schämte, hatte doch die obszöne Erzählerin hier die Grenzen des Geschmacks überschritten und nicht sie.

»Ach komm, wer ist denn der Perversling? Wir alle wissen doch, wozu Papa Lindberg sich die Straßenmädchen geholt hat.«

»Ist dir schon mal der Gedanke gekommen, dass du vielleicht das Fass zum Überlaufen gebracht hast?«, fragte eine Stimme vorwurfsvoll aus dem Off.

Marla hätte am liebsten die Szene gestoppt und zurückgespult, auch wenn sie wusste, dass das nichts änderte. Von demjenigen, der den berechtigten Einwand gebracht hatte, war nichts zu sehen. Seine Stimme gehörte zu dem, der mit seinem Handy die Szenerie hier filmte.

»Vielleicht ist es bis zu dem Tag nur eine Fantasie von Marlas Vater gewesen. Aber nachdem du ihn so aufgegeilt hast, wollte er sie in die Tat umsetzen«, mutmaßte der unsichtbare Kameramann.

»Tja, was soll ich sagen«, antwortete die Erzählerin. »Ich war schon immer ein böses Mädchen.«

Sie schenkte sich Sekt nach. Mit fahrigen Bewegungen, die darauf deuteten, dass sie schon mehr als genug getrunken hatte.

»Ach, Leute, toll, dass es hier mit uns geklappt hat«, sagte sie mit glasigen Augen.

»Barcelona im Sommer wär mir lieber gewesen«, befand jemand.

»Konnte ja keiner ahnen, dass die Airline pleitegeht. Aber hier ist es doch auch schön, oder?«

»WLAN und Handynetz wären allerdings kein übertriebener Luxus«, sagte Grete.

Die Schwarzhaarige schüttelte den Kopf. »Ihr Spießer. Also ich bleib zwei Nächte länger als ihr. Genieße noch mal ein gutes Bett, bevor es losgeht.«

»Ach ja, richtig, dein zweijähriger Work&Travel-Trip«, sagte der Mann an der Handykamera.

»Schade, dass du nicht dabei bist, Süßer.« Sie machte einen lasziven Kussmund in die Kamera. »Sonst hättest du mich bei all meinen Abenteuern filmen können, so wie jetzt, du kleiner Voyeur.« Sie stand auf. »Auf meine Weltreise«, sagte sie und hob ihr Glas. Dabei rutschte der Ärmel ihres Oberteils hoch und legte eine quadratische, ultraflache Herrenuhr frei, mit schwarzem Gehäuse und mintgrünem Zifferblatt.

»Auf Coras Weltreise!«, riefen alle im Chor und stießen mit ihr an.

Nur Kilian nicht, der kurz sein Handy auf sich gerichtet hatte, bevor er die Aufnahme stoppte.

54. KAPITEL

Marla fragte sich, weshalb sie Cora nicht längst an ihrer markanten Stimme erkannt hatte. An den Pausen, die sie vor Schlüsselwörtern einlegte, die sie für besonders wichtig hielt. Daran, dass sie mit der Stimme am Satzende so oft oben blieb, weswegen sie häufig wie eine Frage klangen. Und an den beidhändigen Gesten, die nichts besonders unterstrichen, da sie sie fast ununterbrochen machte.

Und das soll einmal meine beste Freundin gewesen sein?

Coraline Aichinger. *Gefilmt von Kilian.* Marlas erster und einziger Liebe.

»Scheiße, habt ihr die Uhr gesehen?«, fragte Amadeus.

»Ich fürchte, wir wissen jetzt, wer dort oben in der Wanne liegt«, sagte Marla und musste an das Video denken, das sie in dem Hotelzimmer gesehen hatte. Und an das letzte Gespräch mit Kristin: *»Du weißt doch, es ist kein Klischee: Den Täter zieht es immer wieder zum Tatort zurück. Vor fünf Jahren gab es eine Abifahrt zu dieser Hütte. Exakt zur gleichen Zeit. Und kurz darauf ist eine Mitschülerin von dir verschwunden.«*

Simon brachte es fertig, noch weinerlicher zu klingen als zuvor, als er jammernd ausrief: »Verdammt, was geht denn jetzt ab?« Marla folgte seinem Fingerzeig zum Monitor.

Das Video war noch nicht zu Ende.

55. KAPITEL

Es gab einen Schnitt, gefolgt von einem Perspektivenwechsel. Wie die Aufnahme zuvor war auch diese von einem unveränderten Fixpunkt aus gefilmt.

»Ist das das Badezimmer da oben?«

»Sieht ganz so aus.«

Cora trug ein cremefarbenes Jogginganzugsoberteil. Ob sie auch in der passenden Hose steckte, war nicht zu sehen. Sie lag in einer Badewanne, und ihre Beine waren bereits von der schwarzbraunen Flüssigkeit bedeckt, die von außerhalb des Sichtfelds der Kamera eimerweise nachgeschüttet wurde. Gleichzeitig lief klares Wasser über den Hahn nach.

Marla schüttelte den Kopf. Sie wollte es nicht sehen, nicht noch einmal. Es war die Aufnahme, die Kristin ihr im Hotel untergejubelt hatte, nur dass sie jetzt den Namen der halb wachen, halb betäubten Person kannte, deren Kopf in einer Tütenplane steckte.

Wie der Planen-Mensch. Im Kreißsaal.

»Schalt das ab!«, forderte Rebekka, aber Amadeus, der den Computer mit dem Oberkörper abschirmte, machte keine Anstalten. Mit morbider Faszination glotzte er auf den Bildschirm und sah zu, wie der Strohhalm langsam von der dreckigen Lache aufgeweicht wurde.

»Himmel, hilf!«, sagte Paulina, als wäre es irgendwie möglich, die Zeit zurückzudrehen, da stoppte die Aufnahme. Das Bild wurde schwarz.

Amadeus war der Erste, der wieder zu reden begann. »Dann ist das da oben doch der Tatort?«

Marla trat kopfschüttelnd vom Esstisch weg. »Nein. Ihre

Hände waren gefesselt. Oben aber hing der Arm über der Wanne. Ich denke, Cora wurde hier getötet, in einer anderen Wanne. Aber nicht in dem Zimmer da oben. Dorthin wurde sie erst später verbracht. Für uns.«

»Aber von wem? Wer hat sie getötet? Und wieso sollten wir sie hier finden?« Simon stellte die berechtigten Fragen, auf die, so befürchtete Marla, nur der Killer eine Antwort wusste.

»Hey, Paulina, du bist doch hier die Kreative«, sagte Amadeus, dem, wie Marla bemerkte, etwas Schweiß auf der Stirn stand.

»Paulina?« Er musste die Autorin mehrmals ansprechen, bevor sie ihren starren, zum Boden gerichteten Blick hob und ihn ansah.

»Was?«

»Ich habe gesagt, du bist hier die Kreative. Du schreibst doch über solche Psychos. Was treibt die an?« Er blickte kurz zu Marla, um klarzumachen, wen er mit *die* meinte.

»Alles steht und fällt mit dem Motiv«, sagte Paulina und klang dabei, als redete sie mit sich selbst. Sie ging zum Sofa zurück und streckte die Hände dem Feuer entgegen. Vermutlich steckte ihr noch immer die Kälte in den Knochen. Und der Schock. »Kennst du das Motiv, findest du den Täter.« Ihr ganzer Körper zitterte, so wie ihre Stimme.

Rebekka stimmte ihr zu. Sie war sichtlich aufgeregt. Die Flecken in ihrem Gesicht schienen dunkler. »Das kenne ich aus dem Strafrecht. Kaum etwas geschieht ohne Grund. Auch bei geisteskranken Tätern nicht, selbst wenn ein gesunder Geist das Motiv oft nicht nachvollziehen kann.«

»Und was sagt uns das?«, fragte Simon, während er nervös an seinem Piercing spielte.

»Nun, wir wissen, weshalb Cora gestorben ist«, sagte Amadeus.

Marla wurde von seinem stechenden Blick förmlich punktiert. »Sie hat dich gemobbt. Nicht zum ersten Mal. Dank Cora wussten wir doch, was du für psychische Probleme hast.«

Mad Marla, hörte Marla in Gedanken, wie auf dem Schulhof über sie gelästert wurde. »Sie hat uns erzählt, dass du dich noch nach seinem Selbstmord von ihm verfolgt fühlst.«

Von dem Schatten. Von Edgar.

»Und hier hat sie noch einen draufgesetzt.«

»Davon habe ich nichts gewusst«, verteidigte sich Marla.

»Kilian hat es dir bestimmt erzählt«, sagte Paulina. Sie hatte sich umgedreht. Ihre Stimme klang etwas fester.

»Nein, wir hatten nach dem Unfall keinen Kontakt mehr. Und selbst wenn. Das rechtfertigt doch niemals, sie so bestialisch zu töten!« Marla schüttelte den Kopf. »Abgesehen davon: Als das Video aufgenommen wurde, war ich zu einer Nach-OP im Krankenhaus.«

Es knackte, und wieder war es kein Holzscheit im Kamin, sondern erneut das Video, das die letzten Sekunden niemand mehr beachtet hatte.

»Schaut mal«, sagte Simon aufgeregt, »es ist noch immer nicht vorbei.«

Marla blickte zum Kindercomputer. Bewegte Aufnahmen gab es keine weiteren zu sehen, *zum Glück.* Allerdings Schrifttafeln. Sie liefen wie eine Karaoke-Text-Spur von rechts nach links über den Bildschirm. Ein schwarzer Inhalt in bunten Lettern.

56. KAPITEL

Ehemalige,
Ihr seid gekommen, um in Erinnerungen zu schwelgen. Wofür sonst trifft man sich, Jahre nachdem man die Schule hinter sich gelassen hat?
Mir gefällt das gut. Ich finde sogar, ihr habt allen Grund, zurück in die Vergangenheit zu gehen – und euch eurer Schuld zu stellen.
Ich weiß, jeder Mensch ist schuldig. Das ist ein Naturgesetz wie die Schwerkraft. Man kann nicht durchs Leben gehen, ohne irgendjemanden zu verletzen. Mindestens Pflanzen, die ja auch Lebewesen sind, müssen wir abschneiden, zerteilen, kochen und mit den Zähnen zermalmen, sonst könnten wir nicht überleben. Viele essen Tiere, die zuvor getötet werden müssen. Andere wiederum schädigen Menschen, um im Leben einen Vorteil zu haben. Manche bewusst, manche unbewusst.
Ich frage euch: Was, denkt ihr, ist schlimmer?
Jemandem aktiv einen Schaden zuzufügen oder dies nicht zu verhindern?
Die meisten finden den Täter verachtenswerter als den Mitläufer. Aber ist das so?
Ich gebe euch ein Beispiel: Ihr seid auf einem Klassentreffen. Ihr trinkt etwas zu viel. Einer von euch fährt besoffen die anderen nach Hause und überfährt eine Schwangere, die gerade den Zebrastreifen überqueren wollte.
Wer ist verachtenswerter. Der, der am Steuer saß? Oder die, die den Betrunkenen aus Bequemlichkeit ans Steuer gelassen haben?

Ich habe da eine Meinung. Auf die aber kommt es an diesem Wochenende nicht an.

Ihr seid hier, um selbst herauszufinden: Wer von euch hat die größte Schuld auf sich geladen?

Die Person, die aktiv meinen Untergang geplant hat?

Oder die Mitlaufenden, die vielleicht sogar gehofft haben, dass es nicht so schlimm ausgehen wird?

Ihr wisst, wovon ich rede.

Stellt euch der Vergangenheit. Und trefft eine Entscheidung.

Und damit es keine Missverständnisse gibt, hier noch einmal die Kurzzusammenfassung:

Ihr habt etwas getan. Jemand hatte die Idee, jemand hat es umgesetzt, jemand hat geschwiegen.

Ihr seid alle schuld. Aber ich lasse Gnade vor Recht ergehen und erlasse einem von euch die Strafe. Ihr könnt selbst bestimmen, wer es verdient hat, begnadigt zu werden. Wen trifft die geringste Schuld?

Entscheidet euch. Der- oder diejenige darf überleben.

Den Rest von euch wird mein Schicksal ereilen. Ihr werdet ebenso sterben, wie ich gestorben bin.

57. KAPITEL

Das ist im übertragenen Sinne gemeint, oder?«
Alle Augenpaare, die eben noch die Untertitel fixiert hatten, waren nun auf Marla gerichtet. Amadeus spielte wieder den Wortführer. »Du bist in diesem Kreißsaal fast getötet worden und kannst jetzt mit all den Verletzungen und Verunstaltungen kein normales Leben mehr führen. Dafür willst du uns büßen lassen.«

Als wäre das keine absurde Theorie, sondern ein Fakt, schluchzte Simon regelrecht auf und flehte in Marlas Richtung: »Aber wir haben doch mit dem, was damals geschehen ist, nicht das Geringste zu tun.«

»Selbst wenn!«, schrie Marla am Rande ihrer Belastbarkeit. »Selbst wenn ich hier einen Rachefeldzug gestartet hätte – kann mir einer von euch erklären, weshalb ich mich mit diesen ganzen Hinweisen selbst ans Messer liefere?« Sie zeigte auf den Computer. »Hinweise, die ich, nebenbei gesagt, selbst gefunden und präsentiert habe.«

»Du hattest vor fünf Jahren Todesangst.« Simon war ganz ruhig geworden. Er klang, als würde er beim Reden nachdenken und sich am Ende selbst vor seinem Fazit fürchten: »Und diese Todesangst willst du jetzt in unseren Augen sehen.«

»Das glaube ich nicht«, sagte Paulina. »Es ist alles ganz anders.« Sie rieb sich weiterhin die Hände, wahrscheinlich tat sie das unbewusst, vielleicht steckte noch immer etwas Kälte in ihren Knochen. Dabei konnte sie von Glück reden, wieder im Warmen zu sein. Anders als Jeremy und Grete, die jetzt noch da draußen steckten, während der Sturm wütete. Das Heulen und Pfeifen im Kamin wurde stetig lauter. Das dumpfe Tageslicht schaffte kaum noch seinen Weg durch die zitternden Fensterscheiben, so rasch breitete sich die Dunkelheit aus.

Innerhalb und außerhalb der Hütte.

Einzig Paulinas Zuspruch war für Marla ein kleiner Lichtblick.

»Ich glaube dir, dass du nicht dahintersteckst«, sagte sie jetzt.

Marla atmete erleichtert aus. Wenigstens eine hier mit einem Funken Verstand.

»Du hast das hier nicht arrangiert. Du willst dich nicht an uns rächen. Aber jemand anderes an dir!«

Der Nachsatz ließ Marla wieder frösteln.

Paulina suchte nun den Blickkontakt zu Marla, die ihm standhielt, auch wenn es mit jedem Wort ihrer ehemaligen Mitschülerin unangenehmer wurde. »Ich weiß nicht, was du getan hast, Marla. Nur: Derjenige, der hier mit dir spielt, geht über Leichen. Über *unsere* Leichen, wenn wir uns nicht vor dir schützen.«

»Was schlägst du vor?«, fragte Amadeus.

Die Antwort kam schnell und traf Marla mit noch größerer Wucht als der, mit der der Schneesturm auf die Hütte prallte:

»Lasst sie uns irgendwo einsperren und abwarten, ob der Killer sie holen kommt.«

58. KAPITEL

Berlin

Einen Blumenstrauß, mehr brauchte es nicht, um sich, ohne Misstrauen zu erregen, in einem Krankenhaus oder – wie in diesem Fall – in einem Seniorenheim umschauen zu können.

Kristin hatte sich in dem kleinen Laden neben dem Eingang für einen vorgefertigten Winterstrauß aus Chrysanthemen und Edelnelken entschieden. Der Pförtner hatte sie für eine harmlose Besucherin gehalten und ihr ohne Umschweife Margots Zimmernummer verraten. Sie fand die betagte Dame allerdings nicht auf ihrem Einzelzimmer, sondern im »Erlebnisraum« am Kopfende der Station, auf der Marlas Großmutter untergebracht war.

Brettspiel- und Kaffeezimmer hätte besser gepasst, wohl aber weniger ansprechend geklungen für eine Einrichtung, die unter Garantie mit den herkömmlichen Pflegeversicherungsbeiträgen nicht zu bezahlen war.

Margot saß an einem kleinen Kaffeehaustisch am Fenster und schien eine Runde Monopoly mit sich selbst zu spielen. Das Brett war aufgebaut, die Gemeinschafts- und Ereigniskarten lagen an Ort und Stelle, und vor Margots Platz türmte sich ein beachtlicher Spielgeldstapel, obwohl sie allem Anschein nach schon die Hälfte aller Grundstücke und Gebäude in ihrem Besitz hatte.

»Darf ich mitspielen?«, fragte Kristin, als sie gerade im Begriff war zu würfeln.

Margot sah zu ihr hoch und erwiderte ihr Lächeln. Sie

schien müde, was vor allem an ihren Augen lag, die aussahen, als trüge sie milchige Kontaktlinsen; farblich passend zu ihrer verwaschenen Strickjacke. Die etwas zu kurzen Ärmel bedeckten dünne Ärmchen. Die Hände, mit denen sie die zwei Würfel hielt, waren knochig wie Krähenbeine. Stünde jede Falte in ihrem gutmütigen Gesicht für eine Erinnerung, hatte Marlas Oma ein ereignisreiches Leben gehabt.

»Ich warte auf meinen Spielpartner, aber Sie können mir gerne Gesellschaft leisten, bis er kommt.« Margot zeigte auf den freien Stuhl ihr gegenüber.

Kristin bedankte sich und entdeckte mehrere leere Vasen auf dem Fensterbrett zum Garten. Das Heim war ruhig gelegen, mit einer großen, alleebaumgesäumten Freifläche. Dem Wetter entsprechend waren die schneebedeckten Gehwege menschenleer. Nur ein Pfleger nahm eine Abkürzung durch den Park ins Haupthaus.

»Die sind aber schön!«, sagte Margot, als Kristin den Strauß in eine der Vasen gestellt und Wasser eingefüllt hatte. Sie platzierte die Blumen auf dem Nachbartisch, weil ihrer komplett vom Monopoly-Brett eingenommen wurde.

»Die sind für Sie!«

»Danke, wie aufmerksam.« Margot prüfte mit der flachen Hand den Sitz ihres schütteren Haares am Hinterkopf. Dass sie Wert auf Körperpflege legte, merkte man auch an dem dezenten Hauch Kölnischwasser, der sie umgab.

»Kennen wir uns denn?«

»Ich kenne Marla. Ich habe lange mit ihr zusammengearbeitet.«

Margot nickte. »Ach ja, Marla. Wie geht es ihr?«

»Das wollte ich Sie fragen.«

Natürlich wollte Kristin sie fragen, ob sie eine Idee habe, wie ihre Adresse auf ein weißes Blatt gelangt war, das ein mutmaßlicher Killer vor eine Videokamera gehalten hatte, aber sie nahm an, dass es klüger war, sich diesem Thema vorsichtig zu nähern.

Margot würfelte und bewegte die Spielfigur acht Felder vorwärts. »Hafenstraße«, murmelte sie. »Die will ich nicht.«

Dann sagte sie zu Kristin: »Ich hatte lange keinen Kontakt mehr zu ihr.«

»Ich dachte, Sie hatten ein inniges Verhältnis«, fragte sie verwundert.

»Ja. Wir wollten Ansgar besuchen.« Margot begann ihr Spielgeld zu zählen.

»Wer ist Ansgar?«

»Mein Mann, er …« Sie zählte noch zwei Scheine ab, dann hielt sie sich plötzlich die Hand vor den Mund. »Oh.«

Ihre Augenlider zitterten. »Was rede ich denn da? Ansgar ist schon lange tot. Entschuldigen Sie.«

Kristin reichte ihr ein Taschentuch und fühlte sich ebenso traurig, wie Margot sie jetzt ansah. Sie dachte darüber nach, was ihr ihre Mutter einmal gesagt hatte, Jahre, bevor sie selbst an Alzheimer gestorben war.

»Wir fliehen gerne in eine Scheinwelt, meine Kleine. Mit Büchern und Filmen und allem anderen, was uns das Elend unseres Daseins vergessen lässt. Das Schlimme sind nie die langen Phasen, in denen wir träumen. Es sind die kurzen lichten Momente, in denen uns bewusst wird, dass alles nur ein Traum ist.«

Weil der Traum, so dachte Kristin, *sich oft sehr viel besser anfühlt als die kalte Wirklichkeit.* Vermutlich auch für Margot. Immerhin hatte ihr Mann Ansgar für sie gerade noch gelebt, bis Kristin durch eine Nachfrage diese schöne Illusion zerstörte.

»Marla war ein so liebes Kind. Ich vermisse sie sehr.«

»Sie ist auf einem Abitreffen in den Bergen«, sagte Kristin. »Wissen Sie etwas darüber?«

»Nein, ich glaube nicht.« Margot blickte etwas hilflos umher.

Kristin ließ ihr Zeit, sich zu sammeln, bevor sie scheinbar das Thema wechselte. »Ich kenne Marla seit dem Unfall. Das muss damals schrecklich für Sie alle gewesen sein.«

»Oh, ja, das war es.«

»Marla hat mir erzählt, Sie hätten täglich an ihrem Krankenbett gesessen.«

»Habe ich das?« Margot lächelte unsicher.

»Ist sie direkt nach dem Unfall ausgezogen?«

»Welcher Unfall?«

Kristin beschloss aufzugeben. Es war einen Versuch wert gewesen, aber von Margot würde sie keine relevanten Informationen bekommen.

»Es war schön, Sie kennengelernt zu haben«, sagte sie und stand auf.

Margot nickte und reichte ihr die knochige Hand. »Thea hat behauptet, sie könne mir Marla nicht zumuten.«

Thea Lindberg. Marlas Mutter.

»Sie meinte die Belastung, ein Kind aufzunehmen?«

»Marla anzusehen.«

Kristin zog erstaunt die Hand zurück.

»Thea hat Edgar geliebt«, fuhr Margot fort. »Wenn sie Marla ansah, sah sie in ihr nur noch den Grund, weshalb mein Sohn sich umgebracht hat.«

»Ihr *Sohn?*«

Kristin setzte sich wieder. Natürlich. Wieso sonst sollte sie Lindberg mit Nachnamen heißen. Aus irgendeinem Grund war sie davon ausgegangen, dass Oma Margot die Großmutter mütterlicherseits war.

»Sie hat gedacht, auch ich würde nach seinem Freitod einen Groll gegen meine Enkelin hegen, aber dem war nicht so.«

»Also haben Sie sie bei sich aufgenommen?«

Mit dem nächsten Satz ließ die alte Dame die Bombe platzen:

»Nein. Marla hat nie bei mir gewohnt.«

Hätte Kristin gerade etwas getrunken, hätte sie sich unter Garantie verschluckt. »Wie war das?«, fragte sie salopp.

»Leven ist fort. Aber Marla ist bei Thea geblieben. Nur …«

»Nur was?«

Die alte Dame lächelte wieder wie zu Beginn ihrer eigenartigen Unterhaltung. »Wo ist Ansgar?«

Kristin seufzte innerlich.

»Es ist Donnerstag. Er holt Kartoffeln vom Markt. Sobald sie im Keller sind, wollte er hochkommen und eine Runde mitspielen.« Sie tätschelte Kristins Hand und kicherte. »Er hasst es zu verlieren.«

»Sicher«, sagte Kristin, einfach, um etwas zu sagen, und verabschiedete sich zum zweiten Mal.

Ihr wuchs ein Kloß im Hals bei dem Gedanken, dass sie Marlas Großmutter in diesem Leben wohl nicht mehr wiedersehen würde. Vermutlich in keinem mehr.

Die meisten Religionen dieser Welt hielten den Tod nur für einen Übergang, bei dem der Körper zurückblieb, die Seele aber wanderte. Aber konnte sie das überhaupt, wenn der Geist längst auf Wanderschaft war?

»Eins, neun, vier, neun«, hörte sie Margot sagen, da war sie bereits auf der Schwelle zum Flur.

»Wie bitte?«

»Sie gehen doch jetzt zu Thea, oder?«

Kristin nickte. Tatsächlich hatte sie mit dem Gedanken

gespielt. Sie hatte noch über drei Stunden Zeit bis zum Abflug, die konnte sie mit einer Fahrt nach Dahlem überbrücken, auch wenn der Flughafen nicht gerade auf dem Weg lag. Der Tag des Unfalls hing mit der Ermordung einer Schülerin vor fünf Jahren auf einem Abitreffen zusammen. Pias Programm hatte die Verbindung der Videos hergestellt, die beide Taten dokumentierten. Eine weitere Verbindung war Oma Margots Adresse auf dem Papier für den Weißabgleich. Doch die Großmutter behauptete, Marla habe nie bei ihr gewohnt, was vermutlich ihrer schwindenden Geisteskraft zuzuschreiben war.

Vielleicht aber auch nicht ...

Die eine Hälfte von dem, was Margot von sich gab, war wirr. Die andere jedoch erstaunlich klar und zutreffend. In welche Kategorie fiel ihre Behauptung, Marla habe bei Thea gewohnt?

Die einfachste Möglichkeit, die Wahrheit herauszufinden, wohin immer sie Kristin auch führen mochte, war, Marlas Mutter einen Besuch abzustatten.

»Neunzehnhundertneunundvierzig.« Margot winkte zum Abschied. »Und sagen Sie Thea einen schönen Gruß von mir. Ich habe ihr längst verziehen.«

59. KAPITEL

Nebelhütte

Marla saß in der Falle. Im Biberbau, Zimmer Nummer 2. Gretes Zimmer. Amadeus hatte sie dorthin verschleppt, und die anderen hatten weder widersprochen, noch waren sie ihr zu Hilfe gekommen.

Paulina hatte gar nichts mehr gesagt und nur lethargisch ins Feuer gestarrt wie jemand, dem nicht nur die Kälte, sondern ein Schock in den Gliedern saß. Und Simon, der Schwächling, hatte lediglich gefragt, ob das denn wirklich nötig sei, war am Ende aber passiv geblieben. Immerhin schien er sich als Einziger Sorgen zu machen, weshalb Jeremy und Grete nicht wieder auftauchten.

»Paulina und ich bleiben unten. Dann können wir sie mit Tee und Decken versorgen, falls sie zurückkommen.« Mit diesen Worten hatte er seine Rolle als Mitläufer gefestigt, während Rebekka sich nach kurzem Zögern zur Mittäterschaft entschloss. »Ich helfe dir, Marla einzuschließen«, hatte sie gesagt. »Aber nur, weil ich glaube, dass sie da sicher vor dir ist. Und ich will dich im Auge behalten, Amadeus. So aggressiv und neben der Spur, wie du bist, habe ich Angst, du nimmst das Video ernst und willst am Ende der einzige Überlebende sein.«

Amadeus hatte nur gelacht und Marla mit dem Küchenmesser in der Hand nach oben gezwungen.

Ihm war eingefallen, dass Grete sich bereits beim Einzug über eine lose Klinke beschwert hatte, und in der Tat konnte man den Türgriff von innen leicht abziehen. Kein perfekter, aber für den Moment ein funktionierender Schlüsselersatz.

Nachdem Amadeus alle Taschen, Bügel, Stifte und sogar die Klobürste entfernt und sichergestellt hatte, dass es keinerlei kantige oder zu Hebeln verformbare Gegenstände in den Räumlichkeiten mehr gab, hatten sie die Tür von außen zu- und die Klinke dort ebenfalls abgezogen.

Wie früher, dachte Marla erschöpft, wütend und traurig zugleich. Als Kind hatte sie keinen Schlüssel für ihr Kinderzimmer haben dürfen. Als sie neun war, schrieb sie ein »Zutritt verboten«-Schild, klebte es an die Tür und schraubte alle Klinken ab, damit niemand mehr rein- oder rausgehen konnte.

Was hat das für ein Donnerwetter gegeben, als Papa vor verschlossener Tür stand.

Er hatte einen Schraubenzieher in die Vierkantöffnung gesteckt und so das Schloss aufgehebelt. Aber alles, was sich als Werkzeug für diesen Zweck eignete, hatte Amadeus mitgenommen.

Marla hatte sich nicht gewehrt, einfach, weil es keinen Sinn gehabt hätte, sich dagegen aufzulehnen. Selbst wenn sie Amadeus das Messer hätte entwinden und ihn mitsamt Rebekka die Treppe hinunterstoßen können, wohin sollte sie denn fliehen?

Raus in den Sturm? Ohne Schuhe, ohne Handy, ohne Jacke?

Gejagt von einer Gruppe, von denen die meisten ebenso verängstigt und verwirrt waren wie sie und einer sogar ein Mörder sein konnte, der bereits an Cora gezeigt hatte, wozu er fähig war.

»Es geht um eine Bestie. Vielleicht ein Serientäter.«

Marla schlug sich die Arme um den Oberkörper und ließ sich auf der Bettkante nieder. Hier war sie wenigstens allein und konnte nachdenken. Der Hosenbügel, der vorhin noch die Vorhänge zusammengehalten hatte, war nicht mehr da, weswegen sie jetzt theoretisch einen Ausblick auf das Bergmassiv im Rücken der Nebelhütte gehabt hätte. Praktisch sah sie wegen des düsteren Wetters nur ihr eigenes Spiegelbild in der Scheibe vor dem Felsgestein. Der Sturm wirbelte stets frischen Schnee gegen das Glas, wischte ihn aber ebenso schnell wieder fort.

Wie alt du geworden bist, dachte Marla bei dem Blick auf das Gesicht, das sich ihr im Licht der Nachttischlampe als Projektion zeigte. Wegen ihrer visuellen Wahrnehmungsstörung sah sie nicht oft in den Spiegel, nicht zuletzt aus Angst, sie könne sich selbst irgendwann nicht mehr darin erkennen. Tatsächlich schien dieser Punkt mittlerweile erreicht. Die Frau mit den dünnen Haaren, den dunklen Rändern unter den Augen, der Narbe an der Schläfe und dem müden, melancholischen Blick schien ihr fremd.

Marla stand auf und zog den Vorhang so weit zu wie möglich. Sie durfte jetzt nicht in Trübsinn verfallen, sondern musste aktiv werden. Das Rätsel lösen, um zu überleben.

»Also gut, dann mal los«, sagte Marla laut und sah sich um.

Was hatte sie bei der ersten Visite in Gretes Zimmer übersehen, das ihr jetzt vielleicht weiterhelfen konnte? *Okay ...*

Gretes Koffer war nicht ausgepackt, was bei den wenigen Dingen, die sie für das verlängerte Wochenende mitgenommen hatte, auch nicht nötig gewesen wäre. Zudem schien sie Sets zusammengestellt zu haben. Marla fand in dem aufgeklappten Trolley zwei eingerollte Hosen. Als sie sie aufdrehte, fielen ihr farblich auf die Hosen abgestimmte Slips, Socken, Unterhemden und knitterfreie Blusen entgegen.

Praktisch. Eine Rolle für jeden Tag.

Marla sah sich in ihrer ersten Analyse bestätigt. Grete war eine Häsin. Clever, aber auch ängstlich, dass irgendetwas ihren Tagesablauf stören könnte. Sie erinnerte sich daran, dass die Psychologiestudentin die Einzige gewesen war, die den Tresor programmiert hatte.

Er befand sich in dem begehbaren Kleiderschrank.

Modell XONO, Typ K.

Sie musste lächeln, seit langer Zeit zum ersten Mal wieder.

Hoteltresore waren fast immer ein Kinderspiel, aber von allen Modellen war dieses hier am einfachsten zu knacken.

Die wenigsten wussten, dass die schuhkartongroßen Kästen, die meist im Schrank eingebaut waren oder unter dem Schminktisch hingen, so ziemlich der unsicherste Platz im Hotel waren, wenn es darum ging, Wertsachen aufzubewahren. Jeder Tresor konnte von fast allen Mitarbeitern mit einem Universalcode geöffnet werden. Natürlich sollte dieser Code nach der Erstinstallation vom Management geändert werden, aber das war vielen zu umständlich, weswegen es meist bei der Werkseinstellung blieb. Auch in ihrer Arbeit hatte sich die PIN, mit der sie an Kristins DVD gekommen war, während ihrer Dienstzeit noch kein einziges Mal verändert.

Und beim hier eingebauten XONO Typ K war es noch nicht einmal nötig, den Universalcode zu kennen, denn bei diesem Modell gab es eine davon unabhängige, zusätzliche Notfall-Entsperrfunktion. Marla drückte die Rautetaste, hielt dann die Sterntaste gedrückt, während sie fünfmal die Neun antippte.

Klack.

Es surrte.

Und der Riegel sprang auf.

60. KAPITEL

Diesmal war es keine Urkunde, keine DVD und kein USB-Stick. Trotzdem fürchtete sich Marla, als sie den Gegenstand aus dem Tresor nahm. Sie fürchtete sich vor dem Geheimnis, das er womöglich preisgeben mochte.

Es war eine kleine, silberne Videokamera mit Handschlaufe. Ein Gerät, wie es seit dem Siegeszug der Handykameras kaum noch benutzt wurde. Ohne Akkuleistung, wie sie feststellte, als sie auf den On-Knopf drückte und das schwenkbare Monitorfeld dunkel blieb.

Doch im Dunkeln des Tresors ertastete sie ein Netzteil.

Es lag neben einer altertümlichen Mini-Videokassette.

Durch den Türspalt zum Flur kroch ein Pfeifen, das sie unwillkürlich an den Killer im Kreißsaal denken ließ, und lieferte die schaurige Untermalung für Marlas Gemütszustand.

Wieso schleppt Grete dieses altertümliche Ding hier mit raus?

Sie, die so penibel ihre Wäsche abzählte und sich offenbar mit keinem unnötigen Ballast beschweren wollte. Es musste einen handfesten Grund dafür geben.

Wollte Marla ihn erfahren?

Einen Moment hoffte sie, dass die Kamera nicht auf die Verbindung zum Stromnetz reagieren und ihr ausklappbarer Monitor dunkel bleiben würde, doch es surrte und klackte, und schließlich zeigte sich ein weißer Pfeil auf dem dunkelblauen Bildschirm.

Marla drückte darauf, doch das Modell hatte keine Touchscreenfunktion. Sie fand die Play-Taste an der Seite.

Der Sturm pfiff erneut, diesmal klang es wie ein Startsignal für das Video.

Was ist das?

Marla kniff die Augen zusammen, dann schaltete sie die Nachttischlampe aus, um die dunklen Bilder ohne störenden Lichteinfall auf dem Display besser sehen zu können.

Die Aufnahme sah aus wie von einem Babyfon mit Nachtsichtkamera. Sie war farblos und grobkörnig, aber man konnte Konturen erkennen.

Vielleicht eine Überwachungskamera mit Restlichtaufheller? Dafür sprach, dass sie von einem Fixpunkt aus gemacht worden war, allem Anschein nach von der Zimmerdecke nach schräg unten. Dagegen sprach, dass sie mit Ton war, was herkömmliche Überwachungsanlagen nicht mit aufzeichneten.

Die Qualität reichte nicht an die moderner Infrarotgeräte heran, weswegen die Gruppe von fünf oder sechs Jugendlichen immer wieder zu einer einheitlichen Masse verschmolz. Sie standen vor den geöffneten Türen eines Aktenschranks.

Die Schrankgruppe?

Er war leer. Bücher und Ordner lagen ordentlich gestapelt auf einem Sessel rechts davon.

Eines der Mädchen beugte sich ins Schrankinnere.

»Aber ihr müsst leise sein«, zischte ein Mädchen aus dem Hintergrund. »Und kein Licht. Ich hab's euch gesagt: Der Schrank hier steht genau vor der Zwischentür. Das Loch in der Rückwand ist in Höhe des Schlüssellochs.«

»Geil. Weiß deine Mama, dass man aus ihrem zweiten Behandlungszimmer alles mitbekommt, Grete?«, fragte eine Jungenstimme.

Gretes Mama also. Die Psychotherapeutin. Marla meinte

sich zu erinnern, dass sie ihre Praxis zu Hause betrieben hatte.

»Klar, Simon, ich hab ihr gesagt, dass ich ein Loch in ihren Aktenschrank gebohrt habe, um meine Freunde bei ihren Sitzungen zuschauen zu lassen!«, zischte Grete. Den Stimmen nach waren die Sprecher nicht älter als fünfzehn Jahre, eher jünger. »Wie blöd bist du eigentlich? Sie würde mich töten, wenn sie wüsste, dass ich euch hier reinschleppe.«

»Sagt mal, das ist doch …?« Das Mädchen beugte sich aus dem Schrank zu den anderen.

»Hab ich euch zu viel versprochen?«, fragte Grete.

»Lasst mich auch mal ran, Paulina«, forderte ein Junge und zog das Mädchen am Ärmel.

»Ja doch, Amadeus.«

Marlas Narbe puckerte.

Grete, Simon, Paulina, Amadeus. Die Liste komplettierte sich. Leider nicht die der Antworten, nach denen sie suchte: *Wer hat uns alle hierhergelockt? Wer spielt dieses tödliche Spiel mit uns? Und was hat es mit diesem Schrank-Video zu tun?*

»Was sagt er?«

»Der ist komplett krank.«

»Sonst wär er ja nicht bei deiner Mutter.«

»Niemand mag Klugscheißer, Rebekka.«

»Was ja wohl auch ein Klugscheißer-Spruch ist, Jeremy«, äffte die Angepflaumte zurück.

Grete kicherte leise und flüsterte: »Glaubt mir, meine Mama hat viele Patienten. Aber Marlas Papa ist echt am meisten durch den Wind.«

61. KAPITEL

Nein, bitte nicht. Das ertrage ich nicht.
Marla wollte das Video stoppen, tatschte auf den Bildschirm, weil sie in der Aufregung vergessen hatte, dass er nicht berührungsempfindlich war. Die Aufnahme lief gnadenlos weiter.

»Und was läuft bei ihm nicht rund?«, wollte Amadeus wissen.

»Er liebt Marla.«

»Mein Vater liebt mich auch«, sagte Paulina.

»Aber hoffentlich nicht so. Ich habe es euch doch schon gesagt. Er will sie … na ja, ihr wisst schon.«

»Krass.« Das Wort war zu kurz. Marla hörte nicht, wer Grete zustimmte, die die Gruppe weiter mit den vertraulichen Patientengeheimnissen über ihren Vater versorgte: »Er sucht ständig nach jemandem, der genauso aussieht wie sie, damit er sich nicht an Marla vergehen muss.«

»Eine Ersatztochter zum …«

»Amadeus«, unterbrach Rebekka ihn harsch. »Sag es nicht, du Schwein.«

»Hey, ich bin hier nicht der Perverse.«

»O Gott.« Das Aufstöhnen kam von Jeremy, der als Nächster zum Spionieren in den Schrank geklettert war.

»Was?«

»Krass!«

»WAS DENN?«

»Schsch. Sonst hören sie uns noch«, ermahnte Grete die durcheinanderzischende Gruppe. »Was hat er denn gesagt?«, fragte sie nun selbst.

»Dass er schon viele getroffen hat«, berichtete Jeremy. »Aber bislang noch nie jemanden, der so schön ist wie Marla.«

»Na, dann passt das doch«, sagte Paulina und lachte.

Was passt?, fragte sich Marla, da ließ Jeremy die Bombe platzen. »Doch an dem Tag, an dem das perfekte Mädchen vor ihm steht, wird er sich ...«

»Was denn, Jeremy?«

»Er sagt, es könnte sein, dass er sich dann umbringt. Damit er sich nicht an ihr vergeht.«

»Krank«, befand Amadeus.

»Total«, stimmte ihm Simon zu.

»Dann dürfen wir das aber nicht machen«, sagte jemand. Es war verrauscht. Marla konnte nur hören, dass es ein Junge war, der beschwörend zischte: »Lasst uns unseren Plan beerdigen. Das ist kein Spaß mehr.«

Ihm antwortete eine nicht zu identifizierende, flüsternde Mädchenstimme: »Mach dir nicht ins Hemd, Kilian. Das wird lustig, wenn wir dem geilen Edgar von der Obdachlosen erzählen!«

62. KAPITEL

Amadeus

Dafür, dass sie noch schlimmer als Paulina aussah, hielt Grete sich erstaunlich sicher auf den Beinen. Weder strauchelte sie, noch fiel sie vor Amadeus und den anderen zu Boden. Allerdings sagte sie kein Wort. Der Schnee, der ihren gesamten Körper bedeckte wie ein verfilzter Teppich aus Schafwolle, schien auch Gretes Stimmbänder eingefroren zu haben.

»Verdammt, wie lange hast du denn da draußen schon gestanden?«, fragte Rebekka. Sie war es, die sich über den Schatten vor der verriegelten Terrassentür gewundert hatte.

Wahrscheinlich hat Grete keine Kraft zum Klopfen gehabt, dachte Amadeus, der ihr geöffnet hatte.

So wie er kaum noch Kraft hatte, die Truppe hier zusammenzuhalten. Er brauchte dringend einen neuen »Anschub«, wie er es vor sich selbst nannte. Die Entzugserscheinungen machten ihm mehr und mehr zu schaffen. Die letzte Pille hatte er kurz vor der Sauna genommen, und sein Vorrat befand sich in der verfluchten Jacke, und die war Gott weiß wo.

»Hast du Jeremy gesehen?«, fragte Simon.

Alle zuckten zusammen, als Grete tatsächlich mit klarer, fester Stimme Antwort gab. »Er ist abgestürzt.«

Sie zog sich ihren Norwegerpulli aus und verteilte eine Schneewehe über Sofa und Couchtisch.

»Wie war das?«, fragte Amadeus. Seine rechte Hand zitterte, weshalb er sie in der Hosentasche vergrub.

»Ich war am Phone-Spot. Der Zaun ist rausgerissen.« Grete entledigte sich ihrer Hose und stellte sich in Slip und Bluse vor den Kamin.

Amadeus überlegte, ob es klug war, ausgekühlte Körper so unmittelbarer Wärme auszusetzen. Verhungernde sollten auch nicht sofort eine ganze Mahlzeit essen, aber im Grunde war es ihm gleichgültig, welche schädigende Wirkung die Ereignisse hier auf die anderen hatten. Er war das Problem. Seine Gesundheit stand auf dem Spiel, sollte er nicht schnellstmöglich von hier wegkommen.

»Scheiße, was geht denn hier ab?« Simon schluckte. Tränen liefen ihm übers Gesicht, als er sagte: »Erst werden wir fast vergiftet, dann finden wir Coras Leiche, und jetzt ist Jeremy tot?«

Paulina hob den Kopf, sah zu Simon. Ihre Unterlippe bebte, als wollte sie etwas sagen, doch es kam kein Laut aus ihrem Mund. Dafür stöhnte Rebekka laut auf. Sie kratzte sich im Gesicht, als hätten sich ihre Weißflecken in juckende Ekzeme verwandelt.

Amadeus wurde klar, dass hier in der Hütte bald ein emotionaler Kipppunkt erreicht war und sich alles in einer Massenhysterie entladen würde, und das, während seine Entzugserscheinungen auf einen ersten Höhepunkt zusteuerten. »Okay, vielleicht ist er ja nicht tot, sondern nur verletzt«, sagte Amadeus, um etwas Ruhe in die Gruppe zu bringen. »Wir müssen einen Suchtrupp bilden.«

»Ja«, stimmte ihm Simon schniefend zu. »Er liegt womöglich irgendwo da draußen und stirbt, wenn wir nicht kommen.«

Grete schüttelte den Kopf. »Da geht es Hunderte Meter runter. Und der Zaun ist völlig zerstört.«

»Könnte ihn jemand geschubst haben?«, fragte Rebekka

bang. »Denkt doch mal an die Hausordnung.« Sie zitierte: »Bevor nicht alle Aufgaben erledigt sind, darf niemand die Nebelhütte verlassen. Zuwiderhandlungen werden mit dem Tode bestraft.«

Simon schlug sich entsetzt die Hand vor den Mund.

Diese Memme pullert sich gleich wieder ein, dachte Amadeus noch. Doch als Paulina sich zu Wort meldete, stand auch er kurz davor, die Fassung zu verlieren, denn die Autorin sagte leise, aber unmissverständlich. »Ich war's.«

Alle drehten sich zu ihr. Simon, Rebekka, Amadeus und als Letzte Grete. Ihr Blick schien fassungslos. »Wie war das?«, fragte sie.

»Ich bin schuld. An allem.«

Paulina setzte sich aufs Sofa und vergrub den Kopf in den Händen. »Ich hab Jeremy geschubst.«

»Was sagst du denn da?« Rebekka setzte sich neben sie. Amadeus sah, dass sie versucht war, den Arm auf ihre Schulter zu legen, sich aber offensichtlich nicht traute.

»Ich wollte das nicht.« Paulina sah auf. Das Gesicht noch immer kajalverschmiert, auch wenn sie sich in der Zwischenzeit mehr schlecht als recht auf der Toilette gereinigt hatte. »Wir standen auf dem Phone-Spot. Sein Handy hat geklingelt, er ist auf diesen blöden Tütenfüßen ausgerutscht und hat nach mir gegriffen. Ich hab im Reflex den Arm gehoben und ihn aus Versehen geschubst.«

»Also war es ein Unfall?«, fragte Simon.

Paulina nickte. »Es tut mir so leid. Ich hab mich nicht getraut, es euch zu sagen.«

»Aber um Himmels willen, wieso denn nicht?«, fragte Rebekka fassungslos.

»Weil ...« Paulina griff sich an den Hals. Sie sah aus, als müsste sie sich gleich übergeben.

Deswegen also war sie so teilnahmslos gewesen. Und deshalb hatte es so lange gedauert, bis sie wieder in die Hütte gekommen war. Sie hatte sich nicht zurück zu ihnen getraut.

»… weil es doch fast so ist wie in meinem Buch. Da gibt es einen Mord. Das erste Opfer wird den Abhang hinuntergestürzt. Ich hab gedacht …« Sie stockte. »Ach, ich weiß nicht, was ich gedacht habe. Ich kann überhaupt nicht mehr klar denken, seitdem hier alles schiefläuft. So hatte ich mir das doch alles nicht vorgestellt.«

Amadeus zog seine zitternde Hand aus der Hosentasche. Was hatte Paulina da eben gesagt? Was führte diese Möchtegernautorin im Schilde?

»Moment mal. Was läuft schief? Was hast du dir anders vorgestellt?«, fragte er mit seiner allerbesten Verhörstimme.

»Dieses Schrank-Video. Ihr habt euch doch immer gefragt, wer es gemacht hat?«

Grete, der man ansah, dass ihr in dieser Situation nicht der Sinn nach Geschichten aus der Vergangenheit stand, sagte ungeduldig: »Das wissen wir doch längst. Meine Mama hatte ein zweites Therapiezimmer mit Videoanalyse. Es muss automatisch angegangen sein, als wir da reingegangen sind.«

»Nein«, widersprach ihr Paulina. »Ich habe es angeschaltet. Ich hab von der Kamera gewusst. Grete hatte mich schon einmal mit in den Schrank genommen, da habe ich sie gesehen.«

»Wieso hast du das getan?«, fragte Rebekka und rückte von Paulina ab.

»Ich wollte das als Andenken für uns aufnehmen. Es war doch der Tag, an dem wir unseren Plan gefasst haben.«

»Diese beschissene Idee«, fluchte Simon, für seine Verhältnisse erstaunlich rüde. »Der Plan, der alles zerstört hat.«

»Moment mal!« Amadeus kam ein schrecklicher Verdacht.

»Steckst du etwa hinter unserem Treffen hier?«

Paulina nickte. »Ich habe die Einladungen verschickt.«

Das durfte nicht wahr sein. Amadeus rieb sich die Augen und sehnte sich nach einer ganzen Handvoll Pillen, mit denen er sich in eine andere Sphäre schießen konnte. Dann hatte Grete die ganze Zeit die Wahrheit gesagt.

»Etwa auch die Einladung an Marla?«, fragte er.

Paulina hob abwehrend die Hand. »Nein! Ich schwöre es.«

»Das ist doch Schwachsinn«, brüllte Amadeus, der mehr und mehr die Kontrolle über sich verlor. »Was hast du dir dabei gedacht?«

»Ich wollte mit euch reden. Euch meine Gefühle schildern, wie sehr es mich belastet, dass ich es war, die auf dem Video sagt, wir sollten es durchziehen. Obwohl Kilian dagegen war. Und ja, ich wollte euch überzeugen, dass wir Marla das Schrank-Video zeigen, sobald wir wieder in Berlin sind.« Sie zeigte auf Grete. »Hast du es dabei?«

Die Psychologiestudentin nickte. »Du hast mich drum gebeten.«

Ihr Blick wanderte zu Amadeus, der sich von ihm durchbohrt fühlte, *aber vermutlich habe ich das verdient, nachdem ich sie so angemacht habe.* »So viel dazu, dass ich hier irgendwas im Schild führe, Mr Superdetektiv. Ich habe keine einzige Einladung verschickt, mir aber meinen Teil gedacht, als Paulina mich gebeten hat, die Videokassette von damals mitzunehmen.«

»Und wieso habt ihr beide nichts gesagt?«, fragte Simon.

»Weil es keinen Sinn gehabt hätte, mit euch irgendetwas zu diskutieren. Zumindest Amadeus hier war von Anfang an auf Streit aus«, antwortete Paulina und stand auf.

»Okay, okay. Dann bin ich halt der Antichrist, kein Problem. Ich kann damit leben. Und ja, ich hätte niemals zugestimmt, dass wir Marla dieses beschissene Video zeigen. Doch das ist mir jetzt ehrlich gesagt völlig egal. Meinetwegen können wir sie zu einer Open-Air-Vorführung in die Waldbühne einladen. Vorausgesetzt, wir bekommen noch einmal die Gelegenheit dazu und schaffen es raus aus der Hütte.«

Rebekka machte ein Time-out-Zeichen. »Amadeus hat recht. Wir müssen uns auf das Wesentliche konzentrieren. Auf die Fakten. Was wissen wir?«

»Paulina hat uns eingeladen. Jemand spielt ein tödliches Spielchen mit uns.«

»Aber wer?«, fragte Simon.

»Wenn wir das Motiv kennen, dann kennen wir auch den Täter«, griff Rebekka Paulinas Autorinnen-These auf.

»Gut, dann ändere ich die Frage: Wieso spielt jemand dieses kranke Escape-Game?«, erkundigte sich Amadeus.

Rebekka seufzte. »Das liegt doch auf der Hand.« Die Flecken in ihrem Gesicht schienen zu glühen. Ihre Stimme klang wie die einer Anwältin vor der Pointe ihres Schlussplädoyers.

»Es geht nicht um Marlas Unfall. Ging es nie. Wer immer hier diese Psychospielchen mit uns spielt, will sich wegen des Schrank-Videos an uns rächen. Das war uns doch eigentlich schon seit der Spielkarte klar, aber wir haben es alle verdrängt.«

Grete nickte zustimmend. »Wenn das wahr ist, kann doch aber nur Marla hinter allem stecken. Sie ist die Hauptgeschädigte. Abgesehen von ihrem Vater, aber der ist ja tot!«

»Wenn man einen Menschen umbringt, löscht man immer ein ganzes Universum aus«, sagte Simon.

»Auf jeden Fall zerstört man eine Familie«, stimmte Rebekka zu. »Wir haben ja nicht nur den Vater auf dem Gewissen.«

Jetzt wurde es Amadeus zu bunt. »Wir haben niemanden auf dem Gewissen«, sagte er laut. »Das war seine freie Wahl. Der alte Lindberg hat sich freiwillig das Leben genommen.«

»Wir haben seinen Selbstmord forciert.« Rebekka hob nun ebenfalls ihre Stimme an. »Du mit deiner dummen Idee.«

»Meine Idee?« Amadeus' Hand zitterte so stark, dass es ihm unmöglich gewesen wäre, ein volles Glas zu halten, ohne die Hälfte zu verschütten. Er schwitzte stark. Seine Stirn war schweißnass.

»Ja, du! Wer von uns hat denn gesagt, er habe da jemanden unter der S-Bahn-Brücke gesehen, durch die er täglich zur Fitness geht?«

Täter oder Mitläufer? Was war schlimmer?

»Das war ich«, gestand Amadeus ein. »Aber ich habe nicht gesagt: ›Hui, die Obdachlose auf der Matratze sieht original so aus wie Marla, lass sie uns doch mal mit Papa Lindberg zusammenbringen.‹«

»Doch, so war es, und das weißt du!«

Womit Rebekka leider recht hatte. Grete hatte schon vor dem Tag, an dem das Schrank-Video aufgenommen wurde, heimlich die eine oder andere Therapiesitzung mit Marlas Vater belauscht und wusste von Edgars krankhaften Sehnsüchten. Als sie davon ihrem Freundeskreis erzählte, war Amadeus ein Mädchen eingefallen, dem er damals fast täglich begegnete. Direkt am S-Bahnhof Charlottenburg. Er hatte sie sogar angesprochen, weil die Ähnlichkeit mit Marla frappierend war.

»Aber du hast das Treffen arrangiert!«, fauchte er. Rebekka hatte sich zu der Zeit hin und wieder etwas als Hundesitterin hinzuverdient und Edgar Lindbergs Schnauzer ausgeführt. Als sie ihn das nächste Mal abholte, erwähnte sie beiläufig, dass es da ein Mädchen unter den S-Bahn-Bogen gebe, das Marla aufs Haar glich.

»Weil du mich dazu angestachelt hast!«, schrie sie Amadeus an. »Ich stehe zu meiner Schuld, aber was soll man auch von einem Minipimmel wie dir erwarten. Du hast ja nicht einmal die Eier in der Hose ...«

Amadeus dachte nicht eine Sekunde nach. Er marschierte mit stampfenden Schritten auf Rebekka zu, holte aus und versetzte ihr eine schallende Ohrfeige. Sie stöhnte auf, schleuderte zur Seite, ruderte mit den Armen und konnte dennoch ihr Gleichgewicht nicht wiederfinden.

Es knirschte wie eine aufplatzende Wassermelone, als ihr Kopf ungebremst auf der gemauerten Stufe vor dem Kaminglas aufschlug.

Vor Rebekkas Mund bildete sich eine Speichelblase. Als sie zersprang, war sie tot.

63. KAPITEL

Von all den schrecklichen Bildern, die Marla in den letzten Tagen gesehen hatte, waren die aus dem Schrank in der Praxis von Gretes Mutter am schlimmsten. Nach Coras Geständnis, sich ihrem Vater absichtlich in frivolen Positionen präsentiert zu haben, hatte sie gedacht, es könne keinen schlimmeren Verrat geben. Doch jetzt wusste sie, dass der Abend, an dem Edgar Lindberg starb, kein Zufall, sondern das Ergebnis eines Plans gewesen war. Ausgeheckt von Menschen, mit denen sie vor langer Zeit zur Schule gegangen war und die jetzt unten im Wohnzimmer unter Garantie über ihr Schicksal debattierten.

Kein Wunder, dass sie alle dachten, sie stünde hinter dem Grauen, das ihnen bislang in der Nebelhütte widerfahren war.

Paulina, Jeremy, Grete, Rebekka, Simon, Amadeus.

Sie alle hatten es gehört, auch wenn Edgars im Vertrauen gesprochene Worte nie für ihre Ohren im Schrank bestimmt gewesen waren. An dem Tag, an dem er auf das perfekte Marla-Double traf, wollte er sich umbringen. Und dennoch hatten sie Edgar und das Straßenmädchen zusammengebracht, wenngleich Marla nicht wusste, wie ihnen das gelungen war. Nur ein Einziger hatte Skrupel gehabt.

Kilian.

Doch auch er hatte von »unserem Plan« gesprochen, trug also eine Mitschuld, zumal es ihm offensichtlich nicht gelungen war, sich gegen die Gruppe durchzusetzen.

Ist das der Grund, weshalb Kilian immer so nett zu mir war?, fragte sich Marla. War es eine Mischung aus Mitleid und Schuldgefühlen, die ihn ihre Nähe hatte suchen lassen?

Sie fühlte, wie ihr Tränen die Wangen herunterliefen. Auf der Suche nach einem Taschentuch öffnete sie die Nachttischschublade und entdeckte dort ein Buch, das sie vor Kurzem schon einmal in der Hand gehabt hatte.

Paulina Rogall
EINSAM
Psychothriller

Stirnrunzelnd schlug sie die ersten Seiten auf und stieß auf eine Widmung.

> Liebste Grete, Du musst nicht das ganze Buch lesen. Es reicht, direkt zur Seite 423 zu blättern. Ich danke Dir und freue mich auf unser Treffen in der Nebelhütte. Vergiss das Video nicht. Danke, Deine Paulina.

Zu der entsprechenden Seite vorzublättern, kostete Marla eine ähnliche Überwindung wie seinerzeit beim LKA, wenn sie sich eine besonders explizite Missbrauchsszene in einem Video noch einmal ansehen musste. Als sie es getan hatte, befand sie sich mit Seite 423 am Ende des Thrillers und am Anfang von Paulinas Danksagung.
Sie begann mit den Worten:

Es heißt, in vino veritas.
Doch die Wahrheit liegt nicht im Wein. Sie liegt in der Gewalt. Gewalt entlarvt den Menschen. Ihr ausgesetzt, zeigt er sein wahres Ich. Wenn wir nicht bedroht werden, können wir wohlklingende Gutmenschenvorträge halten darüber, dass jeder Konflikt demokratisch zu lösen wäre.

Doch wenn wir mit sechs anderen in einem brennenden Flugzeug stecken und es nur fünf Fallschirme gibt, dann zeigt sich unser Charakter. Verzichten wir heroisch zugunsten eines anderen? Ziehen wir Streichhölzer und – darauf kommt es an! – akzeptieren wir am Ende die Entscheidung, oder kämpfen wir bis aufs Blut mit unseren Schicksalsgenossen, um ihnen einen der letzten Schirme zu entreißen?

Marla warf noch mal einen Blick auf das Cover des Buchs. War es Zufall, dass darauf ein Haus abgebildet war, von dem in der Dunkelheit nur ein einziges beleuchtetes Fenster zu sehen war? Bei näherer Betrachtung konnte es eine Berghütte sein.

Mit einem Kloß im Hals las sie weiter.

Die Gewalt entlarvt uns. Wie werden die Protagonisten in meinem Thriller entlarvt?
Schuldig, Täter oder Opfer?
Sie haben es herausgefunden. Dank einem psychologischen Experiment, bei dem mir meine gute Freundin Grete Haldern mit ihrem wissenschaftlichen Sachverstand zur Seite stand. Vielen Dank dafür.
Die Versuchsreihe in diesem Roman basiert auf einer einfachen Annahme: Druck entlarvt den Menschen.
Um auf die Wahrheit zu stoßen, bedarf es einer Ausgangssituation, in der Verdächtige Angst um ihr eigenes Leben haben und alles dafür tun, um einer gefährlichen Situation zu entkommen. Notfalls gestehen sie auch die Wahrheit und erinnern sich an längst verdrängte, schmerzhafte Ereignisse in der Vergangenheit. Die Versuchsanordnung, der die Figuren in meinem Roman aus-

gesetzt sind, ist so gestaltet, dass der Mörder oder die Mörderin sich früher oder später selbst entlarven wird. Dieses Experiment würde, das hat mir Grete Haldern versichert, auch in der Realität funktionieren.
Für sein Gelingen bedarf es (wie in meinem Roman) nur fünf Voraussetzungen:
1. Eine kontrollierbare Versuchsumgebung
2. Versperrte Notausgänge
3. Irritierende, am besten schockierende Ereignisse
4. Verstörende Erinnerungsmomente
5. Todesangst

Marla sah auf. Das Buch in ihrer Hand zitterte. Sie schlug es zu und tat etwas, was sie längst hätte tun sollen. Doch bis jetzt hatte sie die Zusammenhänge nicht begriffen. Nach allem, was sie mittlerweile gesehen, gespürt und gehört hatte, hatte sie nun jedoch einen Verdacht, und der bestätigte sich auf grauenvolle Weise, als sie die Inhaltszusammenfassung von Paulinas Roman auf der Rückseite las:

Mehrere Menschen, die sich vor Jahren etwas haben zuschulden kommen lassen, werden von einer unbekannten Person zu einem gemeinsamen Wochenende eingeladen. Wer trägt die Hauptschuld? Und wer wird das Treffen in der Abgeschiedenheit überleben?
Ein Psychothriller, der die Grenzen zwischen Fiktion und Wirklichkeit sprengt.

64. KAPITEL

Amadeus

»Du Unmensch!«
Sein Magen verkrampfte sich. Er zitterte, und er wusste, er würde sich sehr bald übergeben müssen, wenn er nicht langsam an Codein oder, noch besser, Kokain käme. Er litt bereits an einem leichten Schüttelfrost und starken ringförmigen Kopfschmerzen. Amadeus gab sich nicht mehr viel Zeit, bis die Entzugserscheinungen unerträglich werden würden.

»Du bist ein Monster!«
Simon wurde nicht müde, Amadeus anzuschreien, der, die Hände auf die Schläfen gepresst, verzweifelt auf Rebekkas Leiche hinabstarrte.

Sie lag da wie eine Schlafende, mit leicht geöffnetem Mund am Fuße des Kamins. Eine blutige Lache unter ihrem Kopf teilte sich in mehrere Rinnsale auf, die in den groben Parkettfugen versickerten.

»Du hast sie ermordet.«
»Was du nicht sagst«, antwortete Amadeus, und das klang herzloser, als er es wollte. *Verdammt*, er hatte das alles hier nicht gewollt.

Weder die Fahrt noch die Aussprache, am wenigsten die Ohrfeige.

Er atmete tief in den Magen, versuchte, ihn zu entkrampfen, und sagte leise: »Es war ein Unfall!« Damit wiederholte er Paulinas Worte in Bezug auf Jeremy. Sie war ihm keine Hilfe, obwohl Paulina doch gerade erst eine ähnlich traumatische Schocksituation erlebt hatte. Statt zu bestätigen, dass es keine Absicht gewesen sein konnte, stand sie stumm an der Terrassentür und blickte nach draußen in die immer düsterer werdende Welt.

Auch Grete hielt sich mit Vorwürfen nicht zurück. »Du warst die ganze Zeit schon so aggressiv. Erst gegen mich, dann gegen Marla. Und jetzt das!«

Ihre Hände waren blutverschmiert. Sie hatte es eine Weile noch mit Mund-zu-Mund-Beatmung versucht und sich in der Lache neben Rebekkas Kopf abgestützt.

»Wir müssen Hilfe holen«, sagte Simon, und diese Bemerkung machte Amadeus wütender als seine Beleidigungen.

»Ah, gute Idee. Wieso sind wir darauf noch nicht gekommen?«

Er ballte die Hände. »Nur zu, lauf los, du Idiot.« Er zeigte zum Ausgang. »Worauf wartest du denn?«

Als ob sich an ihrer Situation etwas geändert hätte.

Amadeus wollte längst nicht mehr hier sein, dazu hätte es keines Unfalls oder gar einer Toten bedurft. Spätestens, seit sie nach dem toxischen Saunaaufguss auf ihren Zimmern erwacht waren. Nur wie? Die Dringlichkeit abzuhauen war gewachsen. Die Unmöglichkeit geblieben.

»Frag doch mal Grete oder Paulina, ob sie einen Ausflug ins Tal empfehlen können. Wie lange wart ihr draußen? Eine halbe Stunde?«

Grete nickte. »In etwa.«

»Wie willst du den Abstieg vier oder fünf Stunden durchstehen? Und in zwei Stunden geht die Sonne unter!« Er ging zu Simon und stieß ihm den Zeigefinger vor die Brust.

»Quatsch also nicht blöd rum. Hilf mir lieber.«

»Was hast du vor?«, fragte das gepiercte Weichei.

Amadeus sah erst zu Rebekka, dann zum Fenster. »Leichen gehören ins Kühlhaus, und wir haben direkt eines vor der Tür.«

Simon zeigte ihm doch tatsächlich einen Vogel. »Du kannst Rebekka doch nicht einfach auf unsere Terrasse schmeißen!«

»Ich kann sie noch weniger vor dem Kamin verfaulen lassen.«

Shit, was fragte er den Bettnässer.

Grete und Paulina waren bestimmt genauso kräftig, wenn nicht kräftiger, aber die winkten ebenfalls ab, als er ihnen ein Zeichen gab, mit anzupacken.

»Gut, dann mache ich es alleine!« Er schob Rebekka zur Seite, griff ihr unter die Arme und zog ihren leblosen Körper rückwärts Richtung Terrassentür. Er fühlte einen ziehenden Schmerz im unteren Rückenbereich und wusste, morgen würde er seine Bandscheiben spüren. Sofern er überhaupt noch irgendetwas spüren konnte.

»Wie grauenhaft!«, kommentierte Paulina die Blutspur, die Rebekkas Körper hinter sich herzog.

An der Tür angekommen, öffnete er sie mit dem Ellbogen, um die Leiche nicht absetzen zu müssen. Amadeus musste sein gesamtes Gewicht gegen die Tür stemmen, damit der Schneesturm sie nicht sofort wieder zurück ins Schloss presste.

Er schwitzte heftig, und er wusste: Jeder einzelne Schweißtropfen war ein Schrei nach den Drogen, die sein Organismus jetzt so dringend brauchte wie Luft und Wasser. Amadeus zitterte, aber spürte die Kälte nicht, der er auf einmal ausgesetzt war.

Fühlte die Nässe nicht, die seine Socken hinaufkroch. Er hörte nur sich selbst schreien wie einen Gewichtheber, der zu viel auf der Stange hatte. Doch dann hatte er es geschafft, die Leiche über die Schwelle zu ziehen. Amadeus fiel rücklings mit Rebekkas totem Körper in den Schnee.

Keuchend rollte er ihn von sich und kroch völlig erschöpft auf allen vieren zur Tür zurück.

Die verriegelt war.

Von innen.

Von Simon.

Der ihm durch die Scheibe hindurch den Mittelfinger zeigte.

65. KAPITEL

Simon

Hey, lasst mich rein!«
Amadeus' Stimme kämpfte sich dumpf durch die Tür. Er schien sich völlig zu verausgaben, er schrie, klopfte und hämmerte mit den Fäusten gegen die Tür und die darin eingelassene Scheibe, ohne nennenswerten Erfolg. Das Glas erzitterte zwar, und das Türblatt knirschte bedrohlich in den Angeln, aber offenbar war der Eingang stabiler, als er auf den ersten Blick aussah. Oder Amadeus schwächer als vermutet. Lange würde er die Randale da draußen jedenfalls nicht durchhalten, nur mit einer Stoffhose und seinem gelben V-Ausschnitt-Pulli bekleidet.

»Was soll das, Simon?«, fragte Grete ängstlich und versuchte, an den Türriegel zu kommen, den er abschirmte. »Lass ihn wieder rein!«

»Leck mich«, sagte er und zeigte auch ihr den Mittelfinger.

Sie wich erschrocken von ihm zurück.

Tja, damit hatte die Psychotante wohl nicht gerechnet.

Sie alle sahen in ihm nur den einfältigen, Kalendersprüche klopfenden Verlierer. Seit der Schulzeit hatte sich nichts geändert. Er war ein Außenseiter in einer Gruppe von selbstverliebten Egomanen, die sich für niemand anderen außer sich selbst interessierten.

Mein Haus, mein Auto, mein Job.

Hatte ihn irgendeiner zum Beispiel mal nach seinem Beruf gefragt? Was aus Simon-Pippi-Langstumpf eigentlich geworden war?

Natürlich nicht. Die angehenden Juristinnen, Therapeutinnen und Architekten, die Autorinnen und Berufssöhne gingen ohnehin davon aus, dass er irgendetwas Unspektakuläres im Niedriglohnsektor machte. Und verdammt, ja, sie hatten recht.

Er hatte kein Studium begonnen, war bei der Polizei nicht angenommen worden und hatte seine Ausbildung zum Industriekaufmann geschmissen. Scheiße, wenn rauskam, dass er sich in Mamis Einzimmerwohnung mit ihr das Doppelbett teilte, würden Idioten wie Amadeus keine Inkontinenz, sondern Inzest-Witze über ihn reißen.

Doch dazu hatte er jetzt keine Gelegenheit mehr.

»Der Arsch bleibt draußen!«, sagte er und riss Grete am Arm zurück ins Wohnzimmer.

»Was ist denn in dich gefahren?«, wollte nun auch Paulina wissen.

»Das Leben! Mit seinen beschissenen Menschen. Das ist in mich gefahren.«

Er hätte nicht zu sagen gewusst, wieso, aber die Worte sprudelten aus ihm heraus. Den selbst ernannten Anführer zu entthronen, fühlte sich an wie ein Befreiungsschlag.

»Ich hab es all die Zeit wirklich im Guten versucht. Ich hab euch Hilfe angeboten, mit Ratschlägen unterstützt, hab Gefühle gezeigt und versucht, an euch vermittelnd ranzukommen. Aber das klappt nicht. Ihr seid auf Stress und auf Konflikt gepolt. Ihr hört nur den, der am lautesten schreit und am härtesten schlägt. Aber bitte, schreien und schlagen kann ich auch.«

Er griff sich eine Metallschaufel aus dem Kaminbesteck. »Wenn sich alle lieber einen Mann wünschen, der Konflikte mit der Faust anstatt mit Worten austrägt, okay. Ich kann auch anders.«

»Simon, hör zu. Du stehst unter Schock«, sagte Paulina. »So wie ich vorhin wegen Jeremy.«

»Tue ich nicht. Ich bin völlig klar.«

»Okay, okay, du hast recht«, sagte Grete, aber Simon wusste, dass sie ihm nur zustimmte, weil sie glaubte, ihn damit beruhigen zu können. »Es ist besser, dass Amadeus isoliert ist. Er ist uns körperlich überlegen. Höchst aggressiv. Und er hat gerade vor unseren Augen Rebekka getötet. Ich glaube, er nimmt Drogen.«

»Und wenn?«, fragte Paulina.

»Dann hat er Entzugserscheinungen. Ich weiß nicht, wie es euch ergeht, aber ich habe keine Lust, mit einem Aggro-Junkie auf engstem Raum hier auszuharren. Wer weiß, wen er als Nächstes von uns zusammenschlagen will?«

»Genauso ist es«, sagte Simon. »Außerdem ist das Thema eh erledigt.« Er zeigte mit dem Kaminbesteck zur Tür.

Das Klopfen und Hämmern hatte aufgehört.

Amadeus war verschwunden.

66. KAPITEL

Der Biberbau hatte keinen Balkon und war im zweiten Stock zu hoch gelegen, um aus dem Fenster zu springen.

Marla hatte zwar eine Idee, wie sie sich mit den Vorhängen und Bettlaken abseilen könnte. Nur stellte sich ihr dann die Frage, auf die sie seit gestern keine Antwort wusste: Wohin?

Wohin soll ich fliehen?

Untätig zu bleiben war keine Alternative. Eine Zeit lang hatte sie an der Tür und an dem verkleideten Kaminschacht gelauscht, den es auch in Gretes Zimmer gab. Sie hatte Stimmen gehört, einen Streit offenbar. Irgendjemand schrie sogar. Aber sie hatte weder verstanden, was gesagt wurde, noch, wer sich da im Einzelnen unten so lautstark zu Wort meldete.

Vermutlich ging es um sie und wie mit ihr zu verfahren sei.

Schon aus diesem Grund konnte Marla hier nicht still sitzen und darauf warten, wann jemand zu ihr nach oben käme. Was, wenn die Mehrheit beschloss, sie im Schneetreiben auszusetzen? Auszuschließen war es nicht.

Paulina hatte es in ihrer Danksagung ja beschrieben: Gewalt entlarvt den Menschen. Es konnte mittlerweile keinen Zweifel mehr daran geben, dass sie alle einem psychologischen Experiment unterzogen wurden, bei dem sich zeigte, wie die Anwesenden unter Druck reagierten.

Das war kein Escape-Game. Das war eine Exit-Therapie.

Was, wenn die perverse Versuchsanordnung, in die sie

hier hineingeworfen worden war (von wem auch immer), die Gruppe der Ehemaligen als kaltblütige Mörder entlarvte? Die, wenn vielleicht auch nur aus Angst, keine Skrupel hatten, sie den Bergen zu überlassen, sobald sie darin eine Chance sahen, ihre eigene Haut zu retten.

Marla hörte ein staubsaugerartiges Geräusch, das vom Flur herkommend kurz anschwoll und wieder abebbte.

Sie ging ins Bad, um einen Schluck Wasser zu trinken und mit den bloßen Händen ihre Narbe zu kühlen.

Ihr Gesicht fühlte sich fiebrig an, und sie hätte einiges dafür gegeben, wenn sie sich jetzt einfach ins Bett hätte legen und zur Ruhe kommen können. Nur dass die Ruhe hier sich gleichbedeutend mit einem qualvollen Tod anfühlte, allein wenn sie an Cora dachte.

Marla trocknete sich mit einem dicken Handtuch ab, sah auf Gretes Kosmetiktasche und hielt inne.

Sie ging ins Schlafzimmer und prüfte das Bettzeug. Sowohl Kissen als auch Decke waren mit Daunen gefüllt.

Sie entfernte den Kopfkissenbezug und tastete nach den Nähten. An einer Stelle waren sie lose, und Marla konnte den Stoff mit beiden Händen aufreißen. Einige Federn verteilten sich im Zimmer wie draußen der Schnee.

Zufrieden griff Marla in den Riss hinein und zog eine Faust weiterer Daunen hervor, die sie in die Kosmetiktasche füllte.

Der perfekte Schuh! Etwas rutschig, aber warm gefüttert. Zwei Paar Socken, eine Tüte drum herum und fertig. Ein weiterer davon, und sie würde darin den Abstieg wagen.

Jetzt zeigte es sich, wie gut es war, alleine zu sein.

Endlich kam sie dazu, klar zu denken.

Aus der anderen Decke konnte sie einen Mantel fertigen.

Und vielleicht hatte der Psycho nicht daran gedacht, die Alufolie aus der Küche zu entfernen. Die glänzende Seite reflektierte die Wärme und wäre eine perfekte Isolierung, gerade wenn man sie zwischen mehreren Pullis trug.

An der Kleidung sollte es also nicht scheitern, ins Tal zu kommen, sollte sie es aus diesem Gefängniszimmer unbemerkt rausschaffen.

Nur wusste sie nicht, ob sie danach in der sich anbahnenden Dunkelheit den Weg finden würde. Mit dem Diesel im Generator und den Handtüchern im Bad ließen sich Fackeln bauen. Doch Gottfrieds Frau hatte sie wegen der Lawinengefahr dringend gewarnt, die Nebelhütte zu verlassen. Das war vielleicht eine noch größere Bedrohung als Punkt vier der ominösen Hausordnung, der eine vorzeitige Abreise unter Todesstrafe stellte.

Verdammt noch mal ...

Nachdenklich ließ Marla sich aufs Bett sinken. Ihr Blick wanderte durch das kleine Zimmer. Über das Bett und die Laken, mit denen sie sich abseilen könnte, über den Schminktisch mit dem Spiegel, der sich zerschlagen und als Waffe benutzen ließe. Bis zur Tür, die ...

Was zum Teufel?

Erst traute sie ihren Augen nicht.

War es jetzt doch eine Sinnestäuschung? So wie Dr. Jungbluth sie ihr unter extremer Anspannung prophezeit hatte?

Marla stand auf und ging auf die Tür zu, die ihr wie eine Fata Morgana vorkam. Ihr Gehirn neigte angeblich in emotionalen Ausnahmesituationen zu Trugbildern, und sie hatte noch nie in einer so dramatischen gesteckt wie jetzt.

Aber nein, sie sah es nicht nur, sie fühlte es auch. Die Tür war nicht mehr verschlossen. Nur noch angelehnt.

Marlas nächster Gedanke war, dass es sich um eine Falle handeln musste.

Sie hatte nicht gehört, wie sie geöffnet worden war. Die Türklinken fehlten weiterhin. Dafür steckte ein Schlüssel außen im Schloss.

Wer war das? Und weshalb?

Vorsichtig spähte sie in den Flur. Leer.

Dann sah sie den Fleck vor ihrem Zimmer.

Marla kniete sich hin und prüfte den Boden mit dem Zeigefinger. Es war nass. Das Deckenlicht war gedimmt, aber das reichte aus, um die Abdrücke neben der Pfütze zu sehen. Sie glichen denen, die Simon ihnen unten gezeigt hatte.

Stiefel, vermutlich von einem Mann mit Schuhgröße sechsundvierzig.

Hatte Kristin sich geirrt? War der Täter keiner der Ehemaligen, sondern ein Fremder, der sich hier versteckt hielt?

Sie spürte einen Luftzug an ihrem mit Wasser benetzten Zeigefinger. Er kam vom Ende des Flurs. Aus der Richtung, aus der die Spuren kamen. Von dort, wo ein Vorhang vor einem Fenster am Ende des Gangs wehte. Oder war es eine Tür?

Sie stand auf und hörte Stimmen im Erdgeschoss. Simon, wenn sie sich nicht irrte. »Das ist mir doch egal!«

Er klang ungewöhnlich bestimmt und harsch.

Marla sah noch einmal auf die Stiefelabdrücke.

Spielte einer da unten ein falsches Spiel und tat nur so, als wären auch seine eigenen Schuhe gestohlen worden?

Amadeus vielleicht, dem wäre das zuzutrauen.

Aber nein, das ergab keinen Sinn.

Paulina hatte recht. Das Motiv würde zum Täter führen, und welches Motiv sollte der ehemalige Mädchenschwarm ihrer Schule haben?

Da war es wahrscheinlicher, dass Grete oder Paulina den Irrsinn zu verantworten hatten. Schließlich hatte die Psychologiestudentin offenbar genau das Experiment ausgearbeitet, das die Autorin in ihrem Buch beschrieb, um eine fatale Gruppendynamik zu erzeugen. Mit dem Ziel, einen Schuldigen zum Geständnis zu treiben.

So wie hier.

Ihr habt etwas getan. Jemand hatte die Idee, jemand hat es umgesetzt, jemand hat geschwiegen. Ihr seid alle schuld.

Marla schlich weiter den Flur entlang auf den wehenden Vorhang zu.

Unten hörte sie Paulina sagen: »Das dürfen wir nicht machen!«

Fast wortgleich mit Kilian im Schrank-Video:

»*Dann dürfen wir das aber nicht machen.*«

Die Schrankgruppe hatte den Plan gehabt, ihren Vater und das Straßenmädchen zusammenzubringen. Schlimmer noch: Sie hatten ihn tatsächlich in die Tat umgesetzt!

Marla wurde übel.

Sie war auf dieses Ehemaligentreffen gefahren, um die Davor-Marla mit der Danach-Marla in Einklang zu bringen. Um die schrecklichen Ereignisse jenes Sommerabends in der stillgelegten Geburtsklinik endlich hinter sich zu lassen. Und nun hatte sie lernen müssen, dass die Schatten der Vergangenheit noch viel weiter zurückreichten als bis zu ihrem Unfall, der doch sehr viel mehr als nur ein Unglück gewesen war.

Müde schleppte sie sich weiter in der Hoffnung, auf einen Ausgang zu stoßen, den auch der Unbekannte genommen haben mochte, der ihre Tür geöffnet hatte.

Möglicherweise führte er sie zu einem anderen Unterschlupf, fort von den Ehemaligen, die Schuld am Tod ihres Vaters trugen.

Tatsächlich wehte der Vorhang nicht vor einem Fenster, sondern vor einer gläsernen Tür mit einem unbeleuchteten Notausgangszeichen. Auch sie stand offen. Eine Fußmatte war verrutscht, ob platziert oder versehentlich, konnte Marla nicht sagen, jedenfalls wirkte sie wie ein Keil. Als Marla den Notausgang aufzog, hörte sie das staubsaugerartige Geräusch, das sie vorhin im Zimmer wahrgenommen hatte, nur zehnfach lauter.

Der Wind pfiff durch alle Ritzen und erzeugte einen Sogeffekt, der es ihr fast unmöglich machte, die Tür vollständig zu öffnen.

Dahinter befand sich ein Rettungsausstieg, der zu einer Feuerleiter führte. Ohne Zögern trat sie nach draußen und wunderte sich wieder, wieso sie nicht fror und bibberte. Sie spürte den Wind, der ihr die Tränen in die Augen trieb, fühlte den Schnee, der sich wie eine zweite Haut auf sie legte, und sie empfand auch die eisige Nässe unter den Füßen als unangenehm, aber eher wie nach einer Betäubung, die alle Sinne abgestumpft hatte.

War es die Angst? Die Überforderung? Stand sie unter Schock?

Der Gang die Treppe hinunter kam einer außerkörperlichen Erfahrung nahe. Marla hätte im Nachhinein nicht sagen können, wie sie es im Dunkel geschafft hatte, ohne auszurutschen die Stufen hinunterzukommen und den schon wieder halb verwehten Stiefelspuren im Neuschnee zu folgen.

Bis zu einem Ort, an dem sie schon einmal gewesen war und dessen Brummen sie diesmal fast einladend begrüßte.

»Hallo?«, fragte sie, als sie den Generatorschuppen betrat. Die Kälte, die draußen alle Gerüche einfror, hatte hier dem Dieselgestank nichts entgegenzusetzen. Es roch wie auf einer alten Tankstelle. »Hallo?«, rief sie noch einmal, etwas lauter. Doch der Mann antwortete nicht, der mit dem Rücken zu ihr am Boden kniete und mit einem Schlauch hantierte.

Je näher sie ihm kam, desto intensiver wurde der Dieselgeruch.

»Wer sind Sie?«, fragte sie ängstlich.

Er drehte sich nicht um, aber sie hatte einen Verdacht.

Das Display des Generators beleuchtete seinen gelben Pulli.

»Amadeus?«

»Was? Ah, Marla«, sagte er und zog die Nase hoch. Seine Haare waren eine Eismatte. Er schien sich nicht im Geringsten zu wundern, dass Marla es aus ihrem Zimmer geschafft hatte.

»Hilf mir!« Er stand auf.

Sie sah einen Schlauch, der im Tank des Generators steckte. Aus ihm strömte Diesel ungehindert auf den Boden. Und mitten in der Treibstoffpfütze standen zwei Kanister, die Amadeus offensichtlich aufgefüllt hatte. Einen davon griff er sich.

»Nimm den anderen. Wir brauchen beide.«

»Wofür?«

Er kam auf sie zu. Diesel schwappte aus dem Kanister und bekleckerte seine Hose und Strümpfe.

»Was denkst du denn? Wir müssen auf uns aufmerksam machen. So wie in den Cowboyfilmen.«

O Gott. So irre, wie er aussah, und so manisch, wie er redete, konnte das nur eines bedeuten: Er war dabei, den Verstand zu verlieren.

»Halt!«, sagte Marla und stellte sich ihm in den Weg, was ein fataler Fehler war. Zu spät erkannte sie, dass er Schaum vor dem Mund hatte, und seine Arme zitterten wie bei einem Junkie auf Drogenentzug, der alles dafür tun würde, an den nächsten Schuss zu kommen.

Notfalls auch der Frau, die sich ihm in den Weg stellte, einen Kanister vor den Kopf zu rammen, sodass Marla blutend zu Boden ging.

67. KAPITEL

Berlin

Die Adresse war kein Geheimnis. Sie hatte in allen Zeitungen gestanden. Nicht mit Postleitzahl und Hausnummer, aber wer schon einmal am Wilden Eber in die Podbielskiallee abgebogen und an den auffälligen Prachtbauten vorbeigefahren war, der hatte keine Probleme, die hochherrschaftliche Villa von den Pressefotos wiederzuerkennen.

Die weißen Säulen vor dem Eingang sprangen schon von der Straße ins Auge. Die immergrünen Hecken verwehrten zwar den Blick auf den Vorgarten, aber es war das einzige mit schwarzen Ziegeln gedeckte Gebäude.

Berlin-Dahlem, der Wohnsitz von Thea Lindberg.

Auch wenn niemand auf ihr Klingeln und Klopfen reagierte, war Kristin sich sicher, vor der richtigen Haustür zu stehen. Das bewies allein das Online-Shopping-Paket, das der Postbote auf der Fußmatte platziert hatte. Adressiert an T. Lindberg.

Kristin versuchte es noch einmal, hielt den messingfarbenen Klingelknopf länger gedrückt und rieb sich danach das Handgelenk. Ihr Gehstock war im Kiesbett der Auffahrt zu den Garagen regelrecht versunken. Bis sie sich endlich zum Hauseingang gekämpft hatte, schmerzten nicht nur die Knie, sondern auch die Hand.

Das elektrische Zufahrtstor hatte einen Spalt offen gestanden, was sich offenbar auch der Zusteller zunutze gemacht hatte.

Sie schloss die Augen. So konnte sie die Umgebungsgeräusche ausblenden und horchen, ob sich im Inneren der Villa etwas bewegte.

Die Tür, auf die sie am liebsten das Ohr gepresst hätte, hätte bei einem Ritterfilm hinter der Zugbrücke als Einlass in die Burg dienen können. Sie war aus massivem Holz gefertigt, stahlumrahmt, mit einem Löwenkopf als Türklopfer.

Auch hier folgte kein Mucks im Inneren der Villa, nachdem Kristin ihn betätigt hatte.

Plötzlich meinte sie, hinter sich etwas gehört oder wenigstens gespürt zu haben. Kristin drehte sich um, doch da war niemand. Weder in der Einfahrt noch auf dem Gehweg vor dem Haus, nicht einmal ein Auto auf der verschneiten Allee.

Dabei hätte sie schwören können, dass sich hinter ihr die Lichtverhältnisse verändert hatten.

Jetzt fängst du auch schon an wie Marla, die immer und überall einen Schatten sah, schalt sie sich.

Sie sah auf ihre Armbanduhr. Viel Zeit hatte sie nicht mehr, wenn sie einen Stau auf dem Weg nach Schönefeld einplante.

Also dann. Ein Satz mit x, dachte sie und griff zu dem schmiedeeisernen Geländer, an dem sie sich bereits hochgehangelt hatte, allerdings an der anderen Seite der Stufen. Hätte sie schon zuvor diesen Weg genommen, wäre ihr der Behälter gleich aufgefallen.

Er hing, von einem Strauch Efeu verdeckt, am Geländer. Ein kleiner, handygroßer Kasten, der mit einem Nummernschloss gesichert war.

»*Eins, neun, vier, neun*«, hörte sie Margot in ihrer Erinnerung sagen.

Sofort probierte Kristin die Kombination aus und konnte

ihr Glück nicht fassen, als das Schloss des Schlüsseltresors tatsächlich aufsprang.

»Sie werden es schon herausfinden.«

Obwohl diese Methode um einiges sicherer war als die berühmte Fußmatte, hätte Kristin niemandem dazu geraten, auf diese Art und Weise verloren gegangenen Schlüsseln vorzubeugen. Ein Schlüsseltresor war allenfalls eine Notlösung auf Baustellen, wenn die zu sanierende Wohnung noch im Rohbau war.

Nun denn, einem geschenkten Gaul sah man nicht ins Maul.

Froh, dass sie von Natur aus nicht mit allzu vielen Skrupeln ausgestattet war, schob sie ohne Zögern den Schlüssel ins Schloss und öffnete die Tür.

Allerdings machte sie dabei absichtlich viel Lärm und kündigte ihr Eindringen mit lautem »Hallo« und »Ich habe eine Lieferung für Sie«-Rufen an. Das Paket hatte sie wohlweislich mitgenommen.

Ihre Rufe verhallten unbeantwortet in einem Dielenbereich, der in derartigen Anwesen wohl »Foyer« oder »Lobby« hieß. Kristin, die aus einer Arbeiterfamilie stammte, fühlte sich von dem protzigen Luxus regelrecht erschlagen. Sie stand auf schneeweißen Marmorfliesen. Vor ihr teilte sich eine zweiflügelige Treppe, deren elfenbeinfarbene Geländer hoch in ein Zwischengeschoss führten. Über ihrem Kopf schwebte ein Kristallleuchter, der ein funkelndes Licht auf ein gewaltiges Familienporträt in Öl warf. Es zeigte einen hochgewachsenen, streng dreinblickenden Mann im Frack, neben ihm ein kleines, in sich gekehrtes Mädchen, eindeutig Marla, sowie einen etwas älteren, spitzbübisch grinsenden Jungen, der vermutlich Leven war. Er stand neben einer bemüht lächelnden Frau im Ballkleid. Die Familie

Lindberg, als ihr Oberhaupt noch lebte und sie nicht zerstritten war.

Kristin vermutete Marlas Zimmer in den oberen Etagen. Auch wenn sie nicht wusste, was genau sie sich davon versprach, war dies doch die einzige Möglichkeit, den Wahrheitsgehalt der Aussage von Oma Margot zu überprüfen, laut der Marla nie bei ihr, sondern immer bei ihrer Mutter gewohnt habe. Zumindest bis zum »Unfall«.

Aber wieso hätte Marla mich in diesem Punkt anlügen sollen?

Kristin legte das Päckchen vom Online-Versand auf die Schlüsselablage. Dann klemmte sie sich ihren Gehstock unter den Arm und griff mit der Linken nach dem Treppengeländer, da hörte sie jemanden husten.

Nicht pfeifend, wie Marla es ihr beschrieben hatte. Eher trocken, wie der Husten eines Rauchers.

Das Geräusch kam aus dem Zimmer, das sich rechts ans Foyer anschloss. Kristin nahm das Alibi-Päckchen wieder an sich.

Vorsichtig humpelte sie in den Wohnsalon, in dem man gut und gerne Tennis hätte spielen können, wenn die wuchtigen Möbel nicht gewesen wären. Ein bestimmt für sechs Personen ausgelegtes Chippendale-Sofa stand vor einem gewaltigen, offenen Kamin, der allerdings nicht brannte. Auf dem Sofa lag eine Frau mit geschlossenen Augen und stöhnte.

Sie trug das, was in vornehmen Kreisen wohl »Hausanzug« genannt wurde. Hose und Reißverschlussjacke waren aus einem grün glänzenden Stoff gefertigt, vermutlich Seide. An den Armen der Frau reihten sich Armreife aneinander, die Kristin nicht von Kunstschmuck unterscheiden konnte, wahrscheinlich aber ein Vielfaches ihrer monatlichen Bezüge kosteten.

»Frau Lindberg?«, fragte Kristin die Frau, die wieder in ihrem halbschlafartigen Zustand gehustet hatte.

Kristins Blick fiel auf die umgekippte Tequila-Flasche neben dem Sofa. Ein guter Freund hatte ihr geraten, niemals zu trinken, wenn man allein oder traurig sei, denn das wäre der direkte Weg in den Alkoholismus.

Man musste kein Psychologe sein, um zu erkennen, dass Marlas Mutter doppelt dagegen verstoßen hatte.

»Was, was ... wer?« Thea Lindberg richtete sich auf. Fuhr sich durch das am Hinterkopf platte Haar. Sie unterdrückte ein Gähnen.

Ihre Augen blieben fahrig. »Wie, ähm, wie sind Sie reingekommen?«

Sie lallte, sprach S-Laute wie sch.

Kristin entschied sich für die Wahrheit und legte das Päckchen auf dem Kaminsims ab.

»Margot hat mir den Code für den Schlüsseltresor verraten.«

Die offensichtlich stark betrunkene Frau schien sich über die Fremde in ihrer Villa nicht im Geringsten zu wundern. »Eins, neun, vier, neun«, sagte sie, wobei sie die einzelnen Zahlen unnatürlich in die Länge zog. »Die einzige Kombi, die Oma nie vergessen wird.« Sie schloss die Augen.

Kristin rüttelte an ihrer Schulter. »Weshalb ist das so?«

»Was?«

»Was hat es mit dieser Zahlenkombi auf sich?«

Thea lachte. »Da wurde ihr Sohn geboren. Edgar.«

»Im Jahr 1949?«

»Quatsch!« Marlas Mutter rülpste und kicherte dann. »So alt ist er nun auch nicht gewesen.«

Sie hob den Zeigefinger, ohne die Augen zu öffnen, und stach blind in die Luft! »Das ist die Uhrzeit. War 'ne verdammt schwere Geburt. Die mussten ihn mit der Zange rausholen.«

Eine schwere Standuhr schlug in der Diele zur vollen Stunde. Kristin hatte das Gefühl, als zöge ihr jemand den schweren Teppich unter den Füßen weg. Sie hielt sich an der Sofakante fest, und ihr Handgelenk verkrampfte noch mehr.

Die Uhrzeit?

19:49 Uhr.

Edgars Geburtsstunde.

Weshalb kommt sie mir so bekannt vor?

Ihr Blick fiel auf das Päckchen auf dem Kaminsims, da kam ihr ein erschreckender Gedanke. »Wissen Sie auch, in welcher Klinik Ihr Mann zur Welt kam?«, fragte sie. Zweimal, denn beim ersten Mal reagierte Thea wieder nicht.

»Edgar? Natürlich. Hat Margot Ihnen das nicht als Erstes erzählt? Sie ist doch sooooooo stolz, dass ihr Sohn das letzte Baby war, bevor sie die Geburtsabteilung schlossen.« Marlas Mutter lachte kehlig.

»Wo?«, fragte Kristin nach und bekam die Antwort, die sie befürchtet hatte.

»Klinik Schilfhorn. In Wannsee.«

68. KAPITEL

Nebelhütte

Blut im Mund. Diesel in der Nase. Marla öffnete die Augen und hatte das Gefühl, der Boden des Generatorschuppens hätte sich in eine elliptische Drehscheibe verwandelt. Sie lag am äußersten Rand und wurde mit immer größerer Geschwindigkeit umhergeschleudert, was sowohl ihren Schwindel als auch ihre Übelkeit erklärte.

Amadeus hat mich böse mit dem Kanister erwischt, dachte sie. Vergeblich versuchte sie sich in das Zentrum der Drehscheibe zu ziehen, damit die Fliehkräfte nicht so stark an ihrem Verstand zerren konnten. Der kalte Steinboden hatte keine Fugen, keine Kanten, nichts, wo sie ihre Finger hätte vergraben können.

Zudem brauchte sie die, um sich die Ohren zuzuhalten, damit die Stimme leiser wurde.

»Ich will dein Leben. Weil es mein Leben ist«, schrie jemand aus weiter Ferne. »Ich will dich. Du gehörst mir.«

Sie klang wie eine Frau, der Marla schon einmal begegnet war. Im Moment war ihre Stimme für sie jedoch nichts anderes als ein Gesicht. Austausch- und verwechselbar.

»Ich will deine Wünsche, Hoffnungen, Ängste, deine Zweifel. Deine Familie, deine Liebe, dein Leben!«

Ein Brief flatterte Marla von irgendwoher an den Kopf. Sie riss ihn sich von den Augen und erkannte ihn. Er hatte oben in der Dachkammer des Grauens im Vorraum auf sie gewartet. Und es waren seine Worte, die die Frau in abgewandelter Form wiederholte.

»All das werde ich mir holen. Ich glaube, du weißt das. Du spürst das, wenn ich als Schatten hinter dir bin.

Auf dem Bürgersteig. Im Supermarkt ein Regal weiter. In der U-Bahn auf dem Bahnsteig gegenüber.«

»Wer bist du?«, schrie Marla nun zurück. Sie versuchte aufzustehen, aber der Raum drehte und drehte sich, und sie hatte nicht einmal mehr die Kraft, gegen ihre Übelkeit anzukämpfen.

»Zeige dich! Wer bist du?« Sie schluckte Galle.

»Ich habe viel zu lange gewartet«, antwortete die Stimme, die die ganze Zeit nicht leiser geworden war, obwohl Marla sich beide Hände auf die Ohren gepresst hielt.

Denn sie war nur in ihrem Kopf!

»Die Zeiten der Entbehrung sind vorbei«, schrie die vertraute Fremde. »Jetzt hole ich mir, was mir zusteht. Und dabei werde ich herausfinden, wer von euch schuld daran ist, dass ich mein Leben verloren habe.«

»WER BIST DU? ZEIG DICH!«, schrie Marla und musste sich übergeben. Sie keuchte, würgte und spuckte die Reste ihrer letzten Mahlzeit auf den Boden, hatte das Gefühl zu ersticken, spuckte wieder und fing jämmerlich an zu weinen und zu schreien, und mit dem letzten Schrei stoppte die Drehscheibe so abrupt, dass sie sich von ihr löste und wie ein Meteorit in die Dunkelheit schoss. Marla flog und flog und merkte auf einmal, dass sie nach unten fiel, tiefer, immer tiefer hinab, bis sie am Ende eines langen, finsteren Brunnenschachts auf dem Kellerboden ihres Bewusstseins aufschlug.

Und endlich aufwachte.

Auf dem Rücken liegend. Mit dem Geruch von Diesel in der Nase. Und dem Geschmack von Blut und Magensäure im Mund.

Sie stützte sich ab und fühlte Plastik unter den Händen.

Nein, kein Plastik.

Ein Polaroid.

Kilian?

Für einen Moment fragte sie sich, wie das Foto, das sie in seinem Zimmer gefunden hatte (das angeblich nie sein Zimmer gewesen war), hierhergelangt war. Sie kroch näher an das Display des Generators heran und hielt es vor die einzige Lichtquelle des Schuppens.

Kein Kilian, dachte sie gleichzeitig erleichtert und schockiert.

Mittlerweile wusste sie, weshalb ihr das Mädchen bekannt vorgekommen war, mit dem Kilian auf dem Foto geknutscht hatte. Es musste Cora gewesen sein. Vielleicht sogar hier vor fünf Jahren auf dem ersten Abitreffen in der Nebelhütte.

Sie war erleichtert, ihn nicht noch einmal intim mit dieser Verräterin sehen zu müssen. Der Anblick des tatsächlichen Motivs aber traf sie mit ähnlicher Wucht wie Amadeus' Kanister.

Im ersten Moment meinte sie, sich selbst zu sehen. Die Davor-Marla. Jahre vor den Geschehnissen im Kreißsaal, die die Inszenierung eines Geisteskranken gewesen waren. Eines mörderischen Psychopathen, der aller Wahrscheinlichkeit nach auch für das perverse Escape-Game hier in den Bergen verantwortlich zeichnete.

Die Augenfarbe, die Frisur, der Leberfleck an der Wange, die Körperhaltung. Sie hätte geschworen, sich selbst zu sehen.

Doch es gab ein eindeutiges Indiz dafür, dass sie eine Fremde betrachtete, die ihr dennoch wie ein Ei dem anderen glich. Und das war nicht allein die Umgebung, in der es aufgenommen worden war. In der Unterführung am S-Bahnhof Berlin-Charlottenburg.

Es war der Name, der auf dem Polaroid mit über die Jahre ausgeblichenem Filzstift geschrieben stand:

VIOLA HANSEN.

69. KAPITEL

Das Foto zerknickte in Marlas Faust, als sie sich von dem Lichtkegel des Generatordisplays löste und zum Ausgang taumelte. Sie zog die Schuppentür nach innen auf und lief gegen eine unsichtbare, dunkle Wand.

Der Sturm drückte sie mit aller Macht zurück. Jede einzelne Schneeflocke fühlte sich an wie ein Nadelstich, vielleicht hatte es auch zu graupeln begonnen. Marla kämpfte sich aus der Blechhütte hinaus in die schummrige Dunkelheit und hatte das Gefühl, gegen ein Sandstrahlgebläse anlaufen zu müssen.

Es war noch vor Sonnenuntergang, doch die tief hängende, dichte Wolkendecke über ihr blockte jedes Tageslicht ab. Die wenigen Strahlen reichten gerade aus, dass sie sich auf dem Weg zum Haupthaus nicht verlief. Und dass sie die Leiche sah.

O Gott.

Sie ging vor dem unnatürlich verdreht auf der Terrasse liegenden Körper auf die Knie. Wegen der schneidenden Kälte waren ihre Finger taub. Sie fühlte nichts, als sie den Schnee von dem Gesicht der Frau wischte. Helle Flecken überzogen Stirn und Wange der Toten.

Rebekka?

Um ihren Kopf zeigte sich ein dunkler Kreis. Hatte Amadeus der Juristin den Schädel eingeschlagen, so wie er es auch bei Marla versucht hatte?

Marla rappelte sich hoch und hatte nun den Wind im Rücken, der sie zur Terrassentür schob. Hier traf sie auf ein zerstörtes Hindernis, denn die in der Eingangstür eingelassene Scheibe war eingeschlagen worden. Von außen wohl, denn die meisten Glassplitter lagen im Inneren auf dem Parkett, daneben der Metallkanister, der anscheinend durch das Glas geworfen worden war.

Die Tür hing verklemmt in dem halb herausgebrochenen Rahmen. Jemand hatte sie wieder zugedrückt, nachdem er *(oder sie?)* gewaltsam eingedrungen war. Jetzt drückte Marla sie erneut auf und hörte die Kampfgeräusche.

Sie kamen aus der Küche.

»ICH BRING DICH UM!«, schrie Amadeus, hörbar von Sinnen.

Es klatschte dumpf. Eine Faust, die auf Haut und Muskeln traf. Marla schlich Richtung Küche und folgte dabei einer Dieselspur. Sie führte an den Sofas herum, vorbei an dem Kaminbesteck, in dem nur noch ein als Waffe unbrauchbarer Handbesen steckte.

Zwei Schritte weiter und sie sah, wer im Begriff war, als Nächstes sein Leben zu lassen.

Simon. Sie erkannte ihn an seinen Tunnelohrringen. Er lag benommen neben der Kücheninsel auf dem Boden. Blut rann ihm aus dem Mund.

Amadeus musste noch einen zweiten Kanister aus dem Generatorraum geschleppt haben. Dessen restlichen Inhalt schüttete er gerade über Simons Kopf aus. Dann kniete er sich mit einem Stabfeuerzeug in der Hand auf dessen Brustkorb. Offenbar irre vor Wut und bereit, selbst mit in Flammen aufzugehen.

Simon schlug Amadeus mit einer Hand immer wieder in die Nieren, doch das schien diesen nicht zu kümmern. Mit einem hysterischen Lachschrei packte er Simons Nasenring und riss ihn ab.

Das Schmerzensgeheul des körperlich komplett Unterlegenen schnitt sich in Marlas Seele. Ihr wurde wieder schlecht, diesmal, weil sie keine Möglichkeit sah, wie sie Amadeus daran hindern sollte. »Halt, nicht!«, schrie sie reflexartig.

Amadeus sah sich um, was dem blutüberströmten Simon die Gelegenheit gab, sich aus seiner erbärmlichen Lage zu befreien.

Er schlug seinem Gegner ins Gesicht, trat ihm gleichzeitig mit dem Knie zwischen die Beine, schob den keuchenden Angreifer von sich und rollte sich zur Kücheninsel. Zuvor hatte er ihm das Feuerzeug abgenommen.

»Danke«, keuchte er in Marlas Richtung und zog sich an der Insel hoch.

»Alles okay?«, fragte sie ihn und kam näher.

»Nein, ist es nicht«, sagte er. »Aber bald.« Simon zog ein Fleischmesser aus dem Messerblock, ließ sich wieder neben Amadeus nieder, der noch immer in gekrümmter Embryonalhaltung auf dem Küchenboden lag, und trennte ihm mit einem einzigen, geübt wirkenden Schnitt die Kehle durch.

Als Nächstes drehte er sich zu Marla, wischte sich das Messer an seiner Hose ab und sagte: »Und nun zu dir.«

70. KAPITEL

»Simon?«, schrie Marla. »Was ... was tust du?«
»Halt's Maul!«
Doch die Wahrheit liegt nicht im Wein. Sie liegt in der Gewalt. Gewalt entlarvt den Menschen. Ihr ausgesetzt, zeigt er sein wahres Ich.
Simon-Pippi-Langstumpf. Das Mobbingopfer der Schule.
Bei Simon entlud sich ganz offenbar ein Druck, der sich über Jahre, wenn nicht Jahrzehnte heruntergeschluckter Demütigungen in ihm aufgestaut hatte, in einer Gewaltorgie.
Er kam mit dem Messer auf sie zu. Offensichtlich bereit, auch sie zu töten.
»Du musst das nicht tun.«
»Oh, doch. Du hast es selbst gelesen. Die Texttafeln in dem Video.«
Er rückte näher, sie wich zurück. Blasen von Blut bildeten sich vor seinen Nasenlöchern, wann immer er ausatmete.
»Wir sind alle schuld, aber einer von uns wird begnadigt«, wiederholte er die Schrift am Ende des schrecklichen Cora-Badewannen-Snuff-Films sinngemäß. »Wir können selbst bestimmen, wer das ist. Und tja, sieht so aus, als ob ich gleich der Einzige bin, der noch übrig ist.«
»Wo sind Grete und Paulina?« Marla musste Schritt um Schritt rückwärts aus der Küche gehen, da Simon bedrohlich zu ihr aufrückte.
»Die sind geflohen, als Amadeus gekommen ist und das Haus anzünden wollte.«
Mittlerweile befanden sie sich wieder im Wohnzimmer.
Er zeigte Richtung Terrasse. »Sie haben gegen Punkt vier

der Hausordnung verstoßen und sind vor der Zeit gegangen. Sie werden nicht weit kommen. Die Natur wird sie richten.«

Er lächelte diabolisch.

Vielleicht hatten sich Paulina und Grete geirrt? Vielleicht entlarvt Gewalt den Menschen nicht. Vielleicht zerstört sie einfach nur seine Seele und macht ihn irreparabel krank?

Simon hob die Hand mit seinem Messer, wollte etwas sagen, aber Marla kam ihm zuvor. »Moment, bitte, beantworte mir zuvor eine einzige Frage.«

»Welche?«

»Das Mädchen, das ihr damals mit meinem Vater zusammengebracht habt.«

»Was ist mit der?«

»Wie hieß sie?«

»Woher soll ich das denn wissen?«

»UND GENAU DAS IST DER PUNKT!«, schrie sie ihn an.

»Ich verstehe nicht?«

Jetzt wechselte sie in den Angriffsmodus. Ungeachtet der Waffe in seiner Hand kam sie näher. Lief in einem Halbkreis wie ein Tiger um seine Beute.

»Ihr habt im Schrank gehockt, meinen Vater belauscht und diesen dummen, dummen Plan gehabt. Einer von euch wollte euch davon abbringen.«

»Kilian«, murmelte Simon, der jetzt mit dem Rücken zum Kamin stand.

»Aber auch Kilian hat nur Einspruch erhoben, weil er sich Sorgen um meinen Vater machte. Niemand, nicht eine, nicht einer von euch hat auch nur einen Gedanken an das arme Mädchen verschwendet.«

»Wieso sollten wir? Sie war ohnehin verloren. Eine obdachlose Nutte.« Er stach mit dem Messer wie mit einem Florett in ihre Richtung.

Unbeirrt widersprach sie ihm: »Sie war ein Mensch. Mit einem Leben, einer Familie, mit Gefühlen. Vielleicht war das alles schon kaputt, aber ihr hattet kein Recht, ihr auch noch das letzte bisschen Zukunft zu nehmen.«

Sie sah ihm eindringlich in die Augen und sprach erst weiter, als er den Blick senkte: »Ihr habt nicht nur aktive Sterbehilfe bei meinem Vater geleistet und damit meine Familie zerstört. Ihr habt dafür gesorgt, dass ein blutjunges, verzweifeltes Mädchen Zeuge werden musste, wie sich ein Mann vor ihren Augen bestialisch hinrichtete. Diesen Schock kann man selbst als gesunder Erwachsener kaum verwinden. Aber sie war noch ein Kind. Ohne schützendes Elternhaus, ohne Hilfe, umherstreunend auf den Berliner Straßen. Es ist kein Wunder, dass sie daran zerbrochen ist und heute Rache nehmen will.«

»Was erzählst du denn da?«, keuchte Simon.

»Es ging nie um mich und meinen Unfall. Ihr wurdet eingeladen, um euch eurer Schuld zu stellen. Von der Person, die ihr benutzt habt, um meinen Vater in den Tod zu treiben.«

»Wer soll das sein?«

»Ich kenne nur ihren Namen.«

Marla öffnete ihre Faust, die noch immer das zerknickte Foto hielt. »Sie heißt Viola. Viola Hansen.«

Er sah auf das Bild, und in dem Moment spürte sie, dass sie zu ihm durchgedrungen war. Simons Atmung verlangsamte sich etwas. Er wurde ruhiger. »Ein Mädchen tut uns das hier an?«

»Sie wird mittlerweile erwachsen sein. Und sie hatte genug Zeit, ihren Plan zu schmieden.«

»Wo ist sie?«

Marla zuckte mit den Achseln. »Lass sie uns suchen. Hören wir auf, uns gegenseitig zu zerfleischen.«

»Du hast recht.« Es schien, als lichtete sich der Nebel vor seinen Augen, und die teuflische Gewalt, die zwischenzeitlich von ihm Besitz ergriffen hatte, wich aus seinem Körper. Erst sah er auf das verschmierte Messer in seiner Hand, dann ließ er es angewidert fallen.

»Scheiße, was … was habe ich getan?«

Kraftlos ließ er sich auf dem Kaminsims nieder. Und das war von allen schrecklichen Fehlern, die er in den letzten Stunden begangen hatte, der schlimmste.

Er hatte den Sturm vergessen, der noch immer durch die offen stehende Tür wütete. Nun aber hatte er neben dem Schnee und dem Eis einen Ziegel von den Schuppen im Schlepptau, den er durch das Wohnzimmerfenster direkt aufs Sofa schleuderte. Der Wind prallte auf seinem neu erzwungenen Weg auf den Kamin und wirbelte hier die Glut auf. Diese wiederum verfing sich in Simons dieselgetränktem Hoodie. Er schnellte hoch, doch das Feuer war schneller.

»Nicht!«, schrie Marla noch, doch da war es zu spät. Instinktiv hatte Simon versucht, sich den Kapuzenpulli vom Kopf zu ziehen, doch den hatte Amadeus ja gerade erst frisch besprenkelt. Jetzt brannten nicht nur der Stoff, sondern Haut und Haare.

»Hilfe«, schrie Simon und hustete, denn der Rauch füllte bereits seine Lunge, während er mit dem Hoodie über dem Gesicht blind durchs Wohnzimmer taumelte. Er stolperte über den Sessel und fiel direkt in die Dieselspur, die Amadeus gelegt hatte. Von da an brannte nicht nur Simon. Sondern die gesamte Hütte.

71. KAPITEL

Berlin

Der Anruf erreichte Kristin, eine Minute nachdem sie Marlas Kinderzimmer betreten hatte. Es befand sich im ersten Stock, ganz am Ende des Flurs. Ihr Knie fühlte sich an, als steckte ein Nagel drin. Sie hatte keine Ahnung, wie sie es gleich im Flieger aushalten sollte. Am besten, sie würde am Flughafen einen Rollstuhl bestellen, mit dem sie direkt an die Gangway gefahren wurde.

»Hallo?«, fragte sie den Teilnehmer mit der unbekannten Rufnummer.

»Wo sind Sie gerade?«

»Herr Lindberg?«

Marlas Bruder lachte. »Nennen Sie mich bitte Leven. Ich bin in dieser Anstalt, um dem Tod zu entkommen. Wenn Sie mich so ansprechen, denke ich, ich bin bereits gestorben, so alt, wie ich mich dann fühle.«

»Weswegen rufen Sie an?«

Kristin sah sich während des Telefonats um. Das hier war kein Kleinmädchenzimmer mit lila Einhörnern und einem Regal für Plastikpferdchen.

Sie befand sich in dem Zimmer einer jungen Frau mit einem Albert-Einstein-Poster, leeren, zu Kerzenständern umfunktionierten Weinflaschen und einem Schminktisch.

»Haben Sie meine Schwester gefunden?«, fragte Leven.

Kristin schüttelte unbewusst den Kopf. Im Moment fühlte sie sich gerade Lichtjahre von ihr entfernt.

»Ja«, sagte sie dennoch.

»Geht es ihr gut?«

Sie zögerte.

Leven schien das Antwort genug zu sein.

»Gut, sagen Sie mir, wo sie ist. Ich will Marla sprechen.«

Kristin entdeckte einen mit Stickern von Rockbands beklebten Kleiderschrank und öffnete ihn. Auf der Stange hingen Hosen und Blusen, die Marla heute noch passen könnten.

»Sie ist mit ehemaligen Mitschülern auf einem Abitreffen in den Bergen«, verriet sie Leven. »Ich fliege ihr in zwei Stunden hinterher.«

»Ein Abitreffen? Das sieht ihr gar nicht ähnlich.«

Kristin stocherte mit ihrem Gehstock in der Wäsche am Boden des Kleiderschranks herum. Ihre Gelenke waren zu steif, als dass sie sich hätte bücken können. »Ich bin mir nicht mal sicher, ob Marla wirklich in Gefahr ist.«

»Mit Verlaub, bitte verarschen Sie mich nicht.«

Sie nickte erneut. Leven hatte recht. Seine Schwester schwebte unter Garantie in Todesgefahr, auch wenn sie nach ihren jüngsten Entdeckungen immer weniger sagen konnte, weshalb eigentlich.

»Ich will Sie nicht hinhalten, Leven, aber ich kann darüber nicht am Telefon sprechen.«

»Schön, dann sagen Sie mir, wo Sie sind. Ich komme zu Ihnen, und wir fliegen gemeinsam.«

»Das geht nicht. Sie sind auf Entzug.« Noch einmal stieß sie wütend ihren Stock in die hinterste Ecke des Schranks und traf erstmals auf ein Hindernis.

Nervös versuchte sie die Pullis, Schals und Gürtel, die sie bislang von einer Ecke in die andere befördert hatte, von dem Gegenstand zu wälzen.

»Ich bin eh raus«, hörte sie Leven sagen. »Hab mir das

Handy hier von einem Pfleger geklaut. Wenn das rauskommt, schassen die mich sowieso. Also, wo sind Sie?«

»Bei Ihrer Mutter«, sagte Kristin tonlos. Sie konnte nicht glauben, was sie gerade in Marlas Schrank entdeckt hatte.

»Was? Wieso das denn? Egal. Ich komme.«

»Leven, ich ...«

Er hatte bereits aufgelegt, doch das nahm sie gar nicht wahr.

Mit dem Handy am Ohr und dem Gehstock in der anderen Hand starrte sie auf das, was da im Schrank vor ihren Füßen lag.

Ein Päckchen. Seine Umverpackung war aufgerissen. Kristin musste sich nun doch bücken, es ging nicht anders. Sie schrie kurz auf, als der Schmerz ihr durch das Knie bis unters Kinn schoss. Dann konnte sie das Päckchen zum Schminktisch tragen. Hier faltete sie die Versatzstücke des Packpapiers wieder zusammen und konnte die Adressierung entziffern:

Für Frau Hansen persönlich. Bitte in Gegenwart des Zustellers öffnen und quittieren. Aber nicht vor 19:49 Uhr öffnen.
Keine Sekunde zuvor.

72. KAPITEL

Nebelhütte

Der hereinwehende Schnee konnte gegen den Diesel nichts ausrichten. Der Sauerstoff wirkte wie ein Brandbeschleuniger. Nach wenigen Sekunden schon, die Marla noch damit verschwendet hatte, nach Decken zu suchen, mit denen sie die Flammen an Simons Körper ersticken wollte, brannte die Nebelhütte bereits lichterloh.

Sie sank zu Boden. Kroch dem Ausgang entgegen. Auf allen vieren. Nur nicht aufstehen.

So lautete die Empfehlung, die der Sicherheitsleiter bei der Brandschutzübung im Hotel gegeben hatte. Giftige und heiße Brandgase sammelten sich meist unter der Zimmerdecke.

Keine Zeit damit verlieren, nach einem Tuch zu suchen, das man sich vor die Nase hielt.

Nur raus, und zwar so schnell wie möglich.

Der Weg zur Terrasse war abgeschnitten. Sowohl das Sofa als auch der Flokati brannten mit extremer Rauchentwicklung, und das Feuer hatte bereits auf die Vorhänge übergegriffen, die Marla ins Gesicht zu wehen drohten. Da sie sich nicht sicher war, ob sie im Generatorhäuschen nicht auch in einer Lache von Amadeus' gezapftem Diesel gelegen hatte, zog sie sich Pulli und Hose aus. Dann entschied sie sich, zum Haupteingang zu kriechen, wo es noch keine Flammen und keine Rauchentwicklung gab.

Allerdings war sie jetzt halb nackt, und draußen herrschten gefühlt arktische Zustände.

Egal. Im Moment war die Aussicht auf einen langsamen Kältetod erstrebenswerter, als qualvoll zu verbrennen.

Sie kämpfte sich voran.

Dielenbrett um Dielenbrett. Meter um Meter.

Bis sie im Flur war und wieder aufstehen konnte.

Marla hörte das Feuer hinter sich tosen. Sie spürte die Hitze im Rücken. Mit der zuletzt sterbenden Hoffnung einer Verzweifelten suchte sie die leeren Haken nach Kleidungsstücken ab, die natürlich nicht auf wundersame Art wieder aufgetaucht waren. Auch die Schuhbank war noch immer verwaist. Sie verschwand langsam in den ersten Rauchschwaden, die nun ihren Weg zu Marla in die Diele fanden. Erste Qualmfäden, wie dunkle Tentakel, die ... *Moment mal.*

Marla kniete sich wieder hin.

Tags zuvor war ihr schon aufgefallen, dass der Boden an dieser Stelle mit einem anderen Holz ausgelegt war als der restliche Boden im Erdgeschoss. Es waren grobe, unbehandelte Eisenbahnschwellen, in deren unverfugten Ritzen die Rauchfäden nun wie in einem Luftfilter verschwanden.

Das ist unmöglich.

Gab es etwa eine Rauchabzugsanlage in der Nebelhütte?

Wenn ja, ergab es wohl kaum Sinn, die Entlüftung über den Fußboden zu regulieren. Und doch sah es ganz danach aus. Immer mehr Rauch bahnte sich seinen Weg, und immer mehr Qualm verschwand zwischen den Schwellen.

Marla suchte den Boden nach einer Ventilklappe ab und wurde fündig. Direkt unter dem Schuhregal. Man sah den Hebel nur, wenn man sich auf den Bauch legte. Sie zog an ihm.

Es gab ein metallisches Klonk, wie wenn die Feder in einer Matratze sprang, nur um einiges lauter, dann knirschte es in der Bodenplatte unter ihr, und im nächsten Moment fiel Marla mit der sich öffnenden Falltür ins Dunkel.

73. KAPITEL

Berlin

Das Paket war leer und wog in Kristins zitternden Händen doch unendlich schwer.

Sie atmete gepresst, als trüge sie eine Hantel in das Wohnzimmer zu Thea Lindberg, die jedoch zu einer weiteren Befragung völlig außerstande war.

Marlas Mutter lag mit weit aufgerissenem Mund auf dem Sofa, den Kopf weit nach hinten verdreht, und schnarchte. Ihr alkoholgeschwängerter Atem füllte den gesamten Raum. Diesmal halfen kein Rütteln und Schütteln und kein Rufen. Sie blieb in ihrem komatösen Schlaf versunken.

Kristin legte das Paket zu dem anderen auf den Kaminsims und hörte erneut die Standuhr schlagen.

Wie lange war es vom Scharmützelsee bis nach Dahlem? Selbst am Wochenende, ohne Lkw-Stau, dauerte es bestimmt eine Stunde. Auch wenn Leven bereits unterwegs war, so lange konnte sie nicht warten. Sie hatte den Zug verpasst, den Flug durfte sie auf keinen Fall versäumen.

Kristin nahm das leere Paket wieder an sich und schleppte sich zur Haustür. Die App ihres Handys zeigte an, dass das nächste Taxi vom Roseneck in drei Minuten bei ihr war. Sie war gerade dabei, es zu bestellen, als ein Anruf einging.

»Hi, bist du noch in Berlin?«, fragte Pia. Sie klang euphorisch. Kristin konnte sich nicht erinnern, wann sie das Computergenie jemals so fröhlich erlebt hatte.

»Ja, wieso?«

»Du wirst es nicht glauben, aber ich habe es geschafft.«

»Was?«

»Ich hab den Planen-Menschen enttarnt.«

Kristin blieb am Eingang stehen. Ihr Blick blieb erneut an dem schrecklich großen Familiengemälde hängen, ohne dass sie es bewusst ansah.

»Wirklich?«

»Ja, wirklich. Ich hab einige Veränderungen in den Einstellungen vorgenommen und meine Software noch mal über das Krissel-Video laufen lassen, dabei musste ich nur …«

»Und?«, unterbrach Kristin Pia ungeduldig. »Was hast du entdeckt?«

Oder wen?

»Na ja, sagen wir mal so viel: Der Planen-Mensch ist zumindest schon mal *kein* Mann.«

»Nicht dein Ernst!« Kristin dachte nach. Wenn der Planen-Mensch, wovon sie ausging, kein Opfer, sondern der Täter war … *war das überhaupt möglich?* Konnte eine Frau für den bestialischen Badewannenmord verantwortlich sein?

»Und es kommt noch besser«, frohlockte Pia. »Wann kannst du hier sein?«

»Ich weiß nicht. Mein Flug geht bald. Kannst du mir nicht alles aufs Handy schicken?«

»Dazu ist die Auflösung zu schlecht. Du müsstest es schon auf meinem Bildschirm sehen, um …«

»Okay, verstanden. Ich beeile mich«, sagte sie und legte auf.

Hastig veränderte sie das Fahrtziel ihrer Taxibestellung. Ihr Finger schwebte schon über dem Bestätigungsbutton, als sie ihn wieder spürte. Den Schatten.

Diesmal fühlte er sich genauso an, wie Marla ihn ihr beschrieben hatte.

Wie ein dunkler Mantel, der bereit war, sich in tödlicher Umarmung um einen zu legen.

Nur in einem Punkt hatte Marla sich geirrt.

Der Schatten wollte einen nicht ersticken.

Sondern erschlagen. Mit brachialer Härte. Einmal, zweimal hämmerte er ihr mit einem stumpfen Gegenstand gegen den Hinterkopf. So lange, bis Kristin reglos im Foyer zusammengebrochen war.

74. KAPITEL

Nebelhütte

Etwas in ihrer Schulter war zerstört worden, und diese Verletzung sorgte dafür, dass Marlas rechter Arm wie ein nicht mehr zu ihr gehörender Körperteil an ihr herabhing.

Vielleicht war es eine gerissene Sehne oder eine zersplitterte Kapsel. Womöglich war auch ein Knochen gebrochen, obwohl die Schmerzen dann vermutlich gar nicht mehr auszuhalten gewesen wären. Zum Glück schien der Rest ihres Körpers unversehrt. Der Sturz die Kellertreppe hinunter hätte schlimmer ausgehen können. Es war vielleicht von Vorteil gewesen, dass sie erschöpft, wie sie war, wie ein nasser Sack unverkrampft die Stufen hinabgerollt war.

Vor allem aber hatte der Berg Daunenjacken und Wintermäntel am Fuß der Treppe den Sturz weich abgefangen. Zum Glück war sie nicht auf die Winterschuhe gefallen, die direkt daneben aufgetürmt lagen. Hier also befanden sich die Anziehsachen ihrer Mitschüler!

Unsere Handys sind bestimmt auch nicht weit.

Marla zog sich an einem Leitungsrohr nach oben und stand mit eingezogenem Kopf in einem gewölbeartigen Gang. Für einen Kriechkeller war der Unterbau der Nebelhütte zu hoch, für einen Weinkeller zu niedrig. Baustellenlampen beleuchteten die gespenstische Szenerie.

Ein grob gemauerter Gang, bei dem sie an einen Bergbauschacht denken musste, verlief abschüssig auf ein geräumiges Kellerzimmer ohne Tür zu.

Zuerst sah sie den Schreibtisch, auf dem ein aufgeklappter Laptop vor einem schlichten Drehstuhl stand. Er war leer, im Unterschied zu dem Campingbett, auf dem ein Mann im Schatten hockte.

»Wer sind Sie?«, fragte sie ihn, zu mitgenommen von den Ereignissen der letzten Stunden, um überhaupt noch erschrecken zu können. Tatsächlich hatte sie fest damit gerechnet, hier unten auf den Killer zu treffen. Sie trat näher und leuchtete mit der Baustellenlampe unter der Decke in seine Richtung.

Sein Anblick schien ihr vertraut, vor allem seine großen, dunklen Augen, aus denen er sie traurig ansah. Er stöhnte. Erst jetzt sah Marla, dass er geknebelt war.

Die rechte Hand steckte zudem in einer Handschelle und war mit einer Kette an dem Bettgestänge festgemacht.

»Warten Sie!«, sagte sie und beugte sich zu ihm in dem nutzlosen Bemühen, die Kette von dem Gestänge zu lösen.

Dabei schob sich der Ärmel seines verdreckten Sweatshirts hoch.

»Nein!«, schrie Marla auf und rückte von dem Mann ab. Sie schlug sich die Hand vor den Mund, begann zu zittern und zu keuchen.

Ist das wahr? Ist das real?

Sie trat näher, berührte den Unterarm des Angeketteten.

Das leicht erhabene Tattoo auf der Haut.

Ein Schriftzug.

Er lautete:

Jeder Mensch hat zwei Leben.
das zweite beginnt in dem Moment,
in dem man erkennt, dass man nur ein Leben hat.

75. KAPITEL

»Kilian?«
Er nickte. Sie löste den Knebel.
»O Gott!« Marla begann zu weinen. »Sie haben gesagt, du bist tot.«
»Nein.« Er stöhnte.
»Aber wieso? Was geht hier vor?«
»Zange«, sagte er. Seine Haut war aufgerissen. Die Hände blutig. Er hatte unendlich große Schatten unter den Augen, und er klang, als wäre er am Verdursten: »Dort. Schrank.«
Marla stand auf und ging an dem Laptop vorbei.
Sie öffnete den Metallspind. In ihm lag tatsächlich eine Zange. Zum Glück war sie auf ihren linken Arm gefallen, sodass Marla ihre kräftige Hand noch zur Verfügung hatte, um Kilian zu befreien.
Bevor sie das tat, nahm sie sein Gesicht in beide Hände und gab ihm einen Kuss auf die rauen, spröden Lippen, die so vertraut wirkten. Dann setzte sie die Kneifzange an, als eine Altherrenstimme hinter ihr dröhnte: »Halt!«
Sie schnellte herum. »Wer ...?«
Marla brauchte die Frage nicht zu vollenden. Sie sah selbst, wer da vor ihr mit eingezogenem Kopf im Raum stand. Eine alte, dürre Gestalt mit langen, vom Rauchen verfärbten Zähnen.
»*Hauen Sie ab!*«, hatte er sie noch gestern am Bus nach Kaltenbrunn angezischt. Jetzt sagte er: »Rüber. Zu mir!«
»Wo kommen Sie auf einmal her?«, fragte Marla.
»Hast doch meine Frau angerufen.«
»Gottfried?«

Er nickte.

»Hopp!« Er machte eine Bewegung, sich ihr zu nähern.

Ihr Herz setzte einen Schlag aus, als sie sah, dass er eine Pistole hielt.

»Ich, ich … ich gehe nicht ohne Kilian«, stammelte sie. Gottfrieds Worte trafen sie, als hätte er einen Schuss auf sie abgegeben. »Weg von dem Kerl!«

Wie bitte …?

Marla sprang vom Bett auf. »Ich kenne ihn. Er ist mein Freund.«

»Ich kenne ihn nicht. So lange ist er mein Feind.« Der Alte fing an zu husten. Die Räume hier unten füllten sich zunehmend mit Qualm.

»Weg von ihm«, sagte er. »Ich kümmer mich um ihn.«

»Lass ihn nicht in meine Nähe, Marla«, flehte Kilian sie an. »Er wird mich nicht befreien, sondern töten. So wie dich auch.«

Marlas Blick hetzte zwischen dem Mann, der sich Gottfried, und dem, der sich Kilian nannte, hin und her. Über ihren Köpfen fiel etwas Schweres zu Boden. Der Keller erzitterte. Es konnte nicht mehr lange dauern. Marla musste eine Entscheidung treffen. »Ich kenne sein Tattoo!«, schrie sie Gottfried entgegen.

Sie packte Kilians Arm. Zog am Ärmel und wischte mit spuckefeuchten Fingern über die Tätowierung. Sie war echt.

»Kann sich jeder stechen lassen«, sagte Gottfried in Kilians Richtung, der erwiderte: »Und jeder kann behaupten, er sei Gottfried aus Kaltenbrunn.«

Marla sah die Waffe in der Hand ihres vermeintlichen Retters. Dann blickte sie in die traurigen Augen, die ihr so vertraut waren, im Gegensatz zu denen des Alten. Damit war die Entscheidung gefallen.

Sie drückte die Zange zu. Das Metall schnitt durch die Kettenglieder wie Butter.

»Danke«, sagte Kilian und stand hustend auf. Ein, zwei Minuten noch, dann würde man hier unten nichts mehr sehen können.

»Mist, verdammt«, sagte der alte Kauz, dem die Wut nun offenbar doch einen längeren Satz entlockte. »Kein Wunder, dass Kristin einen Babysitter für dich blöde Kuh wollte. Ich hoffe nur, ich irre mich, und du hast nicht den Killer von der Leine gelassen.«

Marla blinzelte heftig. »Moment mal. *Sie* sind ihr Kontaktmann vor Ort?«

Jetzt erklärte sich auch, weshalb Gottfried so außer sich gewesen war, als er sie am Bus sah. Kristin hatte den Einsatz abgeblasen. Nichts war vorbereitet. Er befahl ihr, sofort umzukehren, weil er für ihre Sicherheit nicht sorgen konnte. Und dann kam auch noch die Lawine, weswegen er keine Zeit gehabt hatte, schon früher hier oben nach dem Rechten zu sehen.

Sie spürte eine sanfte Berührung an ihrem nutzlosen, schmerzenden Arm. Kilian!

»Er ist kein Kontaktmann«, sagte er. »Er ist der Täter. Er hatte doch immer Zugang zur Nebelhütte, Marla. Er hat das alles hier präpariert.«

Ja, das ergab Sinn.

»Er hat mich gefesselt und geknebelt. Er hat das alles inszeniert.«

»Lügner …«

Der Mann, der sich Gottfried nannte, bekam einen weiteren Hustenanfall, der diesmal so schlimm war, dass er sich auf dem Tisch mit dem Laptop abstützen musste.

Das war die Gelegenheit für Kilian, sich auf ihn zu stürzen und ihm die Waffe zu entreißen. Es gab ein kurzes Gerangel, bei dem der Alte versehentlich auf die Leertaste des Notebooks kam.

Von einer Sekunde auf die andere wähnte Marla sich auf dem Gang einer Schule oder einer Universität. Sie hörte ein entferntes Stimmengewirr. Unvermittelt sagte eine Frau etwas, für das Marlas Verstand in dieser Sekunde noch keine Erklärung finden konnte. Denn die Frau rief wie aus einiger Entfernung über die Boxen des Computers mit freundlichem, aber energischem Befehlston:

»Leven Lindberg! Ihr Kurs fängt an!«

76. KAPITEL

»Was …?« Marla stockte der Atem. Die Drehscheibe unter ihren Füßen begann wieder zu rotieren, doch diesmal konnte sie sich nicht aus einem Albtraum befreien. Jetzt verlor sie in der Realität jeden Halt.

»Was hat das zu bedeuten?«, fragte sie den jungen Mann, der ihr noch immer so vertraut und doch auf einmal so fremd schien. »Leven?«

Und er nickte. Gestand es, einfach so. Obwohl sie gar kein Geständnis im Sinn gehabt hatte, als sie einfach nur den Namen wiederholte, den sie gerade eben in der Aufzeichnung gehört hatte.

»Ja. Der bin ich.«

Dann hob Leven seine Waffe. Zielte auf Gottfried.

»Aber … ich verstehe es nicht. Wieso?«

Sie ging einen Schritt auf ihn zu. Streckte die Hände nach ihrem Bruder aus, der ganz offensichtlich geisteskrank geworden war.

»Marla!«, sagte Leven und sah durch sie hindurch. Seine traurigen Augen blickten noch trübsinniger. Der Rauch wurde immer dichter.

»Bitte, Leven. Das müssen die Drogen sein. Du kannst nicht klar denken.«

»Doch«, widersprach er ihr. »Ich wollte Rache. Und Schuldausgleich. Für alle, die unsere Familie zerstört haben.«

Er richtete die Waffe neu aus. Zielte nicht mehr auf Gottfried, sondern direkt auf ihren Kopf.

»MARLA!«, schrie er.

Ein stechender Schmerz durchschnitt ihre Muskeln, als sie in einer instinktiven Abwehrhaltung versuchte, den verletzten Arm vor das Gesicht zu reißen.

Im Nachhinein ließ sich nicht mehr klären, ob er wirklich einen Schuss auf Marla hatte abgeben wollen. Oder ob er gewusst hatte, dass Kristins Kontaktmann eine zweite Pistole bei sich hatte. Womöglich hatte er den Schuss aus Gottfrieds Zweitwaffe provozieren wollen, jetzt, da sein Plan gescheitert und er aufgeflogen war.

Am Ende betätigte nur einer von beiden den Abzug. Nur ein Projektil traf sein Ziel und verteilte Leven Lindbergs Gehirn über dem Notebook.

77. KAPITEL

Die Befragung
Gegenwart
Zwei Wochen nach der Entscheidung

Von den vielen Geschichten, die Dr. Carsten Stresinger gehört hatte, war dies die erste, die ihn mit offenem Mund zurückließ.

»Leven also? Marlas Bruder?«

Es war dunkel geworden. Auf den Laternen und Autodächern hatten sich kleine Schneehauben gebildet. Stresinger war froh um seinen Platz in der Tiefgarage, sodass er die Scheiben seiner S-Klasse später nicht vom Eis würde befreien müssen. Der Heimweg allerdings konnte sich noch eine Weile verzögern, denn es hörte sich nicht danach an, als wäre die Erzählerin schon am Ende ihrer Ausführungen.

»Die Anrufe bei Kristin hatten sein Alibi absichern sollen«, sagte sie. »Er war nicht in der Entzugsklinik. Mit den abgespielten Hintergrundgeräuschen hatte er sie perfekt täuschen können.« Sie schien sich über diese Pointe zu freuen. »In Wahrheit war er die ganze Zeit vor Ort. Er hat die Nebelhütte präpariert, das tödliche Escape-Game mit all seinen Rätseln und Fallen inszeniert.«

»Der Saunaaufguss?«

»Zum Beispiel. Leven hatte allerdings nie die Absicht, die Ehemaligen zu töten. Er hielt sich an Gretes Versuchsaufbau, den er ja in ›Einsam‹ hatte nachlesen können.«

»Aber wieso hat Leven das alles getan?«

»Liegt das nicht auf der Hand?«

Stresinger, der keine Lust hatte, wie ein Dummerchen behandelt zu werden, sagte verärgert: »Helfen Sie mir auf die Sprünge!«

Die Befragte atmete schwer, bevor sie mit ihrer Erklärung begann: »Levens sensible Psyche war schon vor Edgars Suizid angeknackst. Er war bereits drogen- und tablettenabhängig. Der Tod seines Vaters hat dann eine fatale Kettenreaktion in Gang gesetzt. Er entfremdete sich von der Mutter, die geliebte Schwester musste in Therapie und kapselte sich immer mehr ab, weil sie sich von ihrem toten Vater noch immer gestalkt fühlte. Schließlich dann der Mordversuch an Marla im alten Kreißsaal, den alle als Wahnvorstellungen abtaten. All das trieb Leven tiefer in die Sucht, mit der er die Wirklichkeit um sich herum zu verdrängen versuchte. Bei einem Entzugsaufenthalt lernte er, dass er die Ursachen seiner Probleme beseitigen und sein Schicksal selbst in die Hand nehmen solle. Da war sein Geist allerdings schon zu beschädigt. Er beschloss, aktiv zu werden, aber nicht, wie seine Betreuer es wohl meinten, indem er sich bei seinem Umfeld entschuldigte und eine Ausbildung begann. Stattdessen schmiedete Leven einen perfiden Racheplan und setzte bei denjenigen an, die seinen Vater auf dem Gewissen hatten. Wie Cora, die Edgar Lindberg frivol provozierte.«

»Leven hat die Frau in der Badewanne auf dem Gewissen?«, fragte Stresinger verblüfft.

Er hatte Kilian in Verdacht gehabt, weil er auf dem Video so empört auf Coralines Beichte reagierte.

»Nicht direkt«, antwortete die Erzählerin kryptisch. »Cora und Kilian hatten eine Affäre. Sie hatten geplant, gemeinsam noch zwei Tage länger in der Nebelhütte zu bleiben.«

Stresinger zog zweifelnd die Brauen zusammen.

»Auf dem Video, auf dem Cora vor der Gruppe damit angibt, wie sie mit Edgar Lindberg umsprang, war von einer Affäre zwischen den beiden aber nicht viel zu hören.«

»Das war ja auch der Anfang vom Ende. Kilian hatte eigentlich nur ein Erinnerungsvideo drehen wollen. Als er merkte, wie sich seine Geliebte danebenbenahm, filmte er heimlich weiter. Und wurde wütender und wütender. Zur Erinnerung: Das mit Cora war nur ein Abenteuer, das ohnehin mit ihrem Auslandsaufenthalt enden sollte. Marla hingegen war Kilians heimliche, große Liebe.«

»Cora und Kilian sind über Marla und ihren Vater in Streit geraten?«, fragte Stresinger und ahnte Schlimmes. Nicht jedoch das, was jetzt kam:

»Ja. Es gab eine heftige Auseinandersetzung, in der Kilian handgreiflich wurde. Er schlug ihr ein blaues Auge und ließ sie allein zurück. Kilian fuhr ab, ohne seine Sachen mitzunehmen. Kurz danach bekam er eine verstörende WhatsApp von Cora. Sie hatte in seiner Reisetasche eine angebrochene Packung Psychopharmaka gefunden, die Kilian seinerzeit gegen die Nervosität vor den Abiturprüfungen genommen hatte. Sie schluckte alle auf einmal und stieg in die Badewanne. Als Kilian die Nachricht gelesen hatte, drehte er sofort um, aber er kam zu spät. Cora war bereits bewusstlos geworden und ertrunken.«

Moment mal ...

Stresinger starrte auf den Notizblock vor sich, der sich immer mehr mit Fragezeichen füllte. »Wer hat denn Cora dann in der Badewanne im Dreck ersticken lassen?«

»Niemand.«

»Das verstehe ich nicht.«

»Sie können es nicht begreifen, weil Sie eine wichtige Frage noch nicht gestellt haben.«

»Und die wäre?«

»Wie – so?«

Die Befragte zog beide Silben unnatürlich in die Länge.

»Wie – so gibt es überhaupt ein Video von Coras Ermordung?«

Stresinger hob beide Arme in die Luft. »Tja, was weiß ich. Vielleicht ein Serienkiller-Fetisch?«

»Oder ein Fake«, warf die Frau ein.

Eine Fälschung?

Gut, in Zeiten künstlicher Intelligenz war das selbst für einen Laien vermutlich mit ein paar Mausklicks möglich.

»Aber wozu?«

»Um einen Joker in der Hinterhand zu haben.«

Er rieb sich nachdenklich den Nacken. »Moment, Moment. Ich komm nicht mehr mit. Cora und Kilian streiten, Cora stirbt in der Wanne nach einer Überdosis. Dann kommt Kilian zurück, zieht ihr eine Plane übers Gesicht, steckt ihr einen Strohhalm zwischen die Lippen, schüttet Jauche über sie aus und bearbeitet das Video so, dass man denkt, Cora wäre dabei noch am Leben gewesen?«

»Nicht Kilian. Das war Leven.«

»Verdammt, wie kommt der denn ins Spiel?«

Die Befragte holte tief Luft, als wollte sie in ein Tauchbecken steigen. »Kilian hat Leven angerufen.«

»Weshalb?«

»Er hat ihn um Hilfe gebeten. Kilian hatte Angst, dass dieser Vorfall seine ganze Zukunft ruinieren könnte. Immerhin könnte ein Rechtsmediziner feststellen, dass er Cora geprügelt hatte. Und es waren seine Tabletten. Also fragte er Leven, ob er die Polizei rufen oder etwas anderes machen solle.«

»Wieso denn ausgerechnet Marlas Bruder?«

»Nun, zum einen, weil Leven die Nebelhütte gehörte.«

»Moment mal, dann hatte Amadeus ...«

»... recht«, bestätigte die junge Frau. »Die Hütte war einst im Besitz von Edgar Lindberg. Als Makler sicherte er sich hin und wieder Filetstücke zum Schnäppchenpreis. Damit das nicht so auffiel, versteckte er sie in einem undurchsichtigen Geflecht von Immobilienholdings. Mit einer davon zahlte Lindbergs Frau nach Edgars Tod Leven sein Erbe aus.«

»Okay, langsam verstehe ich, wie Leven vor Ort in diesem geheimen Keller sein konnte. Aber in welcher Beziehung steht er zu Kilian? Waren die beiden befreundet, oder wieso ist er der Erste, den er anruft, als er seine Affäre tot in der Wanne findet?«

»Das habe ich doch eingangs schon erwähnt. Sie sind sich das erste Mal in einem Neuköllner Schallplattenladen über den Weg gelaufen und haben Kontakt gehalten, gerade wenn es um Marla ging, die sie ja beide liebten. Kilian fühlte sich wegen der Schrankgruppe schuldig, auch wenn er der Einzige gewesen war, der die anderen davon hatte abhalten wollen, Edgar auf das Straßenmädchen aufmerksam zu machen. Am liebsten hätte er Marla sein Herz ausgeschüttet.«

»Doch das hat er sich nicht getraut«, sagte Stresinger und nickte nachdenklich.

»Stattdessen hat er zunächst mit ihrem Bruder gesprochen«, stimmte die Frau ihm zu. »Ohne zu wissen, was er damit bei Leven auslöste. Von diesem Tag an wuchs bei Leven der Impuls, den Tod seines Vaters zu rächen.«

»Ich glaube, langsam wird es mir klar«, sagte Stresinger, und seine Gedanken formten sich beim Sprechen zu einer logischen Theorie: »Leven wird von Kilian angerufen. Er macht sich auf den Weg zur Nebelhütte. Dort sieht er das Video, das Kilian von Cora gemacht hat. Und er beginnt Cora zu hassen.«

»So war es.«

»Also hilft er Kilian, die Leiche zu entsorgen?«

»Irgendwo in einem Kühlfach in dem geheimen Keller, den er von Papas exzentrisch umgebauter Luxusimmobilie kannte. Genau. Aber zuvor hat er ein Video gedreht.«

Und da war sie wieder. Die offenbar zentrale Frage: »Wozu?«

Die Frau ließ eine Pause, in der man ein Flugzeug über das nächtliche Berlin fliegen hörte.

»Wie gesagt, Leven wusste von der Schrankgruppe und schloss daraus, dass Cora nicht die Einzige war, die seinen Vater auf dem Gewissen hatte. Er war sich nur nicht sicher, wer der Hauptschuldige der Truppe war. Doch sobald er den ermittelt hatte, wollte er ihm den angeblichen Mord an Cora in die Schuhe schieben. Das war sein Racheplan, den er fünf Jahre lang vorbereitete, wann immer er einen wachen Geist hatte und nicht in Therapie war. Wie perfekt er seinen Feldzug übrigens vorbereitete, erkennt man daran, dass er das Badewannen-Video ins Darknet einspeiste, damit die Polizei möglichst schon im Besitz des getürkten Beweismittels war, sobald Leven den vermeintlichen Schuldigen gefunden hatte.«

Verrückt, dachte Stresinger. Normalerweise versuchten Verbrecher, einen Mord als Unfall zu kaschieren. Hier wurde eine Videoaufnahme gemacht und gefälscht, um einen Unfall wie einen Mord aussehen zu lassen.

»Und all die Jahre ist Coras Verschwinden niemandem aufgefallen?«, fragte er.

»Erst später. Sie hatte sich ja für zwei Jahre für Work&

Travel im Ausland abgemeldet. Eine ganze Weile gab es noch Textnachrichten, die Leven lange nach ihrem Tod mit ihrem Handy verschickte.«

»Doch dann ist das Badewannen-Video aus dem Darknet in Kristins Abteilung aufgetaucht«, ergänzte Stresinger. »Der Hinweis auf den Strohhalm führte über den Gipferlkönig zur Nebelhütte. Hier erfuhr Kristin von dem Klassentreffen, und bei der Recherche ...«

»... stieß Kristin auf die Vermisstenanzeige der Eltern einer Schülerin, die man seit dem Klassentreffen nicht mehr gesehen hatte. Cora. Ganz genau.«

Stresinger legte seinen Bleistift zur Seite und sah aus dem Fenster. »Es gibt da noch einiges, was ich nicht verstehe.«

»Zum Beispiel?«

»Wieso hat das so lange gedauert mit Levens Racheplan? Wieso hat er abgewartet, bis Paulina die Schrankgruppe einlud? Weshalb hat er das nicht selbst schon sehr viel früher inszeniert?«

»Gute Fragen«, bestätigte ihm die junge Frau, ohne eine Antwort zu geben. »Sonst noch welche?«

Stresinger nickte. »Wenn Leven seine Schwester doch so liebte, wieso hat er sie in die Nebelhütte gelockt? Ein Zimmer so hergerichtet, dass es so aussah, als würde Kilian darin übernachten? Wie konnte er zulassen, dass Marla in solch große Gefahr geriet?«

Zu seinem Erstaunen lachte die seltsame Erzählerin.

»Langsam, aber sicher kommen wir dem Showdown näher. Warten Sie es ab«, sagte sie. »Die Geschichte ist noch nicht zu Ende.«

78. KAPITEL

Fünf Tage nach dem Wochenende
Der Tag der Entscheidung

Die Sonne strahlte am Himmel über dem Virchow-Klinikum, als wollte sie die Patienten verhöhnen, die an Schläuche und Monitore angeschlossen sich wahlweise im Rhythmus der Herz-Lungen-Maschine zurück ins Leben kämpften oder in den ewigen, traumlosen Schlaf glitten.

Bei Kristin war die Münze des Schicksals noch im Fallen. Fragte man Chefarzt Prof. Zhang nach seiner ehrlichen Meinung, wie die Überlebenschancen standen, würde er nicht auf Kopf setzen, der bei Kristin ernsthafte Frakturen erlitten hatte. Sondern auf Zahl. Genauer gesagt auf die Vier, die in seinem Geburtsland den Tod symbolisierte.

»Hallo, Kristin«, sagte Marla leise.

Ihre Schulter schmerzte unter dem Verband, nachdem sie sich in den OP-Kittel gezwängt hatte. Jetzt stand sie mit Haube und Mundschutz am Bett. Ihre Schuhe steckten in Überziehern, die sie unangenehm an die Mülltüten erinnerten, die sich Paulina und Jeremy vor ihrer Zigarettenpause übergezogen hatten. Jeremy hatte das mit seinem Leben bezahlt.

Hatte Leven die Verankerung des Geländers am Phone-Spot gelöst, oder war die hölzerne Sicherheitsabsperrung von vornherein schadhaft gewesen? Als sicher galt nur, dass ihr Bruder das Telefon dort platziert und nach Jeremys Sturz wieder an sich genommen hatte. Die Spurensicherung fand es bei den Aufräumarbeiten zerschmolzen zwischen den

Kleider- und Schuhbergen, die er mitsamt der anderen Handys der Ehemaligen zu sich in einen der geheimen Kellerräume geschafft hatte.

»Es tut mir leid«, sagte Marla, ohne eigentlich zu wissen, wofür sie sich entschuldigte. Sie hatte viel nachgedacht in dem bayerischen Krankenhaus, in dem sie wegen ihrer leichten Rauchvergiftung und der Schulterquetschung behandelt worden war. Gottfried hatte sie mit dem Schneemobil nach Kaltenbrunn gefahren, wo bereits ein Rettungsfahrzeug auf sie wartete.

Vergeblich hatten sie auf der Fahrt nach Paulina und Grete Ausschau gehalten und allen Helferinnen und Helfern von ihnen erzählt. Auch der Feuerwehr und den Einsatzkräften, die sich mit schwerem Gerät hoch zur Nebelhütte kämpfen wollten, aber wegen der Lawinengefahr hatten aufgeben müssen. Bis heute hatte man keine Spur der beiden Frauen gefunden, und Gottfried ging davon aus, dass ihre Leichen erst mit dem Tauwetter wieder auftauchen würden.

Kristins Kontaktmann war wie so viele ihrer Mitarbeiterinnen und Mitarbeiter kein offizieller Ermittler. Die suspendierte LKA-Bereichsleiterin hatte den Wirt vom Gipferlkönig kennengelernt, als sie auf eigene Faust nach Kaltenbrunn aufgebrochen war, um die Nebelhütte zu durchsuchen. Dabei war ihr sowohl der geheime Keller wie die in der Decke versteckte Tür verborgen geblieben. Womöglich hätte sie dort auch gar nichts finden können. Niemand wusste, wann Leven mit den Vorbereitungen für seinen Rachefeldzug begonnen hatte. Alle Indizien, die darüber hätten Aufschluss geben können, waren mit der Hütte in Flammen aufgegangen.

»Meine Mutter war nicht bei Sinnen«, erklärte Marla ihrer ehemaligen Mentorin, deren Herzschlag auf dem Monitor sichtbar schneller wurde, als sie nach ihrer Hand griff. »Sie war betrunken und meinte, einen Einbrecher zu hören.«

Obwohl sie mehrmals zugeschlagen haben musste, war Thea Lindbergs Tequila-Flasche nicht an Kristins Kopf zerbrochen. Er aber an ihr. Die Ärzte hatten ihr eine Drainage legen müssen, damit der Hirndruck sinken konnte.

»Was hattest du nur bei meiner Mutter zu suchen?«

Marla fürchtete, dass das eines von vielen noch ungelösten Rätseln bleiben würde, wenn Kristin es nicht schaffte.

Als ihr klar wurde, dass es keinen Unterschied machte, ob sie zehn Minuten oder zehn Stunden hier ausharrte, verließ sie die Intensivstation und entledigte sich ihrer Schutzkleidung. Sie wollte nach Hause. Zurück zu Mr Grill, den sie schon wieder viel zu lange alleine gelassen hatte. Und sie wollte raus aus dieser Klinik. Wann immer sie an Einrichtungen wie diesen vorbeifuhr, stellte sie sich den Schmerz, der hier wohnte, als eine Glocke vor, die über den Krankenhäusern hing. Auch aus der Entfernung schauderte sie bei dieser Vorstellung. Jetzt, wo sie mittendrin war, tat ihr der Gedanke beinahe körperlich weh.

Eilig ging sie zu den Stationsfahrstühlen, doch sie kam nicht weit.

»Marla?«

Sie drehte sich zu der angenehmen Frauenstimme um.

»Ja?«

Eine kräftige Frau lief ihr mit einem leicht o-beinigen Gang entgegen. Sie streckte ihr die Hand schon entgegen, da hätte Marla sie noch gar nicht greifen können.

»Hallo, ich bin Pia.«

Ihr Gesicht sagte Marla logischerweise nicht das Geringste. Dennoch kam die sympathisch lächelnde Brünette ihr seltsam bekannt vor.

»Wir sind gewissermaßen Kolleginnen. Also gewesen. Kristin hat viel von dir erzählt.«

»Arbeitest du beim LKA?«

Sie lachte. »Sagen wir mal so: noch inoffizieller als du damals.«

Marla nickte verstehend. Sie zeigte auf die Tür mit der Gegensprechanlage für die Intensivstation. »Du willst sie besuchen?«

»Wollte ich. Aber die Ärzte sagen, sie ist nicht ansprechbar. Da dachte ich, ich spreche vielleicht lieber mit dir, jetzt, wo du auch da bist.«

Marla runzelte die Stirn. »Worum geht es?«

Pias Antwort raubte ihr den Atem – mehr als der Qualm im Keller der Nebelhütte.

»Kristin hat mich mit der Analyse einiger Videos beauftragt. Auf einem davon spielst du die Hauptrolle.«

»Du hast den Planen-Menschen enttarnt?«, platzte es aus Marla hervor. Erschrocken sah sie sich um, aber der Pfleger, der an einem Schiebewagen ein Klemmbrett studierte, stand weit genug weg.

»Ja«, sagte Pia kurz und knapp. »Das hab ich.«

Marla wurde schwindelig. Erst hatte sie die Jahre nach dem Unfall vergeblich versucht, denjenigen zu finden, der ihr im Kreißsaal pfeifend ins Gesicht gehustet und ein Messer durchs Kinn gerammt hatte. Dann hatte sie als Reinigungskraft in einem Vertreterhotel gegen ihre Depressionen angeputzt, nachdem ihr Psychiater ihr klargemacht hatte, dass sie unter Wahrnehmungsstörungen litt. Dr. Jungbluth hatte sich gleichzeitig geirrt und richtiggelegen. Korrekt war seine Diagnose der Gesichtsblindheit. Falsch der daraus gezogene Schluss, sie hätte sich die Ereignisse im stillgelegten Kreißsaal nur eingebildet. Noch immer kannte sie nicht die ganze Wahrheit.

Doch jetzt stand mit Pia jemand vor ihr, der das Rätsel endlich lösen konnte.

»Wer ist es?«, fragte sie, und ihr wurde kalt. Sie zitterte aus Angst vor der Angst und fror sehr viel heftiger als mitten im Schneesturm in den Bergen.

»Ich weiß nicht, ob du das sehen willst. Es ist hart.«

Nein, will ich nicht. Aber ich muss. Ich brauche endlich Gewissheit.

»Zeig es mir«, sagte sie daher. »Bitte.«

Pia sah ihr lange in die Augen und zuckte dann mit den Achseln. »Okay, aber nicht hier.«

79. KAPITEL

Sie setzten sich in Pias Auto, das unter zwei Alleebäumen auf der Seestraße stand. Der Verkehr rauschte an ihnen vorbei, ein Rettungshubschrauber landete auf dem Dach des Klinikparkhauses, und niemand nahm von den zwei Frauen Notiz, die im Begriff standen, ein Geheimnis zu lüften, für das zahlreiche Menschen ihr Leben gelassen hatten. Cora, Jeremy, Rebekka, Amadeus, Simon, Leven, wahrscheinlich auch Grete und Paulina, vielleicht sogar Kristin, wenn sie nicht durchkam. Bei Kilian hingegen war es wohl kein Suizid, sondern ein tragischer S-Bahn-Unfall gewesen. Vermutlich hatte er sich betrunken, als er die Einladung zum Abitreffen erhielt und dadurch alles wieder hochkam. Die Schrankgruppe. Cora. Das Badewannen-Video.

Vorher musste Kilian ihrem Bruder eine Nachricht geschickt haben, dass die Schrankgruppe sich wieder in der Nebelhütte traf. So hatte Leven Marla nachträglich einladen können.

Dass die beiden am Ende einander so nahegestanden hatten, dass sie sogar dasselbe Tattoo trugen, war ihr neu gewesen. Marla würde vermutlich den Rest ihres Lebens nicht darüber hinwegkommen, dass ausgerechnet die Person, die sie in der Familie am meisten geliebt hatte, für den Albtraum in der Nebelhütte verantwortlich gewesen war. Sie konnte es nur auf Levens Drogenmissbrauch schieben, der sein Wesen so sehr verändert hatte, dass er zu diesem Psychospiel fähig gewesen war, bei dem er allerdings selbst niemanden aktiv hatte töten müssen.

Leven hatte in den Bergen eine so perfide, ausweglose

und seelisch verstörende Ausnahmesituation geschaffen, dass es das Schlechteste in allen Teilnehmern zum Vorschein brachte und diese einander am Ende selbst umbrachten.

»Hübscher Wagen«, sagte Marla. Sie brabbelte, um die Zeit zu überbrücken, bis Pia die Datei auf ihrem Handy gefunden hatte. Die Computerspezialistin hatte zunächst vorgeschlagen, zu Marlas Auto zu gehen, doch diese war mit der U-Bahn aus Charlottenburg nach Wedding gekommen. Sie fühlte sich noch nicht wohl genug, um selbst zu fahren. Dabei setzten ihr weniger die Nachwehen ihrer Schulterverletzung oder der Rauchvergiftung zu, aber sie ertappte sich immer öfter dabei, dass sie gedankenverloren vor sich hin starrte, tränenüberströmt und zitternd, weil sie an Leven denken musste. Und an Kilian. Und daran, dass sie die vielleicht wichtigsten Männer in ihrem Leben verloren hatte, ohne sie jemals richtig kennenzulernen. Manchmal, so schien es ihr, konnte sie sich nur noch wegen der Therapiebriefe und Tagebuchaufzeichnungen an sie erinnern.

»Du hast das Video entdeckt, das von mir in dem ehemaligen Kreißsaal aufgenommen wurde?«, fragte sie Pia, die die Datei nun gefunden zu haben schien. Das zu erraten war keine Meisterleistung. Kristin selbst hatte angedeutet, es ihr als Gegenleistung zeigen zu wollen, wenn sie sich ihr als verdeckte Ermittlerin zur Verfügung stellte.

»Ja«, bestätigte Pia. »Kristin nennt es das Krissel-Video, weil es fast nur aus verkrisselten Punkten bestand. Ich habe eine Software drüberlaufen lassen, die ich extra für solche Zwecke programmiert habe.«

»Und damit hast du den Planen-Menschen sichtbar gemacht?«

»Nicht im ersten Schritt.«

»Was ist der erste Schritt?«

»Tja, wie soll ich es dir erklären? Ich glaube, du siehst es am besten mit eigenen Augen.«

Pia reichte Marla ihr Smartphone. Sie hatte die Videosequenz bereits gestartet.

Als Erstes sah sie, wie jemand ein weißes Blatt vor die Kamera hielt. »Ein Weißabgleich?«

Pia nickte.

»Aber wozu? Das Video wurde doch im Dunkeln aufgenommen?«

Bei morbidem Kerzenschein und klassischer Musik.

»Bis auf die Stelle, die jetzt kommt«, sagte Pia, und dann war es so weit.

Eine Frau trat vor die Kamera. Schüchtern lächelnd. Mit roten Flecken im Gesicht, sie schien aufgeregt wegen der Dinge, die sie vorhatte.

»Hallo«, sagte sie. »Das, was ich jetzt tue, mache ich im Vollbesitz meiner geistigen Kräfte.« Sie drehte sich um und zeigte auf ein Gebärbett, das in dem alten Kreißsaal auf sein Opfer wartete.

Sie richtete den Blick erneut in die Kamera. »Ich habe mir das hier aus dem Internet besorgt.« Sie zeigte ihren Zuschauern eine milchige Planentüte, groß genug, um sie über einen Kopf zu stülpen, mit einem reißverschlussartigen Zippverschluss.

»Man nennt so etwas Exit-Bag. Weil man mit diesem Sack den selbstbestimmten Ausgang aus dem Leben wählen kann. Gleich, um exakt 19:44 Uhr, werde ich die letzte Reise einleiten. Ihr werdet Bach von meinem alten iPod hören, das ist Oma Margots Lieblingsmusik. Um 19:45 werde ich mich auf das Gebärbett legen und mir den Exit-Bag über den Kopf ziehen. Ich habe ein Messer platziert, falls ich es mir doch noch anders überlege. Aber ich gehe nicht davon aus. Nach spätestens vier Minuten, also um 19:49 Uhr, werde ich nicht mehr am Leben sein.«

Vor Marlas Augen verschwamm das Bild der jungen Frau. Sie hatte schon bei den ersten Worten zu weinen begonnen, und jetzt liefen ihr die Tränen in Sturzbächen übers Gesicht.

»Das ist …?« Sie wischte sich über ihre Augen und sah zu Pia. »Viola Hansen?«

Das S-Bahn-Mädchen.

O Gott! Natürlich. So muss es sein …

Marla hatte nach ihrer Rückkehr von der Nebelhütte gegoogelt und war auf die Seite twinstrangers.net gestoßen. Ein Portal, auf dem man weltweit nach Doppelgängern suchen konnte. Menschen, mit denen man nicht verwandt war, die aber dennoch so aussahen wie man selbst. Statistisch gesehen war das gar nicht so selten. Es hieß, dass jeder Mensch sieben fremde Zwillinge auf der Welt hatte. Die Popsängerin Ariana Grande trat mit einem ihrer Twinstrangers sogar in einem gemeinsamen Musikvideo auf. Und hier auf dem Krissel-Video war Marlas fremder Zwilling Viola Hansen zu sehen. Was für eine Tragik. Was für Qualen musste dieses arme Mädchen ausgestanden haben?

Die Nacht, in der sich Edgar vor ihren Augen auf bestialische Art und Weise umbrachte, musste sie regelrecht zerstört haben. Vermutlich hatte es bei der ohnehin seelisch beschädigten Obdachlosen ein Trauma ausgelöst, sodass Viola sich in Wahnvorstellungen hineinsteigerte.

Sie hat mich gestalkt und ausspioniert und sich in die Illusion hineingesteigert, Marla Lindberg zu sein.

So sehr, dass sie geglaubt hatte, sich wegen ihres eingebildeten traumatischen Schicksals das Leben nehmen zu müssen. Mit Oma Margots Lieblingsmusik. Exakt um die Uhrzeit, zu der Edgar Lindberg geboren worden war, wollte sie in dem Kreißsaal, in dem er seinen ersten Lebensschrei ausstieß, gekleidet in seinem Lieblingsanzug, den letzten Atemzug tätigen.

»Herrgott im Himmel«, schickte Marla ein Stoßgebet an eine höhere Macht, an die sie nicht glaubte. »Viola hat mich nie töten wollen. Ich habe sie gestört. Sie hat nicht mit mir gerechnet und war benommen und wütend, als ich sie von der Plane befreit habe!«

Marla dachte darüber nach, dass sie gar nicht hätte wegrennen müssen. Viola war nie eine Gefahr gewesen. Der Unfall war wirklich nur ein Unfall gewesen, weil sie zur falschen Zeit am falschen Ort …

Augenblick mal, bremste sie ihren Gedankenfluss mit einer Frage aus, die wichtiger war als alle anderen, die noch ungeklärt waren.

»Wer hat mir das Paket ins Auto gelegt?«

Wer hat mich zu Viola in die stillgelegte Geburtsklinik gelockt?

Wer wusste davon, dass mein Alter Ego sich das Leben nehmen wollte?

Pia nickte, als habe sie mit dieser Frage längst gerechnet.

Sie reichte Marla mehrere DIN-A4-Blätter, die zu einem Brief gefaltet waren, der bequem in einen langen Umschlag gepasst hätte.

Oder in ein Paket.

»Was ist das?«

Pia nahm Marla das Handy wieder aus der Hand und drückte auf Pause. Violas Gesicht fror auf dem Display ein.

»Ihr Abschiedsbrief. Er lag in dem Paket, zusammen mit dem Stein und den Schlüsseln.«

»Was für Schlüssel?«

Pia griff in das Seitenfach ihrer Fahrertür. »Das wirst du gleich erfahren.«

»Warte mal. Diesen Brief ...« Marla hatte ihn aufgeblättert und wedelte mit ihm herum. »Woher hast du ihn?«

»Aus Levens Wohnung.«

Die Antwort erschütterte sie, als versuchte der Rettungshubschrauber, auf Pias Autodach zu landen. »Was, was hast du mit Levens Wohnung zu schaffen?«, fragte sie atemlos.

Mit der nächsten Antwort kam der nächste Tiefschlag: »Ich habe dort viele Jahre mit ihm gelebt. Bis er auf der Nebelhütte deinetwegen erschossen wurde.«

Marla hatte es nicht kommen sehen. Weder den Schatten in Pias Augen, der jegliche Freundlichkeit aus ihrem Gesicht wischte und sie durch offenen Hass und Feindseligkeit ersetzte. Noch die Pistole, die auf einmal in ihrer Hand lag.

»Lies!«, befahl sie Marla und drückte ihr den Lauf auf die Stirn. »Lies den Abschiedsbrief. Dann treffen wir eine Entscheidung.«

80. KAPITEL

Liebe Viola Hansen ...

»Nein! Auf gar keinen Fall!«

Marla hatte Todesangst, doch schon nach den ersten drei Wörtern konnte sie nicht weiterlesen.

»Was zum Teufel soll der Irrsinn?«, fragte sie Pia.

»Lies weiter!«, herrschte die sie an und drückte Marla erneut die Waffe gegen den Kopf. Diesmal gegen die Narbe an ihrer Schläfe.

»Aber das ist eine Lüge!«, schrie Marla.

Es ging nicht anders. Es musste so sein.

Sie wollte den Brief zerreißen, ihn in Fetzen auf die Straße werfen, aber der Hass in Pias Augen zwang sie dazu, das Gegenteil zu tun.

Ihr wurde schlecht, sie wollte sich übergeben, aber am Ende fügte sie sich und tat, was die Wahnsinnige neben ihr von ihr verlangte.

Sie las den Brief aus dem Paket, das sie in den Kreißsaal gebracht hatte. Wort für Wort.

Liebe Viola Hansen,

ich weiß, Du erinnerst Dich kaum noch an diesen Namen.
Du hast ihn abgelegt, wie Du Dein ganzes Leben abgelegt hast, um es gegen ein neues einzutauschen. Gegen meines.
HALT!

Lass diese ersten Zeilen sacken, lege diesen Brief nicht gleich weg, denn einen weiteren wirst Du von mir nicht bekommen. Ich denke, beim ersten Lesen wirst Du mir nicht glauben. Du wirst mich für verrückt und Dich für gesund halten. Das ist das Wesen der Geisteskrankheit, und ja, es tut mir leid. Wir beide sind krank. Wir wurden krank gemacht. Durch meinen Vater.
Mein Bruder hat nach Edgars Selbstmord nie wieder einen Fuß in unser Elternhaus gesetzt und ist noch mehr den Drogen verfallen. Meine Mutter lebt heute allein in Dahlem, doch ist schon längst an Einsamkeit und Suff eingegangen.
Du siehst, das, was Edgar uns allen angetan hat, hat nicht nur Dich und mich zerstört, aber vor allem eben uns.
Ein Teil von mir kann sehr gut verstehen, weshalb Du diesen Weg gehst. Jedoch nur der kleinere Teil meines Verstands. Der weitaus größere fragt sich nach dem Warum.
Weshalb sehnst Du Dich so sehr danach, mein Leben zu führen, dass Du darüber den Verstand verloren hast?
Was ist so erstrebenswert daran, ich zu sein?
Ich verstehe es nicht, so wie ich es mir nicht auszumalen vermag, wie es für Dich gewesen sein muss, an jenem 22. April vor vier Jahren. Als mein Vater sich vor Deinen Augen erst blind und dann tot stach, einen Tag vor meinem vierzehnten Geburtstag. Es muss der Moment gewesen sein, wo in Dir etwas zerbrochen ist. Hattest Du sofort den Wunsch, zu Marla Lindberg zu werden? Oder wuchs der schleichend, nachdem meine Mutter Dich ausfindig gemacht hatte? Das Schicksal des kleinen Straßenmädchens auf der Überwachungskamera, das ihr Mann nach Hause geschleppt hatte, ließ ihr keine Ruhe. Mama beauftragte ei-

nen Privatdetektiv, Dich zu suchen, und er wurde unter den S-Bahn-Bogen am Bahnhof Charlottenburg fündig. Ich habe die Quittung der Detektei Jahre später beim Aufräumen hinter der Kommode im Flur gefunden. Samt einem Polaroid von Dir in der Unterführung.
Im Auftrag stand: DOPPELGÄNGERIN FINDEN.
Der Detektiv von damals hat nur hundert Euro verlangt, dann erzählte er mir, wo er Dich hingebracht hatte. Zu Oma Margot, bei der ich nach dem Tod ihres Sohnes Edgar nicht mehr erwünscht war, wie sie mir über Mama ausrichten ließ. Eine Lüge, wie ich erst vor einem halben Jahr herausfand, wenn auch eine sehr geschickte. Ich bin bis vor vier Wochen bei Mama geblieben, Oma lebt in Köpenick, bis dahin ist es von Dahlem aus eine Weltreise. Wir liefen keine Gefahr, uns über den Weg zu laufen, es sei denn, wir legten es darauf an, nicht wahr?
Oma schenkte Dir ein wohlbehütetes Heim, sorgte für Dich wie eine echte Verwandte. Und in ihrem Wunsch, das wiedergutzumachen, was ihr Sohn Edgar bei Dir zerstört hatte, nährte sie Deine Wahnvorstellung, ein Teil der Familie zu sein. Ich zu sein.
Zudem hat ihre schon damals sich hinterrücks anschleichende Demenz bestimmt dazu geführt, dass Margot irgendwann nicht mehr so recht zwischen Dir und mir unterscheiden konnte. So wie Du, nicht wahr?
Wann hast Du beschlossen, zu dem zu werden, was mein Vater in Dir gesehen hat? Mein Ebenbild. Meine Doppelgängerin.
Lange fühlte ich mich verfolgt, dachte sogar, mein Vater wäre noch am Leben, weil ich noch immer seinen Atem im Nacken spürte, seinen Schatten hinter mir sah. Doch dann wurde mir klar: Das bist Du!

Du hast mich ausspioniert, um mein Leben führen zu können.
Du weißt alles von mir, kennst meine intimsten Geheimnisse.
Als ich von dem Detektiv erfuhr, dass Du bei Oma bist, habe ich sie besucht. Habe mich mit Mamas Zweitschlüssel reingeschlichen und »Dein« Zimmer gesehen. Es sah so aus wie meins, die perfekte Kopie. Dort habe ich die Fotos gefunden, die Du von mir gemacht hast. Dazu Kopien meiner Tagebücher und der Therapiebriefe. Hast Du von Oma Margot den Code für unseren Schlüsseltresor bekommen? Dich in mein Zimmer geschlichen und alles abfotografiert, so wie Du mich heimlich abgelichtet hast? Auf meinem Schulweg, bei Freunden, in der Umkleide beim Sport?
Ich weiß, dass Du Dich so kleidest, wie ich es tue. Meine Haltung, meine Sprechweise und sogar meine Handschrift imitierst. Mit Erfolg. Ich wurde stutzig, als Steve mir mehr Stunden auszahlen wollte, als ich für seinen Kurierdienst gearbeitet habe. Er schwor bei allem, was ihm heilig war, dass ich an zwei Tagen das Dienstauto gefahren und das Diensthandy benutzt habe, als ich krank im Bett lag. Es gab nur eine Erklärung für mich: Du kopierst mein Leben. Ist es Dir noch bewusst, dass Du hier eine Identität stiehlst, oder bist Du in Deinem Wahn schon mit mir verschmolzen?
Wenn Du diese Zeilen liest, dann wohl Letzteres. Dann hast Du die Nachricht, die ich Dir in den Briefkasten geschmissen habe, ernst genommen: MARLA LINDBERG, BITTE SCHICHT AM 07.06. AB 18:00 UHR ÜBERNEHMEN. AUTO STEHT BEREIT. SCHLÜSSEL STECKT. PAKETE SIND BELADEN. STEVE VON CARRY&CO.

Als Du das gelesen hast, hast Du da eine Sekunde lang gezweifelt? Die Wahrheit gesehen und Dir gesagt: »Moment mal. Ich bin nicht Marla. Ich bin Viola?«
Oder kennst Du diese Person schon gar nicht mehr?
Vermutlich ist es müßig, diese Frage zu stellen. Wenn Du so gestört bist, wie ich es vermute, wirst Du eher die Verfasserin dieser Zeilen für geisteskrank halten als Dich selbst. Also mich.
Immerhin bin ich tot, wenn Du das liest.
Paradoxerweise ist derjenige, der Dich dazu brachte, mein Leben zu leben, auch der, der mich dazu bringt, es mir zu nehmen: Mein Vater. Den ich trotz allem nicht hassen kann.
Ja, er hat mir meine unbeschwerte Kindheit und meine Jugend genommen. Ja, er hat mich von meinem geliebten Bruder entfremdet und ihn zerstört. Ja, er hat mir die Mutter und meine Oma genommen. Und ja, er hat mich zur Mad Marla und damit zum Gespött der Schule gemacht. Doch es gab auf der Welt keinen zweiten Menschen, der mich so sehr liebte wie er. Auch Kilian nicht, wie Du vielleicht nach meinen schwärmerischen Tagebucheinträgen denken magst. (Ich hab ihn mit Cora knutschen sehen!) Und ja, ich gebe es zu, ich schreibe diese Zeilen auch im Liebeskummer. Vor allem aber mit der Erkenntnis: Mein Vater ist nicht nur die Person, die mein Leben zerstört hat. Er ist gleichzeitig ein Mensch, den ich schmerzlich vermisse. Und den ich bald wiederzusehen hoffe, jetzt, wo ich weiß, dass Du mein Schatten warst und nicht er.
Ein berühmter Psychiater, der selbst dem Wahnsinn verfiel, sagte einmal: Die größten Verbrechen geschehen aus Liebe.
Bei mir ist es tatsächlich die Liebe, die mich dazu antreibt,

genau hier an diesem Ort den Freitod zu wählen. In dem Kreißsaal, in dem mein Vater geboren wurde. Exakt um 19:49 Uhr. Zu klassischer Musik, die seine Mutter Margot so liebte.
Ich trage seinen Lieblingsanzug, der mir zu groß sein wird, und wähle eine schmerzlose Methode, um diesem sehr schmerzhaften Leben zu entfliehen.
Die gute Nachricht (für Dich): Ich kann mit meinem Leben nichts mehr anfangen. Aber Du. Nimm es Dir.
Du musst natürlich meine Leiche entsorgen. Dafür steht der Kombi auf dem Parkplatz. Der Schlüssel ist im Paket. Stell ihn mit offenen Scheiben und steckendem Schlüssel in der Nähe des S-Bahnhofs Greifswalder Straße ab. Es wird nicht eine Nacht dauern, dann ist er geklaut und auf dem Weg ins Ausland. Und dort wird man als gewerbsmäßiger Mafiadieb nicht zur Polizei gehen und sagen, man habe eine Leiche im Kofferraum entdeckt.
Für den Fall, dass etwas schiefläuft, hast Du diesen Brief und den Ablauf des freiwilligen Suizids samt meinem Vorwort auf Video. Nimm die Kassette an dich, bau das Stativ ab, fahre das Auto weg, komm zurück und bring den Dienstwagen zurück auf den Parkplatz von Carry&Co. Dann lebe mein Leben.
An dem Schlüsselbund für den Kombi hängt auch der zu meiner Wohnung, die ich seit einem Monat neu gemietet habe. Die Adresse ist in meinem Handy, das in dem Kombi liegt (und das jetzt Deins ist), in den Notizen hinterlegt. Die PIN ist 1310.
Kümmere Dich bitte gut um Alfons. Er ist mir zugelaufen, und ich weiß nicht, wem ich ihn geben kann. Lass ihn nicht zu lange alleine im Wagen, es ist sehr heiß heute.
In meiner Wohnung findest Du meinen Pass und Ausweis,

Kreditkarten und PINs. Du wirst eine Weile vom Nachlass meines Vaters leben können.
Ich würde ja gerne sagen: »Du hast gewonnen«, doch das hast Du nicht.
Mein Leben ist für mich nichts wert, und, wie gesagt, ich weiß nicht, weshalb Du es willst. Aber jetzt hast Du es.

Leb es wohl.

Dein fremder Zwilling
Marla

81. KAPITEL

Unmöglich. Das ist wieder ein Rätsel. Ein Taschenspielertrick.
Eine Lüge!
Marla ließ erst die Hand mit dem Brief sinken, dann löste sie die Finger von den Blättern, die daraufhin in den Fußraum fielen.

In diesem Moment hätte man sie ohne Narkose operieren können. Sie war vollständig betäubt. Der Körper wie ihre Seele.

»Wer bist du?«, fragte sie die Frau neben sich.

»Komm, wir fahren eine Runde«, sagte Pia, legte die Waffe in ihren Schoß und startete den Motor.

Sie schwiegen auf der Straße, die sie zur Stadtautobahn führte. Pia beschleunigte. Das Gebäude eines Gefängnisses flog an ihr vorbei. Seine Mauern konnten nicht so dick sein wie die, hinter denen sie sich jetzt am liebsten versteckt hätte.

»Wer bist du?«, wiederholte Marla vom Beifahrersitz aus ihre Frage. Endlich bekam sie eine Antwort.

Zuvor öffnete Pia das Fach in der Mittelkonsole und holte etwas hervor, das wie eine Spraydose Reizgas aussah.

Instinktiv blinzelte sie heftig und hielt sich abwehrend eine Hand vors Gesicht. Dennoch konnte sie nicht verhindern, dass es sie mit voller Wucht außer Gefecht setzte.

Das Geräusch.
Aus dem Mund der Fahrerin.
Dieses entsetzliche, pfeifende Husten.
Wie eine Trillerpfeife des Teufels.

82. KAPITEL

Die Frau am Steuer nahm das Mundstück des Sprays zwischen die Lippen, gab sich zwei kurze Stöße daraus, inhalierte tief und musste trotzdem noch einmal husten.

Rasselnd, pfeifend.

Marla wagte es nicht, zur Fahrerseite zu schauen. Wollte der Wahrheit nicht ins Gesicht blicken, obwohl sie sich ihr mit jedem nur erdenklichen Beweis gerade gezeigt hatte.

»Du?«, flüsterte sie und hoffte, nie eine Antwort zu bekommen.

Sie fädelten sich auf der Rudolf-Wissel-Brücke ein, und die Frau am Steuer nickte.

»Ja, ich. Ich habe diesen Brief geschrieben. Ich wollte mir das Leben nehmen. Du hast mich damals dabei gestört.«

Sie hustete noch einmal. »Das Verrückte ist, dass du den Brief gar nicht gebraucht hättest. Du hast schon auf dem Weg in die stillgelegte Klinik gedacht, du wärst ich. Du bist damals schon als Marla in den Kreißsaal gekommen.«

»Weil ich Marla bin!«, protestierte sie und konnte kaum glauben, dass sie diese Unterhaltung nicht in einem Albtraum, sondern im wachen Zustand führte.

»Das denkst du nur, weil du dich über die Jahre des Stalkings so sehr in diese Rolle hineingesteigert hast. Vielleicht hattest du vor dem Unfall noch lichte Momente und einen gesunden Restzweifel. Spätestens aber, als man dich nach der zweiten Hirn-OP mit ›Marla Lindberg?‹ ansprach, warst du vollends in deiner neuen Rolle aufgegangen.« Die Fahrerin drehte sich kurz zu ihr. »Hast du dich nie gewundert, weswegen die Erinnerungen an ›deine‹ Jugend nie weiter als bis zu deinem vierzehnten Geburtstag zurückreichen?«

Eine S-Bahn fuhr links von der Stadtautobahn parallel zu ihnen. Sie fröstelte und schlug sich auf dem Beifahrersitz die Arme um den Oberkörper.

»Vorher hast du mich nicht gekannt. Und ich habe erst mit Edgars Tod begonnen, meine Therapiebriefe zu schreiben. Das meiste hast du dir über deine gestohlene Identität aus den Tagebüchern zusammengereimt, die dir Kilian in die Klinik gebracht hat. Bei ihm hattest du übrigens instinktiv Angst, er würde hinter die Täuschung kommen, und hast deshalb den Kontakt abgebrochen.«

Himmel, das klingt so schlüssig und ist so krank.

»Und in meinen Briefen und Büchern stand nicht alles drin. So konntest du nicht wissen, dass die Nebelhütte meinem Vater gehörte. Und dass tatsächlich ich es war, die sie für das erste Klassentreffen als Alternative zu Barcelona ins Spiel brachte.« Marla dachte nach und schüttelte dann unwirsch den Kopf. Das konnte so nicht stimmen!

»Woher hätten sie denn in der Klinik meinen Namen kennen sollen?«

Die Fahrerin nickte, als hätte sie einen wichtigen Punkt angesprochen. »Was glaubst du denn, wer den Krankenwagen gerufen hat? Ich bin dir hinterhergerannt und habe alles gesehen. Der Typ, der dich über den Haufen fuhr, stand unter Schock und war zu nichts in der Lage. Er hat es gar nicht mitbekommen, wie ich mein Portemonnaie auf den Asphalt geschmissen und mich dann wieder versteckt habe.«

Sie ließen die Ausfahrt Halensee passieren und fuhren weiter die A 100 Richtung Hohenzollerndamm.

»Zuerst habe ich dich verflucht«, sagte Pia oder wie immer sie hieß. »Ich hatte alles so schön geplant. Dir genaue

Anweisungen gegeben und das Zeitfenster exakt berechnet. Ich wusste, dass du penibel bist. Weil ich immer alles akkurat erledige und du ja mein Ebenbild sein wolltest. Doch dann ist mir der Fehler mit Alfons unterlaufen, das arme Tier. Ich hatte unterschätzt, dass es so schnell heiß wird im Auto. Seinetwegen bist du zu früh im Kreißsaal aufgetaucht und hast alles durchkreuzt. Ich hab dich nicht verletzen wollen, das tut mir leid. Auch, dass du in Panik vor ein Auto gerannt bist. Obwohl es dir am Ende genützt hat. Mit deinen Entstellungen hast du meine Mutter im Krankenhaus täuschen können. Wobei die, zugegeben, auch nur fünf Minuten da war und dir unter Garantie bei dem Besuch ihrer Tochter nicht in die Augen sah, wie immer. Du und ich sind für sie ja die Fleisch gewordene Erinnerung daran, dass sie einen Perversen geheiratet hat.«

»Du lügst«, unterbrach sie die Fahrerin. Mit dem letzten Aufbäumen einer längst dem Untergang Geweihten sagte sie zu der Frau, die sich bis eben Pia genannt hatte und nun vorgab, Marla zu sein: »Leven hätte diese Scharade auffliegen lassen. Aber das tat er nicht. Im Gegenteil. Ich habe mich oft mit meinem Bruder getroffen. Mit ihm telefoniert.«

Die Antwort war ein weiterer Tiefschlag: »Leven hat wegen seiner Liebe zu mir dein falsches Spiel mitgemacht.«

»Aber wieso denn, um Himmels willen? Das ergibt doch keinen Sinn.«

Die Frau, die sich als Pia vorgestellt hatte und nun Marla zu sein behauptete, warf ihr einen abfälligen Blick aus den Augenwinkeln zu, als läge die Antwort auf der Hand.

»Nachdem du meinen Suizid zunichtegemacht hattest, musste ich aufräumen. Das, was eigentlich du mit der Kamera, dem Stativ und den Autos hättest tun sollen, habe ich erledigt. Danach bin ich mit allen Beweisen zu Leven und hab ihn eingeweiht.«

Ihre Narbe an der Schläfe begann heftig zu puckern, während die Frau neben ihr nicht aufhörte, ihr den Spiegel, den grauenhaften Spiegel der Selbsterkenntnis vorzuhalten:

»Leven ist mein Bruder, nicht deiner. Er war damals des Lebens so müde wie ich. Er hat verstanden, weshalb ich hatte gehen wollen. Aber Leven liebte mich auch über alles und hat mir klargemacht, dass ich im Grunde erreicht hatte, was ich wollte. Nur ohne dafür sterben zu müssen. Wenn du mein Leben für mich lebtest, war es ja so, als wäre ich fortgegangen.«

»Warum?«, schrie sie die Frau an, die alles tat, ihren Glauben an die eigene Identität zu zerstören. »Warum sollte ich dieses beschissene Leben denn haben wollen?«

Die Fahrerin seufzte: »Ich hab es bereits in meinem Abschiedsvideo gesagt. Dein Vater hat dich tatsächlich missbraucht, richtig, Viola? Im Unterschied zu meinem hat er sich nicht zurückgehalten. Während meiner mich so sehr liebte, dass er den eigenen Tod vorzog, um mir nicht zu schaden, hat deiner dich jede Nacht von Neuem getötet. Wieder und wieder, bis du abgehauen und auf der Straße gelandet bist.« Sie machte eine Pause, dann fasste sie zusammen: »Du wolltest mein Leben, weil du die Marla sein wolltest, die so sehr geliebt wird wie ich.«

Sie bremsten ab und nahmen die Ausfahrt.

Wenn das die Wahrheit ist, dachte sie mit tränenverschmiertem Blick aus dem Beifahrerfenster, dann würde ich lieber die Lüge weiterleben wollen.

Sie drehte sich nach links.

»Was willst du von mir?«, fragte sie und sah auf die Waffe in dem Schoß der Frau am Steuer.

Die sagte kalt: »Ich will mein Leben zurück.« Die Fahrerin klopfte sich auf ihre voluminösen Oberschenkel. »Sieh nur, was der Kummer aus mir gemacht hat. Ich habe eine Essstörung entwickelt. Mein Körper will nicht eine Fremde sein. Er will wieder zu Marla werden.«

Das ist kompletter Irrsinn, dachte die Frau auf dem Beifahrersitz, der nun ein absurder Gedanke durch den Kopf schoss, als sie den dreckigen Schnee am Straßenrand sah.

War mir nur deshalb nie kalt in den Bergen, weil ich von den Berliner Wintern auf der Straße sehr viel Schlimmeres gewohnt war?

Die Fahrerin griff wieder zu ihrer Pistole. »Ich habe dich jetzt so lange beobachtet wie du mich früher. Erst hast du mich gestalkt, dann wir uns gegenseitig, die letzten Jahre dann ich dich alleine. Irgendwann hat es bei mir Klick gemacht, und ich wollte alles darüber wissen, wie du mein Leben lebst. Ich habe sogar den Kontakt zu Kristin gesucht und für sie zu arbeiten begonnen, nur um zu wissen, wie es sich anfühlt.« Sie lachte. »Weißt du, was der Witz ist? Ich kann keine Software programmieren. Alle Videos, die ich für Kristin bearbeitet habe, waren schon in meinem Besitz. Das Cora-Video von Kilian, das Badewannen-Video, das Leven damals aufgenommen hat – und das Kreißsaal-Video sowieso.«

Die Augen der Fahrerin blitzten wütend auf. »Coras Tod war ein Unfall. Leven hat das Video bearbeitet, um es wie einen Mord aussehen zu lassen. Wäre es nach ihm gegangen, hätte er die Schrankgruppe schon sehr viel früher zur Rechenschaft gezogen. Aber wenn das schiefgegangen wäre, hätte ich ihn womöglich verloren. In einer Phase, in der er mein einziger Ansprechpartner und Vertrauter war. Das wollte ich nicht riskieren, also bat ich ihn, erst mal stillzuhalten. So lange, bis der Tag gekommen war und ich mein Leben wieder zurückwollte.«

»Du bist verrückt«, sagte sie zu der Fahrerin, deren Ausführungen allerdings alles andere als wirr klangen, sondern im Gegenteil eine bestechende Logik aufwiesen.

»Schließlich war ich es, die sein Video nutzte. Ich wollte, dass man *dich* für alles verantwortlich macht. Du hast Cora, die lästernde Verräterin, getötet. Du hast die ehemaligen Mitschüler zum Ehemaligentreffen eingeladen. Das alles hätte ich dir in die Schuhe geschoben, sobald du auf der Nebelhütte durch unser Experiment zur Besinnung gekommen wärst. So sollte es am Ende aussehen. Allerdings musste ich Kristin mit aller Macht davon abbringen, dir schon vor dem Ende unseres Experiments hinterherzufahren, und hab ihr erst mal Hinweise gegeben, die sie dazu gebracht haben, ihren Zug ausfallen zu lassen.« Die Frau schüttelte traurig den Kopf. »Ich hätte irgendwann zurückkehren können. Sobald du als Viola Hansen in der Psychiatrie gelandet wärst, hätte ich unter meinem richtigen Namen nur die Wahrheit sagen müssen: dass du mich gestalkt und meine Identität geklaut hast, ich mir das Leben nehmen wollte und mich nach dem Fehlschlag aus Wut und Enttäuschung auf die Welt mit meinem Bruder im In- und Ausland versteckt hielt.«

Sie schaltete den Scheibenwischer ein. Einzelne Regentropfen waren vom Himmel gefallen, obwohl der Himmel bis auf eine einzige Wolke noch unschuldig strahlte.

»Jetzt weißt du Bescheid, Viola. Levens Racheplan hat auf der Nebelhütte funktioniert. Meiner nicht. Noch nicht.«

Ein Auto überholte sie mit viel zu hoher Geschwindigkeit, obwohl sie gerade ein Schild passiert hatten, das vor Radarkontrollen warnte. Es blitzte, jedoch nur vor dem geistigen Auge der Frau auf dem Beifahrersitz. Der Brief, auf den sie in der Dachkammer der Nebelhütte gestoßen war, zeigte sich ihr als Momentaufnahme.

Denn tatsächlich habe ich nach langen Phasen der abwartenden Lethargie endlich einen Plan gefasst und ihn zum Teil auch schon in die Tat umgesetzt, um mein Ziel zu erreichen. Ein Ziel, das sich mit vier Worten zusammenfassen lässt: Ich will ihr Leben. Weil es mein Leben ist.
Ich will sie. Sie gehört mir.

Sie betrachtete das Gesicht der Fahrerin, dessen Züge ihr erstaunlich ähnlich waren, und hatte eine schreckliche Ahnung, weshalb die Handschrift auf den Briefen in der Nebelhütte mit der im Jahrbuch identisch war.

Letztlich war alles ihr Plan gewesen, Leven hat ihn nur umgesetzt.

»Aber Margot?«, versuchte sie sich gegen die immer drängendere Wahrheit aufzulehnen.

»Sie ist dement. Du hast sie nach dem Unfall kaum noch besucht. Unsere Stimmen am Telefon sind ähnlich. Paradoxerweise bekommt sie jetzt im Heim manchmal lichte Momente und erzählt den Schwestern von einer Viola, die einige Jahre bei ihr gewohnt hat. Und wie sehr sie Marla vermisst.« Die Fahrerin hämmerte wütend mit dem Knauf der Pistole auf das Lenkrad. »Gott, und wie ich sie erst vermisse.«

Dunkle Wolken waren über der Gegend aufgezogen, die ihr so unangenehm vertraut vorkam wie ein vergessen geglaubter Schmerz. Der Sonnenschein der letzten Stunden war verschwunden, bis auf einen einzigen Strahl, der wie ein Lichtfinger durch die Himmelsdecke stach.

»*Das ist der Finger Gottes*«, hatte ihre Mutter einmal zu ihr gesagt. Damals, an dem Silvestermorgen. Als sie noch nicht mit einem anderen Kerl durchgebrannt und ihr Vater nicht vor 18 Uhr schon betrunken gewesen war. Weswegen sie mit ihm gemeinsam Knallerbsen im Hof neben Eddys Autogarage geworfen hatte, die einen ähnlichen Laut machten wie die knackenden Holzscheite im Kamin der Nebelhütte. Ein weiteres Erinnerungsbild tat sich vor ihr auf. Ihr Vater, der sie anherrschte, nach dem Autoschlüssel im Wasser des Sees zu suchen, von dem sie am liebsten weinend weggerannt wäre. Nach Hause, in ihre heruntergekommene Wohnung. In ihr Zimmer, das sie so geliebt hatte, auch wenn Amadeus dessen Nachbau unter dem Dach der Nebelhütte als »schäbig« bezeichnet hatte.

Weil es eher in die Neuköllner High-Deck-Siedlung passte und nicht zu dem Gebäude, vor dem sie jetzt gehalten hatten.

Eine Villa mit weißen Säulen vor dem Eingang. Sie schloss die Augen und erinnerte sich an eine warme Dusche, den weichen Bademantel, den bitteren Geschmack von Cognac auf den Lippen, und wie ein Mann im Frack sagte:

»*So, jetzt noch etwas Lipgloss und Puder. Du bist zu blass.*«

Es roch angenehm und fühlte sich dennoch falsch an. Auch die Worte, die in ihren Ohren als Echo der Vergangenheit widerhallten: »*Wenn du nur wüsstest, was ich in dir sehe! Du siehst genauso aus wie sie.*«

Sie schloss die Augen fester und sah alles noch klarer.

Das Kinderzimmer, das sie nie gehabt hatte. Ein pastellfarbener Mädchentraum in Violett und Weiß.

Happy Birthday stand auf der Girlande über dem Bett.

»*Herzlichen Glückwunsch, mein Schatz*«, sagte ihr Vater, der nie ihr Vater gewesen war.

Sie öffnete die Augen und schrie auf, weil die Erkenntnis unverrückbar vor ihr stand. Nur für einen kurzen, lichten Moment, der so viel mehr schmerzte als die lange Phase, in der sie sich in eine andere Welt, in eine andere Person hineingeträumt hatte. Sie hörte ein imaginäres Geräusch, als würde in ihrem Inneren Glas zerbrechen. Derselbe Klang wie in jener Nacht, als Edgar Lindberg sich vor ihr die Augen ausstach und die Kehle aufschnitt und ihre Identität in tausend Scherben zerbrochen war. Bruchstücke, die sie spätestens am Tag nach dem Unfall, als sie aus der ersten Narkose erwacht war, zu einem neuen Ganzen zusammengesetzt hatte: zu Marla.

»Wie soll das gehen?«, fragte Viola, die für den Moment wusste, dass sie Viola Hansen war. »Wie willst du dein Leben zurückerhalten?«, wollte sie von der Fahrerin wissen, die sich in dem Leben, das sie nun nicht mehr wollte, Pia genannt hatte. Die schon so lange an dem Plan arbeitete, der jetzt kurz vor der Vollendung stand.

»Du hast mich eingeladen. Dein Bruder wollte auf dem Abitreffen Rache üben. Du wolltest mir den Spiegel vorhalten«, sagte Viola. »Mit dem Zimmer das so aussehen sollte, als gehöre es Kilian. Seine Sachen, sein Duft. Das sollte mich verstören.«

»Vergiss nicht das Polaroid, das Kilian mit Cora zeigte.« Die Fahrerin lachte.

Es hatte also wirklich existiert und war vermutlich nur in einem Spalt zwischen den Dielen verschwunden.

»Ihr wolltet mich mit Gretes und Paulinas psychologischem Zwangsversuch zur Erkenntnis der Wahrheit treiben«, stellte Viola fest.

Was brauchte es noch mal, damit ein Mörder sich selbst entlarvte?

1. Eine kontrollierbare Versuchsumgebung
   Die Nebelhütte
2. Versperrte Notausgänge
   Keine Handys, keine Schuhe, dafür ein Unwetter
3. Irritierende, am besten schockierende Ereignisse
   Kilians Zimmer, verschwundene Mitschüler, die wieder auftauchten, die Toilettenspülung in der leeren Hütte, das Kratzen in der Wand ...
4. Verstörende Erinnerungsmomente
   Der Nachbau ihres Kinderzimmers, das Schrank-Video.

... und als Folge:

Todesangst

Spätestens, als sie die Leiche in der Badewanne fanden ...

Es hatte funktioniert. *Gewalt entlarvt den Menschen!* Jeder hatte jedem sein wahres Gesicht gezeigt.

»Und jetzt?« Viola drehte sich zu Marla. »Wie kann ich dir dein Leben zurückgeben?«

Statt einer Antwort reichte ihr Marla die Waffe. »Triff eine Entscheidung. Es ist nur eine Patrone drin!«

Sie drehte sich zu ihr, und die Frau, die ihr einst wie aus dem Gesicht geschnitten war, bevor sie beide durch die Schläge des Schicksals sich so drastisch verändert hatten, befahl ihr: »Marla oder Viola. Entscheide dich, wer von uns beiden überleben wird.«

83. KAPITEL

Die Befragung
Zwei Wochen nach der Entscheidung

»Das war's? Das ist das Ende?«
Dr. Stresinger stand von seinem Platz auf und stieß dabei fast das halb leere Latte-macchiato-Glas um. Tatsächlich ergab diese Wendung der Geschichte Sinn. Sie erklärte, weshalb die Fallen und Rätsel in der Nebelhütte so gewählt waren, dass sie nicht nur die Ehemaligen, sondern auch Viola unter psychologischen Druck setzen sollten.

Dass sie den pfeifenden Husten in der Nebelhütte hörte, als sie den Kopf gegen den Leitungsschacht ihres Zimmers presste, lag vermutlich daran, dass Leven sich im Keller das Kreißsaal-Video noch einmal angesehen hatte. Ob er das tat, um sich erneut vor Augen zu führen, weshalb das Experiment gerechtfertigt war, oder ob er Viola bewusst aus dem Schlaf reißen und eine Erinnerung triggern wollte, würde er in einem späteren Gespräch vielleicht von der Erzählerin dieser Geschichte erfahren. Eine viel drängendere Frage war jedoch die nach dem Ende der Story.

»Ich hab doch gesagt, es gefällt Ihnen nicht«, meinte die Befragte.

Stresinger nickte. »Es gefällt mir nicht, weil es kein Ende ist. Sie müssen mir schon sagen, wie Viola, die ich die ganze Zeit für Marla gehalten habe, sich entschieden hat.«

»Was denken Sie denn?«

»Ich, äh, ich weiß nicht. Ich denke, sie hat sich selbst gerichtet.«

Die Erzählerin, der er nun schon seit über fünf Stunden zugehört hatte, klatschte in die Hände. »Bravo. Sie haben es erraten.«

Er stöhnte. »Das geht aber nicht. Das können Sie so nicht machen.«

»Wie meinen Sie das?«

Stresinger setzte sich wieder und dachte wehmütig an die guten alten Zeiten, in denen in Konferenzräumen noch geraucht werden durfte. Jetzt war der Moment, wo er sich eine Pfeife gestopft hätte, um in Ruhe nachdenken zu können. Stattdessen musste er auf seinem Bleistift herumkauen.

Er dachte nach, sah noch einmal auf die Uhr und schüttelte dann energisch den Kopf.

Nein, nein, nein. So ging das nicht.

»Das müssen Sie umschreiben, Pauline«, sagte er. »Die Heldin darf am Ende krank, aber nicht tot sein.«

»Ich heiße Paulina«, korrigierte ihn die seltsame junge Frau.

Paulina Rogall, ich weiß, dachte der Verleger. »Einsam« war ihr Debütroman, der sich bei der Konkurrenz nicht sonderlich gut verkauft hatte, was ein Glück war, denn ihr erster Psychothriller wies vom Setting her einige Parallelen zu der Geschichte auf, die er während der letzten Stunden der Befragung zu hören bekommen hatte.

Befragung, so nannte er die intensiven Gesprächsrunden, die er stets alleine mit den Autorinnen und Autoren führte, die er unter Vertrag zu nehmen beabsichtigte. *Grillstunden* nannten es seine Kollegen, und eigentlich war er stolz darauf, dass die meisten Angst davor hatten, wenn er ihre Geschichten auf Herz und Nieren prüfte und mit seinen Nachfragen den Finger in jede offene Wunde legte. Immerhin ging es hier um viel Geld und um die Zukunft der oft jungen Talente wie

Paulina. Denn natürlich befragte der Verleger persönlich nur die aussichtsreichen Bestsellerkandidaten, von denen Paulina Rogall mit diesem Stoff auf jeden Fall eine war.

Vorausgesetzt, sie nahm sich das Ende noch mal vor.

»Ich kann das nicht umschreiben«, widersprach sie ihm.

»Das ist ein True-Crime-Stoff. Es ist genauso passiert.«

»Sie sind die einzige Überlebende?«

»Ja. Grete hat es nicht geschafft. Wir haben uns beim Abstieg im Schneetreiben aus den Augen verloren. Ich habe eine Woche in einer Schutzhütte ausgeharrt, bis Wanderer mich gefunden haben.«

»Das könnte die Fortsetzung sein«, dachte Stresinger laut nach. »Wir werden die Namen ändern müssen.«

»Ja, auch um Margot und Marla zu schützen.«

Gut.

Stresinger drehte an seinem Siegelring, den er vom Bundesverband des Deutschen Buchhandels anlässlich der Auszeichnung als Verleger des Jahres bekommen hatte, und lächelte zum ersten Mal seit Tagen.

So lange, wie er seine Befragungen ausdehnte, so schnell traf er eine Entscheidung. »Mit wem kann ich den Vorschuss besprechen?«

»Mit mir. Ich habe keinen Agenten.«

»Okay. Haben wir alle Ihre Daten?«

»Sie erreichen mich unter meiner AOL-Adresse.«

AOL? Etwas antiquiert, nun, Hauptsache, es kam an. Stresinger hatte Autoren unter Vertrag, die noch mit der Hand schrieben. Solange die Geschichte gut war, würde er sie auch als Holzschnitzarbeit annehmen. »Alles klar, mein Sekretariat schickt Ihnen den Vertragsentwurf zu.«

»Danke, und war's das dann?«, fragte die junge Autorin für seinen Geschmack etwas zu forsch.

»Ja, nur noch eine Frage.«

»Die wäre?«

»Werden Sie beim nächsten Meeting die Kamera anmachen?«

Er starrte nun schon seit Stunden auf einen schwarzen Bildschirm und hatte nicht die geringste Vorstellung, wie die Person aussah, mit der er die ganze Zeit gesprochen hatte.

Stresinger hatte parallel zum Gespräch das Internet nach Autorenfotos durchforstet, war aber nirgends fündig geworden. Für PR-Berichte war sie eine noch zu kleine Nummer, und in den sozialen Netzwerken war sie anscheinend nicht aktiv.

»Nein.«

»Wie nein?«, fragte Stresinger verblüfft nach.

»Es reicht, dass ich Sie sehe!«, sagte Paulina, bevor sie die Verbindung von ihrer Seite aus beendete.

84. KAPITEL

Paulina schob sich mitsamt ihrem Bürostuhl von der Arbeitsplatte weg. Dann stand sie auf und ließ den verspannten Nacken kreisen.

Verdammte Schreibtischarbeit. Niemand freute sich mehr über das neue Homeoffice-Zeitalter als Orthopäden und Masseure.

Sie schaltete die Tischlampe aus und verließ das Arbeitszimmer. Auf dem Weg zur Küche kam sie an dem Standspiegel vor dem Wohnungseingang vorbei. Ihr Kajal war schon wieder verlaufen. Kein Wunder, so viel, wie sie bei ihren Schilderungen vor dem Verleger hatte weinen müssen.

In der Küche goss sie sich ein Glas Sprudel ein. Als sie die Kühlschranktür wieder schloss, stand Marla plötzlich vor ihr.

»Hat ja lange gedauert!«, stellte sie fest.

Sie nickte und versuchte zu überspielen, wie sehr sie sich gerade erschreckt hatte.

»Aber es hat sich gelohnt.«

»Hat der Verleger angebissen?«

»Ich denke schon. Er sagt, er macht ein Angebot.«

Marla legte den Kopf schräg. »Was hast du ihm erzählt?«

Sie trank einen großen Schluck. »Alles. Und zwar genau so, wie es passiert ist. Mit den zwei Änderungen natürlich.«

»Natürlich.« Marla lächelte sie an.

Es fiel ihr schwer, es zu erwidern. »Gut«, sagte Paulina und stellte ihr Wasserglas ab. »Es ist spät geworden. Ich geh dann mal.«

Draußen regnete es in Strömen. Zum Glück hatte ihr schwarzer Pullover eine Kapuze. Und ihre hohen Schnürstiefel waren wasserfest. Nur ihr Kajal würde noch weiter verlaufen.

»Also dann ...«

Sie standen verlegen an der Haustür, wie ein getrenntes Liebespaar, das sich nicht sicher war, ob es noch angebracht war, sich zu umarmen oder eher artig die Hand zu reichen. Sie entschieden sich etwas unbeholfen für Letzteres.

»Interessiert es dich eigentlich, dass es Kristin wieder besser geht?«, fragte Marla. »Die Pfleger sagen, sie macht gute Fortschritte und kann schon wieder ihren Rollstuhl allein bedienen.«

Paulina zuckte mit den Achseln. »Glaub nicht, dass ich den Kontakt zu ihr suche.«

Sie sah Marla fest in die Augen und fragte sie zum Abschied: »Und du? Wann wirst du dich zum ersten Mal aus deiner neuen Wohnung trauen?«

»Sobald ich wieder annähernd so aussehe wie früher.« Marla lachte. »*Falls* ich jemals wieder so aussehe. Du weißt ja, Adipositas ist eine Krankheit, keine Charakterschwäche.«

Paulina öffnete die Tür und trat in den Hausflur. Die Kälte machte ihr nichts aus, sie empfand sie nach all den Stunden vor dem Bildschirm sogar als angenehm.

»Weißt du, ich denke, in einem anderen Leben hätten wir Freundinnen werden können«, sagte Marla.

Mir hätte es schon gereicht, in diesem Leben glücklich zu werden, dachte Paulina, stimmte ihr aber zu. »Ja, das denke ich auch.«

Sie sah ihr Spiegelbild in dem Standspiegel, an dem sie eben schon vorbeigegangen war, und für einen Moment war sie sich wieder fremd. Diese schwarzen Klamotten. Die Stiefel und die Schminke.

Noch war sie in ihr neues Ich nicht hineingewachsen. Vielleicht würde sie das nie.

»Du fühlst dich noch nicht wohl in deiner neuen Haut?«, fragte Marla ganz offen, die anscheinend bemerkt hatte, dass Paulina im wahrsten Sinne des Wortes aus ihrer Rolle gefallen war.

Zurück in die von Viola. Oder von Marla.

»Ich finde mich schon zurecht«, sagte Viola, die gedanklich schon wieder auf dem Weg war, zu Paulina zu werden. Die Autorin, die in Wahrheit nicht überlebt hatte. Das war Abweichung Nummer eins. Die zweite Änderung war die, dass Viola sich natürlich nicht »gerichtet« hatte, wie Stresinger es formulierte. Sie hatte eine andere Entscheidung vorgeschlagen, und Marla hatte sie nach einigem Nachdenken akzeptiert.

Viola Hansen lebte und atmete noch. Von nun an in den Kleidern einer jungen, aufstrebenden True-Crime-Autorin.

Das war das Gute am Schriftstellerdasein. Viele kannten den Namen. Keiner das Gesicht, wenn man es nicht wollte. Und ab sofort würde sie das Klischee der durchgeknallten Autorin erfüllen, die sich auf eine einsame, unbekannte Insel zurückgezogen hatte, von wo aus sie nur noch fürs Schreiben lebte und mit niemandem mehr Kontakt hielt.

»Wieso wolltest du eigentlich nicht wieder Viola werden?«, stellte Marla ihre letzte Frage, bevor sie sich niemals wiedersehen sollten.

Viola dachte nach. »Ich denke, wir sind alle fremdbestimmt. Niemand von uns lebt sein eigenes Leben. Wirf doch nur einen Blick in die sozialen Medien. Wir eifern stets anderen Idealen nach und werden darüber unglücklich. Und wenn das so ist, suche ich mir doch besser gleich ein fremdes Leben aus oder nicht?«

Mit diesen Worten drehte sie sich um und ging die Treppe des Altbaus hinab. Marlas neue Wohnung war im fünften Stock, es gab also einige Stufen. Und mit jeder, die sie nahm, ließ sie erst das, was sie als Viola geprägt und zur Obdachlosen gemacht hatte, hinter sich. Dann entfernte sie sich von der Marla, die sie so sehr hatte sein wollen, dass sie am Ende nicht mehr zwischen Fiktion und Wirklichkeit hatte unterscheiden können, bis sie im Erdgeschoss angekommen war und die schwarzen Schnürstiefel, den Rock und den Hoodie sowie den viktorianischen Mantel und die Schminke im Gesicht nicht mehr als Fremdkörper, sondern als Ausdruck eines neuen Ichs empfand, in das sie mehr und mehr hineinzuwachsen versuchte.

Schritt für Schritt.

Ohne sich noch einmal zu der Gestalt zu drehen, die ihr aus dem fünften Stock vom Fenster aus nachdenklich hinterherschaute und hinter den regennassen Scheiben nicht länger wie Marla Lindberg aussah.

Sondern wie eine längst vergessene, ferne Erinnerung.

NACHWORT & DANKSAGUNG

Ich bekomme erfreulicherweise viel Post von Leserinnen und Lesern, was unter anderem daran liegt, dass ich im Jahre 2006 so leichtsinnig gewesen war, meine E-Mail-Adresse (fitzek@sebastianfitzek.de) im Nachwort meines Debüts *Die Therapie* zu hinterlassen.

Das tat ich eigentlich nur, um herauszubekommen, wer bis zur Danksagung durchgehalten hat. Denn: Nur dass ein Buch gekauft oder ausgeliehen wird, heißt ja noch lange nicht, es wird auch gelesen. Ich selbst habe einige Titel im Regal stehen, die von mir entweder nur angeblättert oder nicht einmal aufgeschlagen sind, was an meiner Unfähigkeit liegt, eine Buchhandlung ohne Neuerwerbungen unter dem Arm zu verlassen. Obwohl es mir an Nachschub wahrlich nicht mangelt. Würden Bücher atmen, bräuchten die oben liegenden Exemplare eine Sauerstoffmaske, so hoch stapelt sich der Berg ungelesener Werke auf meinem Nachttisch.

Als ich in *Die Therapie* seinerzeit also um Feedback bat, rechnete ich wegen der doch sehr überschaubaren Startauflage mit maximal fünfzig Antwortmails. Gut, ich hab mich da geringfügig verschätzt, sowohl was die Anzahl als auch den Inhalt der mittlerweile über 50 000 Rückmeldungen angeht. Ich dachte, ich werde vorwiegend auf Rechtschreibfehler hingewiesen, doch stattdessen wurde ich beschenkt. Mit inspirierenden und motivierenden Geschichten, wie zum Beispiel von der Frau, die mir von einem schrecklichen Blind Date berichtete. Bei dem kam es zu einem handfesten Streit darüber, welches meiner Werke wohl das beste sei, was zu weiteren Diskussions-Treffen führte und schließlich in eine Hochzeit plus Nachwuchs mündete. Ein ehemaliger Analphabet schilderte mir, wie seine Erwachsenen-Klasse mit *Passagier 23* lesen lernte. Und eine frischgebackene Mutter schrieb mir, wie sie auf dem Weg in den Kreißsaal von ihrer wütenden Hebamme angemotzt wurde: »Himmel, jetzt legen Sie doch mal den Fitzek aus der Hand. Welches Kind will denn in eine Welt geboren werden, in der Augen gesammelt werden?«

Häufig schreiben mir auch Schülerinnen und Schüler, die meine Werke im Unterricht lesen (müssen, die Armen). Kürzlich bekam ich Post von einer Schülerin einer zehnten Klasse in Ratingen: »*Hallo Herr Fitzek, da die meisten Autoren, die wir sonst lesen, tot sind, bin ich froh, dass ich endlich mal ein lebendes Exemplar fragen kann, ob das alles wirklich so stimmt, was unser Lehrer uns da so als Interpretationsergebnis auftischen will.*« Dann führt sie die Thesen aus, die im Unterricht zu meinem Werk herausgearbeitet wurden. Schließlich fragt sie: »*Herr Fitzek, mal im Ernst: Haben Sie sich wirklich ALL DAS gedacht, als Sie Ihr Buch geschrieben haben?*«

Die Mail endet dann mit: »*An den, der das liest: Ich hoffe, der Herr Fitzek lebt wirklich noch!*«

Ich schrieb ihr zurück:

»*Hallo XXX,*
Zunächst: Ja, ich atme noch. Die Antwort, die ich Ihnen gleich gebe, wird Sie freuen. Nein! All das, was Ihr Lehrer da in mein Werk hineininterpretiert, war mir während des Schreibens so im Detail nicht bewusst. Meine Intention ist es in erster Linie, zu unterhalten. Ich habe keine Themen-Agenda, die ich abarbeite. Aber – jetzt kommt der Wermutstropfen – das bedeutet nicht, dass Ihr Lehrer mit seiner Analyse

und Interpretation falschliegt! Ich denke vielleicht nicht beim Schreiben daran, oft aber wird mir vieles danach bewusst. Dann lese ich meinen ersten Entwurf und bin selbst davon überrascht, was ich in meinem Buch alles verarbeitet habe. Themen, die für mich persönlich so relevant sind, dass sie mein Unterbewusstsein in die Geschichte webt. Im Grunde (so endete meine Mail) *ist es also egal, ob der Urheber des Werkes noch lebt oder nicht. Denn der Autor bzw. die Autorin ist völlig unwichtig. Es kommt immer nur auf die Leserin oder den Leser an. Also auf Sie. Sie sind am Ende immer die wichtigste Person. Sie entscheiden darüber, was Sie in dem Werk lesen, was es bei Ihnen auslöst, völlig egal, ob ich als Schriftsteller das wirklich wollte.«*

Das ist übrigens der Grund, weshalb Sie (ja, genau SIE!) immer an erster Stelle meiner Danksagung stehen, so wie auch hier. Sollten auch Sie mich kontaktieren wollen, bitte ich um Nachsicht, dass ich zwar alle E-Mails persönlich lese, jedoch nicht immer zeitnah beantworten kann. Allgemeine Anfragen nach Terminen etc. leite ich oftmals an mein Management weiter. (Danke an dieser Stelle an Angie Schmidt und Franz Xaver Riebel, die sehr viel besser als ich darüber Bescheid wissen, wo ich mich mal wieder rumtreibe.)

Sollten Sie sich aber in einem Seminar oder im Unterricht mit *Die Einladung* beschäftigen müssen, dann wäre ich natürlich nicht so erfreut, wenn Sie meine Ausführungen wie folgt zusammenfassen:

»Der Fitzek wollte bloß unterhalten, aber tatsächlich kommen in seinen Werken relevante Themen zur Sprache, was er aber oft selbst gar nicht bemerkt, da er anscheinend genauso ballaballa ist wie manche seiner Figuren!«

Sagen Sie besser Folgendes:

»*In* Die Einladung *nähert sich Fitzek im Gewand der belletristischen Unterhaltung dem Themenkomplex der Identitätsfindung. Alle handelnden Hauptfiguren hadern mit ihrem eigenen Ich und versuchen auf unterschiedlichste Art, sich selbst neu zu finden. Etwas, was gerade in der heutigen Zeit, in der fast jeder Mensch versucht, sich in den sozialen Netzwerken eine Scheinidentität zu geben, oftmals zu seelischen Verwerfungen führt. Darüber hinaus ist das Buch eine Anklage unserer Mediengesellschaft, in der die Täter im Vordergrund stehen, die Opfer aber in Vergessenheit geraten.*«

Klingt etwas geschraubt (manchmal kommt halt doch der Jurastudent in mir durch), aber von der Sache her meine ich das wirklich ernst. Nehmen wir den Punkt der Täter-Heroisierung. Es ist eine Schande: Wir erinnern uns an die Kriminellen und vergessen ihre Opfer. Nicht nur in der realen Welt, sondern auch in der Fiktion. Kleiner Selbsttest: Wie heißt der Kannibale in *Das Schweigen der Lämmer?* Logo, Hannibal Lecter. Wie heißt der Killer, den Clarice Sterling mit Hannibals Hilfe jagt? Richtig: Buffalo Bill. Aber wie lautet der Name der Senatorinnen-Tochter, die Bill im Brunnen gefangen hält? (Unter allen, die mir den richtigen Namen schreiben, verlose ich eine Lotion, mit der ES sich die Haut einreiben soll!)

Übrigens: Eine Wendung in diesem Buch (ich verrate natürlich nicht, welche) ist so nur möglich, weil wir die Opfer und ihr Leiden ganz schnell aus dem Fokus verlieren.

Kommen wir zur Danksagung, und hier zu meiner heiß geliebten Frau Linda, die zugleich meine erste und damit wichtigste Leserin ist. Leider legt sie oft den Finger in sehr viele Wunden, die ihr im ersten Entwurf sofort auffallen. Dafür verfluche ich sie ähnlich wie meine wunderbaren Lektorinnen Carolin Graehl und Regine Weisbrod, die mir stets 150 Fragen an die erste Fassung tackern. Aber da ich äußerst kritikfähig bin, setze ich mich hochprofessionell und mit kühlem Kopf rasch wieder an die Überarbeitung. So schnell es mir halt gelingt, den Nachbarn unter mir zu besänftigen, dem ich meinen von der Tastatur abgerissenen Laptopbildschirm auf den Balkon gepfeffert habe.

Dass ich eine treue Seele (oder ein sehr phlegmatischer Typ) bin, erkennen Sie übrigens daran, dass ich nun schon seit Ewigkeiten im Kern mit demselben Team arbeite. Allen voran mit meiner großartigen Management-Chefin Manuela Raschke, mit der mich eine seit Jahrzehnten andauernde Freundschaft und Berufspartnerschaft verbindet. (Danke für den dezenten Hinweis mit dem abgetrennten Pferdekopf in meinem Bett. Ich hatte unser 20-jähriges Raschke-Entertainment-Jubiläum im Februar 2023 vergessen …) Was war das für eine wahnsinnige Zeit. Ich freue mich auf weitere Jahrzehnte mit dir.

Nicht vergessen werde ich, Sally Raschke zu danken, unter anderem für ihre kongenialen Social-Media-Skills. Sowie Micha und Ela Jahn, Barbara Herrmann und Achim Behrend für die unermüdliche Arbeit im Shop, in der Buchhaltung und im Archiv. Ach ja, und Kalle (Karl-Heinz Raschke), dafür, dass er mich hin und wieder vom Schreibtisch aufs Laufband zerrt, damit ich beim Schreiben nicht noch mehr wie ein Schluck Wasser über dem Notebook hänge.

Von Anfang an mit dabei waren auch die geniale Sabrina Rabow und der unverzichtbare Christian Meyer, die mich als PR-Agentin (Rabow-PR) und Tourmanager (CM-Sicherheit) schon zu zahlreichen Erfolgs-Gipfeln geführt haben ... nur in eine Berghütte haben sie sich noch nicht mit mir getraut.

Jörn »Stolli« Stollmann redet zum Glück noch mit mir, nachdem ich ihn bestimmt vier Wochen täglich mit immer neuen Änderungswünschen für das Cover von *Die Einladung* genervt habe, bis ich ihm am Ende – alles war fertig, alles sah top aus – sagte: »Hey, gute Nachrichten: Wir haben noch ein besseres Motiv. Wird kein Kühlschrank, wird ein Briefkasten.« Danke für deine hervorragende Arbeit, die diesmal nie jemand zu Gesicht bekommen wird. Und dafür, dass du mir nur die vorderen Scheibenwischer abgeknickt hast.

Ich danke Roman Hocke, dem Agenten mit der Lizenz zum Verleger-in-die-Knie-zwingen. Roman schaffte es, mir im Jahre 2004, trotz 15 Absagen von 15 angeschriebenen Verlagen, einen Vertrag zu besorgen – und das bei Droemer Knaur, und damit beim Verlag mit Ablehnung Nr. 11. Sorry, Roman, wenn dein AVA-International-Postfach jetzt von noch mehr Newcomer-Manuskripten geflutet wird –, aber du bist einfach zu gut, um es zu verheimlichen. Und du hast mit Markus Michalek, Claudia von Hornstein, Susanne Wahl, Ralph Gassmann, Janine Hilz und Cornelia Petersen-Laux ja genügend hervorragende Köpfe in deinem Team, die die Flut abarbeiten können. Ich danke euch allen.

Folgende Lieblings-Verlagsmenschen haben sich im Team Droemer eine Einladung zu einer rauschenden Feier verdient, auf der ich ihnen für ihre hochprofessionelle, unermüdliche und stets sympathische Arbeit danken will: (Wie praktisch, dass ich mir das jetzt wegen der Nennung im Buch sparen kann.)

Josef Röckl, Steffen Haselbach, Antje Buhl, Katharina Ilgen,

Monika Neudeck, Isabelle Breuzard, Nicole Müller, Ellen Heidenreich, Daniela Meyer und – natürlich – meine Verlegerin of the Year (und das seit sechs Jahren!): Doris Janhsen.

Wenn Sie dieses Buch hören können, dann liegt es an dem fantastischen Mr Audible Michael Treutler. Wenn Sie es als Film sehen, an der wundervollen und legendären Regina Ziegler. (Oder daran, dass Ihre Medikamente nicht richtig eingestellt sind.)

Wie immer ende ich mit einer Verbeugung vor den Buchhändlerinnen und Buchhändlern, allen Veranstalterinnen und Veranstaltern im Kulturbetrieb, die Bücher erlebbar machen, sowie denen, die in Bibliotheken versuchen, unseren unstillbaren Lesedurst zu löschen. Ihr seid der beste Beweis dafür, dass der schönste Beruf der Welt nicht der leichteste sein muss.

So, und jetzt befolge ich mal den Kern von Marlas Lebensweisheit in diesem Buch: Jeder hat zwei Leben, und das zweite beginnt an dem Tag, an dem wir feststellen, dass wir nur eins haben. Mein zweites läuft schon seit einigen Jahren, und Ihres will ich mit weiteren Ausführungen nicht länger strapazieren.

Tausend Dank, dass Sie mir Ihre Lebenszeit geschenkt haben.

Auf Wiederlesen
Ihr
Sebastian Fitzek

Berlin, am 2.5.2023, zwei Tage nach meiner Lieblings-Groß-Gedränge-Veranstaltung, der Leipziger Buchmesse. Die Erkältung inklusive Kehlkopfentzündung war's mal wieder wert!

PS: Liebe Viola Hansen, ich hoffe, Sie sind mit Ihrem Gewinn zufrieden. (Viola hatte bei einem Gewinnspiel zu *Mimik* eine Rolle in meinem nächsten Thriller, also diesem hier, gewonnen.) Wenn nicht, dann wird es mit dem Umtausch des Gewinns etwas schwer, aber hey … der Verlag schafft das schon.